國朝畿輔詩傳

下

(清)陶　樑　輯
江合友　程宇靜　點校

國家圖書館出版社

國朝畿輔詩傳卷四十一

朱筠

筠，字美叔，號竹君，一號笥河，大興人。乾隆十九年進士，官翰林院侍讀學士，改編修。有《笥河詩集》二十卷。

朱珪《竹君先生墓志》：公生而神慧，十三通五經，學爲文，十五文成斐然。癸酉舉於鄉，甲戌成進士，改庶吉士。丁丑，散館授編修。辛巳，充會試同考官。甲申，丁先大夫憂。丙戌，服闋，明年授贊善。戊子御試二等，授翰林院侍讀學士，旋充日講起居注官。戊子科鄉試同考官，己丑科會試同考官。庚寅，奉命爲福建鄉試正考官，辛卯會試同考官。上知公深，歲持文柄，所得士多著名，公益卓然以韓、歐、蘇自任，振起古學，獎藉寒畯，有一善者譽之如不及，天下之士，翕然稱之曰『竹君先生』。是秋，視學安徽，乃教士曰：『讀書不可不識字。』爲刻舊本《説文解字》，揭以四端曰『部分、字體、音聲、訓詁』，又曰『稽古莫如金石文，可證經史之譌』。所在披剔榛蘚，聚至千種。時詔求遺書，公奏言翰林院庫貯明《永樂大典》中多逸書，宜加採録。上覽奏，命纂輯。《四庫全書》

得之大典中者五百餘部，皆世所不傳，次第刊布海内，實公發之也。又請倣漢唐故事，擇儒臣校正《十三經》，文字勒石大學。癸巳，以事降，授編修，在《四庫全書》處行走。是時金壇於文襄公敏中掌院，爲總裁，于公直軍機，凡館書稿本，披核辨析，苦往復之煩，意欲公就見而質，而公執翰林故事，總裁纂修，相見於館所，無往見禮，訖不肯往相見，持論侃侃不稍下。公既久次，望益重，則言翰林以立品讀書爲職，終歲足不至達官門。聚書至數萬卷，來請益者不拒，考古著録窮日夜不倦。古文以鄭、孔經義，遷、固史書爲質，覼縷鉅細，事辨時地，真氣勃出，成一家言。賦則陽張陰闔，馬揚以下不道也。詩初學昌谷、昌黎，五言力逼漢魏，既而導匯百家，變化創闢，神明獨得。書法一本六書，自然勁嫵。蓋公之學與年進，海涵岳矗，不足喻其所蘊也。四十四年，督學福建，一以經學六書倡，口講指畫示以鄉方。閩清生爲攝令某鍛煉殺人，公發其覆，大吏雪之。扶持士氣，行義若渴，重倫節，勸懲有加焉。暇則搜奇广洞，徧著手蹟，於黄山再登其巔觀雲海，於閩之武夷，岝崱、玉華諸名勝，皆躋探峻幽，從者郄焉。卒年五十有三，所著古文數百篇，古今詩數千首，他文稱是，皆可必傳於後。

《隨園詩話》：朱竹君學士督學皖江任滿，余問所得人才，公手書姓名，分爲兩種：樸學數人，才華數人，嘗云：『詩以道性情。性情厚者，詩淺而意深；性情薄者，詞深而意淺。』分校得老名士程魚門，京師傳爲佳話，没後張中翰塤哭以詩云：『丹旐書銘前學士，青山送葬老門生，從今前輩無人哭，拚與先生淚盡傾。』又哭竹君學士詩：『古人今不作，古道竟非宜。聽説文星墜，空增吾黨悲。持身盧子幹，好客鄭當時。奇字三蒼纂，窮經六籍披。請開書四庫，漸白髮千絲。學博天能鑒，心清水共知。龍門今逝矣，寒士學何之。大雅扶輪者，長安勝有誰。』

《蒲褐山房詩話》：『竹君昆仲早登高第，並著才名，而君爲白眉。兼綜經史，精求古義，家積書數萬卷，金石碑版亦數千通。尤喜汲引人才，輶軒所至，必拔諸生之儁異，授業門下，家居問字者滿堂滿室。君豐頤秀目，伉伉鏗鏗，常以李元禮、范孟博自況。公卿中惟劉文正公愛其學業，稱爲小友，其他貴人招之弗往。爲安徽學政時，奏請將《永樂大典》中人間罕見之書悉爲鈔録，且求天下遺書，四庫館之開，實自君發之。其後，於文襄公選用翰詹科道及中書部曹諸臣先後至數百人，君雖列名其間，實未嘗有所討論也。年僅五十，病暑而卒。平日文稿皆以草書書之，且塗乙，十有七八子弟不能辨別，故取其明晰者刻成四卷。

黄景仁《上朱笥河先生詩》：『先生卓然坐虎皮，旁羅賓從皆瑰奇。珠光劍氣紛陸離，貢之玉堂當世希。如余卷曲樗散資，不可無一聊備遺。公言我欲拂拭之，金沙同冶吾能治。退而喜也心然疑，指胸兀兀前致詞。嗟哉小子幼苦饑，典書易米共衰慈。草間咄咄哦惡詩，自爲其知曾無師。公名束髮心已知，三千里外無見期。義興兩龔語我私，言公相士無成規。掃門求見君無遲，我時唯唯神魂馳。聚米不遂徒嗟咨，揭來乞食江之湄。頭如蓬葆衣塵緇，日日面壁愁孤羈。忽聞公至樂不支，徑爾投刺趨階墀。不用温簡揖路歧，豁然霽色雲霧披。意氣漫詡山可移，誘我力學言如飴。感激真乃零涕洟，賓朋暇日羅盤巵。牆頭酒過粱果垂，忘情略分兼娛嬉。公也環顧掀髯髭，不惜百妍間一媸。於時歲景窮崦嵫，寒灰忽爾逢春熙。恩遇已極心轉危，一身塊然百不宜。兩手祇解霜螯持，漂零落魄志業隳。漸恐化雨難爲施，他年荆櫟從芟夷。即是此日牛醫兒，雖然一事願脱錐。長謝乃敢終其辭，假如公有烟霞思。此必弟子相追隨，前驅狷猱後麕麋。攜囊入雲采苓芝，剥刷幽怪窮險巇。佐公鉅筆揮淋漓，此則不敢多讓誰。公聞此言顧我嘻，小子狂矣言無稽。言雖無稽心不欺，春葵祇有傾陽枝。作詩呈公公解頤，謂我試筆猶可爲。十年吟苦霜鬢絲，一編吐氣今其時。』

《紅豆樹館詩話》：笥河學士閎通博覽，名滿海内。初爲諸城劉文正公所知，目爲奇士。蘭泉司寇與公爲同年友，官京師，齊名，人稱爲『北朱南王』。督學安徽，洪稚存、黄仲則諸君皆延居幕中，而陸副憲錫熊、程太史晉芳、任侍御大椿，又公分校所取士也。公之學，經經緯史，包孕萬有，金石小學，尤所專力，嘗謂今時學者無師法，不明文字所本所由生，其狎見甚至點畫淆亂，音訓泯棼，何以通先聖之經而言其義，乃出宋版《説文解字》，刊布以詔後學。今所傳朱氏《説文》定本，視毛斧季所刻，尤爲精密，自序一篇，斷斷辨證，意在尊經復古，不僅稱叔重功臣也。嘗校刊《説文》，時命門生某司其事，某重違先生意，多所乾没，先生待之如初。蓋先生好交游，稱述人善，惟恐不及。即有過，輒掩覆之，天性然也。官翰林，恥干謁，與金壇於文襄意迕。一日見上，語及公，上遽稱許朱筠學問、文章殊過人，文襄默不得發，而公名益起，一時奇才異能之士趨風景附若斗之有杓，公毅然以文章風義爲己任，闢椒花吟舫與客讌游，覃研文史，坐是以積勞卒，未得展其所藴。姚姬傳太史稱其慷慨論事，摩厲講學，不第欲爲文士，誠篤論矣。詩集刊於嘉慶癸亥，皆石君相國手爲讐訂，跋中稱其排奡生創，龍翔虎躍，雖恢奇萬狀，而無一字一韻不歸於妥帖。然先生文章，志在起衰，才力所及，卷軸佐之，寧使縋幽鑿險，別闢畦町，斷不稍蹈康莊，致流平易，學者昧其源委，或以鉤章棘句相誚，則没作者苦心矣。兹卷所摘皆精金美玉，具存先生本來面目，又古體多於近體，微寓別裁焉。

送程二魚門歸淮上

其一

歧路知痛哭，况同失路人。深宵衣錦繡，誰辨僞與真。程君此下第，古抱卞氏珍。已衞履下足，何恤頭上巾。六星芒正射，奎濆方通津。如何兩神劍，天阨無由伸。干莫必騰上，磨蝕以風塵。輪囷龍虎氣，鬱迫芬芳紉。

其二

子兮歌慷慨，蕭蕭易水去。我豈高漸離，擊筑胡此住。一聞知己言，涕落如繁絮。夜光必按劍，明月未投曙。章甫對越人，欲悔翻知悟。况今急歸帆，六轡無改御。所惜新相知，道遠日將暮。揮手南北雲，神物會有處。

送秋涇夫子南歸

其一

蘇君化神鶴，朅來一游嬉。本不謀稻粱，彈者亦何爲。夫子盛文章，下第將南歸。我貴物乃棄，得失豈所疑。翻驚臨乖淚，欲灑清潞西。鄭公慕季長，趙子辭昌黎。離師當不反，獨立恐路歧。

其二

文章溯向雄，本大末始暢。流傳到後來，剽賊真氣喪。如綴敝錦衣，刻意謀共張。夫子不好名，惡文以絅尚。每於數千年，剖別指南向。峨峨韓與柳，六經作家釀。宋興盛四氏，流徽和高唱。南渡龍川別，北京弇州放。太僕山之砥，叔子川以障。此豈比雕蟲，與道伯仲行。教之窮根源，敢不欽所養。

劍亭以詩聞長安，屢試春官，十年不第。近見其偶然作數首，辭既和平，然過於慟哭矣。余謂古人不憂其不達，而憂其言之不立。劍亭苟得其大者，何憂乎，作詩致之

其一

與君六載交，愛爾冰雪辭。豈無韋與王，隔世空相思。天風蕩百川，廣奏子自娱。嗟我雖有耳，不聽安聞知。古人道相貽，今人言相期。昨日一書札，上爲我友詩。讀之逾萬過，共言和且夷。似夢羅浮山，覺來魂魄疑。美人無處所，此意忘何時。

其二

蘭草雖共芳，歲暮傷其晚。每言王者香，淚落不可反。君本神仙姿，一國傾婉娩。誰令鮫人珠，十年泣湘沅。高堂盛綺羅，鼓缶方擊宛。請爲奏清琴，再彈忽碎阮。長歌一回首，繞梁聲正遠。古人竟若何，往往善偃蹇。誰歟知我者，持此寄繾綣。

其三

北風聲已厲，日月與歲徂。眄彼庭樹柯，未忍同榮枯。古人精消亡，其理在詩書。誰爲後來者，胡不稍勤劬。立言貴大端，文章雖其餘。願託蠹書蟫，飲食固所娛。浩浩百年盡，好名誠爲愚。金石不可化，與子思其居。行矣各勉力，安能勞奔車。

壬申除夜獨坐感懷，諸兄弟各言其所遇，爲詩四首

其一

暢月伯兄歸，忽復東南征。其道出山左，紆曲濟水行。不憚車馬勞，急此親愛情。三年不相見，離别弟與兄。屈指下浣餘，此日歡會并。歲除一杯酒，馬首驅王正。官行豈可待，努力相醉傾。故鄉雖千里，同看參西横。

其二

仲君尹赤縣，一歲去鄉國。感兄天性多，歲晚思何極。前日寄我詩，淋漓動楮墨。兄兮遠行役，屺岵想登陟。古人插茱萸，節候尚心惻。况當改歲間，日車不可勒。非畏赴壑蛇，頗憂蠹苗螣。相見日老大，恐非故顔色。立名在盛年，安能徒飲食。何時歸連牀，蕭瑟聽亦得。

其三

春風動長安，歲歲變腐草。我有弟石君，相顧真可寳。家祀獻且徹，言笑莫不好。徘徊子就寢，明旦趨朝早。我時獨坐久，爆竹傾耳倒。起翻右軍書，戒薄厚用保。欲舉策數馬，仿佛萬石老。感彼長者言，竊恐未聞道。古人相儆勸，豈以富貴禱。讀書垂不朽，庶幾光祖考。來歲已若奔，去歲忽若掃。與弟夙昔志，從今相論討。

其四

人離欲曙星，歲去凌風羽。守歲與懷人，兩念難一主。伯仲暫相合，叔季久爲伍。念當臘欲畢，千里同肺腑。我胡獨擁罏，苦吟勞覶縷。自作金石聲，豈顧雷電取。逐貧與送窮，頗笑雄與愈。户外自有耳，何必怨鐘鼓。請爲兄弟謠，以當骨肉聚。

送張方海

方海來我家，闖入坐中霤。眉目生鋒鋩，奇氣怒未鬬。幡然開口談，雲夢吞其脰。我時出相見，束髮年過幼。執手日月逃，粗記述所遘。先生於越人，生小山水竇。江空慣見潮，石怪生聞吼。獨身上禹穴，窆石辨理腠。下飲伯陽井，丹入水可壽。最奇美女山，俛首曹江溜。夜中登其髻，星月倒景透。自喜一試身，清妙絶人覯。歸來讀書處，王謝親食宿。四明萬松濤，忽送吟哦湊。回觀絶壁上，危巢挂蜾祝。墮蜜化小鱗，奇味理不究。淫雨纍匝月，咫尺絶糧糗。山筍獨掘煮，往往恥饋餾。以此爲文章，元氣自婚媾。衆人不解字，俗書昧古籀。豈惟口不理，狂走閉門詢。北征到恒岳，元洞無底漏。抽身欲下探，從游駭相救。皆言試雞犬，直下失骨肉。羽毛上飛飛，恐有妖物守。先生笑而答，此是陽氣簇。吸實吹其虚，至道安得謬。十月履桑乾，冰孔失足蹂。中流出自穴，河伯不敢寇。遂升老龍背，更哭仙人柩。讀其游趙詩，百篇盡奇秀。感爾白鳳肺，息予朱鳥咮。用結仝異交，再鳴韓孟後。患不如古人，詩書相耕耨。幾會潞河東，屢別渠水右。吁嗟同下第，三北今忽又。展禽悼子黜，李郃愧我售。在古之立言，得失固所陋。朔風正觱發，來告江南走。倀倀友之思，能不驚別袖。十年淹北土，浙水喜可就。何必富貴歸，故鄉真錦晝。况今佐使者，南國靈所罶。照海瑟瑟出，求林鵜鵜覯。才比霹靂琴，不敢野火槱。學如夷則鏡，沉薶失其舊。致博根以大，咸虚鑑不繆。贈子當自愛，羲娥會有候。

癸酉九月伯思下第，將之湖北，從父紫瀾先生學使者之役也，作詩以贈其行

其一

左史著檮杌，文章美南楚。原本墳索上，議論春秋伍。其書失流傳，餘波屈宋怒。九疑下九江，虞夏親仰俯。湘竹泣娥英，禹字刻岣嶁。子今行其地，獨身到三古。古人所爲文，往往天地取。每於清明中，奇氣自弼輔。山河勢中絶，千里復其祖。蘋藻富江漢，子其爲筐筥。

其二

送子車遥遥，感我思漫漫。欲尋荆山道，痛哭青琅玕。嗟我三獻初，再別始一觀。子胡怨湘中，淚落珠汍瀾。北海雙鯤魚，一別天池南。去我六月息，望子萬里搏。天風正飄飄，欲往不可攀。歸來十二峰，爲賦神女鬟。

送葉同年丹穎歸湖州，用淵明擬古韻

其一

執手送行人，各攀大道柳。非畏徑途長，但苦別時久。平生感乖離，未敢易云友。天風忽飄飄，難盡一尊酒。雙龍東西飛，竊恐遂相負。何況新相知，此意各在厚。轉蓬與神劍，變化亦何有。

其二

古人不相見，隔我如鴻荒。讀書勤兀兀，去日歡堂堂。放意學神仙，此道誠渺茫。文章千秋中，反覆同疆場。一戰功不成，宿草埋山邙。每懷杞人憂，涕泗空激昂。得子真可語，倏忽天一方。榮枯等蠻觸，何用兒女傷。

其三

粲粲黄金橘，嘉樹名在兹。玉盤會有託，見食各有時。世無堅白辨，徒嗟磷與緇。所求何皇皇，猶豫而狐疑。感君絶代下，汗漫工文辭。如何長卿賦，未發凌雲思。靈鶴厲清吭，懼爲媒者欺。豈無不平鳴，有道或所嗤。芻蕘亦有言，自樹惟書詩。

其四

同心臭如蘭，菅蒯尚可采。飛光更相送，讀書再不改。野馬與濫觴，可以致山海。浩浩遠別離，

相見倏相待。努力多聞知，贈子以無悔。

山中

其一

驅車上西嶺，日午稅墓田。村犬怪客至，長吠當柴關。排户解襆被，出觀溪流間。潺潺下瀨急，過石微翻瀾。岸上柳葉脱，向晚生空烟。四圍來山風，始覺衣裘單。日引一壺酒，以禦今夕寒。

其二

朝旭升團團，遠山動金碧。溪清踏沙行，游魚隨人蹟。越溪度田中，已緑明年麥。訪古試摩挲，往代有碣石。想當豪貴初，歸骨猶烜赫。松楸一以伐，子孫僅餘宅。公侯與畎畝，相代何足惜。不聞古達人，歡飲墓田即。望雲而臨水，慚歎此役役。溪聲莫相送，山中留亦得。

玉帶橋

橋名從何人，學士留玉帶。當時老蘇公，此處數停蓋。一朝款老元，千偈風翻貝。機鋒戰則勁，中交鼓動擔。曰我師攻師，斷可功成蔡。長老笑而答，此坐讓何害。我難公即解，老僧棒喫大。公慎勿擬議，擬議玉帶丐。公笑首肯之，獅吼出狼狽。公擬議未發，帶送已無奈。髯乎真闊略，此髠亦狡獪。永永鎮山門，到今傳未艾。寺火失四片，補缺煩會稡。珍之供佛前，包裹錦綷縩。寶護不發示，我乎捫其外。此橋識所由，横石琅以磕。俯窺空洞穿，激蕩自洗汰。流水作玉聲，貪驪下噴瀨。

南皋店

平川潦忽乾，古柳挂微葉。行行南皋店，初日好温靨。荒祠渺何處，仙人去已捷。浮游薊趙間，二百年過轍。一朝騎鯉來，撥刺金赤鬣。坐祠萬人觀，入涿水不涉。遺蹟訛曰皋，靈名蠢尚讋。朔風凋我顔，髮白恐難鑷。人生朱塵中，不化行相接。長年悲有涯，吾生詎易攝。感兹仙人往，思欲翅雙挾。自笑何不達，兩曜亦轉睫。吾行適吾天，無爲喜見獵。

白溝河

鉅馬出淶山，下與督亢交。湯湯新城南，白溝界宋遼。嘉祐漁禁捕，慶曆柳撥條。辛苦熙寧後，方田限馬驕。安撫王公臨，謀之亦已勞。國蹙真可憐，水保嗟無聊。於今畿輔地，過客杭一舠。沙莽夜無人，隱約古斷橋。想當歲賂日，多壘當如毛。往復與平陂，地險空嘈嘈。無爲浪弔古，去即舟子招。

别太平諸生送者

其一

滑滑泥何深，諸生揖輿下。我以得士來，士得何爲謝。來此不四月，會見亦以乍。重感諸生意，道遠送復迓。告爾讀注疏，努力大車駕。行行毋欲速，此不得他借。文字音與訓，牙輻各有舍。一一致其用，如御者得靶。識字以通經，要如水銀瀉。從之人可由，初欖後乃蔗。

其二

諸生勿送送，僕本多情身。三宿桑尚戀，何況冬徂春。一上李白樓，再款謝朓鄰。未嘗攜險句，徑欲捫星辰。惟有一片心，欲令士氣伸。學者當共勉，相與成古人。生理在根柢，異文必騶麟。鶯飛與樹花，莫盜春光新。此言未爲迂，求實非其賓。重來絳幕語，葆爾聰明真。

繞檣山行去，游石龍以上

一夕留山中，攝衣走亦静。肩輿之石龍，出寺峰争迎。蜿蜒平崗眺，一石圓且正。是曰舟之檣，山浮名所命。頗聞夾桅石，高巖往斷徑。此復繚其側，下作水聲聽。雙塔亦已傾，檣倒帆不正。浮生何以渡，悲色感禪定。夷游不欲上，屢顧敗乘興。前頭石龍路，摇舌呼會勝。

宿二老莊即事

其一

散步沿積沙，清溪伏其下。松風一襲人，翠緑與天灑。相攜坐樹根，無人自成野。月上南岡行，空光若流瀉。

其二

築場秋老空，土堅白於霜。丈尺度小亭，此間可平望。曲水繞其足，重樹翳山梁。寒慄留不能，泠泠夕風凉。

其三

夜久談轉清，四窗忽以寂。爛漫勞者睡，靜聽始歷歷。樹聲空外過，疑與流波激。相顧忻素心，此意他時覓。

十月十八日同游釣魚臺圖學士園亭，歸而有作和覃溪前輩韻

其一

看山何必近，淡乃轉勝濃。扫泥堆長坡，上有行人蹤。一水明於鏡，斜浸天西峰。吾徒五六人，散手不杖筇。東南古釣臺，掩映神仙墉。茲游初冬後，微暖妍景供。即從園中飯，飽我霜地菘。

其二

風遲一夕過，木葉留殘黃。秋雨多壓塵，及此可愛光。主人矜野菜，至味新宜嘗。液飲受霜甘，色沃帶土香。馳驅赴郊約，不憚向朔涼。壺榼既以聚，稅馬在鹿場。樂哉同心語，呼酒一再行。固知淡成者，非必言其傷。

其三

頻頻此園過，數四豈一再。樓傾斗室成，寂坐更無礙。却立中央軒，兩坡一泓對。夕明冰地月，曉鏡春山黛。今茲冬未寒，波鳥聲偶碎。撥剌三尺鱗，伏影流泉內。適從無心游，村聞所怪吠。此間趣日成，且喜田歲溉。先生百事辦，取足咬根菜。

古詩贈温步容

文章妙手成，無定亦有式。淺者求其虚，深者求其實。江河出濫觴，源微流有力。洊川在首受，博取看湜湜。及其放乎海，一呼通衆息。滉瀁風偶涣，文生不自匿。良木之始芽，絛理藴柔色。縱横怪變態，千曲成一直。試尋旋轉紋，髮髮分界域。掣之爲楝楹，榮枯各適職。我豈工罕喻，子才比孫織。七襄何時成，舒彼鴛鴦翼。

送彭蘭階同年吴禮之官寧武

相見古寺冬，相别斜街夏。會合如浮萍，飛景安可把。君年五十多，我年五十寡。俯仰同歲初，繫日嗟若若。子情甚醇至，子貌特古雅。去作親民官，神真蹟乃假。况我幸厚子，裹言爲子瀉。淺深難獲上，甘苦易及下。省肥縣則瘦，不角故易捨。彭澤與步兵，就之詎遭駡。長風起邊塞，弔古抱自寫。書生善迂闊，摩挲碑側野。請爲一一搜，史闕賴補苴。拓成亟寄我，諄囑臨歧馬。

送錢獻之

其一

秦川匹馬風，蕭瑟秋欲老。十里五里碑，古苔没官道。漢隸半蝕裂，唐筆恣搜討。昭陵陪葬人，朽骨那堪考。子懷下第悲，去踏墟墓草。剜剔昔戰烈，振觸新潦倒。阮也慟何遲，陸兮笑或早。且續文字記，傳之永爲寶。

其二

吾生泊與淡，腸每爲人熱。絶學誰寶之，難成乃易裂。高松吾故人，謂東原。劈斧或一折。不惜失聲號，莫留曠代哲。子兮既挺生，齊輩推爾傑。材大用則非，名場失詎劣。珍重九經文，造化補斷缺。可語可道古，忍子清淚別。

其三

芭蕉緑吾牖，梧桐青吾椽。可堪所愛重，千里行三年。與子爲古交，金斷而璞完。何以臨歧淚，心涌如丹鉛。古路荒以蕪，二千年不芟。並作鄭許君，招招在雲端。鳥蹟人莫讀，龍文子其肩。形雖隔郡縣，心定同説研。何用寄臭味，玉井峰頭蓮。

送金振之

秋清水間山，子歸讀書處。不獨白岳雲，繚繞如飛絮。我有山水情，子獨飽而飫。子去何悠悠，我思昏達曙。亦知經年合，離愁難爲恕。紅葉滿江南，竊有銷魂慮。

送馮庶常敏昌

子家南海偏，宅近交阯樹。天香通骨理，不獨華比附。八年來京國，唐寺一弟寓。讀書坐行行，聲和枯僧屨。肆焉工古調，秦漢氣沫呴。下筆爲長句，爛爛豹隱霧。贈客羅浮游，惆悵古仙遇。遠游賴良朋，唱和真赤赴。温生比梅花，昨去子此住。瀛洲亭若冰，歸思水南注。今年官信美，慰藉久客趣。父母唏彤雲，子留亦所懼。矧子抱至悃，行役尚慎賦。羣公勞勸挽，口血歎如雨。子孝不可留，子衷疆自裕。力學無道遠，情芳有本務。六藝根柢成，萬里饑渴足。情在莫改辛，日近尚懷煦。近子時相憶，素心行復聚。

德州道中，用程篁墩韻

昨宵故鄉塵，吹我山東去。夢中渾不知，似有戀戀處。覺來憶所親，淚溢忽難禦。浮生譬天雲，聚散豈有據。四方方未已，努力叱我御。回首西山客，相送別胡遽。道旁迎新人，齊風歌堂宁。越陌懷同聲，相遠日以懼。凌晨發苦旱，遠色送遥樹。蒸蒸土外霞，鬱鬱烟中樹。我行去千里，念之少歡趣。何如椒花下，圍飲共題句。

公咢生家古藤歌

古藤輪囷種者誰，我年十四初來窺。長繩三千拏蜿蜒，大幽十萬逃魍魎。根成生鐵天所冶，弱金强火百鬼錘。青陽起張緑蘿網，暍夏能滅幽州曦。當時共工流竄死，身化老樹尤離奇。更聞元冥僇神龜，棄殼北海留其屍。萬年偉怪作異狀，必有精氣通靈祇。我來百匝繞藤上，如踏平地誰愁巇。秖今攀援更八載，豈有榮落分盈虧。時乘木火更禪代，顔色灼爍芙蓉披。連株華發文魄礧，金鴉雙搏赤駿驤。紫衣朱冠踞當道，池魚涌涌朝螻蛇。投身疑入然丘國，火齊丹瑙堆陸離。倏忽頳鱗青碧尾，有首不見空多耏。神潛鬼躍千倔强，誰披其葉尋根基。花前翻落金蛺蝶，黄雲通體元裳綦。巢居太常上阿閣，羽翼雷電除壇壝。飛精合覛相授受，已見呼吸來追隨。定知奇産有天運，軒皇炎帝招旌旗。此藤異世必騰上，是何頭角行鬔鬔。

送劉三庶常映榆

劉侯氣宇懸河淙，腰腹强大身胮肛。朝來入門發雄辨，往往移晷燒明釭。憶初相見意苦劇，傾耳未接頻愁哤。聆君三日盡磊落，不比游説聊空腔。願與君交誓伯仲，篪塤更迭敲楬椌。平生相知季弟最，生小結契同襟褌。知君衷素見肝膽，足音爲我千回跫。往秋相邀列高會，坐中名輩皆洪厖。當筵獨起意豪快，先醉肯謝長頸缸。衆賓傳呼催連飲，罄腹欲吸洪流洚。我時與君兩犄角，羽旌列壘金鼓摐。方驚口鋒遭勍敵，已似儒將交天鏦。須臾争持蚌與鷸，豈辨並逐誰生降。酒酣每每説文柄，議論所取在擊撞。大雅忽然喪劫火，兩漢六代齊奔瀧。唐賢中興韓與杜，如觀秦楚揮幬幢。宋元才力更淟涊，縱有突兀非崆峣。況今商羽正嘹亂，迷津誰問仙源艭。禮沿樂襲成口實，坐見高髻來尺鬃。粵蜀豈殊雪與日，少見多怪真猶尨。君其努力作底柱，獨當九道黄河淙。愧我才短腕無力，尚能横刃斬橛椿。文章氣數豈小節，貴以其道光家邦。豈知人生事翻覆，快意忽感悲來雙。長衢前日學馳騁，上馬若踞牀前杠。不信南人慣騎技，中華强戲都盧橦。東野御美頓失手，六轡那馴龍性驪。翻然一落勢千丈，孤鳳翅折南州龐。經旬相視卧深室，扶持未穩艱踣蹤。甫今强起可酬酢，旋搖歸槳浮吴舡。温風行吹麥秋熟，郊原蔓地黍與豇。淮南此去水鄉接，正擬天塹方大江。金陵玉壘入顧盼，仙鼉女珮凌飛蹤。況君宦游闕問省，君子於役尚信矼。室人久傾新蟋蟀，歸心好趁高張䉶。病體初勝就長道，淹滯未用心勞愯。金閶吴會縱修阻，屈指匝月返故窗。行款簪珥寄㠝素，與子健筆千里扛。我言委婉到瑣碎，楮墨汍瀾真多悤。臨乖作詩贈吾子，夜更四點聞逢逢。

酬萬樜坡利孫子鏡作和石君韻

漢人古鏡萬公得，千年照曜開星辰。石君驚奇喜到眼，長篇迭合誇識真。上陳赤龍戰天下，赤手捧出朱天輪。遂奪金鏡捫五内，狰獰帖服心膽親。中言仙臣與仙帝，掀弄一匣通八夤。曾孫挂肘天告福，百鬼不敢藏精神。下篇胡遺菱花七，白燕赤鳳交婚姻。寒光倒吞守宫脱，飛鳳忽化雙奔鶉。殿前四尺質未改，糢糊不比明如秦。吁嗟三十六宫妃，龍珠失盡留單麟。至今鏡背認古篆，欲利孫子振如鱗。吾聞三代尚彝器，匜銘壺刻齊斑瞵。一物亦思百世守，德澤久遠惟其身。況兹先王照吉凶，典則未肯藴荒塵。漢家絶古即咫尺，古器隔世空蹙顰。其時制作近忠厚，圖畫靈怪戒喜瞋。生惟臨昭在祧祏，死與魂魄長穸窀。如珠利蠙玉利璞，上輝下潤同山津。公操何術得構此，頗疑夢寐聞韶鈞。豈從軒轅剖委宛，字垂金薤書玉筠。日精月英會兩合，持照天地光無垠。我筆苦無萬丈焰，白晝爝火黄昏燐。閣筆欲和遲七月，九秋儵忽逃三春。公詩物博理且大。强以木鐸敲金錞。吪成金魄此夕望，定知公屋光投毚。今秋雨淫疫鬼厲，借我明月來驅馴。

岣嶁碑歌寄劉孝廉

岣嶁山碑趙生詩，劉君議駁頗可疑。明珠蚌持五色鷸，我欲先發漁人機。禹導九江過三澨，衡山南瀆親鐫碑。山高四千一十丈，七十二字神鬼訶。碑言聖人役鳥獸，疏水哀土勞形知。華嵩泰衡岳麓宿，衣食天下承帝咨。文雄夏貢典則重，况有手蹟千鈞重。金簡玉牒舊點畫，蝼蛇入腕塗改奇。山深物靈天府秘，絶頂欲到雲霞迷。又傳廬山飛瀑布，倒挂萬仞寒玻瓈。大禹刻石紀丈尺，此事荒僻尤淋漓。乃知精氣能變滅，斗牛龍劍旋蛟螭。秦人尚識倉頡面，後死夜鬼偏揮錘。天子八龍走神篆，斯翁歎絶今何之。我輩百代更矇瞍，忽失雙杖行何持。嘉定樵者教何致，盜天竟奪山隱居。一榻坐看四海鎮，九鼎突兀囚魍魎。頃刻名山盡刊布，新刷耳目沁肝脾。豈直生鸞活鳳艷，龍死筋骨枯成堆。百蟲千鳥狀聒噆，頭鳴舌止千秋期。古人器不貴求舊，摩挲肯釋商周彝。如此寶文真舒錦，孰忍二子尋瘢疵。三王立言考法式，百川自障非誇辭。昌言可例益稷訓，决畎濬澮皋陶師。若疑百載有拓本，遷固豈發汲冢屍。天留神物待後起，子函元美非余欺。韓公老淚恨不盡，正直神感猿猱嗤。嗟余好古淚無所，衡山雲密無開時。空翻雕龍侈本末，欲呵蒼昊搜根基。安得直上岣嶁峰，手捫古石琅玕姿。

題宋高宗渡江圖

粘没夜入天長軍，内侍驚告王師分。獨騎被甲發行在，直走瓜步江汾沄。天子出奔法垂鑒，誰歟畫者真殷勤。當時二帝盡北狩，有讐不戴高天雲。粱童伏辜彦善相，亂人左右王所欣。次於東平望急難，自取航海逃妖氛。李綱趙鼎遠安置，無乃逐臭愁芳芬。格天一德授奸佐，金牌十二灰奇勳。大書誓表醜天地，四海塞耳豈可聞。區區二豎不能制，中興之業何足云。不知何人好異説，共傳土馬馱神君。藝祖子孫王構在，天道剥落當繁殷。或者時危託符讖，欲以靈怪駭冀羣。到今圖中尤刻畫，波濤不動銜朱幩。飛龍亂流踏平地，奔走魚鼈黿鼉賁。回觀追騎盡駐轡，欲化罔象頭如獖。目張睢盱手摩鏃，天塹羽墮空翂翂。前騎投身試江水，殺機欲涸汀身焚。中渡嵯峨壁幾仞，赤日浮動光疑曛。足知遠勢自横絶，筆力可却千轒轀。舊聞得之有曹氏，外舅寶過黄珠熉。攜我來觀我方醉，發論驚處雷砏磤。題成放筆再取酒，會閲百卷圖千醺。

碎玉環歌 或遺筠以玉環佩之六年矣，挂於坐上，環三分焉，愛其勁麗，輒不勝其情，浩然作歌

白帝夜死金刀紅，青天不雲三螮蝀。誰遣夸娥割瀛海，短短東南斷羅帶。層冰萬里凍不消，騶虞刻骨鷫鷞毛。寃魂聲聲詈次非，好手美人金盤堆。莫教卞子珊瑚哭，百足蜈蚣那可贖。忍腸磨出趙家姬，瓊姊瑶郎相抱戮。泥中小字錦瓘瑜，元元三孫擲玉孥。浩歌窗外書魂小，碧肉殷痕咽春草。

長句贈姚稽川，用王禹卿韻

姚君新詩如美人，明眸一顧心自動。有時放意恣怪奇，忽竊寶文出禹洞。小篇百讀愛婉麗，長句千過駭清縱。細思雄艷兩不爭，西子要離恰須共。憶昔看花憫忠寺，伯思兄弟騎聯鞚。訪君舊榻

君南歸，書不相聞夜屢夢。安仁風格空長思，聖俞詩篇勞數諷。那知昨年試禮部，相逢一笑當儔衆。一缶我獻有當瓦，萬木君遺大厦棟。高懷早自視浮雲，鄙人許共和清弄。祇今更喜街衢連，相過毋教風雨空。碎琴肯索市人知，换酒須來狂客誦。君有散帙詩百篇，篇篇欲挾天風送。次山作頌自摩崖，子雲草元寧覆甕。無弦已見子情移，善射非關爾力中。當知内得馬卿傳，何取多歧楊老慟。古人文章信垂世，豈以虚名要實用。蒼茫寶氣上九天，四瀆效珍五岳貢。方今離明正朱雀，況子交游盡白鳳。九皋響遏聞胡遲，五采翼成品始重。曰余古好嗟大愚，不顧今非未定痛。文多束笥轉成慚，日去隙駒祇内恐。請撞金玉上本原，莫注蟲魚供役從。立言與子發鯨鏗，餘事何妨聽蚊閧。

稽川見和長句疊前韻奉答

雲平月白天高秋，光如明鏡浮水動。寥寥六宇清心魂，想見飛仙窈窕洞。美哉良夜懷佳人，酣歌答我憐悽縱。相思三日苦不聞，清角流徵那得共。今夕過君讀君詩，到眼横飛腰裹鞚。梅華翠羽曲未終，惝怳似到羅浮夢。君乎才調真天然，攜歸不置連宵諷。何來傾國余目成，便欲棄甲夫口衆。憶昨弱冠勇爲文，自闢門庭樹高棟。諸君人傑方同堂，和古酬今等戲弄。共説岑參輒好奇，頗類張騫敢鑿空。幾年感病傷别多，得句無人祇自誦。每當佳節一寄遠，忽忽日月吟聲送。如今讀書漸趨拙，自謂汲古當抱甕。愚公有志或可成，竈也多言豈不中。況復山陽近歎逝，謂孫汝昂郭鯤甫。未聞鄰笛淚已慟。文章不復能自存，候蟲時鳥真和用。我今得子慕愈郊，肯逐虚名附王貢。羣魚發發孰真龍，衆鳥啾啾此孤鳳。當知不文莫行遠，要令有物須内重。君方猛氣古何難，我已折肱今覺痛。萬卷直破非其愛，六經不約竊所恐。千秋作者李杜韓，誰起九原吾請從。偶然放論還自嗤，與爾聊爲鄒魯鬨。

覺生寺大鐘歌和御製，用沈德潛元韻

秋原驅馬如游龍，探幽忽驚落照紅。同行來訪覺生寺，要覩法物圖妖凶。中央鉅閣仰極目，四周勢合天園同。崎嶇百折到閶闔，呼吸上蓋雲霞封。下瞰連紐蕩魂魄，一木何以懸神鐘。鐘成八萬四千石，其高幾丈鎔青銅。旁書華嚴上梵咒，筆力刻畫如刀鋒。空疑玉階藥臼覆，形模怪大難爲椿。又愛此書鵝可博，不學奇詭誇鳥蟲。豈知鑄自永樂歲，皆云道衍心憐忠。北平邸開髡髮進，秉忠入夢何重重。詭詞白帽獻王子，技癢兵法非談空。當時朝臣誰士蔦，謀人骨肉除强宗。湘藩入火事較慘，詔責旦夕來燕中。此髡踴躍乘事會，妄言風雨飛龍從。殺機先發約能玉，九關夜克兵威隆。入市相人出祭纛，往往左道驅狂蒙。金川竟斬孺子遜，天之所壞寧謀工。忠臣同日死炮烙，方鐵浩氣吹長風。奈何十族善人殲，奇禍不獨墟天宮。乃知此髡能作賊，反覆九有由其胸。勿殺孝孺徒誑語，坐視斬刈麻與蓬。區區鑄此更何爲，欲以佛語銘私功。百年事往剩遺器，發聲時一驚羣聾。大林景陽不可見，此物亦是蒲牢雄。西郊閒眺一懷古，萬壽樓圮迷前蹤。自從世廟更置此，千人輦致傳兒童。今皇作詩刻石上，摳衣再拜心肅雝。古來至寶或滅没，嗚呼安得如爾之遭逢。

張方海龔鑒戌見示所作通州開平常忠武王廟歌，和以長句

高齋坐冷羣書堆，日光倒牖如烘煨。盈盈潞水寄我札，快意先向題封開。中言城南游興美，郊原連步搜莓苔。開平忠武昔遺廟，長歌見示何崔巍。當時異人誕淮泗，紅羅天降同郊禖。將軍夢寐感真主，金神擁盾呼頻催。遂偕中山佐帝業，鞭麾豪傑驅嬰孩。采石長矛天塹入，康郎大翦封豕催。艱難左右百靈懾，勇氣所向先風雷。龍江禡牙議北伐，曰擣心腹除根荄。采原半下纔匝歲，聯翩勢壓河西來。將車金鼓自天下，大都已破師西回。奇哉擴廓亦倔强，回首通郡連坌埃。將軍奇兵將九萬，間道直抵黃金臺。千騎八伏日三捷，開平夜拔逃龍媒。象輿玉輦北荒去，手闢明祚有八垓。功成百戰柳川隕，血食此土真宜哉。於今草木幾榮落，廟貌陊剥空蒿萊。國家至德亨歷代，歲歲典禮陳尊罍。鑄金作配尚不餒，刻木遇盜嗟何災。廟中神像舊以沉香爲之，盜攫去，幾十年矣。諸君殷勤弔古蹟，每到空闊心低迴。兜鍪擎劍儼儀衛，英姿仿佛張眉顋。百年太平遺事盡，何况隔代誰能該。空勞奇句發遠慨，開口一試噴瓊瑰。我昔游潞恨未到，不向碑字捫奇侅。城南舊游盡高舉，十年詩老人崔隤。衹今一篇更鑱絶，莫犯俗目防驚猜。明鐙頻挑勉相知，慚愧筆力非雄才。

上清含象鑑詩

含象之鑑星雲交，環以八卦横三爻。上銘天地下日月，辭嚴篆秘牙不聱。云是天台司馬鑄，有唐中葉聞於朝。藏之寶函題國字，永照叔世祛靈妖。開元歲終天寶始，乾坤昏墊人神淆。千秋金鏡夜半失，海棠變魅蝦蟇跳。鼙鼓揚塵魄正晦，金戈回日光還朝。當時此變豈天醉，誰擘天眼開重宵。不知此鏡懸帝所，照澈四表窮秋毫。有人持月攝魂魄，啾啾萬鬼難藏逃。忠臣百戰翊唐運，此鏡不與分功勞。被褐道人道行高，來索靈寶千里遥。玉京祕笈手紬繹，出游獨與神物遭。徵圖據典廣博合，芒色上貫天招摇。收納懷袖祝神護，恐有幽怪來争標。持歸把玩示同好，欲使異事傳歌謡。韓歐死後幾百載，剥落石鼓鏞寶刀。嗟我遇此豈易得，恨無筆力相籠牢。經時迫促不措手，歸流忽待雙飛舠。子行莫持照江水，坐看呼吸連天濤。

萬壽亭

循城以南寺龍興，有松壓寺驚龍騰。舟隨水折赴亭下，萬頃當面玻瓈凝。艤而登岸款門啓，个个凍立千竿冰。彤精下燒寒緑禦，盛夏逃盡羣飛蠅。清風時來柯自戰，葉底天籟呼微譍。肝脾沁透聲色并，涼達耳目洞我膺。曲徑疊石亦可喜，繞廊迴互堂初升。碧池在庭窗户敞，來酌要罄壺如澠。樹蒼壁素净於拭，可用槐肩兼胡鬅。出倚虛閣好眺望，平流入掌闌還凭。行足所憩到穩適，如此清景消炎蒸。行者倦矣行未已，快哉聊復泠然乘。一寸二寸魚若有，竹陰垂釣無當能。

渡淮二首

其一

淮水桐柏流崔嵬，東走直到濠梁隤。鍾離古城當面出，我與横度凌波開。楚宮舊築吴滅處，考索要假董玉杯。秦漢之際梁籍起，江都部勒初歸來。符離已誅朱雞石，彭城更上戲馬臺。東歸分霸足衣錦，豈意漢定三秦回。鴻溝中分廣武語，狡獪百出張良才。固陵決計縛猛虎，鐵兵信越軍臨垓。楚歌四作虞兮死，衝圍率彼淸淮隈。田父左紿馬童面，故人鬼伯相追摧。天亡太息心獨愧，喑嗚幾發雍門哀。何不渡江重捲土，徑南去王金陵哉。

其二

六朝南北吹戰埃，草木風鶴軍却摧。此間邵陽洲在目，輸馬建武魏乞哀。蕭梁昌君奇刺史，楊大眼走十萬枚。數十戰射應弦倒，敵尸薪積平城堆。曹韋夜救樹鹿角，截洲營立晨驚纔。隋堤誰又築通汴，取士直借阿房箠。大師且罷大役起，淮流如沸仍皚皚。唐餘李徐更保此，周宗撻伐聲天雷。絶流人持槖駝炬，夜駭百鬼騎龍來。書生南宋詎曉戰，符離一敗胡爲哉。元末真人出濠上，紅羅下覆天生孩。功成臨淮首置縣，故陵倚水蜚廉埋。我朝太平百年久，蕭鄭畫一縣幾栽。山川淸絶遺老盡，一航徑渡心低徊。使者採風宣德意，不須弔古同文該。

三月十六日試罷，觀合肥縣學旁巷王氏海棠

憫忠寺裏年年看，海棠晚放春風寒。廬州江邊春半早，人言仙樹燒砂丹。一枝折來餉鏁院，繞之百匝思同韓。上巳盼盼十三近，心愁花到淸明殘。是月十二日淸明。放試幾望匹馬導，循牆曲折東家壇。却騶步即不問主，朔方花部此可汗。吾未駭花已駭樹，金狄高鑄形蹣跚。又怪天姝古之美，十尺妃匹何姗姗。大珮長裙世獨立，霞髻霧縐霄猶千。俗人無復出人見，敢婢梅盎臣盆蘭。微香小蘂足艷目，夏蟲合對朝菌歎。此樹十圍又十仞，散花兒侍雲衣攤。曉空沆瀣飲花醉，色飛初扇彤鳥翰。東方渤澥倒吸景，杈枒亂挂千枝珊。升紅上聚照山火，下土仰視羞寒單。平生愛花兼愛士，士如此樹嗟哉難。江南有秀吾略采，碩人未見心匪安。入院憶花出懷士，此花光敵文波瀾。故林調饑勞夢想，適來爲爾忘朝餐。

潞琴行爲汪秀峰賦

衛人斵桐桐音完，浙人緪絲絲音單。碧軫黃徽太和字，刻曰潞國之世傳。神宗弟子嗣封一，製雅琴百舞六佾。十三陵氣黯不佳，哀哉王孫摧斷漆。金牛湖畔銷聲去，鳴雞埭上靡音聚。梨園寡色醉天謡，濮流盛響哀江賦。百六陽九天阨真，九節度潰四將軍。梅嶺援臣空有鬼，史閣部初議立潞王常淓，不果。冷泉檄客更無人。三百年來廣樂歇，寧琴發始潞琴卒。遺音太古樂臞仙，印月小川慟肥佛。琴弦神純玉體美，全城之命活君子。思陵御物擲何存，廣海孤生抱而死。此琴蹤蹟杭人得，親傳手澤心心刻。一彈松柏湖草青，再變徵宮海門黑。時平人老年復年，囊塵柱朽虛壁懸。引酒誰澆怪哉土，臨風若訴鞠通弦。無端哀樂聲聲潞，名琴難得琴師遇。吾情欲移東刺舟，此材莫是西靡樹。

倪文正公《秋山圖行》有序

先生自題云：『天啓五年八月寫於維揚舟次。』按公子會鼎所述年譜，天啓五年乙丑三十三歲，殿試充掌卷官，奉節册封德藩王驕，先生正色譬之如禮，事竣引疾，中途繳節歸省母。時璫焰日熾，言則遺北堂憂，故引疾歸也。據此則夏初殿試又奉册使，秋八月歸舟，次揚州，正其時也。嗚呼！以先生之大節而小人惡稔，姑且避之，君子之心可悲矣，此圖不當以畫觀也。

七歲隨親賦舟月，水底青天句清越。四十六歸製小舟，若爲李郭追仙游。兹者揚州舟忽次，年三十三職中祕。使臣册出折王驕，孝子車迴將母淚。是時歸思滿秋山，大小淮山水一灣。《離騷》《招隱》或自擬，狂客乞湖未可扳。偶然拈筆家峰似，江岸沿沿度行李。鳥影天頭耘白沙，雲疊嵐腰覆芳芷。千周百折面面青，江南楓柏猶未零。密林轉遠金虎穴，短芽即近白鳥庭。先生微意圖中見，百五十載驚過電。勤王熱血望南都，避廠冰心託東絹。卷舒再四闔且開，畫手何從得此來。發發非風悲更寂，泠泠何色寒相催。彼獠於原吾休撲，秋水空空寫一幅。青鞋布韈古來心，此畫何堪百回讀。

贈太平周泉

君家屋前看天都，鍊丹臺滅軒轅書。峰峰似有古篆蹟，溜痕屋漏痕不如。一朝棄去四方走，盜竊精靈腕底有。在昔繆篆偶試之，漢庭官私印得手。昨秋過岱想斯拓，琅琊刻石未焚落。今兹更復秦中游，説文偏旁陋宋作。五陵百原土蝕花，綢繆緑沉漢印佳。雲陽何人佩銀鈕，出土媚向他生誇。前年嚴舍人長明游陝，得董賢銀印，余在江寧見之。前水後水流無主，紛紛好事印漢譜。姓名輕重一片銅，獨涕愴然不見古。周生摩挲日三四，古人骨朽剩幾字。命官白事聚訟來，目力費盡渾閑事。我亦喜注蟲魚人，老寫六書尊許君。摹印專門世何有，奏刀歎爾真絶倫。點畫毫釐刻審訛，人生一失千里多。何如歸卧少游里，休强論文學伏波。

半城

半城當嶺盡，卓午轉村窩。山勢收東國，沙痕走大河。田鋪新雨足，目迴卷雲多。三日清江近，扁舟欲放歌。

舟之江口却寄程舍人魚門

前宵過六月，江上暮全秋。潮水推波重，蟲聲出草幽。雲烟迷鎮口，鐙火隔揚州。回首停橈處，伊人不可求。

臨淮驛館閑眺

曉渡驛亭憩，登臨此覺便。天青三楚外，波淡一窗前。空遠低村樹，平斜上水烟。逾淮談色味，霜老木奴圓。

雨後游陶然亭，歸飲慕青編修寓齋，次覃谿前輩韻

江屋過沉雨，歸來稀到亭。淡陰三角堞，新緑一池萍。僧定無人見，塵吹昨夜停。壇邊依舊樹，若爲十分青。

平原懷古

斜日荒城剩古祠，漁陽鼙鼓動當時。上皇不識驚名姓，長史親傳照版碑。舐血無疑兒反恨，賜書當死賊何知。不須競説公仙去，野老能言魯太師。

南陵道中

亂峰攲側送年光，路出南陵地覺方。短稻秧肥三尺緑，小松鍼細一林蒼。喜新山水人傳癖，求舊詩書自笑荒。今夕敬亭天落手，渺無搔首句攜將。

贈别蕭山大父行鴻鑣翁

七年孤艇越人逢，百歲全家燕市蹤。江驛程期二橋月，丘園魂夢半山松。疲驢失徑公潦倒，倦鳥知歸我敬恭。颯颯朔風吹不住，一尊别盡故鄉醲。

懷汪劍潭

寂寞才人滯水村，故園尚倚九峰尊。虚齋樂府徒相媚，繞郭花叢不見魂。風月無期人易老，江河有信語餘温。轉因改歲思君切，鐙後琴前影欲昏。

衢州陸行

陸轉城門南更東，富春别去略匆匆。空枝野樹饒烏桕，短堊人家半緑椶。諸嶺十程真可喜，小江百里尚堪通。青湖此去青無限，應許黄家畫筆工。

金砂道中

杈枒石露水棱乾，皴緑山山色未闌。千翼蛩聲呼暮草，幾林楓葉照凉灘。情懷衹覺詩宜瘦，節候如知客畏寒。我自官閑攜好友，何妨十一月來看。

登太平館作

行色雲邊透薄暉，雨聲向漏撼牀幃。先春得氣梅纔放，出岫無心雲欲歸。老去江淹花好賦，别來雷煥劍斜飛。北行處處都堪志，不惜霏霴更上衣。

梅花有憶

見處頻將古幹捫，冷紅薄愠我思存。花時似慰三生夢，别後猶銷幾夜魂。冰雪心情何敢密，江山氣候若爲温。衹餘一棹空歸去，斜掩荒庭啄木門。

國朝畿輔詩傳卷四十二

紀昀

昀，字曉嵐，號春帆，獻縣人。乾隆十九年進士，歷官協辦大學士，謚文達。有《文達公遺集》十六卷。

阮元《漢學師承記》：公世爲河間著姓，祖天申，有善行。父容舒，官姚安太守。少而奇穎，讀書過目不忘。年二十四，乾隆丁卯科解元。甲戌成進士，授庶吉士，散館授編修。己卯，充山西鄉試正考官。壬午，提督福建學政。戊子，授貴州都匀知府，晉侍讀學士。緣事罣誤，發烏魯木齊效力。辛卯，召還，授編修。三十八年，擢侍讀，命爲《四庫全書》館總纂官。丙申，授侍讀學士，充文淵閣直閣事、日講起居注官。己亥，擢詹事，旋晉内閣學士。壬寅，授兵部右侍郎，仍兼直閣事，改任不開缺，乃異數也。甲辰，充會試副考官。壬子，畿輔水災，奏請截留南漕萬石，設十廠賑饑，全活無算。嘉慶元年丙辰，充會試正考官，轉兵部尚書。癸亥六月，以八旬開秩，上遣官賚上方珍玩賜之。是年，奏『婦女猝遭强暴，捆縛受污，不屈見戕者，例無旌表。臣謂捍刃捐生，其志與抗節被殺者無異，如忠臣烈士誓不從賊，而扎縛把持，雖使跪拜，可謂之屈膝賊廷哉！請敕交大學士九卿科道公議，與未被污者略示區别，量予旌表」。大學士等議奏，「如兇手在兩人以上，顯係孱弱難支，與强奸被殺者，一體予旌，飭交各督撫勘明情形，請旨定奪」，報可。乙丑正月，奉旨調禮部尚書，協辦大學士，加太子少保，管國子監事。十五日，卒於位，年八十有二，賜祭葬，予謚文達。公於書無所不通，尤深漢《易》，力闢「圖」「書」之謬。《四庫全書提要》《簡明目録》皆出公手，大而經史子集，以及醫卜詞曲之類，其評論抉奥闡幽，詞明理正，識力在王仲寶、阮孝緒之上，可謂通儒矣。

又《序》：公受兩朝知遇，有所疏奏，皆平徹閒雅，足爲對揚軌儀。請試士子，春秋文以《左氏傳》立論，輔以《公羊》《穀梁》二傳，而廢胡氏傳，尤爲有功經學。他所著撰，體物披文，不襲時俗，所爲詩直而不伉，婉而不佻，抒寫性靈，醖釀深厚，未嘗規撫前人，罔不與古相合，蓋公鑒於文家得失者深矣。公著述甚富，不自裒集，故多散佚。公之孫香林比部，搜輯得詩文集十六卷，梓以行世。元以科名出公門生門下，初入都，公見元所撰書，稱許之。自入詞館，聞公議論益詳。蓋公之學，在於辨漢宋儒學之是非，析詩文流派之正僞，主持風會，非公不能。至於此集，雖非公所自勒，然亦足以覘全量矣。

劉權之《序》：公天資超邁，目數行下，掇巍科，入翰苑，當時即有昌黎北斗，永叔洪河之目。及在翰林署齋戒，於敬一亭得《永樂大典》，值宿之暇，翻閱一過，記誦大半。乾隆三十七年，朱筍河學士奏聞高宗純皇帝，敕輯《永樂大典》，並搜羅遺書，特命公總纂《四庫全書總目》，俱經一手裁定。公孫香林西曹梓文集十六卷，以權之猥荷鑒賞，廁弟子行最久，屬序。憶受知後，多聞緒論。文才力宏富，絶不矜奇好異，總以清氣運之。譬滿屋散錢，逐手入串，李杜之光焰，燕許之手筆，盡歸腕下，裒然一代文宗也。

《聽松廬文鈔》：或謂紀文達公博覽淹貫，何以不著書？余曰：『文達一生精力，具見於《四庫全書提要》，又何必更著書！今人目中所見書無多，故偶有一知半解，便自矜爲創獲，不知其説或爲古人所已言，或爲昔人所已駁，其不爲牀上之牀，屋下之屋者，蓋亦鮮矣。文達之不輕著書，正以目逾萬卷，胸有千秋故也。』或又言文達不著書，何以喜撰小説？余曰：『此文達之深心也，蓋考據辨論諸書，至於今已大備。且其書非留心學問者，多不寓目。而稗官小説、搜神志怪、談狐説鬼之書，則無人不樂觀之，故文達即於此寓勸戒之方，含箴規之意，託之於小説而其書易行，出之以諧談而其言易入。然則《閲微草堂筆記》數種，其覺夢之清鐘、迷津之寶筏乎？觀者慎無以小説忽之。』

《蒲褐山房詩話》：君閎覽博聞，才情華贍，少日已爲史文靖公、劉文正公激賞，及再入詞垣，適以詞臣奏請將《永樂大典》内人間罕覯之書鈔録流布，既而詔求天下遺書，開四庫館，令君與陸君錫熊總司其事，考異同、辨真僞，撮著作之大凡，審傳本之得失，撰爲《提要》進呈預覽，上皆閲而善之。其未鈔録者則爲存目以設之，分繕七部，貯於文淵閣、圓明園、熱河、盛京及揚州、金山、杭州諸處，嘉惠來學。又加以《提要》二百卷，使讀者展閲了然，蓋自列史藝文、經籍志及《七略》《七録》《崇文總目》諸書以來，未有閎博精審若此者，蓋文治之極隆而儒生之榮遇也。逮爲禮官之長，恭遇高宗純皇帝御宇六十年，行内禪之儀，進册授寶，宏規盛事，皆千古禮儀之所未備。禮臣參稽經訓，綜以會典，斟酌進呈，均蒙俞允，次第舉行，普天同慶，亦君所擬定者爲多。君黼黻昇平，甄綜羣籍，故其應制之作，雖爲詞苑所宗，而於尋常所著，不復珍惜成編，兹於館課偶存中録存梗概，已無愧於燕許、楊劉，而試帖體乃國家所以取士，大小試無不用之，故所録特多，俾爲士林準則也。

《紅豆樹館詩話》：昔蘭泉師輯《湖海詩傳》時，《文達公全集》尚未板行，故僅就平日所録應制諸作入選是集。公孫香林觀察於嘉慶十七年校梓，公生平精力已萃於《四庫全書》，兹集特泰山之配林耳，然皆直抒胸臆，不事雕飾，而天姿超邁，聞見博綜風雅之旨，動合古人，故著録較多云。

按：公高祖，名坤，字厚齋，明隆慶中諸生，有經世志，久而不遇，崇禎壬午卒。生平憂時感遇，託之於詩，集名《花王閣》。原本燬於兵燹，乾隆中其曾孫容舒檢録殘稿付梓。翁覃溪學士稱其怫鬱沉痛，與桐城錢飲光相頡頏。此集晚出，諸選家概未登録，附載數章於此。《所聞》云：『出門復入門，憂心日草草。何時黄巾平，骨肉得相保。治亂相倚伏，此理信穹昊。河清會有期，恨我生太早。側聞闔外事，功罪日紛擾。恩怨亦人情，吾敢悖諸老。且願緩報施，稍待風塵掃。』《聞孫閣部罷歸》云：『岌岌寧前戍，朝朝起戰雲。如何大丞相，翻作故將軍。國尚多清議，權仍屬聖君。

廟堂寧左計，或恐是傳聞。』《半夜》云：『半夜倉皇接報書，開緘拍案一驚呼。諸公至此吾何望，天道如斯古所無。敧枕沉吟連夢寐，挑鐙絮問怪妻孥。披衣啓户看乾象，黯黯寒星數點孤。』《哭董天士》云：『事事知心自古難，平生二老對相看。飛來遺札驚投箸，哭到荒村欲蓋棺。殘稿未收新畫册，餘貲惟賣破儒冠。布衾兩幅無妨殮，在日黔婁不畏寒。五岳填胸氣不平，談鋒一觸便縱横。不逢黄祖真天幸，曾怪嵇康太世情。掃榻有時邀月入，杖藜到處避人行。料應塵海無堪語，且試驂鸞問紫清。百結懸鶉兩鬢霜，自餐冰雪潤空腸。一生惟得秋冬氣，到死不知羅綺香。寒蕒村醪纔破戒，老栖僧舍是還鄉。祇今一瞑無餘事，肯要青蠅作弔忙。十年相約謝風塵，天地無情隕此人。亂世逃禪聊解脱，衰年哭友倍酸辛。關河泱漭連兵氣，齒髮蒼浪寄病身。泉下有靈應念我，白楊孤冢亦傷神。』《土寇夜至掠古琴去》云：『廿載懸塵壁，何人問此琴？可憐兵火裏，此輩乃知音。枯桐閲歲多，神物含靈爽。正直七條弦，汝彈恐不響。』《塞下曲》云：『關前衰草冷烟迷，關内驊騮十萬蹄。且喜年來邊塞近，紅閨不用夢遼西。』

擬古

其一

十三學擊劍，十四能談兵。十五買駿馬，慷慨從軍行。路逢魯朱家，車騎何縱横。邀我登高堂，置酒吹竽笙。感君意氣重，亦欲傾平生。丈夫誓許國，邊徼方長徵。

其二

魯連天下士，本自澹宕人。一朝感世故，高義横天雲。力排新垣衍，長揖平原君。事成竟高蹈，翩然還隱淪。我讀短長書，感激爲沾巾。千金亦易辭，所貴却秦軍。

贈戈芥舟

其一

長鯨跋浪出，萬里滄溟開。三山岌欲動，倏忽生風雷。夫君振高節，早歲馳雄才。胡爲久蹉跎，幽鬱使心哀。緑草春離離，感激黄金臺。

其二

饑鷹思掣鞲，疲馬思疆埸。壯志雖不遠，猛氣猶飛揚。緬懷古烈士，撫已多慨慷。不有辛苦人，焉識勞者傷。長鋏發哀彈，惻惻沾衣裳。

食棗雜詠

其一

八月剥棗時，檐瓦曬紅皺。持此奉嘉賓，爲物苦不厚。豈知備贄謁，兼可登籩豆。桂子不可食，馨香徒滿袖。

其二

東海逢安期，食棗大如瓜。物類或殊常，聞者以爲誇。豈知玉井蓮，乃有十丈花。鯤鵬談變化，焉可疑南華。

送内子歸寧

門外馬蕭蕭，僕夫已引鞚。之子有遠行，向曉徵輪動。中懷忽振觸，展轉增沉痛。昔日爾歸寧，阿母倚門送。舉手引諸孫，瀕行猶撫弄。今日爾歸寧，撫棺惟一慟。秋塵生繐幃，蛛網垂梁棟。爾母雖他鄉，還家悲喜共。我母隔重泉，耿耿空魂夢。入門三太息，淚漬麻衣縫。

送汪劍潭南歸

探珠合浦水，采玉崑崙丘。天琛世所羨，豈不窮冥搜。陸離燦百寶，安得一一收。所以盛明世，奇士時淹留。常情多感慨，達識無怨尤。遇合各有期，蘭菊殊春秋。汪子負奇調，鉅海吟蒼虬。風波偶蹭蹬，歸買淮南舟。長安居不易，無計爲子謀。潞河千里水，送子心悠悠。努力勤自愛，舊業重研求。駿足皆得路，豈獨遺驊騮。三年一彈指，挾策來皇州。岧嶤蓬山頂，偕子驂鸞游。

題同年謝寶樹小照

往者詣公車，爾我憐同調。馬上慘緑衫，翩翩兩年少。中間各仕宦，人事紛繚繞。彈指廿六載，駒隙忽停照。秦中暫相遇，我正適邊徼。草草敘悲歡，未暇觀顏貌。生還荷聖慈，重待金門詔。君亦方內遷，握手再一笑。自憐雙鬢改，對鏡惄焉悼。看君鸞鶴姿，尚與當年肖。寫真入畫圖，明月清光耀。花樹陰翳如，微風吟萬竅。朱顏發春醅，宴坐姿歌嘯。自是丰神佳，非關畫手妙。盛衰寧有常，年齒何足較。展卷一慨然，榮枯隨所蹈。

馮實庵侍御繪種竹圖，賦贈

通明挂朝籍，不礙松風夢。天懷澹宕人，雅尚自殊衆。馮公負奇穎，廊廟資梁棟。紫霄登禁近，丹綍司傳奉。乃於退食閒，竹效王猷種。閒庭翠影交，虛牖涼飆送。蕭然悅清曠，邈爾謝喧鬨。雖復在朝市，不異樓巖洞。高韻寫丹青，逸氣無羈鞚。憶我掌烏臺，鼎彝識典重。心儀命世才，擬薦明時用。誰知恬靜情，頗異彈冠貢。鶴籞日從容，豸冠甘侍從。未羨沈侍郎，夜游騎白鳳。足知孤直志，真與此君共。非徒託畫圖，姑以資清供。憶我少年游，意氣恒飛動。老來知斂退，塔樣參無縫。公餘日枯坐，如以鑰收汞。惜無竹里館，得句閒吟誦。何當訪高齋，馬遣吴童控。嘯詠招七賢，往來邀二仲。青鸞拂纖尾，緑蟻酌深甕。閲音修篁下，風月資嘲弄。形骸兩俱忘，一笑同豪縱。

題汪鋭齋蕉窗讀易圖

詩書春秋禮，掇自秦餘燼。人事紀其常，天道於斯藴。易從象數生，推闡陰陽運。天道發其微，即爲人事訓。消息察往來，剛柔明逆順。示以從迪吉，戒以凶悔吝。軌轍徑不迷，坎窞車寧僨。兹實導庸愚，豈但傳才俊。徒以類術數，頗爲諸儒紊。禨祥焦京衍，讖緯哀平溷。鑪鼎借坎離，生尅歧壬遁。良由易道廣，各執一端論。小技矜別傳，畸士遂旁訊。譬如鼹飲水，祇自足其分。寧知江海流，環絡萬州郡。經神起北海，經籍道一振。睎聖固云遥，去古終爲近。其釋乾初九，證以歷山舜。明明四聖心，玩象知可信。云何王與韓，清言標魏晉。沿及宋淳熙，恍惚彌難問。楊簡王宗傳，妙悟求方寸。公然啓禪關，密爾談心印。横流極李贄，詭辯驚蘇濬。梵筴共相參，羲畫何曾認。易家惟此疾，癥結醫難診。汪子沉潛人，嗜古自髫齔。時披黄卷吟，未悵青衿困。百氏擷膏馥，六藝漱芳潤。洙泗舊韋編，研索志尤奮。初如目擬鵠，久漸心游刃。訓詁溯根原，考證求詳慎。自尋理窟深，戒鬬談鋒迅。恒虞侈空談，聖籍留遺恨。沉思閲幾秋，過眼倏一瞬。讀易偶成圖，吴霜已點鬢。會我典春闈，愛爾雄文陣。竟從萬馬中，得此千里駿。嘗於秋雨餘，庭户無塵坋。聽講中孚爻，遺文旁摭捃。喜其經詁經，如驂之有靳。仙班纔注籍，歸路俄發軔。持圖索我題，我老目生暈。秋燈黯黯緑，勉爲排聲韻。憶編四庫書，異學多所擯。力守儒墨防，頗持法律峻。冀求千載心，敢避經師慍。今日頭欲白，筆鋒嗟已鈍。年來所相士，似子良云僅。期子付衣鉢，努力其精進。

伊雲林光禄左手寫經圖

青年負盛氣，白首消壯心。誰以桑榆景，辛苦翰墨林。况乃鑿齒痛，久作莊舄吟。平時扛鼎筆，荏弱安能任。先生大智慧，妙悟參觀音。千手如一手，思議不可尋。静者忘其静，枯木僵寒岑。動者隨其動，呼吸磁引鍼。右詘左自支，仍此揮緑沉。徐公巾箱本，興到時摹臨。居然下帷士，惜此分寸陰。殆於受書日，汲古直至今。丹青偶寫照，展視正我襟。譬如見獵喜，亦復思從禽。所悵七旬餘，兩鬢霜雪侵。公餘退食暇，睡思恒不禁。且於撥鐙訣，講肄原未深。不求分黑白，焉辨晳與黔。有手懶拈毫，歲月空駸駸。愧君半支廢，書字猶成金。舉觴擬自罰，恨不能酌斟。嚴冬雪壓屋，寒氣方蕭森。譙樓欲三鼓，呼婢理夜衾。姑以無成虧，託彼不鼓琴。

倪鴻寶先生《小桃源》詩真迹，用覃溪前輩韻題後

筆墨意蕭疏，宛與高人對。頗疑揮翰手，或是孫登輩。不然謝幼輿，宜畫丘壑内。寧知鐵骨翁，生逢龍戰會。偶遇輞川圖，閒詠嚴陵瀨。一木知難支，激而談世外。京貫石紛呶，黄農惜不逮。温然忠厚旨，未失風人派。碧血悵久埋，黄絹今猶在。憑看淡墨中，力透雲牋背。

曉發泰安，距泰山二十五里，不及登

游山不游岱，一覽羣峰青。有如研百氏，而不窺六經。古人訪五嶽，不憚萬里行。云何跬步地，蠟屐靳一停。壯游良所愛，於役自有程。薄暮宿泰安，驅馬雞三鳴。是時日未出，東望清冥冥。少焉宿靄破，突兀天孤撑。白雲流漭泱，纔挂山腰横。想見萬仞頂，咫尺捫晨星。俯視海氣白，天水相合并。鴻濛破一罅，滉瀁朱霞明。陽烏矯翼上，浪捲羲輪赬。蕩滌蛟蜃氣，寥廓天地清。安得排雲上，一快磊落情。但愁奇偉景，使我心目驚。風雲月露手，大敵非所嬰。登高不得賦，瑟縮難爲振策天門上，奮袂超崢嶸。興酣吐奇語，高詠羣神聽。砉然千山響，下界驚雷霆。

形。兹游雖未暇，且免羞山靈。願讀十年書，萬卷儲精英。培養雄直氣，鬱勃胸中生。

盤門舟次別申圖南，時圖南公車北上

水氣夜蒼然，寒月墮前浦。客子念將離，切切挑燈語。經年思一晤，握手傾肺腑。相見轉茫然，紛如春繭緒。雞鳴星漸稀，黯淡天欲曙。揮手在須臾，倚棹兩悽楚。我輩風雲志，豈復效兒女。意氣感人心，惻惻不自主。之子縱横才，功名夙自許。去去勿復言，老人方望汝。長安舊賓客，此日各處所。南北天一涯，爲言力自努。長河水悠悠，今夕吴江渚。欲知遠客心，摇似舟邊櫓。

過嶺

大雪羃荒榛，凍雲壓高樹。衝寒上高嶺，岡巒莽回互。蒼然暝色合，四望疑無路。迂曲得人蹤，一綫微通步。仰睇鬱嶒崚，俯窺杳烟霧。隔澗見行人，蠕蠕似蟻附。高者木杪縣，卑者草際露。前者傴而援，後者聳而赴。石磴滑屢顛，林風吹欲仆。徒侣遞相呼，十步九回顧。慄然悸心魂，失足愁一誤。側聞定鼎初，狂童此負固。桓桓李文襄，轉戰實兹處。仰攻彼尚克，徐行今乃怖。人生才地縣，寧止恒沙數。丈夫志四方，感激酬知遇。仗鉞良未能，叱馭吾共庶。黽勉趣役夫，去去無多慮。

交坑夜泊

瞑色從西來，亂山青莽莽。灘河戒夜行，薄暮收雙槳。連朝困登陟，兹夕遂偃仰。飛泉樹杪來，一瀉落百丈。徹耳鳴琤摐，頗使心神爽。荒戍纏薜蘿，孤卒友魍魎。喜無鉦鼓音，亂此環珮響。夜静人語稀，沙岸自來往。流雲漸欲破，山月微微上。兩月纓上塵，浩歌濯滄漭。

與周闇章圍棋遂成長句

平生苦爲吟詩瘦，未向棋經尋句讀。閒中游戲資一笑，落子丁丁消白晝。據枰乍似賁育勇，脱手全如風雨驟。不須步伐約三軍，搏戰直前相踐蹂。略同穴鼠勇怯争，何必率然首尾救。忽然趨利蹶上將，俄已合圍逐窮寇。勢堅猶作蚍蜉撼，局蹙偏憐困獸鬭。紛紛潰卒指可掬，孑孑餘生出自竇。游魚莫笑釜底逃，鉅網或亦吞舟漏。路盡已愁車擊轂，尋隙仍思風入腠。斂子方歎輿尸歸，抵掌不殊凱歌奏。外内空構鄭門蛇，王霸終分陳寶雊。枯棋三百通兵家，九等元機自天授。縱横方罫盡變態，思苦不辭心腎鏤。爛柯未必遇神仙，木鑽去聲石盤何日透。我曹無事坐孤館，紋楸一局邀朋舊。喧閧雖似劍逐蠅，無心誰識云出岫。淪漣風水適相遭，縠文蹙起微波溜。須臾境過兩俱忘，風本無聲水不皺。勝固欣然敗亦喜，東坡妙語誠非謬。試從能者較得失，佩劍何妨分左右。興闌客散自下帷，微風一綫沉烟逗。

寄壽徐筠亭先生

生日詩列吟卷中，誰歟倡者羅江東。此風一扇八百載，吴牋擘畫丹沙紅。震川先生稱鉅手，更以壽序煩鐫工。銀屏錦帳入青簡，文格破碎從嘉隆。生平偃蹇懶爲此，捉刀往往聽兒童。胡爲一旦破戒律，手題長句封郵筒。筠亭先生天下士，牙籤萬軸羅心胸。暮年戒養古曾閔，早歲爲收今黄龔。行年七十老無恙，蒼顔白髮柯青銅。我家舊宅近横海，早聞父老談清風。到閩兩載未相識，伊人秋水無由從。赤霄麟鳳衆所望，尺素頻托微波通。親撰杖屨吾尚願，何况片楮勞雕蟲。樂全先生鐵柱杖，寄詩原有東坡翁。其人顧視何如耳，寧云一律從同同。梅崖居士今鉅筆，蹴踏揚馬如奴僮。頗聞文字慎許可，寸莛未許撥洪鍾。獨於先生一傾倒，昌黎東野相雲龍。定知亦有文爲壽，華鯨相與鳴春容。老人黄公今健否？鷃冠憒憒非真聾。此客嚴冷頗難致，祝君想亦親扶筇。因君問訊道好在，爲我一勸琉璃鍾。

松巖老友遠來省子，偶出印譜索題，感賦長句

陽關西出二載餘，歸來再直承明廬。艱難坎坷意氣減，閉門漸與交游疏。西風昨夜到梧葉，悽然白露滋庭蕪。軒車雖復謝時輩，觴詠頗亦思吾徒。門前剥啄者誰子，昂藏老鶴清而癯。故人忽自天半落，踉蹌躡屐遥相呼。憶昔把酒談篆刻，布衣之舊晨昏俱。迢迢一别十六載，秋鴻未寄尺素書。誰知古道淡以久，形骸雖隔心相於。聞我生還如再世，霜華漸欲侵髭鬚。常恐從此相見少，不辭策

蹇紆長途。我聞握手再三歎，蒼茫百感交斯須。誰言草野貧賤士，乃能不逐炎涼趨。古云書畫繫人品，天然高致非臨摹。豈知一藝能造極，立身亦與常人殊。向來知子殊不盡，但誇鐵筆鐫蟲魚。題詩擬續印人傳，較工論拙徒區區。舊題松巖印譜，有他年維續印人傳，惜哉不遇周侍郎句。如今始識天下士，此人此藝今皆無。幸子老眼尚如鏡，莫辭寸鐵磨昆吾。晴窗爲我鏤山骨，長揖頡籀相爭馳。他年片石以人重，姓名託子留寰區。

己卯秋，錢塘沈生寫余照，先師董文恪公爲補幽篁獨坐圖，今四十年矣，偶取展觀，感題長句

我家京國四十年，俗情入骨醫難痊。堂多隙地居無竹，此君未省曾周旋。先生此畫竟何意，忽然置我幽篁間。當時稽首問所以，淋漓潑墨笑不言。毋乃怪我趨營猛，諷我宴坐娱林泉。拈花微旨雖默解，拂衣未忍猶留連。人生快意果有失，一蹶萬里隨戎旃。孤城獨上望大漠，泱漭沙氣黄無邊。慨然念此畫中景，有如縹緲三神山。枯魚書札寄魴鱮，風波一失何時還。玉門誰料竟生入，嗚珂又許趨仙班。歸來展卷如再世，羊公重認黄金環。少年意氣已蕭索，傷禽寧望高飛翻。但思臣罪當廢棄，驂鸞忽躡蓬萊巔。友朋知己尚必報，況乃聖主恩如天。文章雖愧日荒落，江淹才盡非從前。石渠天禄勤校録，尚冀勉滌平生愆。以此躊躇未能去，故人空寄歸來篇。湖州妙蹟挂素壁，風枝露葉横蒼烟。彈琴長嘯縣明月，相從但恐終無緣。畫雖似我我非畫，對之仍作他人觀。盤陀石上者誰子，杳然相望如神仙。

題羅雨峰歸帆圖

胸中奇氣蟠蛟螭，蹉跎乃作老畫師。逢時以畫已自惜，况於落拓難逢時。秋聲昨夜到庭樹，蒼苔滿院吟蟲悲。墨君堂冷人蹟少，牡丹終不塗胭脂。禿毫敗楮自寫照，孤帆一片天之涯。斜陽不語光錯落，寒雲無色氣慘悽。數筆草草暈淡墨，中有萬古騷人思。我來相訪掃塵榻，默默坐讀無聲詩。嗟我之子且小住，吾曹數輩猶追隨。他時鼓棹烟水外，沙鷗蘆雁知君誰。

題吴香亭古藤詩思圖 藤爲新城王文簡公手植

三才萬象窮梳爬，詩翁秀句含天葩。瓊箋九萬寫不盡，餘香散作庭中花。夭矯老幹三十尺，蛟螭倔强相盤拏。炎天冪冪張翠幄，春風裊裊吹紫霞。老仙一去六十載，孤根半載莓苔遮。烏衣燕子銜落蘂，蒼涼已使人咨嗟。云何瞥眼更小劫，翦伐不遺留枯槎。花神夜泣紅淚盡，離魂何處愁天涯。豈知一物有顯晦，冰霜閲徧逢春華。蘭成宋玉遠相繼，舊宅仍是詞人家。鶴林天女忽自返，嫣然一笑窺窗紗。始知神物終有待，人間斤斧焉能加。昨秋乘興偶過訪，滿庭緑影紛横斜。三生石上恍相遇，牽蘿翠袖真無差。所惜不及花正放，恨無羯鼓冬冬撾。相期待取韮英會，醉看珠毬垂檐牙。淵明何事又卜宅，徒留空館棲昏鴉。有形自古無不盡，電光過眼飛金蛇。長留但有文章壽，流傳往往千年賒。敬愛寺藤無寸蔓，東川詩句今猶夸。此藤縱落他人手，飄零賤視如蓬葭。得公一記足不朽，其壽已比恒河沙。漁洋有靈應起舞，吾花不枉重萌芽。惜哉手種羊城樹，欲子見之山川遐。

蝶翅硯

羅浮蛺蝶翅盈尺，五色天衣雲錦織。偶然仙蜕落空山，風雨多年今化石。誰歟琢硯吾得之，惜無好句題烏絲。何當喚起謝無逸，倩寫柳絮梨花詞。

題陸耳山副憲遺像

性情嗜好各一偏，如火自熱泉自寒。文士例有山水癖，惟余兹事頗無緣。東嶽嶒峻倦躡屐，西湖浩渺懶放船。幔亭峰下三度宿，亦未一訪虹橋仙。我去君來握使節，乃能煮茗千峰巔。旁人錯認陸鴻漸，前身猜是楊大年。羡君雅調清到骨，笑我俗病醫難痊。有如帶劍異左右，定知結佩分韋弦。寧識相與無相與，此故不在形骸間。蓬萊三島昔共到，開元四庫曾同編。兩心别有膠漆契，多年皆似金石堅。一旦東流驚逝水，至今南望悲荒阡。丹青忽見形仿佛，存亡彌覺情纏綿。况復衰翁已七十，黑頭久矣成華巔。新交日换舊交少，鑿柄往往殊方圓。緣此傷心感曩昔，披圖相對不忍還。題詩半夜昏燈緑，招魂何處霜楓丹。老屋驚寒風瑟瑟，深冬釀雪雲漫漫。徘徊不寐坐長歎，伊誰解識余辛酸。

張南華先生夏木清陰圖，爲伊墨卿題

麓臺先生吾未見，少年猶識南華翁。當時畫蹟家家有，視之亦與尋常同。東山夫子今北苑，乃獨心折於此公。謂其繪事有縣解，千變萬化猶神龍。不離法亦不立法，意之所到無畦封。即一題署一跋識，不求工處天然工。祇恐雲烟一過眼，百金一紙求無從。星霜荏苒五十載，老仙已返東海東。日久論定始見貴，位置擬入神品中。僉曰妙在六法外，追黄公望凌王蒙。惜哉縑素日零落，贋本雜出真稀逢。畫家欲作無李論，辨别往往煩南宫。君從何處得此軸，蒼嵐葱鬱緑樹濃。長夏溽暑張素壁，乍覺滿室生清風。忽憶斯與堂中坐，東山，夫子堂名。見公偶遇裘司空。韓門弟子皆在席，一時同把琉璃鍾。酒酣索紙潑墨瀋，立成七幅青芙蓉。手持一一分座客，左顧右盼意氣雄。前輩風流宛如昨，雪泥無處尋飛鴻。徘徊對此三太息，彈指歲月何匆匆。豈但一卷斷橋景，年深久矣飽蠹蟲。余分得小景一幅，近邊一橋，誤畫其半於毗連别幅上，先生因戲題一絶曰：『杈椏老樹翳危坡，坐愛閒雲過眼多。略彴不須安對岸，怕來俗客到山門。』一時傳爲佳話，今不知落何所矣。題詩自覺筆力減，老夫亦已頭欲童。

題田綸霞司農大通秋泛圖，爲馮鷺庭編修

新城司寇詩無雙，巧翻舊調成新腔。門牆奔走天下士，如齊晉楚雄諸邦。飴山居士獨相軋，偏師馳突横衝摐。左右佩劍遞相詬，至今兩部尋戈鏦。於時脱屣門户外，長河田與吾丘龐。龐公掃蹟坐嘯詠，公餘惟對花一窗。田公博麗特自喜，龍文之鼎筆可扛。雖愧盧前恥王後，肯屈陸海輪潘江。如虬髯客扶餘國，亦不攻剽亦不降。當年聲望雖小減，無言要勝言而哤。此圖作在監兑日，潞河攩客浮輕艭。入室既少操戈鄭，縱談寧慮彎弓逄。揮毫拈韻詩落紙，飛觴催醻酒滿缸。丹楓兩岸醉秋色，緑波十里鳴寒瀧。風流文采致足樂，興酣吐氣横天杠。何必詩壇執牛耳，岸然大將麾旌幢。嗟我多年事筆硯，自知性僻心愚惷。戚施但可仰直鎛，都盧一任飛緣橦。今朝無意見此卷，幾回夜讀挑殘釭。風微人往百餘載，睪然高望猶踔躞。

桂未谷簪花騎象圖

才人縱以官爲戲，騎象簪花無此事。先生此畫吾了知，聊明不薄炎荒意。昔年曾讀驃國詩，清平官亦工文詞。從來六詔解聲律，勿云鳥語皆侏㒧。先生經學能稽古，辨別形聲研訓詁。定以詩書化百蠻，風琴雅管成鄒魯。他年續補樊綽書，卷端合遺鐫斯圖。閒中指點向親故，作吏曾經此地居。

劉石庵相國藏經殘帙歌

雙丸迅轉須彌頂，盤古至今彈指頃。生生滅滅萬恒沙，問所以然都未省。即如妙蹟留人間，筆陣縱横各馳騁。吉金貞石有時銷，片楮偏能傳世永。此經斷裂蠹蝕餘，幾付丙丁剛遇拯。如云佛力所保持，何不全帙皆完整。或曰墨寶神撝訶，胡不護惜張鍾等。乃知剩此亦偶然，一瞥電光仍幻景。先生示我索我詩，五十八首原井井。佛法書法兩不知，佳處安能一一領。惟喜楮墨閱千年，黯然古色如彝鼎。風寒日短賓客稀，展對暫游清凈境。明窗朗朗近南榮，斜照沉沉挂西嶺。幾回卷束又重開，哦詩不覺衣裳冷。忽然有悟還自笑，此如雁過長空影。云何墮落文字禪，夢中説夢猶難醒。

以詩投諸友索和竟日無耗走筆戲促

諸君袞袞皆詩豪，排突沈謝凌風騷。河間傖父不量力，奮臂輕以偏師挑。方看大將建旗鼓，揚兵飛矢風雲交。胡爲忽作閉門守，竟高其壘深其濠。毋乃才似千鈞弩，羞爲鼷鼠彎烏號。否則欲作國手奕，棋以不著方稱高。就中趙子尤健者，縱横自許劉與曹。朝躡蠟屐探雲竇，夜持粲玉酣松醪。推蓬偃蹇氣蓋世，狂呼往往驚潛蛟。胡不百篇但斗酒，瑟縮不畏山靈嘲。僕今躍馬再摩壘，請君一奮七尺刀。不然徑可遺巾幗，便呼舟子摇輕舠。

忻湖佑、申東田各以和章見示，春碉詩亦踵至，疊前韻賦謝

翩翩書記皆雄豪，揮毫落紙風刁騷。天生雲錦自五色，花紋不待絲絲挑。昨與詩敵決勝負，盤矛左右凡三交。旁睨莊惠静相對，忘言忘象游於濠。正如老鶴翔寥廓，喔喔恥與家雞號。偶然興到一長嘯，天風散入寒雲高。清音忽遇謝吏部，粗材自愧高敖曹。雖然飲量一蕉葉，朗吟亦欲傾村醪。定有江神夜出聽，赤虯前導驂青蛟。臣朔滑稽固天性，斂手安敢重詼嘲。八閩才藪富珪璧，雕劖正借昆吾刀。論文把臂幸多暇，不辭日日呼漁舠。

建陽城外謝疊山賣卜處

疊山信州兵敗，竄蹟賣卜於建陽。據邑志，今建溪驛前，是其故處。而偏檢藝文無一詩，豈此邦之人喜以理學相矜詡，尊性命而薄事功，流弊所至，乃並忠孝薄之耶？過其地，爲補一詩，亦紫陽表晉徵士之意云爾。

一聲白雁江南秋，六橋烟冷芙蓉愁。霹靂夜繞鎮南塔，杜鵑飛上冬青頭。王孫芳草漂泊盡，江海猶有孤臣留。疊山心事比信國，竄身避地來閩甌。垂簾聊作成都隱，采薇亦是西山儔。饑魂何處覓舊主，殘碑終古鄰山郵。韓陵片石堪共語，詩人宜向奚囊收。手披邑乘六七過，竟無一語當何由。陶潛大書晉徵士，綱目實繼麟經修。紫陽家法今尚在，後儒胡不承箕裘。我行過此三歎息，徘徊俯視漳灘流。河聲亦似氣鬱怒，寒濤澎湃風颼飀。

竹下閒行有懷

竹徑秋風急，琤然鸞鳳音。枝高時動影，葉薄不成陰。我有王猷興，徘徊盡日吟。因憐空谷裏，翠袖暮寒深。

次韻張晴溪孝廉游盤山

瀟灑張公子，尋幽上翠微。山光春染黛，雲氣曉生衣。路轉千峰合，泉鳴一練飛。桃花正相待，濃露未全晞。

王菊莊藝菊圖

東籬千載後，癖嗜似君無。以菊爲名字，隨花入畫圖。秋深人共淡，香晚韻逾孤。可要王宏輩，重陽送一壺。

蘇虛谷墨竹

曾記湖州派，親傳玉局翁。至今老孫子，仍有舊家風。意出杈椏外，神留蕭瑟中。平生疏落性，原與此君同。

送朝鮮使臣柳得恭歸國

古有雞林相，能知白傅詩。俗原嫻賦詠，汝更富文辭。序謝三都賦，才慚一字師。惟應期再至，時説小姑祠。

送朝鮮使臣朴齊家歸國

貢篚趨王會，詩囊貯使車。清姿真海鶴，秀語總天葩。歸國憐鼂監，題詩感趙驊。他年相憶處，東向望丹霞。

爲伊墨卿題劉文正公墨蹟

其一

功業留青史，寧因翰墨傳。偶然覩舊蹟，亦足想當年。風采瞻前輩，收藏藉後賢。好將心正語，記取柳誠縣。

其二

銀粉多殘蝕，毫端尚有棱。憶同王大令，深論趙吳興。記石庵先生語。片紙存今日，諸天隔幾層。記顧君德懋語。白頭門下士，感慨意難勝。

送桂未谷之任滇南

其一

地遠山水僻，滇南俗最淳。將求司牧者，合用讀書人。政暇仍稽古，官清自耐貧。向來餐苜蓿，本似棣州陳。

其二

秋風吹萬里，送子宦天涯。驛路今無梗，山城亦自佳。琴餘披訟牒，吏散静衙齋。漁隱編叢話，應能手自排。桂搜古今詩話，成數十鉅册，方事編纂。

寄董曲江

五緯宵明壁府寬，風雲翕合競彈冠。相攜諸子蓬萊島，時憶先生苜蓿盤。名士爲官原灑落，詞人垂老半饑寒。祇應雪夜哦新句，且付彭城魏衍看。

對雨有作，呈錢少司寇

匝地陰雲晚未晴，蕭然獨坐閉柴荆。天涯芳草愁相憶，塵匣瑶琴澀不鳴。夢裏園林騎馬路，病中風雨賣花聲。玉泉上下芙蓉渚，一夜新流幾尺生。

送郭石洲歸洛陽

風起盧溝萬柳斜，河梁欲别曉啼鴉。天涯春盡憐芳草，遠道人歸過落花。游士真成蘇季子，少年珍重賈長沙。含情一片長安月，夜夜隨君共到家。

題雪溪墨竹

襹褷一丈青鸞尾，何人縮入尺幅中。可憐隨手暈淡墨，尚令撲面生清風。亭亭自倚瘦石立，落落一掃凡葩空。嵇康阮籍都不畫，入林肯著王安豊。

懷朴齊家

偶然相見即相親，别後匆匆又幾春。倒屣常迎天下士，吟詩最憶海東人。關河兩地無書札，名姓頻年問使臣。可有新篇懷我未，老夫雙鬢漸如銀。

壬戌會試閲卷偶作

其一

三度來登鳳味堂，蕭疏兩鬢已如霜。衰翁寧識新化樣，往事曾吟古戰場。陸贄重臨收吏部，劉幾再試遇歐陽。當年多少遺才憾，珍重今操玉尺量。

其二

桃李霏香滿禁城，春官又得放門生。文章奥妙知難盡，意氣飛騰亦漸平。此日歐梅欣共事，向來韓范本無争。諸公莫惜金篦刮，使我看花眼暫明。

其三

拭目挑燈夜向晨，官奴莫訝太艱辛。應知今日持衡手，原是當年下第人。誓約齊心同所願，丁寧識曲聽其真。顔標錯認知難免，恕我明春是八旬。

其四

雖曾辛苦檢書倉，四庫編摩老漸忘。稽古未能追馬鄭，論詩安敢斥蘇黄。曲江春宴花無數，遼海秋風淚幾行。多少遺珠收不盡，中宵輾轉漏聲長。

有感

百感蒼茫悵有思，鯫生曾忝鉅公知。八叉賦就真憐我，一瓣香焚却爲誰。白髮甘心歸故里，黄泉留面見先師。平生最薄樊南李，東閣題詩不再窺。

留別及門諸子

祖帳青門握手頻，臨歧猶自語諄諄。皇恩四度持文柄，遠道三年別故人。天上鵷鸞懷舊侶，謂桐嶼雲房諸子。園中桃李待新春。謂惠叔等。明時稽古多榮遇，努力京華莫厭貧。

却寄舊寓葛臨溪、姚星岩、王觀光、吴惠叔四子

幾載追隨擁絳紗，祇今雲雨各天涯。新春定有重歸雁，舊圃誰澆手種花。敢道諸君長作客，所憐此日半無家。長安米貴吾曾記，一夕關心鬢欲華。

舟泊常州聞湖南撫軍將至

薄暮蕭然且賦詩，冷官風味本如斯。租來淮上船三板，沽得蘭陵酒數卮。寒犬争偎新撥火，啼鴉亂揀最高枝。一川暝色推篷望，隱隱笳簫送畫旗。

夜泊吴江

已是銀蟾挂柳梢，纔收官舫泊塘坳。昏烟欲合孤城閉，遠水微明小港交。寒鷺多情時近客，栖烏貪睡懶離巢。玲瓏方塔猶相伴，一夜風鈴盡意敲。

寄贈露園四首

其一

四十年來兩鬢星，蕭條生事太元經。長楊羽獵無心賦，載酒何人問草亭。

其二

松火談詩夜唱酬，當年小宋憶同游。王維早貴襄陽老，俱是開元第一流。

其三

豐草長林老杜陵，名場偶逐少年登。騎驢日日長安市，才有新詩上左丞。

其四

獵獵驚風雪打圍，蓚侯城畔射生歸。短衣匹馬何人識，長嘯高原看落暉。

書贈毛副戎

雄心老去漸頹唐，醉卧將軍古戰場。半夜醒來吹鐵笛，滿天明月滿林霜。

題陳氏韞玉西齋遺稿

孤墳葬去一枝紅，烟草年年泣曉風。怪得此人多命薄，香閨也被作詩窮。

又悼田白岩中儀

身後無兒感鄧攸，烏絲零落付誰收。行人多少山陽恨，夜静河聲入驛樓。

富春至嚴陵山水甚佳

其一

濃似春雲淡似烟，參差緑到大江邊。斜陽流水推篷坐，翠色隨人欲上船。

其二

烟水蕭疏總畫圖，若非米老定倪迂。何須更説江山好，破屋荒林亦自殊。

釣臺有感

巋然指點釣臺高，隱士留名亦偶遭。一樣清風辭漢主，更無詞客問牛牢。

國朝畿輔詩傳卷四十三

金玉岡

玉岡，字西崑，號芥舟，天津人。布衣。有《黃竹山房詩鈔》三十卷，《田盤記游草》一卷，《天台雁宕記游》一卷，《粤游草》一卷。

《津門詩鈔》：芥舟先生高淡性成，慕陶弘景、林和靖之爲人，工詩善畫，自成一家。游屐徧天下，名山邃谷，縋險鑿幽，俱留題詠。晚游羅浮，卒於邑。前輩鄭公熊佳電白縣署。

《紅豆樹館詩話》：芥舟野服幅巾，江游海覽，所至佳山水，輒流連不去，津門人士至今高之，五言佳句如『殘燈秋雨驛，衰柳夕陽橋』『老傷親故盡，貧厭子孫多』『衰顔殘夢裏，孤影亂山中』『枯藤寒繫月，遠火夜燒雲』『林鴉猶未起，旅客已先行』『花陰封蝶繭，草色染蛙衣』『秋遞蟬聲苦，風梳柳意凉』『春深山寺雨，夜坐石樓燈』『捲簾通燕壘，掬米散禽糧』，俱清切新逸，不失晚唐人家數。

過青縣

一夜孤篷雨，新潮漲舊痕。野航輕似葉，小縣冷如村。貼水編茅屋，沿堤抱柳根。又隨萍梗伴，暫過酒家門。

游平陽

寒流縈石竇，幽響静中聞。梅塢數峰雪，松根一杖雲。茶留僧舍煮，泉自竹溪分。處處山蘭發，無人氣自芬。

彈琴

危坐忘言久，焚香理素琴。自疑枯木裏，中有古人心。情共秋雲遠，聲隨江水深。興來時一曲，不必有知音。

法藏寺

層巒森谷翠，時有白雲封。澗壑最深處，烟霞第幾重。僧栖一片石，龍卧五株松。到此塵緣絶，空山叩午鐘。

少林寺

青霄明玉笋，隔嶺見浮圖。漱石泉初響，穿花徑欲無。鶴栖雙樹老，雲去一僧孤。坐眺東風好，何時共結廬。

園居詩

園居如避世，歲月道何成。叉手看雲立，無言繞樹行。興來還獨醉，老去漸忘情。剩有愁根在，年年白髮生。

秋園獨酌

持螯傾白酒，小閣蕩幽襟。照水鶴憐影，感秋蟲亂吟。倦開花倚竹，輕響葉辭林。向晚鄰家静，天空聞遠砧。

四月初一日過德州境

客行三月暮，垂老尚辭家。夢覺孤篷雨，春殘野店花。遠燈分蟹舍，新漲没鷗沙。可有伊人感，懷余水一涯。

楚中懷古

故國芳洲草又新，騷魂吟斷楚江春。澧蘭沅芷思公子，峽雨巫雲夢美人。終古微詞誇宋玉，何時哀怨返靈均。賈生更向長沙去，湘水投書共愴神。

金陵懷古

石城王氣没蒿萊，結綺臨春又劫灰。六代戰酣龍虎地，一人吟上鳳凰臺。大江浩渺寒流去，故壘悲凉野月來。太息蒼生誰再起，年年王謝燕飛迴。

曉過紹興城出都泗門

故家簾幙舊樓臺，巖壑分明向北開。水市留人嘗酒去，碧山迎我過江來。門遮冷翠家家竹，窗吸空明岸岸苔。怪底當年元九説，謫居猶得住蓬萊。

重別周道凝兼送別

寂寞分襟處，春風各斷腸。草堂人去後，花落滿書牀。

題畫

風露荒園夜，螢飛草際鐙。小蟲聲唧唧，啼入豆花棚。

秋夜

小窗蟋蟀語更殘，助我閒吟到酒闌。半壁清鐙秋夜永，一聲黄葉墮階寒。

暮過甲馬營遇雨

一盌秋鐙黯不紅，水烟昏黑斷歸鴻。悠悠旅夢無憑處，吹入寒塘夜雨中。

秋夜

夜堂孤坐愁無際，苦欲還山事未能。階下不知風露重，一庭蟋蟀語秋鐙。

題畫

橡葉疏黄柿葉紅，蒼凉石徑自松風。一笻扶我穿雲去，數里寒山落木中。

爲俞楚江題畫

何處容栽百本桑，躬耕祗合卧南陽。買山欲贈緣無力，聊爲先生畫草堂。

爲陳對鷗畫津門送别圖，送之廣陵

斜日津門一尺潮，渡頭相送柳蕭蕭。柔條得繫扁舟處，知在邗江第幾橋。

入房邑作

側坐青驢踏淺沙，亂山影裏帽檐斜。飛來小蝶頻争路，先我沿村看豆花。

京邸口號

小雨疏花細柳條，客懷都向醉中消。青鞋踏徧長安市，日訪殘書覓酒瓢。

訪白龍潭

谷震雲崩萬壑雷，飛流濺雪水縈迴。山人指說修藤上，時有蛟龍曝背來。

畫梅寄章襄華

折得冰梢欲寄難，海天東望路漫漫。知君詩思清如許，故寫梅花贈冷官。

簡查松亭

蒙茸花竹繞貧家，庭户寥寥日又斜。燕子不來簾似水，遲君小院踏槐花。

郊行

二月郊原烟雨多，斜風觸處皺微波。家家門外生春水，草緑池塘泛白鵝。

破帽

雨墊春吹破角巾，簪花共醉幾回春。半遮吟鬢蕭蕭處，頗稱疲驢背上人。

後圃

廢圃荒荒摘晚瓜，攜筐頻過野人家。新寒先到孤村早，秋雪滿灘蕎麥花。

秋日

草蟲聲裏一窗開，黄葉風埋雨後苔。數點秋花寒欲落，無聊蝴蝶更飛來。

題自畫三友圖

松葉梅花相並清，竹梢風撼石溪聲。欲添孤月寒枝上，凍折霜毫畫不成。

秋庭

小窗幽夢出南華，起汲新泉漱齒牙。一樹冷雲吹不去，滿庭黄雪落槐花。

王淑向

淑向，字漢儒，若璉子，開州人。有《斗室集》。

馬允剛《序》：《斗室集》，全學盛唐，格律最正，惟色澤稍枯，音響未高，故終以山林老耳。

八十自壽

不悟無生悟有生，八句潦倒亦何情。才疏未敢同流俗，地僻惟知樂太平。睡足衡門知夢穩，扶來筇杖覺身輕。榮枯有數由天定，丹訣無勞問廣成。

查善和

善和，字用咸，號東軒，宛平人，爲仁子。有《東軒詩草》。

《津門詩鈔》：東軒學問博雅，善自韜晦，好吟詠，所著甚多。

春日即事，和陳寄園甥韻

青袍褫不去，緑鬢挽難留。惜别君還别，言愁我欲愁。榮枯雲變態，歲月水争流。何日花溪曲，漁磯狎素鷗。

早春攜鶴兒出郊

疲馬單裘出郭門，繞堤得得又前村。官卑春草欺袍色，年長秋霜上鬢痕。老僕攜茶行躑躅，稚兒索果語温存。繁華易惹青年恨，風雪荒寒黯客魂。

五十初度，獨步郊外訪菊

帶索行歌自放顛，菊花偏向野人妍。小春荏苒剛三日，暮景飛騰又十年。聞道未深慚後起，知非勉欲企前賢。買臣苦爲嬌妻子，老著朝衣太可憐。

張進思南歸葬親過沽上

籬菊殘如病後身，幾朝風雨暗烟津。故人秋雁聲中到，往事春婆夢裏塵。負土有身真大事，助舟無計坐長貧。江南春曉如相訪，宰樹連山宿草新。

除夕

檐前星斗聊紅炬，户外更籌亂小雞。往事消如鴻踏雪，新愁添似絮沾泥。羞争蝸角遲貧宦，長對牛衣有病妻。偷得閒情付吟卷，挑鐙重檢舊時題。

雨聲

輕陰細雨作新凉，點滴閒階引興長。準擬明年北窗下，緑蕉斜種兩三行。

張鯉

鯉，字禹門，號子魚，撫寧人，坦子。監生。

《津門詩鈔》：禹門善書畫，工詩文，書學趙秋谷贊善，畫法高且園侍郎。殁，年三十九。

過潘五哲堂亦囂書屋

巷陌依然過客稀，緑蘿如幕障斜暉。盈階落蕊春前積，挂壁蝸涎雨後肥。綾刺幾曾容字滅，畫輪空自逐塵飛。京華僕僕勞生地，回首幽居志易違。

張琯

琯，字元白，撫寧人，坦子。

河渚草堂宴集

花外溪頭別有莊，幽人高築讀書堂。怕經俗事門常閉，愛迓貧交徑未荒。業似游楊同立雪，文如軾轍羡連牀。鳴琴雅奏春醪潔，一字詩成滿座香。

聞條弟返津

老病頹唐步履遲，每依南雁憶微之。小春梅報歸來信，定有懷人絶妙詞。

趙思

思，字五疇，號補堂，鹽山人。諸生。有《崠湳集》。

餞郝坦中北歸

揮手送君去，孤舟一水輕。野花分早暮，山氣辨陰晴。别路應呼酒，殘春自聽鶯。布帆無恙在，安穩到高城。

周兆升

兆升，字健南，南宮人。貢生，官昌黎縣教諭。有《蘿月軒集》。

《南宮縣志》：兆升家貧，好學，天才俊逸，肆力於詩。

山村夜歸

薄暮耽幽景，斜暉淡遠山。嵐隨歸鳥盡，人共倦雲還。寺僻鐘聲歇，林昏笛韻閒。莫愁前路迴，明月出柴關。

朱繼善

繼善，字孝本，號舒園，天津人，嘉善弟。貢生，官蕭寧縣訓導。

《津門詩鈔》：先生詩才清妙，惜多散軼。

九日袁碧澗邀同登高，因留小飲

菊萼飄黄楓葉丹，年光轉眼又秋殘。西風蕭瑟頻吹帽，傑閣崚嶒共倚欄。屈指幾回人事變，開懷且任酒杯乾。漫雲冷宦無供給，自有厨中苜蓿盤。

康桓

桓，字瑞公，磁州人。諸生。

《磁人詩》：先生詩學髯蘇，字師顛米，飲酒賦詩，消遣世慮。

通元谷

幽谷茅庵歲月閒，相傳張果悟元關。白雲深處青鸞隱，一抹紅塵山外山。

李汝襄

汝襄，字滄涯，祁州人。貢生，官三河縣教諭。

雨後宿山莊

微雨山路滑，迢迢來遠村。斜陽落沙嶼，流水抱柴門。風静晚烟細，鐙殘茅舍昏。開簾見新月，相對轉銷魂。

螢

月黑長林忽有無，熒熒欲認晚星疏。照殘野店客衣暗，點破碧紗窗影虚。細雨樓臺新霽後，秋風池館夜凉初。蕪城往事成銷歇，莫把流輝問玉除。

王喬洞

洞口何方廣，岈如復奧如。祇疑深窟裏，藏有異人書。

王應楔

應楔，號海峰，任丘人。諸生。有《珊瑚集》。

《任丘縣志》：應楔少負奇志，欲徧覽山川名勝，以親在，不果。後親歿，竟出游不返。所爲詩，神似姚武功。

《紅豆樹館詩話》：海峰詩工五言，邊徵君隨園嘗稱之。句如『明星懸似月，古樹立如人』『村貧肥犬少，寺廢老槐枯』『風迴花影合，水静月光圓』『揖僧殘寺角，繫馬古槐根』『野曠人形小，天清樹影齊』『百年平訟獄，十室半詩書』『孤村連樹瘦，荒草帶烟横』，風格皆在四靈三拜之間。

詠史

我愛龐德公，家居襄水曲。理亂直不聞，樂道方未足。豈真石隱流，世濁遂遠辱。乃復友諸葛，功業敦相勗。雲栖與涉川，何妨各成局。審兹燭理談，胸懷真超俗。視彼卞務儔，不翅珉與玉。遥遥千載下，誰能繼芳躅。

村居

牢落村居静，終年聞見稀。老農驚小吏，熟犬吠新衣。汲井晨尤迫，芸田晚未歸。人情多古處，絶與市廛違。

小春

天氣小春時，寒生不可支。木凋山露骨，池凍水生皮。薰火盈華屋，香醪瀉玉巵。聊吟欣有伴，衹待雪催詩。

舟中曉望

延眺愛朝景，凌霜可泛舟。波心浴孤日，渡口淡清秋。遠鳥烟中出，纖鱗水上浮。龍亭知近遠，一棹入寒流。

孫濂

濂，字貢南，號酒人，磁州人。諸生。

含山縣旅夜

一載江湖客，寒暄誰與論。牀頭金已盡，口内舌徒存。空切原鴒歎，頻驚塞雁魂。片雲隨處住，歸夢繞柴門。

留别葛棟南

喜得還鄉井，歸途不計程。關山孤劍冷，行李一囊輕。客夢隨江水，歸心感笛聲。匆匆分手去，不盡是離情。

枕上

醉後酣眠醒更遲，北風吹雪滿疏籬。擁衾不起非關懶，枕上推敲未穩詩。

杜休徵

休徵，大名人。諸生。

村居雜詩

其一

推敲垂老事，高詠憶龐公。去住忘賓主，依違戀土風。憂勞在隴畝，歸宿等雲鴻。心蹟無人識，年年守固窮。

其二

泉石欣無恙，栖遲此舊林。布衣數來往，蓬户便追尋。松月自長嘯，竹風宜鼓琴。世間榮辱事，不入野人心。

其三

幾家茅舍穩，烟鎖夕陽樓。蟋蟀那知暮，蒹葭自作秋。徑隨山勢轉，水作瀑聲流。投老多愁緒，忘機羡白鷗。

其四

豈慮無衣甚，風吹白露寒。老知高卧好，病怯薄游難。縱壑平生願，依巖此日安。秋英分數種，佳色暮時看。

過林慮

徙倚三峰麓，寒凝水自清。林疏頻見影，谷静欲無聲。傍户雙松立，依泉片石迎。望中烟樹渺，老眼未分明。

趙丹厓明府過訪山齋

捲地黄沙起，迷天白晝昏。人家争閉户，城市寂如村。花信移前約，山光失舊痕。燒鐙殘夜後，猶自戀琴尊。

杜昌言

昌言，字謌堂，静海人。貢生。有《浣花庳詩集》。

旅病

挂壁龕鐙不耐挑，心旌摩壘正摇摇。鯉魚風起音書斷，一掬新愁傍夜潮。

劉我愚

我愚，字癡伯，磁州人。諸生。

客中有感

天涯旅館對孤鐙，何事霜催兩鬢星。壯士自憐頭漸白，窮途誰肯眼垂青。年華荏苒駒過隙，身世漂摇雨打萍。不信千霄輸意氣，匣中寶劍尚龍腥。

曹昕

昕，字暘谷，一字麗天，號綺莊，景州人。有《中田閒吟》一卷。

紀昀《序》：綺莊先生詩沉思怫鬱，妙語希微，窮意象之欲生，挾形神以俱往，加以遭家坎廩，哀時命之不猶，觸緒纏綿，畔牢愁其誰語？當其長愁養病，惟寓於詩，究以不樂損年，竟瀕於死。

李基塙《五君詠》之一：暘谷幼失學，嘲弄本天性。一與蒼嶺游，潛心判雅鄭。慷慨念遭逢，纏綿托比興。流傳少時作，盤空排語硬。

東園晚集，酬露園秋厓右居兄弟

小園日就荒，經歲不一窺。落落幽居意，寧復闢下帷。良朋懷古歡，杖策相招攜。還依緑蘿壁，共傾明月巵。幽籟取次發，好風左右吹。語往感前蹟，辨古覺後知。侵凉夜轉清，交陰樹頻移。風景并難忘，言歸酬妙詞。奬進敷情昵，慕道託興微。奕奕聯珠耀，韡韡花萼輝。伊余慚薄劣，云何承清規。凌晨理散帙，向夕闢荆扉。尚持一尊酒，聊待風雨期。

偶作

孟郊多放言，出門即有礙。門内苟足容，焉須論門外。斗粟出太倉，春得五斗米。汲少不任淘，礫礫沙侵齒。持荷難作梁，牽蘿寧補屋。園林多悲風，花落棘成族。孤興託窮蹟，偏弦感獨難。薄帷鑒明月，中夜聞長歎。

同申仙居游安陵禪院，贈月五上人

衛河迴岸午鐘沉，福地清幽試共尋。一徑莓苔迎客净，四時花木掩關深。輕帆自幻風前影，逝水難留定後心。欲向已公参半偈，蕭蕭松際已潮音。

春日雜感

其一

渴鳥啄冰冰盡開，飛飛争唤好春來。誰人爲憶孤山鶴，獨唳東風怨落梅。

其二

早暮惟聞鳥雀喧，小桃紅蒂已銜殘。庭前欲探春消息，二十四番風盡寒。

吴孃曲

目極迢迢楓樹林，白蘋花落暮江深。夢迴更聽瀟瀟雨，一曲吴孃千里心。

吕淙

淙，字亭育，號石莊，三河人。布衣。有《秋岡書屋詩箋》。

晚秋登鬬雞臺

悲歌獨上斗雞臺，颯颯寒聲動地來。流水冷浮黄葉去，飄風晴捲白雲迴。從軍謾説張侯劍，作賦空思宋相才。西下斜陽天又暝，愁懷潦倒向誰開。

張汝功

汝功，字麗農，南和人。貢生，官井陘縣教諭。

隋碑歌次韓昌黎《石鼓》韻

昌黎昔日歌石鼓，我亦欲作隋碑歌。公筆力扛百斛鼎，余材脆薄將奈何。枯鐵空爾飽墨瀋，禿穎駑鈍慚霜戈。是碑歷千一百載，始斷山骨誰礲磨。石質蒼潤肌理膩，東西贔屭森駢羅。兩峰對峙圭卓立，其形有如大小峨。碑東西各一。白衣蒼狗變陵谷，此碑幸不埋丘阿。有明之世尚完好，應賴好事爲護呵。我曾得觀舊搨本，字畫整齊無舛訛。筆蹤驚絶劇生動，厥體爲隸不爲蝌。鵬怒雕搴勢飄舉，芙蓉快刃剸蛟鼉。方流圓折法好在，槎枒古柏青銅柯。陸離之文更光怪，織以雲錦天孫梭。呿擲鯨鰲大瓌麗，連衍阡陌何委蛇。霜華古翠澀苔蘚，儼湘紫竹斑皇娥。刻石日紀石橋事，盤空虹跨流滂沱。開皇之年始創建，系以洺州暨南和。中郎已往尚有此，延熹華岳堪同科。金石到處有遺蹟，得似碑者能幾多。夫何年多遭淪落，攛置荆棘悲銅駝。碑頭日日噪鴉鵲，蝸牛涎沫纏交過。里兒紛紛不解事，横肆刻削争磨磋。頓使碑身長瘢癬，連珠泄玉俱靡波。字敝石留石意古，栖風住雨無偏頗。嶧碑火燒岣嶁秘，成毁有數誰知他。緊余下士僻嗜好，恥逐市僧爲婷婀。腕劣雖愁有奇鬼，鍾王墨妙常摩挲。與碑相隔數百武，時來拂拭生悲哦。宋墓顔碑尚晚輩，文貞公神道碑，魯公書也。下視松雪真鶩鵝。邢臺天寧寺虚照禪師碑，吴興書。歐趙集古不搜及，坐教殘缺理則那。虎豹之鞹鳳鎩羽，腐遷刖臏死荊軻。世間萬事類如此，龍髯偏靳游江河。我方毷氉泣阮籍，碑平嗟爾同蹉跎。

仙井臺晚坐

野闊秋風遠，臺高坐翠微。清潭雙鷺下，古寺一僧歸。雲漫沿河柳，烟封隔岸扉。徘徊憐日暮，欲去且依依。

金勇

勇，字果亭，天津人。貢生，官鉅鹿縣訓導。

《津門詩鈔》：果亭先生少放曠不羈，託於詩酒而天資超邁，有石曼卿、唐子畏之風。

漳橋晝望

落日漳橋望，秋原動黍禾。平橋歸棹緩，衰柳暮鴉多。遠火明殘戍，疏鐘度晚波。重懷沽上水，風景近如何。

王彦

彦，字聞駿，東光人。諸生。有《醉吟集》。

黄公招飲即席口占

沅芷湘蘭舊恨多，揭來鼓缶興如何。深慚濯濯三春柳，幸沐汪汪千頃波。緑映尊前喧笑語，紅摇燭影動悲歌。何當共泛秋江月，醉裏題詩弔汨羅。

孫湘

湘，字漢南，號一峰，磁州人。諸生。

《磁人詩》：公爲人曠達不羈，氣岸豪舉，好酒任俠，兼善絲竹，卒年四十二。

丁未初夏視三弟於金陵，先一日弟仍歸巢，被羈浦口，寄書並附一絶

漂泊初停白下舟，江干雁去水空流。封書寄與還含淚，釀得烟波處處愁。

趙松

松，字泰瞻，號雲圃，天津人。貢生。有《偶存集》。

聞水西莊山桃盛開

風入名園春正深，沿溪廊外好行吟。已聞堤柳緑新染，又報山桃紅滿林。載酒豈無前度興，看花竟負去年心。幾時閒共漁郎約，一棹咿啞擬再尋。

張映斗

映斗，字南杓，撫寧人，琯子。貢生。

思源莊落成同二弟拱之賦

思源莊在盧龍北，今向津湄築草堂。結構豈能如故里，登臨權擬到家鄉。須栽緑竹看新筍，更種黄花待晚香。素願與君何日遂，耦耕隴畝老農桑。

王一夔

一夔，字孟夫，號虞音，大興人。官湖南按察使。

哭仲弟魯齋

其一

垂死不相見，寸心聞更悲。銷魂長逝日，異地哭君時。雁序驚初斷，家書恨已遲。皇華方載詠，辜負鶺鴒詩。

其二

拓地依蕭寺，含酸過此門。他鄉懸旅櫬，何處賦招魂。舊篋書仍滿，儀牀硯尚存。繐帷風謖謖，孤月冷黄昏。

王一貫

一貫，字魯齋，大興人，一夔弟。諸生，候選知縣。

方苞《序》：文登令王君虞音刻其亡弟魯齋詩，大抵遨游於山水之間，嘯歌自適，不事剽盜，氣平而旨遠，其傳誦於閭里固宜，其行孝弟忠信，其經濟藝術知名於時，惜乎其没也。

阜城道中

平原薄暮望，極目客愁生。積雪連荒樹，斜陽落古城。斷魂游子息，歸夢倚閭情。莫厭金門賦，高堂重遠行。

登金山

處處禪房静，層層古殿幽。枯松懸絶壁，怪石枕寒流。巖穴烟霞暝，江天草木秋。塵襟不可浣，對此思悠悠。

秋日書懷

鳥語空庭人蹟稀，滿園秋色鎖荆扉。離多易覺時光變，懷遠都因心事違。千里月明横塞雁，萬家砧急擣寒衣。遥知處處青山瘦，誰倚西風看翠微。

秋夜話金陵舊事有感

王粲登樓恨未消，秋風吹冷大江潮。雁歸南浦無邊月，楓落維揚第幾橋。别路早辭金勒馬，斷腸空憶玉人簫。不須此日多惆悵，滿眼黄花慰寂寥。

雪中和耿二進士韻

昨夜西風昨夜寒，篷窗朝啓雪漫漫。玉人何處吹横笛，一路梅花落碧灘。

堤上新柳

柳意纔黄緑尚遲，晴江堤上一枝枝。如今且莫開青眼，正是春風别恨時。

丹陽早發

水面無風細浪平，沿堤日上曉烟清。是誰唤醒朝來夢，小槳青橈賣酒聲。

鸚鵡店雨行

秋風吹客雨紛紛，長路蕭條已十分。隱約山村聞犬吠，數行垂柳一溪雲。

王一輔

一輔，字翊亭，大興人，一夔弟。官山西靈石縣知縣。

暮秋

荒城人寂寞，貧病誤居諸。老圃經霜廢，寒林映月疏。還家千里夢，作客九秋餘。汶汶應能受，何須慮謫書。

過顔灣口

望裏長安遠，南征日又西。湖寬村落小，天净白雲低。古戍臨河近，官塘種柳齊。櫓聲摇不住，明月映前溪。

堤上

遠山如黛亂雲屯，水繞長堤樹繞村。秋色滿園看不盡，半天鴉影下柴門。

邊聖照

聖照，字希魯，號雪舟，任丘人。貢生，官開州訓導。有《雪舟詩稿》。

清夜

長夜漏迢迢，深居閉寂寥。世緣愁易散，別緒恨難消。霧隱千家静，霜寒萬木凋。思家同杜老，緩步立清宵。

王履泰

履泰，字亦安，號若村，大名人。諸生。有《飲香草》。

倦客

倦客愁無睡，虚窗耿欲明。鄉心憐夢短，殘月落高城。物理何多故，吾生太有情。風軒枕席冷，輾轉百憂生。

蘇炯成

炯成，字愛廬，交河人。諸生。

秋日新莊懷吴練芳

郊原執手判西東，路側踟蹰恨别同。底事荒村無限思，長林松子落秋風。

國朝畿輔詩傳卷四十四

紀昭

昭，字懋園，號怡軒，獻縣人，昀兄。乾隆二十二年進士，官内閣中書。

《四庫全書提要》：《毛詩廣義》，紀昭撰，是編全載毛萇之傳，其以小序冠各篇之首，亦從毛氏，故題曰《毛詩傳》。及小序之下，雜引鄭箋孔疏及諸儒之説，以發明之，大旨以毛傳與朱子集傳互勘，斷以己意，不盡用毛説，故名《廣義》。

翁方綱《紀公墓志》：公中乾隆丁卯科順天鄉試。明年，授内閣中書。丁丑，成進士，凡前後官内閣八年。時宗人府主事缺，以俸深當遷矣。會聞父疾，立請假歸。服闋，後里居十二年而卒。公平生篤於事親，敦睦親舊，急人疾苦，爲學以見諸實事爲主，服膺宋五子書，輯古今嘉言懿行，爲《養知録》，曰事父母，曰别夫婦，曰睦兄弟，曰教子孫，曰厚宗族，曰御奴僕，曰制財用，曰通論，凡八卷。又輯《毛詩廣義》凡五卷，又著《騷經章句》《文選賦注》諸書，又於陰陽、輿地、醫卜、算數之書，靡不研究。家有寄莊，在交河縣界。其南有故河，爲滹沱支流。庚辰秋，水暴漲，將漫溢。

公急雇丁夫捍護之，益其薪料，手爲規畫。河賴以安。晚歲益力學不倦。公殁之後三年，天子詔求遺書，公所著《毛詩廣義》《養知録》得載入《四庫全書總目》，公可以不朽矣。

送曉嵐弟赴補

祖帳春園儼畫圖，新鶯求友徧相呼。座傾賓客真輪汝，老怯津梁定笑吾。敢道山林勝鐘鼎，無如魚鳥樂江湖。歸途便赴鄰翁約，已備看花酒滿壺。

王大鶴

大鶴，字露仲，通州人。乾隆二十二年進士，歷官翰林院侍讀學士。

壽徐寶山先生

帝城浩如海，炙轂走羣秀。相知一以深，即漸成親舊。憶昔甲戌初，與君適邂逅。君才切玉刀，淬厲功初就。共許價連城，顧盼肯輕售。余時傍觚稜，槖筆事章奏。僕直稍閒暇，一編相切究。瀾翻起波濤，渟峙見淵藪。感應如洪鐘，大小隨所扣。屈指十年來，泥塗困馳驟。蔚爲國子師，多士慚孤陋。隔巷聞歌呼，同朝聽金漏。登堂誼既申，旋復締婚媾。牽羊買長紅，兩家同貿貿。朱陳昔共村，佳話今日又。維時仲秋月，玉露點花甃。羨君著彩衣，華筵舞清晝。躋堂各有祝，杯斝看往復。我翁古仙伯，豈弟神所祐。高懷藴靡涯，况復達人後。緑鬢兩婆娑，舉案同眉壽。膝上置鸞龍，天衢行輻輳。一堂喜氣融，天香染衣袖。愧我拙言詞，引滿酌花酎。

解秉智

秉智，字萬周，號月川，天津人。乾隆二十二年進士，官甘肅安化縣知縣。

紀昀《傳》：先生乾隆丁卯舉於鄉，授淶水縣教諭，丁丑成進士，分發甘肅以知縣用，得涼州府屬之永昌。永昌故衝，驛使往來，轉運絡繹，先生堅守素志，正供所應有者，纖毫不敢闕，所不應有者，亦不纖毫溢額，坐是罷官。大吏惜公，奏留使自效，得復原官。乙酉，授安化縣。縣故瘠土，早霜傷稼，先生力請於上官，得普賑。丁亥，復霜災，視前倍重，蒙恩於正賑之外加賑兩月。時需糧多而倉儲少，欲從部價以一石一兩折給，又糧貴而價不足，大吏遂奏請半用賑糧，半用折價，原有積穀之州縣，則準以時價采買，每石較部價贏八錢，安化故無積穀，例得采買萬石。有導先生領采買之價，而以部價給民者，先生毅然不肯，且以奏定之價出示，俾通知寮友，坐是多齟齬，乃於己丑移疾歸，卒年七十有九。

九日有感

無花無酒過重陽，獨卧寒氈秋夢長。門外白衣人寂寂，天邊歸雁意茫茫。龍山嘉會成千古，愧市生涯滯一方。冷署又逢佳節至，思親一日九迴腸。

龍鐸

鐸，字振升，號雨樵，大興人。乾隆二十四年舉人，官江蘇吴縣知縣。

《隨園詩話》：雨樵十二歲時，杭州老宿朱桂亭先生命詠瓜子皮，應聲曰：『玉芽已褪空餘殼，纖手初抛乍有聲。莫道東陵無託意，此中黑白儘分明。』朱歎曰：『此子將來必以詩名。』《觀魚》云：『子不知魚樂，君其問水濱。』《題畫》云：『亂泉尋石竇，歸霧斷山腰。』《贈友》云：『蓬轉三年雨，蘭言一夕秋。』皆少作也。後宰吴江，余掃墓杭州，必過其署，美膳横列，如入護市城中，豪氣飛騰，勝坐元龍牀上，洵風塵中一奇士也。

南山松皮歌

由伊吾即哈密至鎮西即巴里坤，路漸上漸高。八十里至南山口，徧山積雪，終古不化，車馬視轍蹟而行，否則陷入雪窖，竟至滅頂。兩厓多松林，夭者喬者，皆梁棟材也。南山之北口，數十盤折而下。又廿里，至松樹塘，則止宿處也。土人出售松皮，有厚至二尺許者，色若臙脂，文作雲霞迴薄之狀，好事者用作聯額，人都不識，洵稱異觀。因歎此松已閲數千萬年，而終不免斧戕，致爨下燒去，爲慨然作歌。人生懶出門，誰向窮邊走。伊吾望南山，羣峰雪近斗。鴻荒初闢此山開，此雪即隨天地有。車轍馬蹄遵道行，溝渠澗坎模糊平。偶然陷雪莫能救，古稱雪窖非虚名。厓顛青松穿雲限，上有太古羲皇苔。東林西麓丈人立，滄桑閲歷知幾回。秦皇五大夫，漢武三將軍，視此羅列如兒孫。撑拄雪窟凍蛟舞，偃蹇銀海靈鰲蹲。此行賞松雪，清超乃奇絶。欲轉且徘徊，淒風寒似鐵。下山陡峻百折盤，半麓一關封泥丸。回看落日照雪嶺，衹見積雪不見山。廿里名松塘，山家聚處成一鄉。出售山中物，雪蓮花共阿魏香。就中一物目罕覯，霞雕雲刻臙脂繡。問之乃是古松皮，或尋或尺隨人購。我不知山樹擁腫大幾畝，但驚血色松皮二尺厚。吁嗟乎！空山無人方自壽，飽經霜雪龍鱗皺。拉雜摧燒伐作薪，如何一旦遭傾覆。却看松皮如絳雲，裁作門牓新且文。膩如紫玉風雨潤，縣之粉壁虬螭奔。昔稱才大難爲用，萬古冰霜一春夢。問天何術避摧殘，冥心歸卧華陽洞。

邊乂禧

乂禧，字子招，號次山，任丘人。乾隆二十四年舉人，官湖南桂陽縣知縣。有《述德堂詩》。

《任丘縣志》：乂禧精詩善書，性嚴重，非所投洽不妄交。篤於天性，與弟嚮禧、開禧相友愛。

小松

數寸寒窗下，亭亭翠蓋擎。秋高孤幹老，日轉午陰清。未作虬龍勢，先含風雨聲。栽培多歲月，看取棟梁成。

鈎弋夫人

豈是東君意，殘花委地紅。但能憐結子，不敢怨春風。

邊嚮禧

嚮禧，字霄芝，號枝山，任丘人，乂禧弟。乾隆二十四年舉人。有《就畇齋詩》十卷。

《任丘縣志》：嚮禧醇謹孝友，雄於詩古文詞。幼從叔連寶，受詩法。己卯鄉試，本房王昶以元薦主試者，置第四，未及會試而卒。著有《就畇齋詩草》《古今詩話》《孝經彙》，各若干卷。

擬明史樂府

鐵笛仙 徵君楊鐵崖先生

梅花三弄白雪詞，一聲鐵笛秋風飛。醉倒船屋喚不起，秦漢魏晉吾何知。胡然束帛丘園下，我老寡也寧復嫁。元豹已作南山藏，作癡語耶侯君房。吴中竊據無論矣，皇帝乃欲臣老子。白衣歸去記歸全，有人迎我蓬臺顛。

醉學士 學士承旨宋景濂

學士醉美酒，三觴衣百歲。與國咸休卿志之，寵光何秖數十世。胡爲欲其生，乃又欲其死。不能庇厥身，焉能施孫子。往日君恩付流水，茂州遠竄骨已枯，爲問君王入夢無。

無使遁 海忠介瑞

陳諫疏，批龍逆鱗龍震怒。趣執之，小臣無狀敢爾爲。訣妻兒，童僕分竄無孑遺。市棺櫬，待罪朝堂是不遁。剛經百鍊海剛峰，但願君王悔厥衷，可憐徒泣烏號弓。

竹枝詞賈歌姬

趙王愛客新聲續，丁掾何妨眇其目。竹枝按罷贈歌姬，燕趙羈栖老布衣。老布衣，歸黄土，千金裝送淚零雨。却對前和碎琵琶，一曲竹枝不復譜。風流韻事亦千秋，好爲題詩燕子樓。

早起

平明啓柴扉，盡是驚心處。枯草折勁風，低雲凝寒曙。鴻雁亦無聊，寂渡前溪去。

題張子畫竹

張子好畫今所無，腕底萬象隨奔趨。一枝健筆毫半秃，颯然落紙風雨俱。昨來新裂三尺素，倩君爲寫琅玕圖。酒酣耳熱神欲動，平頭磨墨雲藍鋪。端立不佻筆未下，心研意鍊細仿摹。隱隱蒼筤露紙上，急起放筆追亡逋。森然萬个來林篠，清風素月争持扶。瀟湘雲水浮老屋，湘靈山鬼啼蒼梧。元精耿耿收不得，化爲烟海光模糊。長歌題贈詞非誣，羡君妙筆能生枯。湖州饞守世不作，高名會見追髯蘇。

張二員外自京病歸，卒於舟次

黮黮張星暗，凄清代北雲。天邊猶待詔，地下已修文。於我曾相勖，斯人不可聞。招魂何處所，霑灑向河濆。

重展子畏觀察遺札

公方唐子畏，我愧祝枝山。名字前身在，分離後會艱。讀書詞委曲，思舊淚潺湲。却指烏臺柏，蕭騷不可攀。

衰柳

不植靈和殿，凋零敢悵然。天風下黃葉，聲影盡堪憐。眠起自春日，蕭條已目前。昏鴉亦愁絶，寂寂坐寒烟。

古劍

豈故驚牛斗，神光難久沉。横秋聞鬼哭，入水忽龍吟。鍜鍊十年刃，摩挲一片心。徐君雖好汝，烟没樹林深。

秋夜

牢落琴書滯異方，客窗三載閲秋霜。一聲長笛月初出，四壁吟蛩風已凉。差喜稻粱登廩早，閒擕鐙火坐更長。離心分付江湖雁，珍重平安寄故鄉。

單道臨

道臨，字咸初，號桂村，昜州人，鈺子。乾隆二十四年舉人，官陝西雒南縣知縣。有《積雪山樵稿》。

單宗棨《先府君行述》：府君生而穎慧，十二歲通五經，史漢諸書，莫不淹貫。先王父延上海黄芳亭先生課於家，黄公固吴中七子之一也。十九補博士弟子員。己卯舉於鄉，丙戌大挑一等，揀發陝西省試用，署咸寧糧廳。署設灞橋，舊有河灘地租之累，民不堪命。府君查有餘糧，詳爲抵補。戊子秋，署隴州州同，分駐長寧驛，驛爲甘省通衢，差務紛紜，府君設方營辦，馬匹役夫一無匱乏。庚寅，攝平利縣篆，平邑地僻俗惡，民多不法，府君開誠布公，民皆向化。辛卯，借補寧羌州州同，兼攝石泉縣篆，縣多川湖流寓之民，人情刁詐，府君興仁義，明廉恥，不數月敝習稍移。壬辰，補雒南縣，雒南固商郡藩籬，地近荆楚，俗尤健訟，舊案叢集如山。府君至，力爲整刷，黎明即起視事，傳餐聽訟，日昃方息。遇疑案，虚衷研鞫，務得其情。尤以培養人材爲先，雒邑素無書院，府君建立講堂學舍，延名師，教以窮經致用之學。明年，先王父訃至，歸里，遂不赴補。著《愛日閒吟》《駢枝小草》《積雪山樵草》。嘉慶二年卒，年六十。

易水吟和嚴羲亭

泰山與鴻毛，自古各有死。哀哉壯士心，感恩報知己。長平十萬師，燕地圖一紙。生刼何其愚，與俱非其使。得失固較然，不待把袖起。計苟出萬全，翳豈無還理。一死謝燕丹，祖龍亦幸耳。蒼蒼落日烟，衣冠徒仰止。碧血化青燐，寒波增易水。當時劍術疏，詎足爲君毀。

雜詩

其一

讀書無所成，濟世愧無策。躬耕慕南陽，飲酒效彭澤。清晨荷鋤出，遥見海月白。在野有耕夫，在路有行客。君子重厥施，細民食其力。奈何坐華軒，顛倒爲人役。耘我南山苗，藝我黍與稷。日午飯烏犍，高眠枕白石。

其二

奄忽歲月徂，疏懶百事省。知音日漸稀，疲策動多梗。園林恣遠情，幽曠諧妙境。高樹下殘陽，遥峰散餘景。微雨晴復佳，白雲猶在嶺。稍稍落霞明，依依歸翼騁。新月照蛾眉，修竹弄清影。雖無黄石書，庶幾塵慮屏。

立秋日步黄芳亭夫子韻

明月出東壁，皎皎流素光。中夜風蕭颯，攬衣起傍徨。閑楹聞墜葉，羅袂生新凉。時序忽已變，君子嚴履霜。桃李自春滋，蘭桂及秋芳。元鳥將安適，鴻雁當來翔。人生寄一世，無爲歌慨慷。與時而偕行，所期在自强。

述懷

山縣曾爲吏，歸歟早閉關。世情同水淡，衣鉢與僧閒。木落衆峰出，天空一鳥還。偶欣塵外賞，積雪滿巖間。

寒食涿州道中

眼明雙塔峙，涿鹿古名都。割據英雄蹟，悲歌督亢圖。遠山連夕照，春色又平蕪。寒食東風路，年年噪野烏。

過趙静軒書室

一片秋雲共往還，江湖廊廟兩無關。敢言謝客逢迎少，衹愛懸車歲月閒。把卷幸分高士席，看花又對故人顔。飄蕭鬢髪羞長袖，擁鼻吟成桂樹間。

一桁

一桁青浮西北隅，荒寒十畝亦城居。愁非失路心難遣，貧豈無交老漸疏。菊有晚香供舊圃，盤分新緑翦秋蔬。衰榮已付南村酒，麴部頭銜又拜除。

邵自華

自華，字立巖，大興人。乾隆二十四年舉人，官清豐縣教諭。

市遠

市遠人聲少，松高鳥語深。一官閒似鶴，五字鍊如金。懶貰臨邛酒，常攜中散琴。芰荷衣早製，何敢負初心。

丁廷輔

廷輔，字遠亭，大興人。乾隆二十四年舉人，官盧龍縣訓導。

游九蓮庵

爲訪河源信馬蹄，深幽疑是武陵溪。凡心到此皆冰釋，小寺無名許鶴栖。白石臨流堪作枕，青松夾澗不成蹊。人間粉本從茲有，笑看龍眠一卷攜。

孫維龍

維龍，字勖堂，宛平人。乾隆二十五年進士，官安徽鳳陽縣知縣，改四川試用，殉金川難，卹贈道銜。

管幹珍《舊雨集》：勖堂髯而工書，出宰鳳陽，挂吏議得雪，發四川隨木果木營，殁於賊。贈道銜，無子，廕除。

《紅豆樹館詩話》：乾隆癸巳六月，金川木果木之難，文臣死事者，二十有六人。北人孫勖堂外爲常理齋紀，承德人，丁丑進士，官四川崇慶州知州。倪鵬，臨榆人，官布政司照磨。羅載堂，宛平人，官合州吏目。周國衡，寧河人，官秀山縣主簿。許濟，東安人，官納溪縣典吏。同遇害，而勖堂暨常君死尤慘烈，詳見王蘭泉司寇《慰忠祠碑》。案：常君負文名，著有詩集，曰《愛吟草》，武功張洲爲作行狀，倪、羅諸君他無表見，故附記之。

舟行雜詩

其一

人家在何處，孤棹信風吹。山禿雲歸早，江空月落遲。破愁誰送酒，紀夢不成詩。稍喜漁舟近，沿流唱竹枝。

其二

何處一聲鐘，烟江縹緲中。斷雲猶戀水，殘雨忽成虹。樠背花開菊，山腰葉落楓。離情與秋思，應不爲飛鴻。

蕪湖逢費壽

斷腸初不爲清歌，見爾能無喚奈何。正是江南秋雨後，五湖木落雁聲多。

朱岐

岐，字克齋，號介山，清苑人。乾隆二十五年進士，官至兩廣鹽運使。

題武陟西館

我從大伾來，山翠常在目。自洗塵囂心，不與紛華逐。西館我舊游，流連此信宿。春盡落殘紅，雨餘生衆緑。亭亭百尺桐，碧色蔭牆屋。散步升草亭，喜見萬竿竹。瘦節簭紫茸，嫩粉含青玉。翛然對此君，致我亦不俗。豈惟供吟玩，兼可媚幽獨。殿角鈴鐸鳴，風吹聲斷續。夜闌不成寐，觸屏睡童僕。新詩偶然成，改罷挑鐙讀。

登飛來山

尋幽興未已，山寺下維舟。雲影佛鐙暗，江聲夜雨愁。靈奇說往事，題詠記仙游。一瓣香遺處，長吟爲少留。

曉發雄縣至十里鋪，登舟口號

曉星殘月映垂楊，一段秋波似楚湘。極目蒼茫烟樹裏，十三橋在水中央。

廬州曉發

行役心閒景自閒，秧田茅屋水雲間。春風一帶垂楊路，卷盡湘簾看好山。

鄭熊佳

熊佳，號蓬山，天津人。乾隆二十五年進士，官廣東電白縣知縣。

《津門詩鈔》：公篤交游，與金芥舟先生唱和甚多，有《山舟草》一卷，謂蓬山、芥舟合集也。

游夕照寺贈文柏上人

薄游帝城東，霽景澄圜蓋。蕭蕭萬柳疏，洗出莊嚴界。入門軒宇清，野菊雜蕭艾。文柏慧心人，留賓倒玉瀣。四座淡無言，宛若芝蘭藹。戛然清磬鳴，飄飄響天籟。

和金芥舟先生《東郊踏青》韻

山郭雲村繞白沙，欲從郊外問烟霞。炎荒儘有無名樹，殘臘偏開别種花。一笑顛狂纓屢絶，七言險仄手頻叉。歸來鐙火沿溪上，望見城南賣酒家。

哭金芥舟先生

忘年昔日早論交，冷淡相親等漆膠。笠屐長安陪酒肆，梅花小艇泊江皋。朋儕零落君猶在，色相全空影並抛。惆悵空齋秋柳外，不堪夜雨滴林梢。

邊思訥

思訥，字懷一，號雲鶴，任丘人，銘珣曾孫。乾隆二十五年舉人，官山西夏縣知縣。有《雲鶴詩草》一卷。

高官璽《傳》：公丙戌揀選，掣山右，以知縣用。抵省，撫軍檄辦五臺城工。公督視不辭勞瘁，於正工石堤外加築土堤以衛，帑費不增而城垣愈固。撫軍嘉其能，復令督理五臺石工。十七處竣，鞏固與五臺城工同。署浮山縣事，縣多竊賊，日報十餘案，公立條約，嚴與捕役，限禽獲一賊，即備錢文羊酒賞之，逾限不獲，懲無赦。又命冶工鑄鐵牌二十面，深鐫『賊犯』二字，鐵環纍纍繞賊頸以懸，牌重三十斤，非兩手捧持，則頭不能仰，牽以巡城，俾知警惕，月餘竊風頓息。每鞫案，終日坐堂上不言倦，祁寒盛暑如常。又於朔望集邑諸生考課，並親爲講解，邑中人才多所識拔。三十四年，值緬酋之役，承辦軍需騾隻，公親入市采買，不假手胥吏，科派之弊一清。事蕆，鄉民若不知有此役者。補夏縣，地當孔道，差徭繁碎，多現甲都頭浮收濫取，公偵知逐加清釐，懲都頭等三人，鄉民歲省數千金。夏縣鹽肆素號『鹽衙』，私設刑具，遇買食私鹽者，輒肆加責治。

又令肆役詭賣私鹽，擇鄉民殷實者，賤值售與而以他役尾之，縱賣執買羈留之，令出錢納贖，否即笞剟凌虐不少休。公訪得證佐，拘商人至，一訊服罪，分別詳懲，闔邑稱快。辛卯，以憂去，去之日紳民焚香攀送者，相屬於道。服闋，再補大同府屬之山陰。甫抵任，即引疾歸。嘉慶丁巳卒，年七十四。

憂旱

億萬蒼黎命，嗷嗷欲訴天。屯膏今匝月，懸耜欲無年。焚魃名空設，刑鵝禱倍虔。雨工如可用，一爲騁神鞭。

郭外

郊郭烟光合，芒鞋偶出游。圍村多老樹，走陌盡耕牛。織室黄茅古，瓜田白露秋。風塵回首處，何似在林丘。

秋夕漫成

秋氣滿池館，脩然無一塵。凉生風動樹，坐久鳥窺人。鄉夢經時斷，詩情觸處真。黄花隨意摘，盈手露華新。

王希曾

希曾，字省三，號愚山，晚號勤齋，天津人。乾隆二十五年舉人，官廣西象州知州。有《一梧齋詩草》。

《津門詩鈔》：公歷宰繁劇，皆有治績，能斷大事，發奸懲蠹，無所畏避。孝感大姓活埋饑民十一人，守令憚其事，莫敢發。公署漢陽，立雪斯冤。籌辦軍儲，羽書旁午，積勞成疾，卒於象州牧任。

李憲喬《題一梧齋畫册》詩：寧飲建業水，不食武昌魚。如何來象郡，却憶武昌居。漢陽有遺愛，争趨爲結廬。晴川樹歷歷，孤木表一梧。爾時方罷郡，闔扉遠著書。人事浮雲過，俯仰十載餘。此來牧蠻民，豈以楚粵殊。不種柳州柳，自比愚溪愚。我當如元結，作銘非峿浯。獨許王漢陽，可與游梧湖。

乾隆甲寅，余牧象州，柳城李少鶴明府惠寄訂交詩一章，並手録舊作一册見示，次韻奉答

其一

鑿枘不相入，冰炭豈同言。紛紜世俗交，握手笑語温。奚知古所尚，義比金石敦。卓哉李少鶴，力欲挽頹奔。吾生求直友，惟遇君季昆。令兄西園司馬鄴下舊好。兼喜吏事暇，馳騁翰墨園。載讀訂交詩，味之如蘭蓀。

其二

李侯有佳句，忽憶杜老言。一讀再三歎，大絃何春温。書不阿時好，古氣鬱龐敦。當代有籍湜，應使汗流奔。衮衮臺省客，下視真仍昆。奇才屈作吏，著書擬漆園。何當脱塵網，言採澗溪蓀。

九節菖蒲蟠根於石，承以瓷盎，清水注之，置几案間，數年未見有花，今春忽發三十一枝，纍纍兩叢如粟粒，而小有香氣，乃古人所不常見者

山縣多公餘，閒情寄花木。攜來數盆蘭，添種數竿竹。偃仰數日間，頗謂生意足。青青菖蒲草，偶移自山麓。位置水石清，紛映几筵緑，乍翦翠毯齊，時引名泉沃。新葉已屢抽，芳莖倏争馥。繁英碎錦攢，密蘂圓珠簇。迴枝浪盈盈，掉尾風謖謖。我聞西方國，黄金布坤軸。色相妙莊嚴，十方成一屋。天女散空花，如來燦金粟。海上遺纖苗，厥名自然穀。此名毋乃是，瑞擬豐年玉。潁濱苗九花，乃以嘉祥目。今兹數十朵，兩叢開又續。安期與洪厓，得食昇真籙。檢閲古今書，延年宜采服。自念白頭翁，一官猶拘束。神仙渺難憑，敢期非分福。得之亦偶然，歸功在亭毒。物常聚所好，相對渾忘俗。

李少鶴行至潯江以詩寄别答之

其一

近得潯川札，知君指桂林。江流去不轉，離恨與同深。望斷雲帆影，空傳越客吟。挑鐙幾回讀，風雨夜沉沉。

其二

作吏甘人後，論文與俗殊。天涯欣執手，吾道未全孤。舊榻榕陰在，清霄鶴夢無。蘋花思共采，逸興滿江湖。

武安縣齋雜詠

其一

斗城睥睨萬峰開，形勢中原一氣回。洛水夾流陰壑動，太行左顧怒濤來。築宫虚擬興王地，積粟猶傳上將才。知否清時無險固，繭絲保障重低徊。

其二

紫金樓勢入高寒，公退登臨俯仰寬。春麥青葱山雪霽，人烟深隱穴居安。燕京直望一千里，晉嶺西横十八盤。羽獵鼓笳聞近塞，草間狐兔漫傷殘。

俞光滏

光滏，字伯源，大名人。乾隆二十五年副貢生，官望都縣教諭。有《柏園詩草》三卷。

于敏中《序》：伯源詩多關山閲歷之作，淋漓慨歎，寄託遥深。

夜泊宜城

扁舟載江月，月復引舟行。風静潮聲落，宵深客思清。沙光明野岸，鐙火出宜城。打棹前灣泊，漁歌和濯纓。

烟波灣贈王居士

屋枕清溪盡日閒，兩三竿竹一房山。他年身事酬粗了，也割烟波水一灣。

邵自鎮

自鎮，字尹東，號笠塘，宛平人。乾隆二十六年進士，官大名府教授。有《夷白山人行卷》一卷，《不須編》一卷。

游宜園次韻

渡頭緑水泛，樹上黄鳥喧。春風一艇子，來訪桃花村。主人素愛客，茶荈資清言。迤邐前後岡，跌宕東西軒。雨散枇杷落，風亂芙蓉翻。古篆妙鎚鑿，高詞邈攀援。緑綺臨流弄，緗帙當窗翻。麴生幻酒榼，橘叟噴龍根。風流東山謝，長嘯蘇門孫。勝情兹獨擅，真意殊難諼。願辭文義海，負甑歸山樊。

望晉中家訊

太行望不見，迢遞白雲飛。隔歲無人到，殘春一雁歸。家貧心易動，客久夢多違。兩字千金貴，無金字亦稀。

游蒜山

突兀臨沙渚，崎嶇赴沉寥。一拳空草木，兩點峙金焦。風送江豚上，帆隨海燕遥。滄州吾意遠，餘興會乘潮。

春暮病中口占

小院閉門居，花飄萬點餘。兩聲三月暮，病眼五更初。茶事今年薄，詩筒昨日疏。高文誰助我，羣季惠連如。

天雄學署留別朱海客次韻

魯酒休論淺共深，清風相對足披襟。空憐蕉鹿他年夢，未了蒓鱸此際心。客路尚依茅店月，生涯仍典草堂琴。攀留日暮齋廚静，隔院長松響碧岑。

雨後夜坐

預借新秋十日凉，雨餘亭院晚風長。田家歲熟低禾價，病體神腴減藥方。水鳥避鐙趨屋角，疏螢帶濕上衣裳。欲眠摒擋閒書帙，却見孫枝賦七襄。

題汪五兄小照

非惠亦非夷，一丘復一壑。謖謖風聲來，松子滿頭落。

敬孚五弟之晉覲省

一鞭西指雁門秋，爲著斑衣慰客愁。想到對牀風雨夜，勞勞亭畔幾回頭。

高喆

喆，字濬谷，號琅村，天津人。乾隆二十六年進士，官宣化府教授。

《津門詩鈔》：公天才機警，學復深邃，出趙鹿泉、王蘭泉兩先生門下。

喜周衣亭太史見過

除君誰枉顧，蓬户合常扃。入世成疏闊，言詩喜性靈。苔滋春雨緑，樹匝舊年青。元草從頭注，相期共一亭。

邵庚曾

庚曾，字南俶，號湘芷，一號象芝，宛平人，自鎮子。乾隆二十六年進士，歷官山西雁平道。有《香渚詩草》《使黔草》《消寒集》《視漕雁門草》各一卷。

雨中自玉屏放舟

楓林不斷萬山秋，烟景迷離一葉浮。石齒鳴雷過枕畔，浪花飛雪捲船頭。溯洄欲盡峰腰轉，晻靄初開雨脚收。回首黔岑漸迢隔，隨波雙楫達沅州。

自楚入黔途中即事述懷四十韻

路出潭陽道，西南展幅員。漸移三楚界，迴隔五溪烟。蠻域分夷險，黔岑疊萬千。螺紋紆曲磴，鳥道入層巔。雲與青峰幻，雷從邃谷傳。凌空屏扇列，摩漢戟牙穿。恍鑄銅爲鼓，誰擎筆作椽。爐峰看峙立，棋局走盤旋。處處嵐如畫，行行洞有天。激湍珠顆濺，飛瀑練光懸。折入江流細，遥聞灘石煎。澗渟嘗躍騎，巒盡偶登船。不道飛雙槳，居然疾一鞭。半潭資灌溉，百卉映淪漣。篁箐真迷徑，松杉不計年。離離桐子翠，點點豆花妍。底處尋蘭渚，沿門浸芋田。棕櫚凉雨後，蕎麥漾風前。豹脚深叢集，蝸涎老樹延。竹雞啼不斷，村犬吠相連。野市臨橋畔，山城傍水邊。樹圍官舍小，徑入驛亭偏。在昔稱荒服，巖疆久判然。鬼分烏與白，路達蜀由滇。態訝鳩形悴，音輸鴂舌圓。鉅環銅貫耳，高髻布垂肩。歲有蘆笙會，家藏金革便。花苗恣狡黠，黑玀習輕儇。一自承聲教，羣知赴陌阡。短裙登翠隴，斜笠下烏犍。土瘠咸思儉，山高不問仙。老農勤世業，多士守遺編。西穴探經笈，林端起誦絃。從來英且俊，每藉岳兼川。到此慚持尺，相期妙選錢。品難符藻鑑，心自凜冰淵。興寐歌靡及，登臨詠愼旃。五千程已隔，六月景頻遷。敢謂游山遂，從知問俗先。陳詩愧荒陋，聊作紀行篇。

湘陰田家

其一

一徑疏籬綴野花，雨餘覓路摘秋瓜。山前似喚催耕鳥，飲犢人歸笠影斜。

其二

方塘水滿鱖鱸肥，人荷輕梆趁夕暉。村婦正炊魚子飯，竈觚松火作烟飛。

舟行

水底青山屋底雲，斜空歸鳥影紛紛。半天風雨忽收去，瀉作清泉百道分。

季炬

炬，字洞蒼，號蓮溪，吴橋人。乾隆二十六年進士，官宣化府教授。有《寶廉堂詩草》。

落花

零落春歸不自由，多情無計爲花留。妝殘暮雨金鈿墮，淚濺東風玉箸流。帝子洲邊思渺渺，王孫堤上望悠悠。春光減却知多少，一縷輕飄萬點愁。

丘庭樹

庭樹，字孟直，號醒蘭，宛平人。乾隆二十七年舉人，歷官工科給事中。

馮金伯《墨香居畫識》：醒蘭氣格清華，工畫山水，蒼秀縱横，獨運靈機，一空倚傍。

寄懷李梅圃

意氣如君者，窮愁不減豪。壯心銷短髮，客淚漬徵袍。暮雨千山暗，秋風一雁高。相思渺雲水，吾欲駕輕舠。

密雲縣

野闊林烟淡，沙晴石色斑。人家多傍水，城堞半銜山。碑碣留前代，風雲接古關。年豐農户喜，穗秉滿田間。

密雲道中

亂山圍四面，緊縣坐中央。郭繞重茅屋，人行碎石岡。初秋天放碧，新雨稻催黄。太息勞生者，經過又十霜。

喜晤潘農部榕皋同年即送南還

又作五年别，相逢改昔顔。飄蕭霜鬢短，頹老壯懷删。閬院鳴雛鳳，花洲放白鷳。驪駒聲載路，惆悵欲還山。

憶舊居

小橋長巷住京華，童子嬉游舊有家。曉雨春歸三徑屐，晚風秋老一籬花。烏衣昔夢情猶戀，鴻爪前因願已賒。宣武坊前打頭屋，繩牀塵甑漫咨嗟。

寄芝房弟調桂林守

其一

分行旅雁劇相思，四海知心更有誰。最憶寒鐙聽夜雨，難求良藥染霜髭。春花秋月流年换，粤海燕山旅訊遲。近喜青州老從事，薦章計日到丹墀。

其二

桂林形勝控蠻彊，表率堪稱十郡良。足國軍儲宵奉檄，當官文牘晝充堂。客顔老爲風塵慣，吏治才從閱歷長。築室買田何日事，一犁春雨看分秧。

清明郊行

郊外烟光一徑微，墓田蝴蝶作團飛。花村魂斷廉纖雨，多少思家客未歸。

題畫送宋觀察奕巖赴皖江

天紳百尺瀉澐澐，近水樓居結構分。記得扁舟江畔路，萬重紅樹半山雲。

殷希文

希文，字憲之，號蘭亭，天津人。乾隆二十七年舉人，官山西長治縣知縣。有《和樂堂詩鈔》五卷。

鄭炯《傳》：公從同邑汪木堂先生學詩，得其淵源。年二十三歲舉於鄉，選清豐縣教諭，再補雞澤縣訓導，選長治令。政不紛更，民便之，以疾去。公天懷坦放，詩不假雕刻，自然意遠。

董桂敷《序》：蘭亭詩直攄所見，脱去塵氛，含孕餘味，自足以傳。

旅思

旅邸日何事，神閒心亦空。蟬聲隔墻柳，花氣入簾風。二仲不相過，一尊誰與同。悠悠鄉思遠，時注海門東。

喜晤陳廣文瑞麟

不見陳驚座，三千六百晨。老猶黄犢健，官似白鷗馴。此會良非偶，論交復幾人。相逢益惆悵，星散舊同寅。

即景

池館舊來清，儵然不知午。鳴蟬斷續間，滿徑槐花雨。

崔述

述，字武承，號東壁，大名人。乾隆二十七年舉人，官福建羅源縣知縣。有《知非集》。

陳履和《崔公行狀》：公生平孝友廉介，讀書涉世，卓然有所樹立。仕閩，多惠政。告歸，著作自娱，成《考信録》三十六卷，《翼録》十二卷，《文集》十六卷，遺書共三十四種，八十八卷，而《考信録》一書，尤爲五十年精神所專注。

劉大紳《序》：先生仕閩六年，歸以十餘年，家居暇日，肆力成書。自敘著書之旨，不以傳注雜於經，不以諸子百家雜於傳注，以經爲主，傳注之與經合者，著之，不合者，辨之，異説不經之言，則闢其謬而削之。

感遇

其一

髫年愛詩書，發憤觀四庫。讀史恥記誦，窮經薄章句。弱冠游四方，慨然識時務。雖未登雲霄，經綸及時具。豈爲夸浮名，兼濟本吾素。一朝功業成，高尋赤松去。

其二

鯤鵬生北溟，一飛可萬里。如何待培風，雙翼不能起。豈不困泥沙，雁鴻非我儗。欲奮垂天雲，六月暫相竢。蜩鳩雖同笑，何足病君子。

其三

洪鐘所以貴，不叩則不鳴。不叩而自鳴，叩之將無聲。夜光無因至，按劍或相輕。奈何炫己長，以取當世名。尚口易招妬，多言乃摇精。不如守吾素，逍遥待連城。

清化鎮晚眺書事，寄朱松田

隨山西南行，未暮憩孤館。乘暇眺晚色，叢篁亘疆畎。太行翠屏列，淇水玉帶展。緑柳夾清渠，春城倚翠巘。擁泉溉隴畝，下田變沃衍。雪浪激飛輪，石磑如雷轉。河曲野徑迷，雲起暮山斷。細雨催人歸，倏然忘近遠。惜君未同游，寄此聊代柬。

磁澗

際曉發洛陽，亭午出磁澗。水流砂石間，青山夾兩岸。突兀摩雲霓，一徑自中斷。詰曲隨山行，十步不相見。入谷天忽小，上坂山復亂。迤邐循水涯，倏忽登天半。山合疑無路，將近勢復變。忽聞重霄中，人聲若相喚。仰見穴處民，午烟起炊爨。羣羊如蚤虱，蠕蠕略可辨。極目愜幽情，登臨遂忘倦。更欲凌絶頂，乘風捫河漢。

擬古

仗劍出交河，北風寒墮指。白日草中埋，黄沙天際起。丈夫生有爲，豈得顧妻子。節旄麾三軍，便宜制萬里。感君不相疑，甘心爲君死。

西安

馬蹄行不息，迢遥度西都。雲氣乍離合，山光時有無。雪消秦嶺出，日落灞陵孤。惆悵春風裏，經年怨客塗。

離緒

離緒向誰收，萍蹤暫此留。夜寒徐穉榻，秋老仲宣樓。引鏡方知瘦，銜杯不解愁。爲貧兼爲養，此意兩悠悠。

卜居

卜居烟火外，掃徑薜蘿間。地僻柴爲壁，庭幽雪作山。白雲心自静，落日晝常閒。薄暮無他事，焚香待鶴還。

早春

緑意催新柳，芳時獨閉關。病多成性懶，交寡得身閒。明月驚春夢，清風破醉顔。自能消好夜，何事買深山。

華州曉行

曉色開林表，雞聲隔水聞。清溪隨路曲，官柳到橋分。霧氣朝含雨，山痕遠入雲。却憐劉夢得，此地惜離羣。

崤關

崤岅高無極，崎嶇欲到天。雲中低嶺樹，水際俯村烟。古戍餘秦壘，殘碑記漢年。二陵風雨地，驅馬意茫然。

登易州西山

平生愛山癖，况乃久風沙。石潤苔痕滑，溪回柳勢斜。兩峰回抱寺，一水暗隨車。應去桃源近，臨流見落花。

宿竇店

征馬長嘶出鳳城，少年作客爲浮名。已無東閣留人住，惟見西山送我行。經濟有懷還入夢，鄉園多難獨關情。月斜門外頻催起，愁聽晨雞四五聲。

春暮即事

惆悵鹽車困太行，破除無策是思鄉。碧雲千里暮回首，明月滿樓春斷腸。山氣襲人衣袂濕。泉聲入夢枕函凉。經年漂泊渾將慣，且覓神農却病方。

崔邁

邁，字德皋，大名人，述弟。乾隆二十七年舉人。有《德皋詩草》一卷。

《大名縣志》：邁，聰敏異常，年十二入府庠，壬午登賢書，肆力於學，好爲詩古文詞。扃户著述，著《魏墟雜志》，又欲爲《大名文存》及《鄉賢行事》各爲一書，未成，卒。後兄述搜羅遺稿，删訂成集。

雜詩

癖性耽孤介，俗士多所忤。閉門稀出游，狹隘迫於路。往者游長安，求名不終遇。皤然歸故林，頗得隱居趣。入室酒滿尊，挂壁琴一具。雖無犧牛樂，且免神龜懼。嘯傲招隱詩，吟詠歸田賦。却憐世間人，醉夢幾時寤。

薄命辭

宋戴石屏，薄游江西，有富家翁憐其才，妻以女。居二三年，告妻以曾娶，欲作歸計。妻白之父，父怒，妻宛轉解釋，盡以奩具贈行，作《祝英臺近》以餞。石屏既别，遂赴水死，詞云：『惜多才，憐薄命，無計可留汝。揉碎花牋，忍寫斷腸句。道傍楊柳依依，千絲萬縷，抵不住、一分愁緒。如何訴，便教緣斷今生，此身已輕許。捉月盟言，不是夢中語。後回君若重來，不相忘處，把杯酒、澆奴墳土。』余哀其志，爲賦《薄命詞》。

惜多才，才多情未多。松柏不可見，兔絲附文蘿。憐薄命，命似君心薄。楊花失故枝，風中自零落。君來見説身煢煢，綢繆爲結同心盟。解道良緣千載合，争知别淚一朝零。知音誤認彈琴偶，使君自有家中婦。恩情總付道傍花，行蹤遽折亭前柳。故人恩義重新人，忍抛新特思舊姻。閨中已負娉婷質，客裏寧憐憔悴身。高堂愛女心難忍，當時苦恨情相隱。愧非嘉耦與郎偕，自合紅顔爲君盡。君歸無計可留君，對君腸斷寫迴文。他年到此不相棄，濁酒一杯澆妾墳。

董觀光

觀光，字牧亭，寶坻人。乾隆二十七年舉人，官江西試用知縣。有《牧亭詩草》。

洪福寺

廢寺枕河邊，來游輒慨然。短垣秋草没，雙樹一鐘縣。梵寂僧何往，碑傾字不全。惟餘殿前柏，蒼翠自年年。

國朝畿輔詩傳卷四十五

李廷儀

廷儀，字石帆，灤州人。乾隆二十七年舉人，官安徽亳州知州。有《杏瓊齋詩集》六卷。

潘瑛《序》：石帆先生詩，芬芳悱惻，幽思綿邈，大抵皆發於性情之真，此古風人之旨也。

張葆《序》：先生詩格高律細，卓然可傳。

朱珪《題杏瓊齋稿》詩：李侯灤陽秀，羣舉冀北廉。哦詩必杜甫，松濤發虬髯。君昔宰陽高，民歌邑中黔。揭來令灊皖，秣馬不用箝。我覯子於晉，愛其知養恬。廿載會江皋，舊雨隨鈴幨。春鋤洛麰稌，秋水憂蒹葭。肝鬲洞相照，無事窺翳簾。臭味久而知，不必投酸鹽。君既悃無華，我矢廉不嗛。三十治雄緊，安静得所懕。即今擢譙亳，施澤渦淝漸。訟清好坐嘯，毋擾市與閻。蘇州更道州，聽爾風雅兼。鞫謀如保赤，報汝含飴甜。

山館即事

巖扉雨初霽，虚庭凉意侵。柳黄霜氣重，山翠烟光深。溪流雲霞影，秋林雞犬音。幽獨自生會，懷人停素琴。

潛山道中

地僻居人少，衡茅三五家。孤村屯落葉，野水削平沙。竹徑門深掩，松毛嶺半遮。黄雲收晚稻，婦子慶汙邪。

村居

種菜治畦穢，鋤花惜徑茅。探囊無故物，解組失深交。盡室如懸磬，長留任繫匏。窮通非力致，不必問羲爻。

不寐

夜柝不堪聽，起行霜滿庭。高梧深見月，密竹暗藏星。反哺慚烏鳥，飛鳴愧鶺鴒。撫躬時寤擗，寒逼曙鐙青。

疊韻

松陰三四里，緑潑一溪幽。花與僧分種，山邀鶴共游。但貪詩遣興，難仗酒消愁。散步茅檐下，狂吟月滿頭。

首夏幽居

餘春足幽賞，息静掩巖扉。過雨生清氣，流雲開翠微。雜花三徑滿，亭午一蜂飛。屋角茶烟出，悠然琴韻希。

秦宫

脂水溶溶漲渭南，祖龍東下肯停驂。八荒狼藉遭騎虎，六國逡巡僅飼蠶。空見車前刑假父，不聞海上返童男。揶揄秋鬼驪山側，猶唱花樓酒未酣。

武帝

金莖高聳掌巍巍，天意乾封露正晞。王母不隨方士至，星精已擁細君歸。樓船浪急難回棹，金屋人多更益幃。寂寞石麟斜卧處，柏梁臺上野花飛。

華清宫

未央歌舞幾時醒，鼙鼓喧闐羯鼓停。驛路塵埋金鈿翠，驪宫月閃鬼燐青。情牽桐葉腸猶斷，夢泣梨花血尚腥。西内若教逢七夕，不堪重望女牛星。

胡鵬雲

鵬雲，字翼南，號丹崖，高陽人。乾隆二十八年進士，官安徽鳳陽府知府。

朱石君中丞盧鳳道中禱雨有應和原韻

其一

使車方北馳，曜靈正東杲。二麥期有秋，如傷急請禱。應候甘霖滋，膏澤注湦潦。始知造化功，頃刻蘇羣槁。况普堯舜仁，含餔無不飽。坐見人烟叢，臺笠分秧早。江淮千里餘，泳游天浩浩。

其二

君子涖民命，勞心如渴饑。箕畢既從令，寒暑無怨咨。第恐衆難濟，莫由光厥施。一片至誠心，樂與人同之。雨師尚可格，羣吏焉得欺。高山幸仰止，念釋恒在兹。無才愧典郡，庶幾嚴獨知。

梁用梅

用梅，字調夫，正定人。乾隆三十年舉人，官甘肅文縣知縣。

王鳴盛《序》：調夫弱冠工詩，才名鵲起，投予詩歌一卷，風流頓宕，超然出塵，清綺婉約之中時露挺拔磊落之致。

《紅豆樹館詩話》：王蘭泉司寇，乾隆戊申出都過正定，宿蕉林相國故第，作詩云：『晚年石墨喜鐫華，真蹟鈎摹十數家。幸有侍郎能好事，倩人磨洗出塵沙。名臣世澤絶堪哀，不見皋蘭叱馭回。圖史凋殘彝鼎盡，誰憐貞石委蒼苔。』注云：相國刻《秋碧堂帖》，未成而卒，其石覆在廊西，絶無知者。金檜門侍郎督學京畿過此，發而視之，乃屬太守洗搨，遂行於世。相國孫用梅爲予門人，常攜此帖相贈。後爲甘肅知縣，今亦下世。後詢此石，已移往他處。

詠懷

蕭條今已甚，意氣復誰豪。花底親伯雅，鐙前撫孟勞。無鄉容醉飲，有壘助愁高。何事西窗下，松聲夜作濤。

紀啓曾

啓曾，字茂孫，文安人。乾隆三十年舉人。

病起柬東村同社諸子

藥鑪餘火漫，書帙半牀攤。病起情無著，閒中春又闌。悲歡新眷屬，夢寐舊吟壇。徙倚看雲立，虚庭增莫寒。

出武勝關之楚

楚豫此分界，居人争一門。到關驚異俗，回首失平原。峰峭天疑盡，林深鳥不喧。長吟歸鄂渚，狂客與誰論。

舟晚江行

向晚推篷立，驚波接渺冥。半規親月白，一桁暮山青。夜氣沉孤嶼，人烟聚遠汀。白沙洲在望，漁火兩三星。

灄口登舟望武昌作

晴江遠岸望濛濛，一葉輕帆挂曉風。百雉城開山色裏，萬家人住水聲中。賦才縹緲汀州没，霸業蒼凉烟樹空。愁客高樓思更倚，笛邊折柳莫匆匆。

趙璘

璘，字霽光，號曙堂，一號蟫隱，東光人。乾隆三十年舉人，官涿州學正。有《橐中稿》。

庚寅紀異，效玉川子體

乾隆紀元之三十有五載，歲在上章攝提格。斗柄插申日在甲，崦嵫閟彩天地夕。大火西流光睒睒，朏月深藏搶靈魄。何意西北爛石崩，有炁赫然燭天赤。童叟咸驚詫，燎原詎無垠。然而迴殊陸渾火，或是太乙鼓橐炎鴻鈞。對此不敢眠，三延銅壺漏。忽焉奇觀出，層霄抉破寒茫溜。如金躍冶光熊熊，歊爛歕射排玲瓏。丹砂之氣調其中，大千寂寂映皆白，玉樓起粟寒無風。乍疑火輪熬煎涸北海，天吳跳踔弄光怪。又疑天之重瞳霅然開，元精炯炯洞八垓。否則三千六百地軸相鈎連，禺疆鑿教孔穴穿。翔陽夜駭祝栗野，羲和破睡揮金鞭。或言白毫光，徧覆蓮花界。果有苾蒭流，投體展膜拜。或言斗杓星，飛光如曳練。光之所滅處，赤氣隨而見。或言霍焰下，有星規如日。耳聞未目睹，不敢信其説。或言霍焰下，黑雲隱曼衍。夜氣倘有然，亦不足深辨。但見衆星當之掩精芒，帝座周遭澄天光。紫微於穆居中央。密界銀河畔，天孫羞報雲錦裳。漸照瀛海左，桑木花藹垂垂黄。徙倚看永夜，百怪感詩魂。乃夢謁神官，與剖天地根。云是三十六帝集北極，神光洞朗照厚坤。庭實錯陳寶氣緐，鈎陳劍戟叢庵庵。萬八百年一大會，爲聖世瑞光長亘。史載五千一百餘年事，是以此祥不載無能言。書此持視人，小儒咋其舌。茫茫蒼冥事，豈能遽搜抉。流霓繞斗樞，具在天文牒。此亦大證據，底用肆怪譎。曙堂氏笑答，天文不繫於職司。吾知昂頭眺天外，手分天章益吾汗漫詞。君不聞，午會十日曾並出，正當雲爛星陳時。晶芝萬道相錯互，立使下土禾盡槁木。半榣八伯不敢頌，但見唐堯恭默而憂思。古來聖天子，無或恃祥禨。畏天之命常栗栗，安知十日非即昭昌期。況我大清朝，登三而咸五。二曜合五星，聚旦復旦光天宇。灝灝和寧紫皇笑，蹡蹡並進羣仙舞。天人相應理不疑，底用大電火虹證往古。

馬其

其，字雲亭，號南溟，雄縣人。乾隆三十年舉人，官元城縣教諭。有《雲亭詩》一卷。

王昌祖《序》：先生詩不事鉛華，直寫胸臆，五言清遠似姚武功，七言質而不俚似陸劍南。

南村

散步南山麓，茅檐八九家。小園通澗水，細徑入平沙。鷺鴿雙飛起，垂楊一帶斜。芳菲看不盡，宿雨潤桃花。

秋夜都中旅懷，兼憶心如上人

寂寞空齋裏，離愁向晚侵。秋風吹落葉，疏雨間寒砧。雞肋功名薄，羊腸道路深。何時雙樹下，尊酒一長吟。

紀汝佶

汝佶，字御調，獻縣人，昀子。乾隆三十年舉人。有《半舫詩鈔》。

《閲微草堂筆記》：亡兒汝佶，幼頗聰慧。乙酉舉於鄉，始稍稍治詩古文。會余從軍西域，乃從詩社才士游，後依朱子穎於泰安亡。遺詩遺文，僅付孫樹庭存乃父手澤，予未一爲編次也。

送朱二亭南旋

陡覺鄉心動，西風作意催。主人誠愛士，羈客慣興哀。燕子飄零久，芙蓉寂寞開。還家同有夢，祇合賦歸來。

老將

蕭蕭白髮已盈頭，解田歸來又幾秋。但使三邊停遣戍，可妨百戰未封侯。沾袍熱血腥還在，報國雄心病豈休。見説將軍猶供飯，摩挲老眼看吴鈎。

汪誠若

誠若，字繼和，號梅叶，灤州人。乾隆三十年副貢生，官四川榮昌縣知縣。有《願學集》四卷。

穀雨日口占寄家人

天涯飄蕩一身輕，萬里家書問死生。薄宦未成彭澤隱，思歸無那少游情。春寒自覺牛衣薄，夜雨愁聞蛙鼓鳴。爲報妻孥勤苦甚，老夫隨處已埋名。

歸田

海棠香國古名區，報政深慚治譜迂。老馬應知羞棧豆，微軀空自笑侏儒。風流無計隨琴鶴，霜雪鷺看滿鬢鬚。數十年來甘苦甚，故山歸去伴樵夫。

李殿圖

殿圖，字丸符，號石渠，又號露桐，高陽人。乾隆三十一年進士，歷官福建巡撫，改翰林院侍講。有《番行雜詠》一卷。

吴錫麟《李公墓志》：公乙酉以拔貢舉於鄉。丙戌，成進士，改庶吉士。己丑，散館授編修。庚寅，充順天鄉試同考官。甲午，充湖南鄉試正考官。乙未，充會試同考官，轉廣西道監察御史。丁酉，提督廣西學政。丁艱，服闋，補山東道監察御史，轉禮科給事中。值甘肅逆回之變，命閣部公阿桂、尚書男福康安往剿之，特簡公辦理軍站糧餉等事，即補鞏秦階道。時渠魁已殲，餘孽未息，伏羌因獲回牒，激怒于回，焚掠尤慘。伏羌人亦恨之刺骨，見輒呼之爲賊。公按部所到，次藺家店，即有訛言賊至者。公詗得其情不問，人心大定。自執訊獲醜外於緣坐之，婦孩量其情而宥釋之，於被害之户口，核其輕重而賑恤之，輕徭薄税，次第施行。未及三年，流庸漸還，瘡痍頓復，民乃得脱然於離亂之苦。會卓泥土司與四川松潘、漳臘各番互争噶固山界，制府命公往勘。公減騎行，由卓泥城歷小洮河、丈八嶺、鸚哥口，皆人蹟所不到處。因公威信素著，羣番導行，得至所争地界，片言解紛，兩造咸服，立石於達魚山頂而還。乙卯，擢福建按察使，既而洊升藩司巡撫。在閩十年，清積牘至數千百案，捕獲漳匪顔和尚、汀匪李凌魁等纍數百名，彌補倉穀一百二十餘萬石。丙寅，内召還京，尋以奏事遲延命以四品京堂補用，旋又命補官贊等官。於是冬即補授中允，轉翰林院侍講。公平生讀書必求實用，不徒以考據爲長，然辨證古今時亦訓詁家所不及。嘗奉命查涇渭清濁源流，自秦州溯流而上，至鳥鼠、崆峒，著《涇渭清濁源流辨》，繪圖上之，論駁詳明，得邀睿賞。薨於嘉慶壬申，年七十有五。

《紅豆樹館詩話》：乾隆乙未會試，公充同考官，吴穀人祭酒出公門下。方公獲祭酒卷，力薦，總裁爲無錫嵇文恭公璜，賞吴制藝，而五策徵引博奥，疑有舛誤，欲擯之。公力争，並於每條下疏其來歷，凡數紙。文恭驚服，祭酒遂獲本房首選。撤闈後，公作詩紀事，亦科場嘉話也。

番行雜詠

其一

鸜哥溜下響如雷，白馬東流去不迴。白水源出若魯等番，達鸜哥谷，東南入岷州。欲向嘉陵尋古道，貢璆端自漾川來。

其二

欲行衹覺馬蹄偏，竟日微窺一綫天。七十六盤彈指計，到頭不信有人烟。

其三

異卉參差間緑紅，靈根稍復辨芎藭。會須得遇看山眼，並入桐君藥籠中。

其四

黛色參天不記春，灌叢都作老龍鱗。何當鉅掌開河曲，大庇安栖億萬人。

其五

昭靖當年自請纓，納麟七站出奇兵。依稀瘦嗦成禽處，偉績千秋説沐英。明史沐英討西番，禽酋長瘦嗦子等，平朵甘納麟七站，英謚昭靖。

其六

羊嶺鵝溪古戰場，黄頭九百赭碉房。正嘉勦撫均無策，漳臘何曾是大荒。明宣德年，千户錢宏激變番人。正德年，松潘熟番作亂。宏治十四年，巡撫張瓚攻黄頭諸寨，赭其碉房九百。我朝漳臘置鎮，番人寧謐，與編户齊民，無以異矣。

李蔚

蔚，字青岑，大興人。乾隆二十一年進士，官廣東潮州府知府。有《嵐秋山房剩稿》。

月夜有懷，時久不得延之書

霜風殺柳條，凉露下庭樹。不見素心人，心隨明月去。明月千里同，相違復幾許。遥思蜀道難，客帆此中住。險絶灎澦堆，凄凉杜鵑語。峽水接燕雲，寒烟滿蒼楚。何時一歸來，爲道相思苦。

送王九峰雪舟兄弟移家

門第烏衣舊有聲，子猶兄弟更知名。筍輿看竹難偕俗，箬笠披雲試耦耕。抱膝從今添雅唱，拂衣一往寄深情。明年倘遂盤山約，松石林間把臂行。

露坐

露下花如沐，雲消月乍開。池亭秋寂寞，明滅一螢來。

吴人驥

人驥，字念湖，天津人。乾隆三十一年進士，官山東萊州府知府。

查誠《傳》：念湖性機警，方瞳戟髯。爲詩詞，刻燭立就。文喜駢儷，雅善詼諧。工絲竹，精繪事，以材藝稱。

《津門詩鈔》：公幼喜徵逐，廣交游。晝則歌場綺席，到處逢迎，夜必讀書。好獎引後進，文酒之讌，無虚日。

中秋夜雨

瀟瀟連夕雨，無賴是今秋。頗慰蒼生望，難消旅客愁。泉流濺石角，檐溜撲簾鈎。客歲雄關月，邊霜照馬頭。

送秋鶴之曹南，即用雨窗都轉韻

歷下亭邊暫拂塵，乍親温語便如春。登山臨水無虚日，研北花南得此人。潦倒行縢仍作客，萬千詩思不憂貧。黄河遠上詞源闊，憑仗先生一問津。

題滄浪話别圖，送雨窗都轉移節浙江

緑楊何處最依依，水泛滄浪碧四圍。正覺湖光環綺席，忽驚春色上征衣。雲移使節過吴會，風引離懷入翠微。白髮門生故知少，難禁别淚手頻揮。

鵬騫七兄自豫來津，感賦

廿載青袍鄴下游，故鄉重見各悠悠。人來海嶠情如昔，客老夷門話未休。蒼狗白衣雲變幻，湖光山色夢勾留。聯牀事事成追憶，不獨驚看兩鬢秋。

辛大成

大成，盧龍人。乾隆三十一年進士，官四川昆寧縣知縣。

勝水寺遠眺

莽莽秋空迴，憑高酒乍醒。峰羅千點翠，海畫一痕青。塞雁低平楚，晴烟接杳冥。此心天地外，何事苦勞形。

感舊

歸來日日倒清尊，十載滄桑變里門。馬上吴鉤憐俠少，壙中金盌弔王孫。交游徒挂延陵劍，騷雅難招宋玉魂。老去不堪再回首，任他風雨送黄昏。

閒居書事

幾年辛苦走天涯，攬鏡徒驚兩鬢華。南國未遺姬伯樹，東陵且種邵平瓜。終饒清夢朝丹闕，敢學羞顔問白麻。草莽依然歌帝力，微臣不遣到長沙。

王家幹

家幹，號蓮溪，昌平人。乾隆三十一年進士，官承平府教授。

立春登清風臺

松風謖謖拂層臺，喜見陽春有脚來。題罷新詩歸馬疾，無邊青嶂倚天開。

牛稔文

稔文，字用餘，號師竹，天津人。乾隆三十一年舉人，官湖南督糧道。

訪冒園小坐

偶向清齋賦索居，回頭三五少年餘。乍嘗宦味新茶似，久歷名場鈍硯如。談舊每思從老輩，看花又喜到春初。奚僮怪我三更後，貪讀平生未見書。

宋赫

赫，字東野，撫寧人。乾隆三十三年舉人。有《東野詩草》。

《紅豆樹館詩話》：梅樹君録寄永平詩廿餘家，詩境之樸老蒼秀者，首推東野。其詩得諸樂亭訓導韓瑟白兆桐，瑟白得自樂亭諸生甯綺瀾元灝，甯云：『少年時曾及見宋公之爲人，蓋骨鯁古君子也。』生平一介不妄取，言行方正，與時不合。境愈窮，詩愈工，卒抑鬱客死。瑟白手鈔數十首迂道百里見屬，亦可謂留心風雅者矣。韓高，高陽人，道光壬午副車。

出門

爲養反離親，登堂拜老母。母意不欲離，閣淚倚窗牖。恐傷游子意，不言但揮手。幼女牽我衣，問我今來否。依依在我旁，多方遣之走。念此繫中腸，出門更回首。

答辛蘿村

碧天凉雨歇，離索更逢秋。眠食勞相憶，雲山我欲愁。疏鐘烟際寺，長笛月中樓。寥落懷人客，蕭蕭欲白頭。

有感

向老翻爲客，傳經心事違。謀身吾計拙，秋燕爾知歸。世態疏任昉，才名愧陸機。衹應守寂寞，還食故山薇。

初至山中作

振衣尋鳥道，高步躡雲根。松隱來時路，溪流轉處村。草痕青到寺，山色碧侵門。不盡登臨興，開軒對酒尊。

秋雨

長年爲客此淹留，况值連綿雨未休。乞食陶潛垂欲老，思鄉王粲自多愁。斷鴻雲送方呼侶，疏柳風吹尚曳秋。最是夜來聽不得，空階滴白旅人頭。

建昌郭外

嫩柳垂垂照客顏，風光淡沲最相關。不知射雁村邊草，綠過溪橋第幾灣。

雙鳳山寺

閒來暫許叩巖扉，樓閣雲深接翠微。三面青山一面水，隔林隱隱見僧歸。

卜維吉

維吉，字椒塢，天津人。乾隆三十三年舉人，官湖北施南府通判。

内丘夜雨

簾卷涼雲外，秋聲到五更。殘鐙挑夢斷，寒雨滴愁生。水鳥依檐宿，凉蛩入户鳴。萱堂當此夜，多少倚閭情。

紀承曾

承曾，字儀祖，號羣玉，文安人。乾隆三十三年舉人。有《紫藤書屋詩草》。

短歌行

雲呈幻影，海無停波。我生靡樂，白駒易過。一解。拔劍斫柱，起舞婆娑。張琴代語，憂來奈何。二解。長林鬱鬱，高山峨峨。欲往樵採，手無斧柯。三解。耿耿銀漢，瀉爲長河。溯洄從之，安得仙艖。四解。陋巷可樂，西山能歌。視彼曩哲，所得已多。五解。

寄故人

慵拙新知少，疏狂僻地宜。三年留客久，五月得書遲。倚枕思前事，開緘檢舊詩。紫藤親手種，遥憶著花時。

客窗對雨

濃雲漠漠動經旬，幾日家山入夢頻。夜合花開人卧病，緑陰滿地雨如塵。

陳文衡

文衡，號鏡塘，寧晉人。乾隆三十三年舉人，官河南息縣知縣。

留别米寧民孝廉

蹤蹟頻年西復東，馬蹄今日更匆匆。一肩書劍飄零甚，三輔雲山悵望空。濁酒聯吟寒夜月，小橋分袂夕陽風。別來若憶連牀夢，人在星霜道路中。

紀汝倫

汝倫，字虞惇，號南園，獻縣人，昭子。乾隆三十三年舉人，官滿縣教諭。

自撰《墓志》：居士以乙酉科拔貢生，中戊子科順天鄉試，辛丑大挑二等以教職用，癸卯赴滿城學任。尋丁母憂，服闋，補懷安，引疾未之任。纂輯《周易薈要》五卷，《毛詩薈要》十二卷，校刊先人遺書《養知録》八卷。壬子，叔父文達公覆勘《四庫全書》，於役灤陽，奏明攜帶子姪協同檢閲，得至文津閣恭校秘籍。今上御極之三年，舉行臨雍盛典，又叨預觀禮。禮成，蒙賜金鑄銅章一方曰『戊午圜橋聽講人』。己未，視仲弟於浙西，有詩二卷。壬戌，游閩，有《閩游草》。甲子，游豫，有《中州集》。

丁未春赴浙，留别及門諸子

老戀田園祇自娱，扁舟乘興赴甌吴。贈行休折陶潛柳，選勝擬臨西子湖。婚嫁完時宜放浪，生徒别後漫嗟吁。新秋便理還鄉棹，教授衣然是故吾。

趙桐

桐，字嶧岡，盧龍人。乾隆三十四年進士，官安徽滁州直隸州知州。

滁州志别

三十年來薄宦游，何堪解組滯滁州。慚無惠澤周民隱，幸乏災祲免聖憂。釀水清含泉石古，豐山香滿桂花秋。而今曳杖閒行樂，把酒持螯野渡頭。

張虎拜

虎拜，字錫山，號嘯崖，天津人，映斗子。乾隆三十四年進士，官宗人府主事。有《妙香閣詩集》。

《津門詩鈔》：嘯崖先生幼警敏，居官清慎，阿文成公桂最重之。

送西山二弟之任粤西

青氈不耐雪霜寒，投筆欣彈貢禹冠。盡領湖山歸好句，獨留琴鶴伴閒官。半生辛苦依人慣，初試羹湯作婦難。萬里雲程今發軔，歸時應作錦衣看。

乙巳九日偕友登灤京尊經閣

上塞風烟接紫濛，層樓金碧倚晴虹。人來九日黄花後，秋在千巖翠色中。奎壁天開羣玉府，笙簧地近魯王宫。登臨到此塵襟豁，不數龍山落帽風。

述懷和友韻

望斷歸雲憶故盧，一椽僑寄似巢居。九衢風雪驅疲馬，幾卷詩書付蠹魚。琴到尾焦方遇賞，筆憐頭禿不中書。空庭幸有同心侣，緑酒紅鐙蹟未疏。

王禄朋

禄朋，字翼飛，號秋坪，天津人。乾隆三十四年進士，官雲南迤東道。有《秋坪吟草》。

《津門詩鈔》：先生少負才名，與吴念湖太守馳譽一時。工書，爲翁覃溪先生所稱，詩宗晚唐。

答翁覃溪學使

丁酉九秋，禄朋出守登州，攝郡事者爲北平曹雪坪銘，得與周覽蓬萊閣之勝。及量移東魯，而雪坪即領登郡，因貽以齋額，有小蓬萊之號。今守饒州，宋丞相洪文惠公故里也。戊申季冬，覃溪先生按試此邦，適當石經殘字鐫成，語及洪相曾刻石經於會稽蓬萊閣，而小蓬萊之號先生亦有之，且言錢塘黄秋盦易，亦不謀而合，亦一奇也。賦長歌以示，依韻奉和。

仙閣誰與尋仙盟，我先我後皆雪坪。同上蓬萊踐夙約，顔之齋壁欣同聲。我别東弁守東魯，結構小築軒窗明。東方雲海在胸臆，如凌萬頃波澄泓。會逢秋盦嗜古刻，石經殘字摹盤庚。幾年搜考得就正，北平宗匠功集成。自今洪都賓四石，何異石鼓留神京。方諸洪相舊鐫刻，事半功倍惟先生。

曰殘非殘散者聚，後先輝映尤光晶。今朝恰在文惠里，欣欣桃李争相榮。不遺樗櫟念桑梓，翦燭心已馳東瀛。小閣同名亦奇事，登州越州兩地并。洋洋纚纚發閎議，春風披拂來江城。爲臨篆法邀賞識，自慚小技況未精。示我古墨洵至寶，得見一字勝瑶瑛。安得昕夕侍几席，辨别僞體聆真評。

紀曾藻

曾藻，字文溪，號小癡，文安人。乾隆三十五年舉人，官廣西思恩府同知。有《小癡遺稿》一卷。

王延襄《傳》：先生少駿偉，九歲日誦萬言，十五通十二經，十九領鄉薦，出爲縣令，歷任山西陽城、太平、長子諸縣。長子人喜事神，每醵錢賽會，奢麗喧闐，歲以爲常，先生立條教禁之。會苦旱，涉行五十里，詣發鳩山齋禱。已而沛然，民爲立碣。丁母艱，服闋，銓廣西永福令。時安南軍興，羽書絡繹，先生供頓，無煩於民。調貴縣，貴縣界東粤高廉，海匪嘯聚，廖三進者逞豪枉法尤强横，官不能制。先生至，躬率民壯入山搜捕，擒廖等十餘人，以次抵法，閭閻以安。擢思恩府理苗同知。以積勞卒，年四十六。先生居官，正容讜論，遇事以理争，不爲勢位稍屈，尤好客談諧，飈起電掣，四筵盡傾。詩宗少陵，精思深湛，所到賢士，樂從之游。著文集若干卷，詩集若干卷。

黄世發《序》：小癡學富才贍，下筆千言立就。其古在氣，其俊在骨，所謂才人之作，非僅詩人之作也。

擬陶徵君田家詩

其一

豆叢稀可摘，夕陽方在山。丈人去我遠，溝水聲潺潺。昔去爲饑驅，胼胝向田間。田間亦良苦，磬折難爲歡。

其二

先人八州督，而我爲農夫。力耕苦不早，帶月荷長鋤。禾黍影高低，顧見中田廬。田父招我飲，濁醪不須沽。醉即枕鋤眠，凉風吹我襦。夢中見黔婁，榮叟與之俱。人生貴適意，戚戚非吾徒。

昭州懷古

可憐玉溪生，昔走昭州道。昭州古道太荒黄，金砂舊井生秋草。三十六體艷若神，令狐丞相心屢嗔。金蓮寶炬不肯借，寂寞亦是尋常人。桂管茫茫來荔浦，萬里依人復銜虎。惟將篇詠託無題，痛哭劉蕡客未知。娶得當時卿相女，繡衾歸卧想多時。

高遯山墨竹歌

吾縣南崖子，有似天隨與玉川。夢山而隱恣筆墨，七十二法人争傳。偶然迅掃向縑素，竹石槎枒腕頭赴。藏弆經今二百年，挂向高齋起烟霧。葉爲飛白籀作根，先生寫竹兼寫人。倒垂烟霰氣瀟灑，力挺泉壑心堅真。琅玕鬱鬱清光滿，但恐年深絹紋斷。先輩遺留此足多，古人淵妙今應罕。河岳英靈弔夕曛，大昭村裏爲招魂。科名富貴尋常事，文采風流好細論。

舟過陽朔

篙響青林岸，濛濛泝亂流。雲峰失山縣，烟雨淡春舟。拾果黄猿熟，鳴苕翠鳥幽。平生瀟灑意，乘興即滄州。

夜

湖月曉仍白，空堂淡似秋。蛟雷簾一角，花霧瓦千溝。枕簟隨緣設，炎荒取次留。迴思消夏日，轉憶遠山樓。

哭李香南

題橋磨盾事皆非，風雨黄陵叫秭歸。横海負天空比擬，通眉長爪尚依稀。凄凉江上三刀夢，冷落門前雙戟圍。一自鳳鸞飄泊後，桐花祇有鶺鴒飛。

在荔浦憶永福縣宅

傳舍匆匆又促裝，苦思水竹即滄浪。霜痕染樹紅躑躅，山影浸江青鳳皇。鎖印恰當開甕後，放衙時到小橋旁。牙章虎節南關路，記取先生舊草堂。

迎提學夜行

瘴發黄茅路渺冥，月中行徧短長亭。蛇香過草濃於麝，螢火流天大似星。炬影微茫迎使節，塵容昏黑笑山靈。輿人猶説陽明子，八寨鏖兵夜血腥。

李照欲遠游，用王大樓居韻

消憂暇日在茲樓，越女安能一笑留。斫鱠便尋吴會樂，騎驢還踏薊門秋。青衫跌宕驕金馬，紅酒淋漓倒玉舟。若問昔時屠狗者，故人應是董糟邱。

王氏小園步月

年光如水惜年華，素月流天九度斜。高閣中秋曾望遠，荒園獨夜更思家。數聲風入黄蕉葉，一架烟濛紫豆花。莫曳枯笻作惆悵，孤城吹角是天涯。

與王老圃夜話

春寒惻惻怕登樓，凍雨殘雲似暮秋。良藥誰爲養生主，小詩還可伴牢愁。風湍卜築思嚴武，火色功名讓馬周。與子對牀論劍術，也能飛鞚試吴鈎。

和朱心池韻

半掩秋山病鶴形，聽殘官鼓夢難醒。門前詩客延琴客，案上茶經雜道經。屋雨蔓牽鄰院豆，池風光亂遠林星。掃除一室吾方懶，臥榻時時墮鴿翎。

孔昭熺

昭熺，號松峰，新城人。乾隆三十五年舉人，官國川大足縣知縣。有《醫俗軒詩集》。

和陶飲酒

其一

鴻鵠舉千里，鷽鳩搶榆飛。嗟彼幕上燕，竈突良可悲。苟能避矰繳，何枝不可依。天空海風闊，翔集而倦歸。物且貴見機，人寧昧興衰。山梁歎雌雉，時哉莫乖違。

其二

榆柳繞周遭，中隱高士宅。蓬蒿不翦除，僅有出入蹟。時來素心友，鐘榼陳千百。日月如跳丸，鬢鬚黑者白。靜觀世上人，不飲殊可惜。

其三

至人功德大，憂世垂六經。用之大小效，三年亦有成。叔季伧得失，治意多所更。雜伯起刑律，相去倐徑庭。其由來有自，學術相争鳴。何以返淳古，王道本人情。

劉塏

塏，字爽亭，通州人。乾隆三十五年副貢生，歷官雲南大理府同知。有《宦游草》一卷。

和張玉屏同汪小泉夜話

朋歡聯夜約，招我我遲留。病肺新停酒，傷心又送秋。叢花同一瘦，孤雁幾多愁。况話巴山雨，三更共倚樓。

思茅九日

九龍江静虎聲哀，白馬山空象蹟迴。滚滚怒風驅瘴去，瀟瀟愁雨送秋來。一年形狀羞吹帽，萬里關河懶上臺。拚取殊方桑落酒，强浮今日菊花杯。

澧州旅店

雁到瀟湘總北還，更誰南去過荆蠻。親朋有夢來相問，野店蕭騷夜未關。

包㥠

㥠，字素心，大興人。乾隆三十六年進士，歷官廣東鹽運使。有《留香書屋小草》。

寄吴蠡濤觀察，用聖俞韻

撚鬚苦不工，學步安得速。推敲乏儕輩，翰墨慳清福。時虚風光春，望極雲樹簇。偶然抒靈境，喜自抽新緑。榛蕪亦從芟，門徑懵不熟。堂奥以爲期，爾音那得玉。此理嘗冥追，所知竊渺蓄。動蕩軒烟霞，静深杳山谷。真是墨如金，多乃牀架屋。聆古天籟音，嗤今錦紋縠。根柢李杜盤，毛髓韓蘇浴。寫情無飣餖，言詩不没辱。惠我連篇吟，感君十日督。興乃憤以起，嗜亦近頗酷。昔每言采蘭，從此或盈匊。山川清我心，經籍實我腹。平氣追拗險，放筆開拘促。鏗鏘想鳳吭，磅礴思雷轂。調聲竟折捩，布局每羈跼。方未厭此心，何堪入君目。跛躡驥尾塵，大嚼屠門肉。巴音信喉舌，木桃無瑟縮。盡此日餘閒，拈得韻廿六。懷白時無斁，寄遠手自録。莞哂當有餘，塗抹恐不足。漆路正茫茫，佇待月如燭。

王旭暢

旭暢，字惠嵐，號達齋，寶坻人。乾隆三十六年舉人，官雲南麗江縣知縣，改新城縣教諭。

登近光樓

高樓翦燭正圍棋，子落丁丁漏漸移。深竹晚凉微曙夜，落花疏雨早秋時。烟沉小院吟蟬歇，風過疏林睡鶴知。坐久漸看明月上，四檐澄澈露華滋。

王鴻

鴻，字青來，深澤人。乾隆三十六年舉人，官山東東原縣知縣。有《紅豆山房詩》一卷。

送友

斗酒難爲别，離筵當户開。凉風在高樹，落日隱城隈。揮手故人去，舉頭徵雁來。情懷千百種，中夜起徘徊。

初春臨清即事

出岫晴雲冉冉飛，餘寒猶自戀棉衣。風高十幅布帆飽，冰釋一灣春水肥。昨夜故人天際去，望中新緑柳梢歸。勞勞休作風塵感，江上漁翁未息機。

趙人龍

人龍，字南陽，號亦廬，滿城人。乾隆三十六年副貢生，官内丘縣教諭。有《抱陽山人詩稿》。

玉川書院

相親禽鳥最爲奇，意便欣然有得時。物性原來皆自適，人情何事不相宜。閒從荷院消長夏，偶向芸窗注小詩。風過園林渾未覺，薜蘿新月到茅籬。

雜詠

其一

曲徑無人碧草蕃，敢辭三顧報君恩。牧童不解茅廬意，長笛横吹出洞門。

其二

謝盡交游獨閉關，參差竹影任盤桓。素心持向何人説，月滿園林花滿闌。

俞大猷

大猷，字鶴雲，大興人。乾隆三十七年一甲三名進士，官湖北荆州府知府。

月下出自西掖

太液波涵禁苑西，君恩分與一枝栖。長堤路指紅墻近，古殿陰連碧樹低。曉度石橋看馬蹟，晚隨金鑰聽烏啼。慚無經術酬知遇，高閣空然照夜藜。

丘庭漋

庭漋，字芝房，宛平人。乾隆三十七年進士，歷官山東布政使。有《芝房剩稿》。

城上烏

城上烏，啞啞呼，生子八九形勞劬。八九子，不可恃，雄烏白頭雌烏死。雌烏死，八九子，一一分飛矜爪觜。大者又哺雛，小者方啼饑。物情各自顧私愛，故林那肯仍相依。老烏日暮栖空巢，寒風終夜曉不交。

移居次李松雲同年韻

其一

行窩栖息自年年，又聽鶯聲出谷遷。朝命久參中秘籍，散人如在大羅天。閒開藥圃尋春後，新訂茶經試雨前。最喜今來過從邇，東籬步屧每翛然。

其二

鄠杜鶯花照眼繁，草堂有句許同論。槁梧長日何妨倚，叢菊吾廬想尚存。攜仗看雲還枕石，舉杯邀月每當軒。地偏正好耽幽寂，選勝居然獨樂園。

其三

尺五城南境轉佳，西山曉翠雁行排。衛公草木平泉記，永叔文章畫舫齋。印雪鴻泥迴首換，傲霜松鬣賞心諧。閉門擁鼻新詩就，不管塵容滿六街。

其四

我亦年來屢卜鄰，枌榆同賽社公神。官閒穩效鷦鷯宿，巷僻平分猿鳥親。金谷陽春今寂寞，衹園花雨久沉淪。何如一卷蘭成賦，細寫芳蹤贈後人。

芮振宗

振宗，字勵齋，寶坻人。乾隆三十七年進士，官大名府教授。

遥和飛庵叔韻

盍簪有約舊時同，千里孤雲隔斷虹。丙舍風來春氣早，庚郵詩寄墨痕融。放懷知在羲皇上，過隙翻憐逆旅中。薄宦栖遲歸未得，漳流渠水夢魂通。

成諟

諟，字伯顧，號惺齋，大名人，懷祖子。乾隆三十九年舉人。

《墨香居畫識》：成伯顧山水，學清暉老人，頗得其秀逸之致。

題龔夏橋桃源圖

小徑斜開亂石頭，春山春水柳邊舟。垂竿兀坐誰家子，不著胸中一點愁。

甯義年

義年，字易齋，號南薰，欒亭人。乾隆三十九年舉人，官山西屯留縣知縣。

學山園別業

習静平生願，新成半畝宫。忘機看竹雨，得意聽松風。亭後一峰秀，階前三徑通。坐談忘出處，長此愜幽衷。

國朝畿輔詩傳卷四十六

李惟寅

惟寅，字春旭，一字欽伯，大興人，蔚子。乾隆三十九年舉人，官廣西太平府龍州同知。有《廉餘詩集》二卷。

蔡復午《傳》：春旭，少篤學，年十九舉於鄉。乾隆甲辰會試，以國子監學録用，授廣西義寧縣知縣。義寧地瘠民惰，先生以勸墾種、興學校爲事。鄰邑有僧惑衆作亂，先生微服入山，縛之，散其衆。調宣化，適安南用兵，徵輸饋餉、車舟、供帳之役，什倍他邑。先生經理裕如，而民不擾。福文襄王廉其賢，奏擢左州知州。嘉慶二年春，西隆州苗變，先生方署養利得替，乃馳赴舊州，募鄉勇御賊。總督吉公慶率官兵繼至。先生上書言軍事，略曰：『苗不足憂，當安民。民遭焚掠，無所容，且從賊，而賊勢成矣。古稱徵兵滿萬，不如招募數千，蓋以募爲賑，民心安，則賊氣奪。況其急私讐，悉敵情者乎？夫苗不能盡剿也。宜主撫，然不可不威以撻伐。苗性本嗜殺，承平日久，驕而思逞，非使其力窮心餒，則翻覆未可知耳。』博引宋明徵苗前事，辯論數千言，繪地圖、山川、夷險，攻守形勢了然。吉公喜，檄先生隨營辦糧餉、符檄事。嘗督鄉勇，開隆愛山，苗以木石拒山徑，先生奪其七隘，炮碎馬前，蓋不爲動。山澗湍急，無舟梁，衆相顧逡巡。先生縱馬涉中流，衆皆奮呼以從，遇賊戰，禽其酋歸。紅水江者，黔粵之限，苗恃以爲險者也，造鉅艦十餘，將犯我，吉公患之。先生夜至江上，察彼岸鐙火滅没，使人泅而過，盡斷其纜，沿流鼓噪，守船賊暗中突觸，自相殺，乃得其船渡江，解册亨州之圍。事聞，奉旨升授太平府龍州同知。九月官兵凱旋，大府檄先生與左江總兵穆克登布留後，時近江十三寨尚觀望不附，先生破高寨之匪，招撫餘苗，安其居民，歲盡蕆功。明年將引見，以案被議，不果行。歷署永寧、全州、河池各州事，染瘴卒，年五十有一。先生威儀俶儻，居官二十年，不名一錢，而周恤急難，奬拔後進，粵西士民尤稱之。有詩集二卷。

德泰《序》：春旭刺史詩原本少陵，出入白、蘇，寄託深厚，皆有關於風教。《西隆從軍》諸篇激昂慷慨，忠義之氣與秋風争高，非徒雕琢言語，誇多鬬靡。

陳預《序》：先生詩，發乎性情之真，而合先民之法，清雄雅雋，不愧作者。

湯藩《序》：春旭李君詩，高明伉爽，激昂悲壯之氣幾於呼之欲出。雖生平仕宦功名未竟其志，而詩則必傳無疑。

《紅豆樹館詩話》：先生官粵西，治行卓然，以詩爲餘事。然精藍巖洞，留題幾徧，多雄渾激壯之氣。《銅鼓》一歌尤波瀾横溢，具體韓、蘇。五言如『晴雲開碣石，積氣涌辰韓。』『洞穿平地出，風拓衆山來。』『寒峰餘翠色，野鳥自閒聲。』『凉生收雨後，秋在放船時。』『露光浮草白，燒影入雲青。』七言如『户外寒聲零舊雨，嶺頭歸信問殘梅。』『凍雲流影分寒色，遠樹無聲鬱暝烟。』『折柳亭邊頭半白，落帆江上月昏黄。』『欲問青天擕謝朓，慣吟客路似王灣。』『尋詩古驛苔生壁，吹角斜陽客倚樓。』皆方虚谷所謂律髓也。

舟中懷紀小癡

幽人耽朝眠，楫師惜清曉。輕風帆艖艄，遥村挂參昴。冥濛衣上雲，罨藹烟中篠。延緣度谿灣，閲爽見晴昊。春波魚尾莘，旭日雉鳴鷕。眷兹物華妍，悵彼知音杳。抱琴期不來，深杯爲誰倒。

由鹿寨至蘭麻嶺

客袂吹山風，雲容寫清鏡。絶澗既乘桴，單椒復尋磴。孤城面巉巖，其下明汀瀅。錦石紛璘玢，芳田互緯經。文鱗潛可數，暮翼歸相命。白雲陡欲升，蓊若饙炊甑。似聞豕出繒，已見林垂暝。循帶警早寒，銜烟取微徑。何處蘭麻嶺，松梢落疏磬。

初春登陶然亭望西山

衮衮六街塵，昭琴罷清弄。孤亭獨徒倚，懷抱得一縱。嬌花漸含苞，輕霜不成淞。僧雛汲井華，已釋銀餅凍。高凭珠閣危，下視翾羽衆。長嘯聊自抒，遥情託鸞鳳。爽氣高西山，蓊若烟浪涌。想像玉河濱，翠微嵐影重。金鑾視草木，攬勝左徒從。有時一拄笏，春目尚屢送。我愧醯雞舞，空吟天姥夢。名山失咫尺，墨綬猿鳥諷。新釀清已汎，果下駒欲控。龍子能獻花，先掃雲邊洞。

全州翔鳳樓看桃花，同劉笏庵、高升齋、楊練江

名山愛翔鳳，築樓如幽龕。樓前千樹桃，樓外百尺嵐。東風度山來，吹春上桃尖。花心陡怒發，霞綺蒙巉巖。尋春興不淺，高嘯登層嵌。芳徑折窅窊，緑杖伏趁趕。眠雲散清曉，天日開鏡匳。水烟明且晦，花態吐復含。嫣然見麗質，一一襯松杉。玲瓏青絲帳，朱顏帶朝酣。數株獨縞袂，高格離塵凡。似從錦繡林，特作俗眼砭。燕飛忽下上，嘉客來四三。登樓縱遥睇，香雨何炎炎。落紅僧不歸，飛英鳥争銜。雙旌擁花縣，愧我羈朝衫。即事塵已屏，看雲心所忺。借問劉子驥，何處尋仙潭。

赤蘭堡

湘山無歲寒，極目皆喬松。羸馬踏殘雪，愛此蒼蒼容。雲影匝平地，波濤生半空。林端豐霧歇，離立青芙蓉。彯花辭暮節，素羽翾輕風。前村雜楓柏，萬緑皴孤紅。背日乍明晦，倚竹交玲瓏。頗聞蘭萼赤，松梢寄芳蹤。至今郵亭邊，時見搴秋茸。物幻不可識，烟霞深幾重。何當躡屩去，采苓巢雲峰。

銅鼓歌

著雍涒灘月過午，我官宣化獲銅鼓。村人百指昇升堂，寶氣騰騰籠一府。爲言耕耨萬山中，夜半風霆嘯荒圃。一鋤忽落一蠅跳，蠅瞥飛空鋤缺腐。坤維震蕩雲根頹，萬綫霞光出深土。神物乍見驚牛羊，公裘同獻陳樽俎。傳觀愧比匣還珠，欲捫先愁指畫肚。虚中刓下微束腰，徑二尺强高尺許。規平鏡面突麝臍，十二蟾蜍餘六五。水沙剥蝕體漸輕，乾坤陶鑄年幾所。血斑歷落挼蜥蜴，翠蘚斒斕碎鸜鵒。上文雲云下雷回，雕刻龍蛇雜亞斧。羌無篆籀識歲月，誰憑色相辨今古。我聞苗民守重器，狏鳥獞花都老主。婚喪盟會置酒羊，庭前敲折金釵股。流傳禮器譌兵器，紀代標名無乃魯。大曰伏波小諸葛，鑿空何異周庭瞽。伏波馬式傳駱越，不聞鑄鼓配銅柱。諸葛行軍未到粤，敗鼓寧遺魚復浦。紛紛記載辭無根，靈鼉一吼喑不語。昔日金公撫西粤，曾向節樓樹崇虡。三過孰曉鐲鐃節，五聲無當滕薛譜。莫教師旅率征人，差堪琴瑟迓田祖。弗鼓弗考我心戒，大鳴小鳴勁氣沮。笑謝村農寶什襲，醉詠詩歌狂搏拊。韓潮蘇海不可作，伐鼓淵淵人起舞。

同張生傅霖游憫忠寺，用昌黎《寒食出游》韻

東風不散維摩病，已失京華春事盛。卧聞花箭夜來添，尚喜翻階紅藥映。侯門駿馬如游龍，豐臺雲錦紛相競。幽齋初罷松風琴，擁鼻羞爲洛生詠。佛廬近泝妙香尋，花色最憐亭午正。素心攜手不常逢，一年芳信知難更。鑪裏黄金未易成，尊中白墮聊可命。戴山戴粒同逍遥，麈尾何須玉爲柄。散花今日見天女，五岳平生慕禽慶。狂態從教巾角攲，僧雛莫作儒衣敬。花下低迴繞畫廊，禪房梧竹清而敻。試憑覺路聽三乘，那便具茨迷七聖。君家好在桂林南，自昔游蹤嘗合并。長安米貴住經時，雲鶴入籢非所性。似君磊落豈長貧，犍擲未損肝膽横。相將去理烟江艇，鼂玭初熟雞頭迸。休怨征衫青似草，祇恐鬢髮絲盈鏡。北堂自譜白華笙，知君門内工爲政。詩壇矧足張吾軍，吾亦願從稱後勁。花前聯袂且高歌，仕宦幾人爲僕令。

錢文敏公臨趙吴興水村圖

何人寫此明鏡匲，飄然坐我吴淞南。水村梅雨靴紋添，村前短彴桑枝銜。稻田剡翠半没鶴，綠車皮閣初罷蠶。谿女曬網屋外樹，漁子吹笛蘆中庵。遥山一角插玉篸，清光欲上如凉蟾。空濛遠勢望無際，烟雲未染意已涵。王孫畫格離塵凡，秃筆不假丹粉拈。尚書妙得古人髓，臨摹往往青超藍。夢游曾入澤國處，爲君逸思縈秋潭。前賢清興效未得，水上白鷗心所恧。何當買山栽橘柑，二頃生計憑長鑱。分湖水程三百里，畫中乘興張雲帆。

孤篷

身貧爲宦拙，家遠計程難。倦眼山千疊，秋鐙感百端。乾坤容我老，風雨入江寒。瑟縮孤篷底，吟詩獨醉看。

中秋後二日對月

苦雨如中酒，冰輪爲解醒。亂山清一覺，短髮照分明。幾處關河影，頻年舟楫聲。停杯欲相問，虛幌此時情。

柳州道中

野草無情碧，斜陽向客紅。亂山藏虎氣，匹馬入松風。悵望長安遠，嶔巇世路同。古來多謫宦，曾此歎途窮。

雨夜雜感簡夏平甫

灘江臘月天飛雨，燕客中年雪染髭。髀瘦怕談禽賊日，項强悔憶在官時。貧非是病身將老，歸已無家夢尚思。百卷圖書一長劍，伴人漂泊欲何之。

羅漢渡是紅水江下流

擊汰中流歲月遷，蕭條一葦渡前川。朔風不動雲留影，落葉無聲雪在天。潑水刀光驅萬馬，連山烽火沸重淵。江波如血人如蟻，憶我西隆破賊年。

漢江

漢陽新漲布帆輕，檢點郵籤問水程。雲外好山如我瘦，江邊孤月與人清。烟波到眼知行色，雞犬離家有故情。初向天涯嘗遠别，夢回觸忤棹歌聲。

鄭二辛自戍所寄詩懷我，步韻答之

頻年谷口不相見，片紙西風遠寄將。萬事足時唯有子，一身安處即爲鄉。青鐙詩酒南天夢，紫塞關河兩鬢霜。四韻吟成黯愁絶，怕同老杜送滎陽。

王青厓總戎江帆載別圖

樊川不作漁洋老，冷落紅橋舊水雲。憑弔儘多來往客，風流還屬右將軍。長江送別秋千里，好夢關心月二分。愁絶圖中挂帆處，青山紅樹正斜曛。

赴陽朔張鑒湖之喪

劍鋩山不割愁腸，更到蓮峰哭景陽。往日論交唯爾我，此行何計慰孤孀。悲風吹雨侵塵榻，落月窺人上屋梁。白馬素車三百里，鉅卿久亦鬢蒼蒼。

放言

靴刀帕首麾戎車，吟𡡅茗碗攜清娛。年來足蹟半天下，生本高陽一酒徒。太行不笑鄰叟智，楚水能容遷客愚。青山白雲自千古，何處海龕招老夫。

泛雪圖

楓落寒江一葉飄，吴娘打槳客吹簫。雪谿水接松陵近，唱徧烟波十四橋。

湖山寺同宋葵如王熙堂

紫竹千竿傍石栽，春陰藹藹洞天開。游人來往無行蹟，一徑松風長緑苔。

送湛上人之剡中

沃州自昔擅談空，尚有旃檀聞逆風。一棹獨尋秋磬去，六朝山色雁聲中。

沈峻

峻，字存圃，號丹厓，天津人。乾隆三十九年副貢生，官廣東吴川縣知縣。有《欣遇齋詩集》十六卷。

龍鐸《序》：登高臨水，即境寫心。情往興來，倡予和汝。淋漓盡致，詎忍涉於怨尤。慷慨當歌，總不離乎温厚。

余作沛《送别詩序》：存圃，少賦雋才，官吴川以細過被劾。張松園廉訪、吴曇繡觀察見其詩，尤重之，争之不得，遂有西域之行。君殊不介意，請□室中，猶不廢吟詠，蓋其所得於中者多矣。

《津門詩鈔》：公謫戍新疆，釋還家居，鬻書自給，顔所居曰『隨緣』，自署曰：『陶令歸來惟乞米，鄭虔老去尚箋詩。』

《紅豆樹館詩話》：先生謫官塞外，與大興龍雨樵倡和，詩名藉甚，人稱『龍沈』。旋里後手訂其詩，分少作、宦游、塞外、歸田，總名《欣遇齋集》。令子雲巢太守先刻《宦游》《塞外》二集，餘刻未竟，兹所録皆已刊本也。先生詩出入漢、魏、唐、宋諸名家，而不襲其貌。渾厚宕逸，於少陵、東坡爲尤近。其自序云：『宦游旅寓，足蹟半天下。登臨酬答、感懷、紀事之什遂盈卷軸，而詠物無與焉。』觀此可知其取境之高，造詣之邃，非摹擬纖巧家所得儷也。書法王、趙，端凝有骨，嘗拓墨刻行世，當與韻語並傳。

短歌

雝雝鳴雁，集於北林。飄風自南，祇攪我心。一解。有美一人，其心塞淵。自我不見，於今三年。二解。居無束薪，出無故人。爲貧而仕，既仕乃貧。三解。匪託蹇修，徒傷婉娩。衣垢當濯，日暮當返。四解。

河中之水

河中之水石齒齒，吁嗟古人抱石死。河中之水流湯湯，百川灌之濁且黄。

詠懷

其一

四序寒燠易，兩曜東西奔。予翼去其足，造化至理存。人心亦天地，機械難具論。每嗟直弦死，坐令清水渾。灼灼桃李華，春雨流其根。歲久乃生蠹，太息將何言。

其二

天門虎磨牙，瘴海蜮射影。行路乃爾難，何爲逾五嶺。初乏九百粟，腰折髮垂領。入窅不容出，自孽發深省。妻孥怪我愁，酒食頻祝哽。一聞桓山鳥，徘徊清夜永。

其三

亭亭山上松，鬱鬱當歲闌。天風拂其枝，其聲如驚湍。松意本無競，孰使感百端。砥柱矗龍門，未必障狂瀾。一傅乃衆咻，一暴況十寒。遯世庶無悶，中立良獨難。

其四

古人酷好龍，真龍乃驚怖。今人亦好儒，真儒乃戲侮。此中無定識，焉能別好惡。同心隔河梁，相思渺難度。且持一尊酒，伴此朝與暮。

其五

人生逆旅客，男兒可憐蟲。悔馳八千里，遠別一畝宫。頭顱四十許，彈指三年空。老親望兒歸，書來語喁喁。自愧不得力，何爲孝與忠。飽經憂患餘，通塞隨昊穹。食荼不厭苦，酌醴不厭醲。君子學爲已，未敢忘固窮。

責躬詩

作吏果爲誰，勞勞夜復晝。戒察淵中魚，宜拭鏡面垢。斯民本一體，甘苦曾在宥。不恃鞭扑威，所冀風俗厚。緬懷辭故都，屈指歲且又。孤城頗荒瘠，積困難補救。庶幾閭閻肥，何妨長官瘦。每祝穡事成，遂生即身受。憫雨忽告書，駿奔籲蒼祐。山田已龜坼，海風況鯨吼。卧聞茶鼎沸，失喜響檐溜。起視青天高，芒刺儼背負。藐躬一無能，竊禄多内疚。勉從哲兄訓，思爲老母壽。政拙果罔功，悟往當慎後。何時返舊山，得失兩無咎。

林慶章明經達品文學借書送酒，賦謝

東坡南遷時，相隨記二友。今我獨何爲，行篋百無有。艱難還讀書，如病困鍼灸。何者爲美官，齊大非吾偶。舟車誰晤言，一編常在手。觸景獲佳句，欲唱且緘口。深谷屯寒烟，柴門映衰柳。十字不成章，亦復喜搔首。清氣入肺腑，齷齪豈耐久。知已得二士，借書兼送酒。足了十日眠，案牘況停剖。傳呼中丞來，行復事奔走。今我不爲樂，吁嗟杜陵叟。題詩謝高情，一瓻能辨否。

尋二蘇寓居遺蹟不可得

飽讀二蘇詩，不見二蘇蹟。東坡與東軒，何喧更何寂。想像對牀吟，樂此風雨夕。我來六百年，隨運聊自適。雲穿斜日破，藤抱斷碑立。感慨亦何爲，厲志在金石。

中秋塞外對月

涼月不繫天，冉冉空中行。晶光紛四射，白露皓已盈。山浄草木衰，沙磧千里平。那得弦管娯，瓦缶問蘆笙。興發不暇愁，湩酒斟匏罌。拍手自成歌，姮娥笑欲傾。妻子隔萬里，佳節月四明。惠好指皎日，豈必同車徵。明年復何處，凡事難預評。願如月不老，悲喜皆忘情。披衣照無寐，耐此秋蟲鳴。

飛來寺

看山目欲眩，入山神頗王。苔磴盤谽谺，羣峰非一狀。松風灑飛泉，寒氣鬱摩蕩。禪石或點頭，猿公本無相。暝坐清音閣，凝碧浸千嶂。緬懷帝子靈，荒遠毋乃妄。臺觀幾時移，雷雨一何壯。蕭梁渺遺蹟，歲月隔塵障。似聞龍象泣，玉帶誰能倡。日午鐘魚鳴，還舟狎輕浪。

玩雪贈馬敬堂明府

久雪人語静，庭柯皓縱横。掩關還却掃，小窗湛虚明。羣山忽然失，天地何光晶。相對起寒色，斗酒聊共傾。明年南中雪，君當返柴荆。孺稺牽衣笑，䀰問塞外晴。紛糅六出飛，沾濕裘與纓。遥知爾時雪，中含絲竹聲。抱潔非有異，人事殊虧盈。

感懷和坡公《羅浮香積寺》韻

人生終入無和鄉，眼前得失争毫芒。未聞道義獲咫尺，徒留善敗供雌黄。譬彼椿樗質已定，妄冀出土芽而秧。我本戇直無媚骨，末俗譁駭爲真狂。初望筮仕近陝洛，詎意受邑來高凉。獄訟稀少民氣朴，衙舍如寺無關防。始惟乏爨逮廝養，漸乃棄室忘糟糠。計程應過豫章北，對酒忽憶豚魚香。有田不歸如江水，懷慚汗出真如漿。劇知心病非易可，何妨二豎居膏盲。

小亭初成志喜

景物在心不在蹟，聊憑外象攄胸臆。此語得之超然臺，甘拜坡仙成莫逆。竊取佳話顔其堂，復作小亭八尺長。緑樹濃陰清氣肅，禽聲蟲韻皆琅琅。新花娟好如侍女，但惜寂寞無幽香。有時閉息觀衆妙，不知初月懸昏黄。羌無賓客與説鬼，幸有風雨催銜觴。厥亭不名惟得趣，菟裘無思亦無慮。即今相對且盡歡，未知明年在何處。

清遠峽

衆山夾水水抱山，青林倒影波潺潺。濕雲模糊夕日短，萬象窈窕冲融間。舟人邪許乘急溜，看山如馬難躋攀。孤艇夜泊飛來寺，朗月出峽照我顔。羣動皆息幽鳥戛，山氣砭骨清珊珊。嘉魚跋浪水光碎，舉網易得非深潛。烹薦金盤芼薑藻，呼婦對酌何能慳。平生欠到富春渚，大江南北曾往還。明快幽峭各有致，夭桃蘭茝原同班。揭來幾載不相見，夢魂往往登天關。徑須萬壑徧攜屐，何止半日浮生閒。咄嗟此事未易辦，挂冠東去依雲鬟。

贈孟茗浦明府

有車共乘笠共戴，古人友誼久可耐。相逢何必不相離，豈以真誠或拘礙。我距君家千里遥，公門桃李同攀條。香名早飲初未識，仕途異轍難招邀。詎知彼此遭貶斥，烏孫磧裏聯晨夕。狂歌爛醉三百場，老馬嘶風邊月白。飛雷驚湍倏幾年，故園歸去嗟無田。步檐攜手且說夢，寸心耿耿非求憐。君還魏博我沽水，君儻能來定可喜。小兒讀書女織縑，敕具雞黍供浮蟻。無官亦得貧何妨，閉門不復馳風霜。升沉細事莫挂齒，歲時伏臘追翱翔。

送金蘭舟還浙江

離恨天高幾萬里，人間路遠詎如此。餘杭原不在天邊，計日數程即到耳。君家白頭雙老親，聞君得歸笑語真。上堂甘旨拜家慶，拂衣莫帶輪臺塵。憶君出塞僅三載，松竹滿庭色未改。牽連細故那足論，且可藏身對湖海。我初見君情相投，君今南去誰能留。聚散何常休戚若，忠孝大義蒙天庥。日瘦風酸春尚淺，東行好逐朝暉暖。知到關中歸興濃，肯因花鳥驅車緩。送君但祝加餐食，有使寄書無亦得。承歡多暇定開尊，西望浮雲儻相憶。

送周靄堂侍其尊人旋江南

青田白鶴丹山鳳，肯向雞羣雜喧鬨。人生除是産空桑，忍背君親甘夢夢。執政持法泣小臣，玉關遠戍罹艱辛。有子焉能戀家室，矢同饑渴趨風塵。來時美皙歸顔變，流光十載驚飛電。共說恩寬石父囚，誰知力盡黄香扇。我見尊公不記秋，異鄉執手情綢繆。君時侍側恭且婉，快談閩嶠娱羈愁。書數博奕皆精絶，深宵縱酒寒雲熱。乃翁含笑擊唾壺，不管門前三尺雪。我住輪臺君昌吉，復從刺史作記室。中間判袂隔幾程，形影雖分猶接膝。我今代瓜君旋南，歷盡戈壁勞徵驂。白門風景宛如昔，爲翁補屋披雲嵐。功名外物奚足取，承歡差勝嗟靡盬。我亦歸家教子孫，擁書卧聽滄江艣。

聽友人述成都山水之勝

懸崖作棧平若掌，上接飛雲下猿響。攢峰凝黛水挼藍，競秀争流互雄長。遥天一綫豁然開，綺陌鱗鱗皆沃壤。錦官自昔號花城，樹色村烟颯蕭爽。百花潭北萬里橋，人在琉璃蒙翠幌。東逾巴峽西控秦，蠶叢魚凫安可仿。惠陵草木尚風烟，莫話降王助悲愴。我生足蹟半天下，兖豫荆揚及黔廣。山川佳境頗見之，廿載追思殊惝怳。今來塞外亦壯觀，亂水童山走魍魎。聽君僂指説勝蹟，蜀道非難增慨慷。他年縱許浣花游，衰謝何緣更尋訪。不如津淀且逍遥，歸去猶堪松石賞。

博克達山歌

五岳之外此獨尊，崇岡虧蔽藏朝暾。亘三百里高萬丈，勢傾西極排昆侖。支峰蔓壑各有態，如龜昂首如猿蹲。又如浮漚互粘結，蒼然一氣相吐吞。羌無栝柏鬱拱衛，饒有雲霧時留屯。傳聞嶺脊涌神瀵，天池倒瀉琉璃盆。終古積雪光慘淡，疑驅鬼物環而奔。山趾泥淖困登涉，觀者錯愕迴轅輪。佛祖寂静成道果，肯容建刹喧緇髡。中原曠邈自雄長，屹然作鎮當諸蕃。朝廷封秩展祀典，春秋柴望馨蘋蘩。我來幾載淡相對，山靈恍惚昭吾惛。持比醫閭豁鄉思，晨夕百變臨衡門。丹青既拙吟亦劣，何由繪贊誇乾坤。心馳目賞不可極，邊風歘卷塵沙昏。

漢永和碑歌 碑在巴里坤

炎精墮地天爲聾，千年誰復征西戎。羯奴攘踞作窟穴，怕探虎了驅羆熊。伊吾山下屹片碣，七十餘字三尺穹。永和二年秋八月，敦煌太守裴雲中。將兵三千誅呼衍，如聞戈戟聲撞衝。漢時郡將得簡閲，專徵斧鉞諸侯同。苟利國家便行事，叱咤所向皆成功。孱宋擅兵乃有罪，鼠盜亦復藉聖聰。勝敗呼吸豈可待，譬彼捕蝗緩愈凶。我思呼韓久朝貢，烏珠亦與中國通。祁連蒲類各掃蕩，長羅奮武如雷風。呼衍殆是小部落，白龍堆裏一倮蟲。拉枯摧槁誠易爾，何用張翕夸戰鋒。此事不載班范史，大略私記觀軍容。羌人譾劣不識字，斷難贋作如劉公。太守好古搨贈我，畫兼隸篆文朴忠。真有此事無不可，丈夫自命須豪雄。久居塞下罕所獲，摩訶歌歊蒲桃空。歸裝頗笑陸賈俗，且唱得寶來宏農。

信宜道中柬陳大尹

林密常含潤，花繁不辨名。荒途浮石氣，急峽走雷聲。地接蒼梧近，官如宓子清。使君仍露冕，豈敢憚山行。

茂名道中

野飯時偏促，危橋路半紆。雲黃禾熟處，山白雨來初。拊髀真生肉，搔頭不滿梳。微官緣底事，猶剩讀殘書。

初秋

豈有新書作，偏逢桂樹留。月華能伴客，蟲語不因秋。數載誰青眼，微官已白頭。祇堪歸去好，杜若滿芳洲。

仲春途中書所見

曲折緣溪路，深村隱蠣牆。新篁纔解籜，宿麥已抽芒。頗愛舟如葉，何曾足似霜。蠻謳偏動客，忘却在他鄉。

循海觀魚

何許任公子，居然釣六鰲。喧呼方舉網，狼藉不容舠。沙白雲陰合，天青海氣高。給鮮良自愧，嗟爾涉風濤。

登麻斜炮臺

鳥散高臺寂，登臨日已晡。羣山濃似沐，遠水澹將無。雨壓炊烟重，風移釣艇孤。往來津吏熟，失喜一相呼。

過海珠寺

古刹依寒水，林花覆短亭。一聲清磬寂，幾疊暮山青。咒鉢龍行雨，焚香鶴聽經。不須更登陟，趺坐且揚舲。

寄内

當君來嫁日，是我遠游時。錦字經年織，秋河隔歲期。萍蓬隨地轉，舟楫到家遲。相贈無他語，殷勤自教兒。

憶幼子兆洛

阿廣最關情，遥知意態清。牽衣娱大母，覓棗唤諸兄。典謁期承業，傳書早命名。何年歸看汝，不敢望聰明。

除夕雜感

其一

休沐君恩重，追歡冷署微。一尊春色早，萬里故園非。短札逢人寄，鄉音到耳稀。衹堪娱寂寞，底事問腰圍。

其二

北去憐鴻雁，南飛惱鷓鴣。書生沉簿領，稚子閲江湖。異俗何須怪，殘年倏已徂。歸田應自判，官不值蒓鱸。

旅夜

僧房借榻頻，夜静燭依人。已悔十年事，空嗟萬里身。家添黄口累，路遠白頭親。去去從吾好，深慚耕耨民。

重九靖海門登舟

久客不知節，重陽且泛舟。遠天青欲墮，疏樹淡宜秋。小住江邊市，長懷花外樓。五年虚采菊，况乃望并州。

月夜舟中作

片月下高空，江山露氣中。村深明遠火，秋老斷寒蟲。往事蘆中客，新銜塞上翁。夜闌搔首望，星斗尚天東。

九江待渡

遠水碧於天，征途直似弦。且停孤客騎，又上九江船。野屋寒雲重，高城夕照偏。應憐彭澤令，老去未歸田。

鹿邑道中

獨樹如人立，羣山挾雨來。蒼然秋色斷，忽見戍樓開。驛路稀芳草，鄉心對落梅。西征慚賦手，慷慨有餘哀。

涇州

濁水咽還流，行人古渡頭。沙平環地盡，山斷逐雲浮。春早多歸雁，農閒各放牛。高臺明鏡在，象教未堪求。

古浪

山低雪易消，流水漲平橋。地絶燕支女，春多苜蓿苗。政聲懷令尹，歌拍想瓊簫。明發邱遲座，清言慰寂寥。

獨夜

河漢忽西落，月斜林更深。雁聲銜塞起，山氣壓城陰。書秘囊中草，弦留海上音。清宵感漂泊，始悔負初心。

漫成

曉睡如中酒，春寒可讀書。登山頻送別，臨鏡渺愁余。櫪馬嘶猶壯，籠禽翅不梳。故園人罕到，休説信音疏。

安濟海

遠村相對出，仄路一彎平。歸鳥落寒影，夕陽開晚晴。人閒鄉思切，春暖客衣輕。山店欲投宿，斷鐘三兩聲。

七箇井子

投宿如争穴，停驂倦乍消。土牀高似几，茅屋小於瓢。燭影陪金盞，鄉心度板橋。喜看新月上，眉黛倩誰描。

嶺南雜感

黄木灣頭驚見日，飛來洞外歎無山。珠蘭香好羞言媚，么鳳聲清總帶蠻。南漢樓臺原夢幻，東坡詞賦且江關。便應歸領祠官長，叢桂何因得再攀。

暮春行近郊

細草平沙一望春，疏林含露净無塵。潮田已播牛眠穩，窮屋初成燕語新。山外亂雲非蜃市，渚邊孤艇識龍人。詩情得似蘇公好，符老黎生可卜鄰。

秋懷柬寄柬巖兄

其一

銅刻初驚五管留，看山曾不到羅浮。敢期禽父三年最，恥伴平原十日游。心爲多愁如怖鴿，事因無定笑牽牛。謝公哀樂情偏至，莫羨車前擁八騶。

其二

圖南今日付蓬心，葆髮年來雪漸侵。老至轉憐兒女樂，詩粗空負水雲深。孤城夜足風濤響，四壁秋添蟖蜴吟。莫是長沙容賈誼，月明天遠雁聲沉。

其三

歸日應憐太瘦生，使君耐職本天成。登筵不羨花豬肉，駭俗猶傳玉糝羹。官燭然來看淚滴，敝裘著處喜身輕。乘堅策駿徒然耳，喻蜀何煩問長卿。

其四

枌榆風景近何如，歲歉頻聞稻蟹虚。倦客病來真止酒，故人別後久無書。一經課罷遺兒業，十笏堂成奉母居。此志儻酬吾事畢，不妨稗野著新疏。

送宋尉之任儋州

黎母山前曉放衙，春風開徧刺桐花。循良易地皆成治，眠食隨時莫憶家。留客且看雲外鶴，題詩好寄雨中槎。君今去矣吾何助，千里猶能共月華。

過海康贈宋金門大尹

偶因棒檄得蕭閒，花墅魚莊自往還。江介春來微有瘴，雷陽西去更無山。戈船已見清三島，銅鼓猶聞駭百蠻。銀管不須書治譜，廣平名字滿人間。

登粵秀山鎮海樓

飛閣高攀百丈梯，俛看殘雨貫虹霓。寒潮直下三門白，疊嶂平連八桂低。樹杪危檣排陣馬，烟中鱗屋亂鳴雞。憑闌莫歎長安遠，一髮天圍卧佛西。

二月廿日作

春光坐覺堂堂去，老境真看得得來。故國經年疏短札，滄江終夜走輕雷。泥香舊壘初巢燕，緑泛清尊且撥醅。人世别離何足道，幾人曾上越王臺。

贈大埔陳明府

同是炎荒放逐臣，羊城相見各沾巾。廉頗健飯其如老，陶令休官不爲貧。薊苑風烟思跋馬，韓山花雨待扶輪。知君夜夜黄州夢，月色江聲伴此身。

贛江夜泊

鳳尾書應到虎頭，逐臣此夕且遲留。城笳戍笛何時歇，遠火寒星别樣秋。排悶偶披蘇老集，懷人不上庾公樓。來朝十八灘前望，多少圓沙起白鷗。

旅次睢州

冰結黄河捲朔風，天圍白屋走飛蓬。眠宜糞火柴烟畔，愁挂鞭絲帽影中。老眼翻書多惝怳，枯腸得酒尚玲瓏。真源戰壘休相問，搔首當年瓠子宫。

嘉峪關

曾收的博據蓬婆，秦漢而還尚荷戈。徼外天荒晴亦慘，春來人倦夢偏多。吟鞭重戴憐將敝，上巳清明惜又過。歸路倭遲何處歇，客心翻急望鳴駝。

抵通化作

尋河直到大荒流，禹畫何曾盡九州。瀚海幾程常載水，龍沙四月尚披裘。山圍戍卒羈臣夢，城擁風戈露雉秋。聖世籌邊逾漢代，漫教定遠覓封侯。

遣懷

滿鏡霜華我亦嫌，强稱幻叟作頭銜。世情閱盡詩多冷，鄉信稀來夢更酣。已罷汲泉忘漏甕，久甘食淡怕形鹽。從今悟得無生法，雨滴荷盤兩不沾。

憶豫章舊事

憶趨子舍來江右，借得園亭便是家。一夜驚雷抽竹筍，滿溪春水長魚鰕。生衣試翦西山葛，活火親烹岕片茶。卅載韶光今似否，亂峰開徧杜鵑花。

述懷

留得詩囊共酒瓢，依然蹤蹟類蓬飄。鶴因久睡都忘警，松到嚴寒也解凋。絶塞身惟親藥物，故鄉人尚狎漁樵。樓頭明月風前笛，可是多情伴寂寥。

野望

信步崇岡俯逝川，寒郊不到又經年。山横朔氣沉荒戍，雁背斜陽入遠天。洗馬言愁真率爾，桓伊吹笛總茫然。青溪曾有歸來約，記得紅橋艤畫船。

遣懷

雪霽山青弱柳紅，故教閏月占春工。抱痾方信羈人賤，覽古從知世事空。負俠狂游輪牖下，淡交耐久是杯中。江淹老去才將盡，筆力猶彎六石弓。

送實夫太守還鎮西

鎮西此去逾千里，烏壘來游倏四旬。數喜青衫陪泥飲，又看紅旆擁徵輪。亂山晴雪人如玉，古驛春風夢似塵。到日應知公府静，譜花箋鳥寄魚鱗。

寒食

戲蝶輕鷗帶渚花，扁舟杜老望京華。春風無主還吹雪，遷客何心更問家。深巷賣餳披曉霧，青郊上冢簇香車。祇今追憶韶光好，倚杖柴門數暮鴉。

邱静齋赴乍浦巡檢任

催花雨歇亂啼鶯，白舫烟波一葉横。共説吴興春淡冶，恰宜官長政和平。不妨畫筆隨吟卷，絶勝秦關隔漢營。湖海舊游成昨夢，送君振觸别離情。

送房文學歸津門

鄉山紅葉待君看，歸去方思行路難。羌笛塞鴻酬歲月，駝羹湩酒報平安。丁年佩劍休相憶，丙舍扶犁强自寬。試浣塵衣兼濯足，從今那復夢邯鄲。

舊居

問訊江邊舊隱居，草荒幽徑未須鋤。習飛燕子常依桁，勸讀蟫魚故繞書。花影半牀朝夢後，琴心三疊晚涼初。不知何事輕拋却，久向黃塵策蹇驢。

謙齋刺史致仕旋京詩以送之

迢遞龍沙接鳳城，真看公去雪山輕。迴思羈客三年話，難逐朱旛萬里行。華岳雲隨徵旆緩，長安霜拂翠裘明。午橋杖策尋詩處，應記輪臺折柳情。

麗川節使葺治書齋分蔬植卉因作

柳外鳴鵓雨後棋，小軒幽課總相宜。烏能催句穿衣桁，犬亦防花卧竹籬。未老鄰侯非好道，無愁左相不銜卮。知公築室如爲政，留作他年去後思。

送麗川節使赴葉爾羌

晴雪千山按轡行，天教佳句滿邊城。葉河美玉無充佩，葱女清歌好記名。秋館華鐙横一劍，蠻村錦帽拜雙旌。者番且莫栽花柳，載得蒲桃入帝京。

有懷余芝巖

兩世交情萬里身，舊時青鬢更如銀。勞君對月愁相憶，知我無書懶是真。老去醉吟多旅况，夢中談笑半陳人。相逢豫訂來生約，往事模糊莫愴神。

哈密

塞外無春豈有花，伊吾今日再停車。漸看弄影千絲柳，不見流甘五色瓜。南北分途資控制，蕃回異俗自繁華。輪臺遥隔千餘里，依舊天山一桁斜。

平番道中

褰帷向日絶風埃，無數遥山撲面來。小市幾家還築堡，戍樓數里又逢臺。松林背嶺深無路，水碓衝波殷若雷。撩亂春愁向春問，梨花何事避人開。

紅城送春作

剛盼春來又送歸，柳絲無力杏花飛。半函繭紙懷人句，一領鸘裘度夏衣。殘月樓臺啼杜宇，晚烟庭户落伊威。東皇豫約明年會，櫻筍厨香罷采薇。

吴堡渡河

彭城風雨記當年，白髪還鄉又唤船。河勢中分秦晉界，山光遥入蔚藍天。岸花弄客飛仍墜，新月如人闕未圓。欲訪潛夫何處所，亂鴉啼破緑楊烟。

汾州

太行晴色照汾河，簫鼓樓船漢帝過。寶鼎已沉雲氣散，竹宮猶峙夜光多。虛傳醽醁邀詞客，那得夫容引曼歌。一片銀蟾千樹柳，煩君相伴到滹沱。

大衙道中

老屋三間鳴蜥蜴，秋塍一綫裊修蛇。不知何與離人事，逢著青山便憶家。

電白道中

野草無名夾路齊，平田如罫半高低。試鐙時節晴兼雨，幾處鵓鳩相向啼。

入井陘界

萬點蒼山近草廬，炎風烈日尚驅車。固關一路槐花落，席帽如今懶上書。

國朝畿輔詩傳卷四十七

查禮

禮，字恂叔，號儉堂，宛平人，爲仁弟。歷官湖南巡撫。有《銅鼓書堂遺稿》三十二卷。

杭世駿《序》：儉堂詩原本忠孝，少作已自可傳，而傳儉堂者，尤在服官以後之作。儉堂身際清時，有猷有爲，不肯以虚聲竊盗。一編治譜，見於盈寸之詩。匪惟競爽蓮坡，有用於世，此其明效大驗矣。

顧光旭《序》：《銅鼓書堂遺稿》時或驚風雨、泣鬼神，時或諧韶濩、咀金石，千捶百鍊而合於自然，藉非浸淫百家，陶鎔萬有，其孰臻此閎中肆外、從心所欲者哉？

查淳《後序》：府君乾隆十三年授户部陝西司主事，以同知發雲南，旋改廣東，補慶遠府理苗同知，擢守太平。太平界安南，爲廣西邊境，猺獞雜居。府君撫循教擾，瘴鄉窮谷，巡行殆徧。先祖母王太夫人年高，陳情終養，起補四川寧遠府知府。明年，授川北道，調松茂道。三十六年，有小金川之役，隨營總理糧餉。三十八年，將軍温公進剿大金川，駐軍木果木，賊勢猖獗。府君時駐美諾，請兵往救。兵遠不能驟至，遂調糧臺兵二百餘人，募丁壯百餘人，偕游擊。穆克登阿往援，行至猛固橋，聞喇嘛寺糧站已失，士卒狼顧不敢進。府君諭曰：『我退，賊必躡我。我軍亂，賊必乘亂擊我，勢難免矣。整旅而進，以待後軍，必無患。』會松茂總兵福昌亦自美諾至，行次破碉，遇伏，府君擊之，擒斬寨首二人，喇嘛一人，餘賊驚遁。聞賊攻入角碉甚急，分兵救之而已。偕福昌馳回美諾御賊，多舉號火，賊不敢下。然是時，木果木已失，美諾勢不能保，乃退守達圍。三十九年，將軍阿公進軍谷噶山，籌改運道，召府君問計。府君請開楸坻之日爾拉山，以通饋運。山高五十里，無蹊徑，積雪六七尺，終歲不消。府君縱火燒凍，鑿石爲磴，匝月功成。四十七年，大兵凱旋，府君仍留，綜理屯政，而果羅克復有劫殺蒙古公里塔爾之事。奉旨緝犯，府君發成都，而總督文公於前二月已撥兵出紅橋關。府君曰：『果羅克生番獷悍，土地遼廓，無城郭室廬之聚，我兵出關，賊已遠遁，何益之有？』乃檄官兵入關，揚言塞外苦寒，俟來春再舉，而密調三雜谷士練四千，會於松岡，銜枚疾進，至境始宣諭奉旨來緝賊，餘人無罪。酋長麻克蘇爾衮布進見府君，問賊所在，對言不知。府君怒命檻車解送成都，酋惶怖，具言賊主名、區處，悉擒之，由是西北諸夷皆震悚。四十四年，授四川按察使，次年轉四川布政使。四十七年，升湖南巡撫，入覲，留京。卒年六十有八。府君少好學問，老而彌篤，雖戎馬倥偬，簿書填委，未嘗一日廢書。於軍國機宜、民生利病講求最悉。其温柔敦厚、慈祥愷惻之意往往見於歌詩，讀者可考而知也。

《蒲褐山房詩話》：中丞爲蓮坡先生弟，能吟詠，喜賓客，襟抱與兄相似。尤嗜古印章、金玉、銅瓷。自吾子行王厚之而下，名人鐫刻者，無所不備，藏弆至有千餘。生平莅蜀最久，而居西南松潘徼外者十嘗七八，崎嶇險阻，爲羌人所服。偶歸省，重築楊文憲升庵，藝花竹，招邀爲文酒之會。然亨衢初達，遽賦龍蛇，此勞臣志士所爲扼腕太息也。

蔣士銓《懷查恂叔詩》：『瘴鄉三十年，鐫詩徧岩壑。榕巢住仙官，胥吏無從覓。露冕看詩翁，撫字多勞績。』又《題榕巢圖》：『潭潭府中太守居，簿牒滿案圍吏胥。公餘却嫌官事擾，何處掩關宜著書。池上老榕壽百歲，入地參天閱人世。斧斤赦後得全生，風雨來時堪自弊。一枝撐立孤鵬騫，一枝横偃蒼龍眠。池邊倒影鏡花舞，岸畔側身堤蟻穿。中間架屋小巢露，賢守新營讀書處。繁柯巧構豁檐楹，密葉微開通牖户。瘴鄉毒淫五嶺同，可有麥麴山鞠藭。樓臺豈但坐卧適，腰脚亦免沴濕攻。方丈真如鳥窠綴，半夜吟聲出天際。山川幾處借雕鐫，木石居然無廢棄。嗚呼！名賢所過勝蹟留，後來攬結思前修。碧梧翠竹多鸞鳳，下視憐他鵲與鳩。』

《紅豆樹館詩話》：蓮坡居士闢水西莊，館大江南北之彦。時恂叔甫弱冠，每有倡和，出語已驚一坐。洎官京曹，輦下名士咸與攬環結佩，文酒之讌無日無之。《銅鼓堂集》，清新婉約，出入王、孟、韋、柳間者，出守粤西以前作也。登山臨水，慷慨振刷，駸駸乎闖杜陵之室者，滇蜀軍興，馳驅戎馬間作也。清而能腴，雄而不肆，誠與蓮坡居士異曲同工，而驅役卷藉，刻畫性靈之處，殆欲突過伯氏。嗜畫梅，跋語附見集内。儲藏唐宋人名蹟及金石碑刻最多，今聞俱散失矣。

曉出廣寧門望大房諸山

欜聲静天衢，蚤起逐鳴雁。嚴霜滑馬蹄，漸喜晴旭旦。出城矚遐景，村塢宿烟散。西山青於螺，一一排遠岸。疏鐘度佛屋，密樹翳仙館。層巒殘雪明，仄岫凍雲斷。薜蘿如可攀，應有幽禽唤。逍遥鞅轡停，貯目愜馳玩。

丁家窪

高崖四面圍，深谷如仰釜。流水漱石根，蜿蜒到蔬圃。砌埒積層冰，清光耀鷺羽。飲馬忽忽驚，踏空仍在土。饑鳥栖一枝，羨彼老樹古。園林寒翠疏，鱗次出檐宇。闃寂塵慮空，覓句吟逾苦。飄風動征衣，孤村響砧杵。

羊頭岡尋高尚書墓

寒岡淡無姿，孑立森瘦骨。徘徊亂世間，疲馬鞍暫歇。側聞高尚書，葬此山水窟。流傳墨竹派，遠繼湖州殁。二米染雲烟，師承盡毫髮。遺蹤四百年，來者失津筏。我循墓道行，松鬣猶蓬勃。豐碑侵緑苔，幸未近耕垈。虎嘯動深谿，悲風自此發。暝色何蒼茫，吟心轉恍惚。但讀西巖詩，珠林照寒月。

贈杭大宗編修

龍輔藏堅珉，精英達山表。騄駬生渥洼，天閑待騰褭。自古宏雅儒，奇光不終葆。苟非明堂珍，即爲清廟寶。君才萬夫敵，充實無虛矯。美質含瑚璉，清文飾黼藻。蚤年事述作，肆力志軒皞。機杼由性靈，規橅惡竊剽。汲古功尤深，筐篋任傾倒。豎義長城堅，披源大河浩。優游三十載，蓺圃秉麾纛。忽應褒書求，觚稜日初曉。遠辭薜蘿徑，時視明光草。螭坳長拜趨，柱下恣搜討。三禮昔紛綸，聚訟煩勘校。君憑學識超，析微虛必擣。明辨忌雷同，純粹體直道。鄭王與孔賈，箋詁窮杳渺。壓角詣省初，奪席衆儒小。憶昨訪君廬，轣轆走行潦。旋念水中央，幽懷獨縈繞。蘭蕙本同根，芬芳無異抱。先路覬相攜，周行殊了了。倘肯分秋鐙，來翻石經考。

自汶川過笮橋陟馬嶺作

逡巡度笮橋，如開北門鎖。中外自此分，囊硯糧並裹。巍峨見馬嶺，江流激嶺左。登高俯深湍，箕風肆掀簸。下馬策杖行，徑側足若跛。置身逼烟霄，形影忽忘我。俯看飛鳥低，輕逐浮雲墮。絶頂望無涯，亂山青朶朶。

回輿下班斕山投龍巖宿

雪晴萬里白，哀哀猿亂啼。明發陽崖嶺，暮投龍巖棲。天寒晷景短，向夕惑故蹊。霞駁映對嶺，杉影紛迴溪。茆檐臨水側，前軍屯峰西。兵氣自振赫，戰馬聲長嘶。游子心慷慨，豈惜歸途迷。熒熒一鐙暗，不寐聞霜雞。

兩口水

江源自北來，我馬折西去。循山迎水行，馬亦如水怒。潺潺響急流，亂石點沙渚。望望無驛亭，惟見巒間樹。野菊花色黄，幽香向人吐。山禽語瀏亮，風葉乍飛舞。緣崖黑氈廬，犬吠草深處。炊烟一縷颺，稞麥和茶煮。景物異關内，咫尺分塞土。秋風吹不乾，涼雨泫宿莽。

由灌口渡江游青城山

山游興何濃，夜夢繞胸膈。此行良不虚，遂我烟霞癖。隔宿裹餱糧，呼童束圖册。草屨縛周遭，竹竉構娩嫿。凌晨巔江渡，手掬岷流澤。野艇逐涼鷗，渺渺水光白。艤岸從肩輿，塵凈烟嵐碧。仰矚丈人峰，蒼翠滴巾幘。迢迢二十里，探幽越阡陌。石橋枕溪觜，敗葉塞泉脉。江聲逐客來，所歷無俗蹟。杖影倚青雲，嘯歌慰今夕。

宿格登漠

路轉羌寨閒，土地盡墝埆。荒坡少雜苗，惟聞水激搏。遠林叢且深，永斷樵斧斲。境静無煩喧，時有飛鳥啄。巖泉在穴清，下流已溷濁。孤雲自去來，可近不可捉。我馬行草中，俯仰獨吟踔。何處一聲笳，殘陽溜山角。

漢氏成園丞印歌

延陵蔓草千秋荒，土中掘得古印章。印文屈曲摹印體，大小篆法殊雲陽。奉園宫人理妝具，上飯朝朝隨服御。大官送物誰典司，園令食鹽專所務。二十五祠廟祭繁，四時祠祭惟陵園。駿奔趨走寅夙夜，職卑亦得親脤膰。尚方精鑄龜爲鼻，綰擊何人亡姓字。翁仲爲守並忘年，玉雁金魚同棄置。當時飛燕啄皇孫，淵默空言望若神。一抔黄土歸耕牧，何如此印同貞珉。摩挲翠色堪人愛，金石録中昔未載。重簾夜静生古香，肘後奚須如斗大。

諸葛銅弩歌

生不能，回身挈脚隨材官，手持白竹擒樓蘭。又不能，運斤削木隨巧匠，采幹恒山入幽嶂。窮年埋首事蠹書，遠稽秦漢追唐虞。昨朝市中偶得銅器一，似筩非筩觚非觚。歸來徧閲古器圖，有物塊磊形相符，云是諸葛武侯所製元戎弩，用以左射右射從前驅，青錢斑斑凝緑蕪。圓軸宛轉如門樞，箭槽一道中間刳。惜哉今時無人解此器，不然試之百步千步可廢雙鞬弧。淮南有遺語，銅不可爲弩。其言荒誕無足徵，視此尤堪醒愚魯。武侯固是天上人，留貽小物皆稱神。銅鼓至今讋蠻服，木牛當日通秦軍。弩隨八陣守堅壁，幾聞猛將迎鋒鏑。渭水祁山杳無蹟，往事空吟籌筆驛。君不見，白帝城南沙磧中，亂石瑟瑟生陰風。梁來法和箭鏃空，於後誰復知良弓。

《紫丁香花歌》爲杭大宗編修賦

春陽作暄花事穠，萬卉争光鬬嬌嫵。嫣紅姹紫紛陸離，如火如荼塞亭圃。就中丁香尤麗都，李俗桃輕迥難伍。我家結廬城南鄉，曠者宜田奥宜宇。兹花開日春正妍，不惜尊罍醉簫鼓。今年春作城中游，軋軋雙輪碾塵土。臨風怊悵歸去遲，竊恐飛英落如雨。松吹先生我故人，庭有名花恰當户。登堂静對娟娟容，仿佛南鄉花乍吐。高枝似裊紫玉烟，低影還如紫雲舞。柔肌纖骨不勝扶，細眼明眸疑欲語。蒙茸亂蕊笑紫荆，更比紫薇重難舉。羡君深院金屋同，貯此娉婷十三女。看花有客昨朝來，聞道吟聲滿環堵。惜哉良會小差池，未及花前倒清酤。繁華盡逐風波流，已去韶光唤誰補。先生高致超尋常，一室從容考今古。晨昏坐卧清香生，身與名花合稱主。此花自昔少留題，喜見詩成羣玉府。牀頭如輯種樹書，應採瑶章入花譜。

書萬山谷蓄貍説拓本後

摩圍老人有奇氣，落筆巖巖若天驥。少年得力蘭亭碑，晚向黄龍悟三昧。吾初操觚見公字，癖嗜直過羮與胾。規模尤愛蓄貍篇，腕力深沉意英鷙。尾題紹聖庭堅記，此歲黔州始安置。新聲徧唱歌羅詞，幽夢遥通夜郎地。嗟公此日升忉利，惟剩遺縑播人世。莫道雙鈎舊勢微，筆材猶識吴無至。

送潘廷簡孝廉歸仁和

春風日日吹平湖，潘子束裝將出都。問君行色何忩促，客久思歸湖上屋。湖邊明翠抱孤城，幾載夢斷湖水清。留君不住執君手，未別且斟臨别酒。憶昨蕭齋相見初，交期和會陳雷如。宵分短燭朝研露，點易論文忘日暮。春鶊秋蟀俄五年，一旦日歸情黯然。人生未得如麋鹿，終擬栖巖同卜築。蒼雁赬鱗莫久疏，尺書頻寄慰鰥夫。長林漠漠浮雲遠，君到西湖春漸晚。摘茶挑筍吟新詩，鄉物定應異舊時。

題東坡贈李方叔馬券拓本後

東坡先生出玉堂，傔從奕奕生輝光。車前騰踔有二馬，並是君恩寵賜者。東南水國例肩輿，一馬乘之一馬虚。故人却遇李方叔，無馬無輿行踽踽。脱驂以贈敦古情，杭州太守多賢聲。復恐他時馬或賣，特書公據爲馬戒。方叔家貧芻粟空，馬瘦售難生計窮。山谷老人更書券，定價應須二十萬。不惟得馬且得書，馬雖不得書有餘。嗚呼！二子風流傳世永，舊搨至今猶峻整，古香幅幅飛烟紆。墨光豈異天閑駒，我家寶此若球璧。日夕摩挲賞遺蹟，千金駿馬誰能易。

過法源寺觀唐蘇靈芝所書《寶塔頌碑》

長林夾立森蒼官，葉聲颯颯風雨寒。唐年古寺小庵内，兜羅地净輝朱丹。因僧索觀寶塔頌，緩步廊腰花影動。方碑一片委牆陰，歷代已過遼與宋。齟齬詰屈讀未全，竊歎奥義難宣研。砉然得解如破竹，前者當後後者前。文言維唐歲作噩，天宅幽都鎮戎索。璿衡金鏡正乾坤，億萬斯年奉龍躍。御史大夫悊且賢，聿割珍俸崇福田。戈鋋馳突荷威力，幢相建樹徵慈緣。功曹參軍爲作記，胄曹參軍爲書字。至今翠墨耀僧房，鐵像易州堪並峙。我來不見净光塔，祇向殘碑繞還匝。何當更許挾氈椎，竹膜隃麋百番搨。日斜歸鳥喧檐楹，禪扉欲閉粥板鳴。迴車小巷人寂静，遥看殿角雲開横。

過水西莊

小築臨春水，風光宛若耶。碧圍三徑柳，紅間一籬花。拂座雲生牖，開門鶴到家。機心從此息，抱甕人桑麻。

春暮坐繡野簃

閒階一雨後，習静似僧房。初月蛾眉淡，新槐鼠耳長。汲泉烹活火，選句貯空囊。何必深巖隱，塵氛始盡忘。

秋夜對月懷家天來姪秦中

宵深凉露滴，天末雁書稀。詞客應添賦，征人欲授衣。蛩聲當户静，螢火入林微。遠夢無拘束，時隨落葉飛。

送萬循初歸秀水

津橋送遠客，把酒酌鸕螺。一夕分襟處，三年共嘯歌。離亭新雁少，歸路舊山多。料得抽帆日，南湖水似羅。

送吴思立先生之西安幕

傳經懷昔日，風雨隔南天。鼓棹來千里，籬筵已六年。青山紅樹外，白髮緑尊前。且盡侯芭酒，升沉聽自然。

沈確士自吴門詣都，停舟見訪，留飲舍南小築

學士聲華舊，江湖理釣篷。遠辭茂苑月，暫泊直沽風。枉道勞攜杖，開門快翦蓬。清尊照短燭，一笑酒顔紅。

雨中登越秀山寄高季冶布衣

灤州井里季，不見已經年。手植千株樹，躬耕二頃田。嶺雲依北闕，江雨暗南天。登眺懷君處，春山叫杜鵑。

桂林雨夜懷丁敬身布衣

桂林客館静，幽極我心知。把酒孤鐙夜，懷人疏雨時。鑪寒深著火，硯冷獨敲詩。吟想丁生苦，更殘卧定遲。

送家天來姪歸仁和

雪後金湖水似雲，羨君歸路惜離羣。柳條送客清難盡，桃頰迎人色正醺。酒罄餘歡翻寂寞，詩添别思倍殷勤。縈紆碧草三千里，兩岸鶯聲忍獨聞。

答葛搢書、馮敘九、張少儀、陳以舟見過水西莊之作

水西晴雪照千塍，村墅風多未試鐙。梅怯餘寒剛破蕚，沼憐輕暖漸融冰。徵歌那得梁間繞，待月還看樹杪升。誰信嘉賓翻作主，深情如酒釅難勝。

送張少儀鴻勳、李開地、程軼青還吴門

離筵别酒太匆匆，秋色平分遠近同。沽水雁來蘆正白，吴江人去豆初紅。物情共覺浮雲淡，詞賦争誇斫地雄。後夜相思何處最，小樓明月一襟風。

東木來自滄州，經宿即赴都門，邀飲不至

簾外春風已四朝，君來却值落鐙宵。看花最喜梅連屋，敘别何嫌酒一瓢。不道高軒人易去，空餘西閣月難邀。殷勤爲寄京華字，歸路重經慰寂寥。

寒食過水西莊雨中作

歲月侵尋歎擲梭，身同泡影感滄波。水西寒食烟尤冷，門外梨花雨正多。悶檢殘書人懶讀，喜添新漲客須過。可堪載酒呼漁艇，獨把魚竿濕短簑。

雪後得汪西顥《閬中夏夕坐戎幕西池見寄》作，依韻和答

載酒清狂憶次公，草元寂寞老揚雄。魚鱗屢寄燕南字，蛟脊仍論海上功。殘雪光陰無客伴，徂年風景轉丸同。西池山翠應如舊，翹首疏梅畫角中。

重陽前二日得錢坤一宮詹書却寄

黃花未放酒尊虛，客裏相思雁影疏。天禄故人精識硯，石渠幾載靜鈔書。軍行旁午通邊塞，米作高山走里胥。休問從徵愁白髮，暮年詩賦近何如。

王琴德吏部由滇南來川，以詩遥寄，子月六日偕損之抵汶川，留榻行館，作竟夜談，因次原韻以答

其一

拂廬連壘結氈鄉，雪片封山冷夕陽。徼外鳥啼邊草白，關前馬踏陣雲黃。短兵西向如飛炮，上將南來定破羌。報道故山聯騎至，盾邊籌筆助疆場。

其二

漂泊萍蓬蹟略同，近攖鋒鏑百變中。錦衣軍駐桃關北，畫省郎馳玉壘東。寒夜小留欣有伴，吟壇闊別恨無窮。圍爐翦燭西窗下，詩律當嚴似即戎。

自熱耳寨移營阿喀木丫

峨峨熱耳已摧平，飛騎紛紛更拔營。月白一天真不夜，鐙紅萬帳寂無聲。溪流汩汩隨春去，山色茫茫向客迎。徧歷蜀西奇險境，蠻鄉何日罷刀兵。

上巳後一日招逄書農水部、胡行偕中翰、徐壽石大令集飲凌波小築，分韻得流字

蠻鄉禊夕也須修，此聚人同海上鷗。山樹當門摇畫影，溪魚應釣溯春流。幾年邊塞渾如夢，三月鶯花不解愁。莫笑水窗詩酒興，天涯白髮已盈頭。

曉發出松岡界入下果羅克土境

凌寒起唤束晨裝，馬上微吟任短長。春嶺斷雲千尺練，曉天殘月徧山霜。何年設險仍連蜀，往歲驚馳在破羌。老去不知行役憊，風旗獵獵鬢蒼蒼。

寄懷陸赤南丹陽

天際扁舟一葉輕，蜀山楚水記歸程。楝花風裏帆初卸，楊葉丹時節又更。知己何如錦里舊，吟情應比練湖清。我留塞上增惆悵，未返蓬婆的博兵。

六月望後二日，金繪卣觀察、吴中林司馬，梁首存、杭大宗二編修、陳星齋檢討，汪西顥、吴敦復、趙誠孚、施竹田四上舍，招餞湖亭賦别

小住湖濱不待招，幽深亭館暑全消。荷風緺浪翻千頃，山雨飛凉過六橋。差喜官程留勝地，得追玉局在今朝。灕江桂嶺相似處，長望音塵慰寂寥。

牂牁江上寄汪西顥徵君武昌

幾點霜花月半彎，牂牁江上水潺湲。美人香草懷三楚，濁酒黄柑醉百變。客裏無書供我讀，篋中有句待君删。年來嶺外稀消息，惆悵天南鬢欲斑。

四月十八日，商蒼雨太守至粤，雨夜話舊

嶺南欲見恨無從，雲樹迢迢隔萬重。朔雪天街曾作别，瘴烟蠻地乍相逢。鐙花落處吟新句，梅雨聲中話舊蹤。前去桂林堪縱目，青山朵朵似芙蓉。

秋日過張氏一畝園感舊

滿目秋光落葉黄，故家風物感蒼蒼。繁弦急管飄零盡，唯有寒蟬噪夕陽。

三月十七日，汪西顥攜酒招同汪惇士、胡文錫過水西莊，予不果往，簡詩一絶

芳草如雲倦蝶魂，春風幾度拂清尊。愁腸百結花無語，開徧丁香未出門。

殘歲雨夜不寐，聽西山龍華寺鐘聲

屋老窗空傍古榕，三更寒雨散羣峰。邊關萬里無歸夢，卧聽西山寺裏鐘。

穀雨前二日曉入思靈山

西山草色翠黏天，山下村墟繞碧泉。出郭曉風吹雨過，春風十里焙茶烟。

懷烏蘇占寶臣司馬

層雲漠漠萬山遮，無限相思付水涯。春雨春風愁絶處，杜鵑飛上木棉花。

過鴛鴦橋

亂猿啼處渺離魂，不斷江流泐漲痕。一夜鴛鴦橋畔雨，灣灣秋水下彭門。

山間貝母作花

滿目晴雲散水涯，向陽坡草漸生芽。春風幾日熏人暖，山路齊開貝母花。

欒樟

樟，字樹堂，號緑起，天津人。諸生。有《粤游草》。

《津門詩鈔》：先生夫婦俱擅吟詠，極閨房唱和之雅。性愛游，凡歷三楚百粤，遇名山大川必眺覽留句。

秋晚

爽籟發天際，披襟出户清。碧雲生遠態，黄葉落秋聲。湖海孤蹤意，關山久客情。魚書多日去，曾否達柴荆。

趙春熙

春熙，字緝于，易州人，諸生。有《雙琴堂詩集》六卷。

過水口峪有懷楊春臺

澗水齧山根，渡石吞復吐。覓徑轉荒岬，寒雲封蓽户。中有讀書人，抗心希往古。愛而不可見，遥憶獨吟苦。風雪夜凄然，誰與揮談麈。

濱寓即事

策蹇猶循岸，鞭揮落葉中。水雲殘戍道，儉嗇祖唐風。晚市炊烟白，低窗績火紅。征人勞欲歇，欹枕怕歸鴻。

高珊

珊，字玉樹，號鐵庵，元城人，廷獻子。諸生。

呂雲中邀賞菊

西風黄葉點蒼苔，籬菊叢分手自栽。節晚已憐秋圃淡，花殘猶帶曉霜開。冷香祇合高人賞，素影能邀皓月來。不是東君知愛客，誰留清艷佐金杯。

王毓柱

毓柱，字秀子，號畏堂，寶坻人。候選布政司理問。有《粤游吟》一卷，《竹香樓詩》一卷。

潞河道中偶感

嫁衣誰共著，襆被日栖栖。遠水春潮白，遥山夕照低。人情争野馬，心事付醯雞。近味南華旨，還欣物我齊。

元宫詞

百合香凝翡翠樓，術行演揲溺紅兜。翩躚十六天魔女，舞破中原未肯休。

美人蕉

翩翩羅袖翠雲空，酒暈無端上臉紅。夜靜園亭秋似水，莫將幽恨訴西風。

金永

永，字永和，號蓮塘，天津人。有《歸與草堂集》。

《津門詩鈔》：永和畫得芥舟遺意，能寫溪山小景。

題畫

楓葉初丹黄葦秋，扁舟獨倚釣磯頭。沙平水遠無人過，坐對波心數點鷗。

賈炎

炎，字午橋，號蕉園，故城人。候選布政司經歷。有《蕉園詩稿》一卷。

封大受《傳》：公天性殊常，狀貌魁傑，與人交不設城府。少年氣盛，謂功業可立就。既不得志於有司，惟以書史遣日。架上書數百卷，手披口吟，溽暑祁寒不少輟。每縱談今古，可否人物。書法東坡，填詞學秦柳，而尤工爲詩。

吴錫麒《序》：午橋先生詩，味深旨遠，未嘗有心雕刻，而秀情標舉，天骨開張。裴子野云：

「人皆成於手，我獨成於心」。謝元暉云：「好詩圓美流轉如彈丸」，此實先生所自得處。石韞玉《序》：奇章秀句，觸手生春。埽丁宏之浮艷，效夷甫之鮮明。洵足陶冶性靈，鼓吹風雅。顧宗泰《序》：練思清新，運詞委宛，一歸韻之自然。不爲棘句、鈎章、苦寒、艱澀者之所爲，非性情超曠不能。

春暮野行

其一

平生嗜幽意，乘暇到丘原。旭日明鴉背，流泉響樹根。朧晴添絮柳，春老斷花魂。抱甕誰家子，青蓑自灌園。

其二

晚就田家宿，居然太古風。竹籬編麂眼，花徑傍牛宮。漉酒新篘碧，烹茶活火紅。山童如舊識，笑爲報鄰翁。

遣懷

藏頭那復計昏朝，擁鼻吟成思寂寥。眼底提休真是幻，胸中壘塊未全消。黄楊遇閏須教退，翠柏凌霜自不雕。擊碎唾壺無限恨，朔風吹雪壓松寮。

普陀庵題壁

吹徹餳蕭月午三，爲尋古刹暫停驂。數聲清磬月初上，滿院落花春正酣。幻境無常悲鄭鹿，勞軀自縛笑吴蠶。此生願力無多子，擬向南泉借一龕。

馮福星

福星，字聚五，慶雲人。諸生。

辛巳九月自天津赴都

逆旅重陽節，登高不見家。心隨南去雁，目斷故園花。雨濕單衣重，風吹破帽斜。津門從此別，回首是天涯。

白汝霖

汝霖，字既霑，南皮人。貢生。

感懷

架封蛛蝸案封塵，酣破愁城酒入唇。園舍荒餘三徑草，詩篇老去一囊春。晨星骨肉還留我，風絮交游更幾人。剩有吾家司馬淚，青衫濕透暗傷神。

杜正灼

正灼，字蔭宇，號叔華，静海人。貢生。有《卧鵬樓詩草》。

《津門詩鈔》：公五言近體得王孟之髓，七言近體似宋元人。吾邑金芥舟、張念藝兩先生可稱異曲同工。

逆旅題壁

悔不衡門卧，孤徵天一涯。斷虹何處雨，野水滿村花。鄉國隨時夢，舟車到處家。桑麻十畝在，别汝負春華。

春夜宴集答諸知己

詩手推元白，清流接綺園。溪花供酒令，山月冷琴言。禮樂知吾短，聲華世正喧。不才兼病懶，遂欲老邱樊。

高一鶴

一鶴，字梅岑，號小仙，元城人，廷獻子。貢生。

虎丘步月

羅衣怯露夜來增，亞字雕闌玉手凴。清漏欲沉人未散，月明貪看畫船鐙。

檀振遠

振遠，字維藩，任丘人。諸生。

《紅豆樹館詩話》：維藩學詩於邊徵君隨園。家赤貧，織布易粟以養母。或負薪入市中，與傭保雜作，興至輒吟詠不輟。市人匿笑之，不顧也。詩筆遒古，頗近孟郊。

游子吟

迢迢游子身，辭親走萬里。游子身所經，慈母心所履。身經有盡期，心履無已時。誰能誇壯游，惻惻使親悲。

雜詩

其一

峥嶸歲云暮，凛凛朔風生。時序觸人愁，游子忽心驚。至精雖多感，曠隔意難勝。日入衆鳥歸，候雁獨南征。緘情不可寄，悵望涕沾纓。

其二

東風回律淚，萬物發華滋。欣欣方向榮，嚴寒瘁其枝。摧折既無情，初生將何爲。誰謂雨露仁，乃爲霜雪媒。悠悠伍大化，委運庶不疑。

其三

端居不出户，把卷對前修。古人逝已遠，遺志皆可求。我心友千載，高睨寡侶儔。曠懷如有遇，歌泣不自由。讀罷攬衣坐，窗外風飅飅。

贈邊鉅來

與君結交久，結神不結形。結形形外移，結神神内縈。貧病二十載，濩落甘無成。壯懷既已負，時輩亦相輕。吾子懷古歡，雅愛如平生。空山茁瑶草，采采葆吾貞。

居庸關

天險説何處，居庸信壯哉。危峰雙壁合，谺口一門開。勢拱神京固，遥通大漠來。不知經過者，誰識棄繻才。

郝仁

仁，字壽朋，號石臞，天津人。諸生。

送喬五赴都

朔風吹暮雪，之子去長安。出郭遠相送，臨歧欲别難。單車沙磧迥，荒店夜鐙寒。此後遥相憶，孤雲西北看。

虞瀇

瀇，字倚帆，大名人。官翰林院待詔。

《大名縣志》：瀇，年十三補諸生，工書。游京師，以大學士張廷玉薦，授翰林院待詔。書名偏都中，久羈京師，落落無所合，歸卒。

題西疇情話圖，爲成南陸作

長安久淹留，役役孔顦顇。時興故園思，殷勤勞夢寐。落月照屋梁，懷君幾經歲。攜來西疇意，恍與東籬對。美哉休文筆，奕奕精神萃。能以高曠心，寫入林泉内。依依老農圃，一一皆儔類。課雨或問晴，良晨即嘉會。雞犬亦閒閒，桑麻咸旆旆。康居如萬有，豐年拜天惠。榮辱莫我加，憂喜内茫昧。何處求逍遥，此實桃源界。

【校】

『勤』字原闕，據《紅豆樹館書畫記》卷五補。

周自郃

自郃，字景洛，號大迂，天津人。諸生。有《草龕詩集》。

題畫

桃花紅到野僧庵，雲影山光其蔚藍。水抱緑楊城一角，依稀風景在江南。

王耿光

耿光，字景豐，滄州人。官廣東陽江縣知縣。

題畫

仙人住金闕，緬懷溪山幽。每於圖畫裏，悠然見滄州。庭除咫尺間，四顧生寒秋。微茫辨川谷，羣峰照清流。藤蘿覆石壁，古木如雲稠。草屋三四椽，中有羲皇儔。扁舟江上來，疑是王子猷。浩蕩入烟霧，短棹隨輕鷗。對此意飛越，忽若千里游。始知魏闕下，亦自有丹丘。

望廬山

廬山拔地連紫霞，千朵萬朵青蓮花。上有飛泉二百丈，海風吹落江之涯。安得手持緑玉枝，直入掇取瓊瑶華。虎溪蓮社總陳蹟，亂峰回首空長嗟。

張浴

浴，字藻泉，號對園，安州人。候選州判。有《子午集》一卷。

春雁

花容柳影暗江津，自是尋春却避春。客路風光太飄蕩，也應驚起未歸人。

成誠

誠，字自堂，大名人，懷祖子。諸生。有《悔齋詩草》。

馬允嗣《序》：自堂詩，直抒胸臆，發泄性靈，守唐人法度而不襲其貌，用宋人氣韻而不流於弱。

鳴玉池

朝出豳東門，迤邐向山曲。忽得山之幽，晶瑩絶塵俗。山峰高入雲，山根穴其足。中空剛一畝，亂泉噴自腹。歷落響玲瓏，雜佩聲聲玉。所以古命名，至今可三復。偶然遇勝地，消受林泉福。明日當再來，攜書枕流讀。

傷伐雨前書屋老槐

十年計樹木，百年計樹人。斯言誠可味，失意增酸辛。吾齋有老槐，霜飽五十春。始植拱如把，荏苒翠攢雲。陰可方半畝，荒園爲之新。趨庭嘗過此，鐙火日相親。花木盛一時，冠蓋集朱輪。邵子題書屋，雨前原有因。吾父偶鞅掌，執策隨風塵。十七年歸來，荒徑松猶存。頹垣爲補綴，壘石成山村。爾來餘十載，老槐虧輪囷。去歲枯一枝，今年朽半身。烏巢不能安，一體榮枯分。榮者不相顧，枯者亦何云。原憲貧非病，梁鴻竈難温。忍心運斤斧，摧之爲爨薪。爲棟志久非，支厦願復淪。心傷前後事，感激淚盈巾。

寄栖霞張元奎

握手是何日，天隅有夢尋。連牀雙劍影，傾蓋百年心。雁斷空相憶，梅邊愁獨吟。一箋寄惆悵，東望海雲深。

張標

標，字蔭松，天津人，鯉子。諸生。

《津門詩鈔》：蔭松詩如『終日銜杯酒，一編手不離。但看花似錦，那管鬢如絲。世味閒中覺，人情老漸知。近來無箇事，乘醉補疏籬。』其《保陽感舊》云：『舊業已空無片土，新愁百結對孤檠。』亦可感矣。

自題對月銜杯小影

馳逐風塵四十春，良宵佳境快閒身。莫言眼底無知己，影落杯中是故人。

王璣

璣，字允衡，號月浦，東光人。貢生。有《損廬詩存》。

懷張墨香

吾友張公子，風流世所希。謀生原自拙，作客竟和依。斗酒十言富，囊金一笑揮。江南風日好，草緑釣魚磯。

牛克敬

克敬，字聚堂，天津人。諸生。有《眠雲詩稿》。

秋晚村居

石徑蒼苔落葉封，夕陽屋角轉高舂。連朝病酒情猶壯，一日無詩興不濃。稼納倉箱堪卒歲，園收棗栗可防冬。南溪新得忘機友，差擬詞人陸士龍。

鄧咸中

咸中，字鑑湘，欒城人。諸生。有《西園詩存》。

游靈巖寺

靈巖古剎隱雲間，乘興登臨世慮刪。松柏蒼蒼人語靜，梵音不斷繞溪山。

鄧懋

懋，字修五，號黄庭，慶雲人。諸生。

題蘇羨烏河陰草

懷人賦物興無窮，一縷吟情入化工。爲問瓣香知遠近，峨嵋山在翠微中。

國朝畿輔詩傳卷四十八

李廷敬

廷敬，號味莊，滄州人。乾隆四十年進士，官江蘇蘇松太道。有《平遠山房詩鈔》四卷。

吴錫麒《李味莊同年誄》：味莊生有夙慧，博通羣書。癸巳應天津召試，欽賜舉人。乙未成進士，入含香之署，領度支之司，出典大郡，薦擢監司。以胡威之清，著張堪之績。郡有一錢之號，俗興五袴之歌，求之古人，亦又何讓？錫麒嘗宿泖湖，涉申浦，有煩東道，屢宿南園。君乃歗儔命侶，攜尊挈榼，同褰霞袂，旋倡風吟，以視歐公蜀岡之游、坡老黄樓之樂，至今過其地者有餘慕焉。末疾方嬰，濛陰遽掩。鄭緇協詠，齊鋏罷彈。頻吞黔赤之聲，盡下孤寒之淚。述林宗之行，可無愧詞論。孝若之交，用抒悲緒云爾。

又《慶春澤·慢答李味莊同年詞》：『琴鶴隨身，桑麻滿眼，行春去策花驄。江水評量，料應官味能同。畫圖省識滄州趣，預留君一箸秋風。恣豪吟，萬幅揮殘，割取吴淞。茸城舊是繁華地，自栽棠舍近，射雉場空。送到閒身，祗除鰕菜闌儂。追尋十載長安夢，怕東華，重聽晨鐘。但浮家，烟波許乞，來繫漁篷。』

《隨園詩話》：相傳，潮州六篷船，人物殊勝，後見毗陵李味莊太守《程江竹枝詞》云：『程江幾曲接韓江，水膩風微蕩小艭。爲恐晨曦驚曉夢，四圍黄篾悄無窗。江上蕭蕭暮雨時，家家篷底理哀絲。怪他楚調兼潮調，半唱消魂絶妙詞。』讀之，方悔潮陽之未到也。太守尤多佳句，《潞河舟行》云：『遠能招客汀洲樹，艷不求名野徑花。』《姑蘇懷古》云：『松柏才封埋劍地，河山已付浣溪人。』皆古人所未有也。

《紅豆樹館詩話》：味莊官毗陵，延禮名士，惟恐不及。東園本喬氏渡鶴樓故址，味莊拓而新之，公餘觴詠，其間題襟投轄，從者如雲。卒後，令子松潭太守性復豪邁，克繼先志，以虧缺帑項，歿於滇南。清風兩世，蕩然無存，知與不知，咸深悼惜。先生詩，含宫嚼徵，性靈格律兼綜，而互出之句如『蓉湖水咽延陵墓，梅里春藏泰伯宫』『塔影遥看雲際寺，梅花多在水邊樓』『嬌楊罥霧藏鶯羽，細草和烟趁馬蹄』『驟寒魚伏白蘋水，殘照鳥争紅葉山』『雲霞蒲磵長生地，鐙火珠江不夜城』『風塵鬚鬢羞窺鏡，羈旅謳吟易近騷』『歎逝每觀齊物論，感時惟寫度人經』『馬是桃花初映水，人如楊柳未成陰』『仙家豈惜金條脱，麗句難酬翠織成』『楊柳千絲渾一夢，買春費盡沈郎錢』『梨雲杏雨梅花月，一到微酡盡海棠』，皆清新綿麗，不染塵氛。嘗集歷朝名人書，刻《平遠山房帖》，明人中文氏一家，真蹟尤富，亦近日藝林墨寶也。

題瘦馬圖

天驥恥皮相，稜稜大宛種。孤噴生長風，萬櫪神皆聳。空羣貴一盼，秣飼何足重。苜蓿滿前川，驊騮屹不動。

會昌登陸喜晴

江練澄朝霏，林花耀旭景。平沙晴愈潤，烟草相與永。歸雲赴遠岫，餘潦喧近嶺。村途紆稻畦，山徑抱樹瘦。俗殊意難測，禽變心自警。扁舟三月醉，幽夢乍一醒。安得摩詰筆，繪此猺獞境。

花朝赴杏江探梅之約，分韻得猶字

化工秘韶景，花事故遲留。如欲立達人，而耽巖壑幽。先生人中梅，清業幾生修。蓬閬倦游歷，拂衣歸先疇。先疇種德地，絶勝東山游。佈衆一鉢飯，栖神三層樓。花朝花信暢，風光淡夷猶。招客論素心，落落多舊儔。入門塵慮净，溪壑延冥搜。松濤竹籟間，暗香時與謀。初筵日射檐，琴罷月當頭。乘醉復攀陟，身疑到羅浮。酒渴呼茗盌，夜深猿鶴愁。笑問小清童，見有此客不。人生貴達觀，闤闠有林丘。坐此春風中，物我兩休休。花亦自怡悦，顧影臨清流。請賡白雪吟，導我小山謳。

韶州雜詩

其一

一曲清江匯，遥趨峽萬重。孤城如島嶼，二水會魚龍。北嶺迴秋雁，南華隱暮鐘。三瀧非險阻，從古入堯封。

其二

誰識雙韶石，兼留盡善亭。樂偏宜廣野，獸合舞邊庭。山水清音杳，風雷瘴雨腥。遺音失瑶瑟，終古怨湘靈。

其三

千載書堂蹟，長懷故相賢。玉環驚入侍，金鑑悵空縣。遺祭真何益，歸心已黯然。巖前松桂好，風度憶當年。

其四

湘江亭外柳，綰盡古今愁。暮雨吴江曲，春風越客舟。斗迴天北極，人去海東頭。斜日關河暮，殘鴉噪戍樓。

雨後過方筠亭比部同年留别

結契在髫齔，天涯離恨新。青鐙聽雨地，華髮倦游人。遠别規逾切，貧交久益真。秋風歸去好，不止爲鱸蒓。

潞河舟行

黃葉聲繁雨脚斜，輕舟宛轉避汀沙。河流曲似穿珠蟻，節序忙於赴壑蛇。去往關情秋燕子，榮枯相倚野藤花。一痕漸透斜陽好，欲染閒雲作絳霞。

渡江至京口曉泊

練影横江日上初，風帆一霎入南徐。東來萬馬潮方急，西去千峰畫不如。估客檣橈紛聚蟻，梵王宫殿半凌虛。登高懷遠情何極，六代江山一筍輿。

潤州

射虎亭荒漫寂寥，城傳鐵甕日岧嶢。雲歸北固餘蕭寺，月涌西津落晚潮。勝事每愁聞鼓角，游人祇解話金焦。何當海岳烟雲筆，細對江山畫六朝。

過惠州

白鶴峰陰指惠州，望雲先拜合江樓。玉堂重入恩非薄，瘴海頻遷命不猶。詩寄參廖俱有託，花開林媪任閒游。瓊儋更在滄溟外，迴憶山居夢未休。

九日同隨軒兄登九成臺，有懷渭崖兄、曉峰弟

嶺南九月紙鳶飛，落帽風輕暑氣微。海舶春槽橙釀酒，山猺秋雨荔爲衣。千年歌舞餘荒儌，萬里關山共落暉。望斷天涯音問隔，武谿險絶鯉魚稀。

過汪研薌司馬秦淮小寓，留飲兼示舊作

其一

暇日相尋一舉尊，風光人比浣花村。羣山過雨青排闥，春水如苔緑到門。我拂垂楊驚聚散，君吟芳草自朝昏。新詩莫作驚人句，寄託深時不易論。

其二

幾點青山幾曲橋，干卿何事每魂銷。風流兒女皆千古，泥滓英賢是六朝。旅思暗驚春冉冉，花時愁聽雨瀟瀟。吾儕癡絶悲今昔，壘塊還賒濁酒澆。

袁簡齋招集隨園看碧桃，兼聽孫山人彈琴

西園陳蹟漫追尋，裙屐風流後視今。人影花香俱畫本，高山流水入琴心。軒窗面面雲生座，别緒依依月滿林。好乞新詩壯行色，也教峰泖被清音。

留別雲間山長祝芷堂侍御

昔接芳塵是玉樓，海天三載共淹留。千秋業已中年定，六計身慚上考優。鸞掖有人思舊雨，鱸鄉送客動新愁。相期橘緑橙黄日，一棹横雲續勝游。

早行

映水沙堤一片明，休耽枕上聽雞鳴。天涯夢少春愁淺，野徑花多露氣清。客裏旗亭誰喚酒，月中楊柳未啼鶯。水晶湖畔朝餐好，侵曉先趨百里程。

祝芷堂侍御自雲間來，兼示詩集

横雲風月泖湖烟，不共深尊漫二年。勝侣恰聯王令榻，新詩滿載放翁船。詞霏艷雪東華舊，氣壓滄江西漢前。莫道年來清瘦甚，攲牀猶自腹便便。

予役吴門，安郁文觀察邀往鷗波別墅，賦謝

郎曹蹤蹟比雲龍，白下金閶處處逢。淡漠我憐三徑菊，高寒君對六朝松。徵歌買酒心猶壯，問舍求田老更慵。回首冰銜愁寂寞，但逢佳處且從容。

和人無題

其一

梅花落枕杏窺牆，半是啼妝半醉妝。風運翦刀春信急，雨催膏沐玉臺忙。歸從巫峽雲猶濕，夢覺羅浮月亦香。珍重田田蓮葉小，玉池不宿野鴛鴦。

其二

翠帶花錢繡越羅，輕於榆莢小於荷。五銖衣袂仙霞擁，入景樓臺夢雨過。字寫珍珠傳鵲渚，香浮蘭芷譜雲和。不須問卜成都肆，暗渡銀潢淺淺波。

其三

玉闌倚徧許飛瓊，綴履明珠照碧城。星匹未秋驚再渡，月娥含妒寫雙清。餘杭昔兑方平酒，緱嶺今攜子晉笙。春夢無憑條脱在，鶯啼還訝步虚聲。

其四

寄生芳草早生蓮，對影尋聲總可憐。翠黛纔禁京兆筆，蘭橈已放洞庭船。藤蘿月皎休鐙夜，菡萏香濃聽雨天。憶得蘭陵雙進酒，小憐風調小喬年。

家硯畬太守從軍楚北，適有安仁之痛，寄詩以慰

亂山殘照感離羣，擬挽吴鈎净楚氛。竹馬誰迎前太守，牙旗重謁故將軍。魚箋密字還頻寄，錦瑟哀絃不可聞。叔子登臨無限淚，風前遥灑海東雲。

冬郊曉行

路繞溝塍一徑微，夢中詩境醒全非。冰牙挂岸水初落，菜甲摇風霜欲晞。碌碡場空羣犢卧，屠蘇酒熟幾人歸。家山此日應相憶，雪滿平沙正合圍。

題白傅祠

兜率蓬萊未可知，千秋惠政繫人思。江湖合闢香山社，風月還鄰短薄祠。異代英靈成主客，當年稷契共襟期。使君經濟宗前哲，不獨清吟似左司。

過寶應

臨淮東下水潺潺，南岸湖光北岸山。最是舟車難到處，緑楊村舍白鷗閒。

紅橋感舊

月暗篷窗夜寂寥，平山烟樹接紅橋。十年誰識曾游客，剩對寒松憶六朝。

寒檠永慕圖爲洪稚存編修題

白雲楊柳映柴扉，鄰里猶傳孟母機。夜夜孤檠催十指，爲供師俸與兒衣。

弋陽苦雨

水驛蕭騷百感生，維舟野戍聽雞鳴。愁時最怯芭蕉雨，夜夜孤篷作此聲。

珠梅牐竹枝詞

野花和露上釵頭，貧女臨風亦識愁。欲向舵樓行復止，似聞夫婿在鄰舟。

家松雲太守重開莫愁湖賦此以寄

其一

南朝金粉幾滄桑，兒女英雄總斷腸。佛火一龕秋草没，當年曾是鬱金堂。

其二

千年幾度起高樓，梁是從前玳瑁不。檻外溪光堂上鏡，當時一樣照梳頭。

其三

紫蘭無事與招魂，一浣輕紗石尚存。試問青青河畔草，春來曾否憶王孫。

其四

紅映晨霞綠映荷，春波流艷復秋波。多情不浚胭脂井，恐惹寒泉怨綺羅。

丘桂山

桂山，字依千，宛平人，庭澍子。乾隆四十年進士，四十一年召試，授内閣中書，歷官廣東潮州府同知。有《依緑山房詩剩》一卷。

詠史

其一

烽銷銅狄控長城，遮壁華陰再世傾。鐘室藏弓胎曲逆，帛書吐飯罔文成。白衣將領關中火，粉墨伶官殿上兵。紹述調停皆蝨政，最癡一著藥師盟。

其二

新亭高會涕神州，王氣先鍾伐荻洲。坐使市魁居國寶，誰令狎客斷江流。冠軍悔傅鮮卑翼，壽酒欣懸斛律頭。太息連兵更大劫，湘東兄弟太原讐。

其三

檿弧妖語走龍漦，燕啄涎災璽角虧。鴆餅禍階雙陸馬，箏槽冤對十香詞。灰銷發焠空還骨，戲罷藏鈎怯姹兒。千古長門埋玉地，凂人酒嫗獨深悲。

其四

柄秦安漢總空言，鄱桂閒平盡九原。志墓幾人效長樂，登壇千葉笑深源。兜鍪枉擲長城恨，鈎距徒鳴北闕寃。三戟七貂尋覆轍，勳名誰與白衣尊。

其五

肘後黄金詎可無，安城葭艾計良迂。署門廷尉貧交散，迷道將軍醉吏謳。詞賦上林資狗監，貂蟬西邸讓錢奴。轑羹伏軹尋恒事，韋帥無階吕相孤。

其五

甲舍聯雲五貴家，山陰面首炫鈿車。弄臣畢竟饞紋在，亡命争將博采誇。七寶香幢金穴鬭，萬錢食榼肉屏遮。臨安鐙火邗溝水，殿脚歌塵凋物華。

其六

竹王龍姥事難詳，不幘英雄汗策香。堅壁知兵恢洗氏，長江餉士定蘄王。更無俠眼量才確，饒有文心續史良。底事坤靈鐘間氣，天人衹使艷施嬙。

其七

元會中天日一輪，朝常野議代新陳。鷹盧鉗網人趨法，土木神仙國患貧。江表風流救時業，關中氏族棄鄉民。千秋一事隆汙鏡，道學儒林兩黨人。

胡文銓

文銓，號衡齋，大興人。乾隆四十年進士，官湖南衡州府知府。

題張振斯照

其一

清宦三年著績多，簡書儲備竟如何。江天風景憑消受，認是湘波是酒波。

其二

忍對桑條唱渭城，怕逢驛使轉心驚。畫家解誦江郎賦，不寫桃花送客情。

朱恒慶

恒慶，字念占，號椿塘，天津人。乾隆四十年進士，官陝西安塞縣知縣。

夜坐

飲罷覺微醺，清吟入夜分。花蘇三徑雨，月破一層雲。老樹生虚籟，蒼苔篆緑紋。落梅何處笛，幽咽隔牆聞。

朱兆慶

兆慶，字卜工，號午莊，又號桂圃，天津人，恒慶弟。乾隆四十三年舉人。

病起

怕對晚風涼，閒行繞竹牀。病多通藥性，卧久澀詩腸。窗月侵虛幌，瓶花散異香。餘情惟淡泊，無事可思量。

送金竹坡

好在金夫子，相交二十年。高才同謝朓，飛筆擬張顛。鐸振東山響，琴收太古絃。勸君今且醉，莫負菊花天。

王振榮

振榮，字漢桓，號錦堂，寶坻人。乾隆四十二年舉人。

紀昀《傳》：先生與同邑芮勵齋講洛閩之學、韓歐之文，性孝友，禮法自持，教子孫以忠孝相勸勉。生平自奉如寒素，至義所當爲，則多金不惜。

莫晉《祭王錦堂先生文》：公生五歲而孤，伯兄啓堂公亦未冠，時遠在南荆，風濤險阻，扶櫬維艱。公雖孩提，盡哀如禮，臧獲無不感泣。咸拮据，贊襄晏然，旋里嗣就傅，過目輒成誦。旋補博士弟子，益肆力文苑。晨昏奉母，外不問生產，性尤嗜古，於古尤嗜韓，前輩之凡爲韓文者，皆聚而與寢食俱。公不急於求售，亦固往往不售。歲丁酉，始舉於鄉，座主梁階平相國深器重之。先是倪敬堂宗伯承寬主歲試，得公卷如獲異珍，試士於堂而示之，曰：『文章至此，掇高科如拾芥耳。』至是，其言甫驗，遠近傳爲佳話。或有譽公者以爲王謝風流，由來固遠。公徐應云：『遠推江左，何如近守家風？辭寡者吉，非尚清也。行篤者至，非飾度也。』聞者咸服。不幸以病厄，道益進，而氣日益衰，一旦捐其所以用於世者而即世。嗚呼！命生！

戊申秋日田盤即事

跋涉入山來，愛山情不已。滿目皆秋色，不知從何起。濤聲雜澗聲，聲聲盈我耳。一步一改觀，變態竟如此。油然天作雲，其勢不可止。衆山盡渺茫，身入烟霧裏。風吹細雨飛，塵埃净渣滓。一洗山巒清，長嘯足翹企。日暮始遄歸，山蔬紛列几。山僧道家常，意真忘其鄙。萬籟俱寂然，月色在山觜。

張煦

煦，字育萬，號春巖，安肅人。乾隆四十二年舉人，官山東阿縣知縣。有《世德堂詩稿》。

秋海棠

雨雨風風鎮日來，新晴初見海棠開。憑添秋色三分韻，真覺春光八月回。幾種斷腸悲往事，一卮酹汝借殘杯。花朝多少君須記，過眼心情又半灰。

陳居敬

居敬，字惺園，天津人。乾隆四十二年舉人，官江南奉賢縣知縣。有《映奎堂稿》。

《津門詩鈔》：惺園先生，古樸謹慎，爲一鄉所重。晚膺民社，未竟所施，士論惜之。

西寧道上

巉巖人道古沙陀，到此疑聞敕勒歌。萬樹參天青似髮，千峰插縣碧於螺。時平不恃長城險，塞遠猶屯戰馬多。峻坂迴頭雲疊疊，故園何處問津波。

查誠

誠，字衞中，號静巖，一號海漚，宛平人，善和子。乾隆四十二年舉人，官郎中。有《天游閣詩集》。

《津門詩鈔》：海漚詩酒自娱，有蓮坡遺風。家起小園，疊石蒔花，殆無虚日。積書萬卷，無不披覽，妾程亦能詩。

查揆《題天游閣集》：『字字香山集裹來，天游高閣掃浮埃。新詩遠寄王官谷，孤旅方愁郭隗臺。久已家林應執摯，生慚野鶩敢論才。傳衣此事如禪事，臨濟南宗近漸頽。』

讀儉堂叔祖《銅鼓書堂遺稿》

讀罷長篇涕淚沱，唾壺一擊一悲歌。少陵身向蠶叢老，新息魂驚薏苡訛。百戰場中三史熟，半生詩裏萬山多。瘴鄉蠻洞英風在，老去應輕甲乙科。

自題海漚書室

一龕坐老亦悠悠，漫詠牆陰笑老劉。書學賈山惟涉獵，人同支父自幽憂。穿簾疏影花登席，潑地寒光月上樓。眼大心雄成底事，洛陽擁鼻幾時休。

東竺庵僧掘石上小松十餘株爲贈，因載以歸

髻鬣都成夭矯容，幾株掘得小蒼龍。載歸人莫輕盈尺，盡是三盤十抱松。

張梓蔭

梓蔭，字敬之，號春園，天津人，湘子。乾隆四十二年舉人。

《津門詩鈔》：公主講中州書院，爲畢秋帆中丞所重。性疏放，以詩酒自豪，有楚山先生遺風。

虎丘

斜風吹雨入船涼，驚破離人午夢長。兩岸雕闌千樹柳，又吟烟景過山塘。

葉汝蘭

汝蘭，字香浦，號退庵，滄州人。乾隆四十二年拔貢生，官廣東糧道，改户部郎中。

古藤書屋落成，茹古香、姚秋農兩先生贈詩，依韻酬之

寄蹟鑾陬十八年，故園回首路綿綿。望雲欲補南陔詠，戀闕長依北斗邊。豈謂歸來成小築，何妨客至借高眠。不須錯擬揚雄宅，略似張融岸上船。

張太復

太復，原名景運，字静旃，號春喦，一號秋坪，南皮人。乾隆四十二年貢生，官浙江太平縣知縣，改遷安縣教諭。有《因樹山房詩鈔》二卷、《令支游覽集》一卷、《晉游草》一卷。

洪亮吉《序》：藴蓄深厚，美兼衆長，獨往獨來，自抒胸臆，有不可籠絡之概。

張問陶《序》：先生曠懷逸氣，高出一時，詩跌宕深穩，神味淵永。

李昌琛《序》：春喦先生負奇氣，一泄之於詩。其抱負不凡，故多激昂振奮之情，慷慨悲壯之節。

朝陽洞

朝陽明四山，山山若飛鳳。容光照我衣，忽入朝陽洞。蹋竇驚猿嘯，攀巢㸌鳥哢。斜穿井蛙天，團舞醢雞甕。參差乳滴筍，縹緲雲生楝。一丸巧逗漏，萬象赫搏控。那期萬石叢，造化此鑿空。設非面離位，萬古一夢夢。摩厓讀周記，造語喜微中。愧我腕力孱，有石敢磨礱。側眼懸崖巔，高閣欲上矼。拾級隨白雲，泠風更飛送。

井陘

當年背水陣，絶險得奇謀。形勢空陳蹟，烽烟静戍樓。萬山隨地涌，一水抱城流，去去盤危磴，眠沙羨白鷗。

寧武雜詠

紫塞異風烟，荒寒劇可憐。天中自飛雪，夏盡不聞蟬。耕鑿今成俗，兵戈舊戍邊。繇來用武地，長想勒燕然。

中秋三里河即事

馬蹄得得傍溪行，溪水粼粼見底清。斜日秋生高樹色，小橋屐踏亂泉聲。山連絶塞通天闕，人上危樓憶玉京。便欲攜他絃管奏，不妨明月隔重城。

楓橋

夾岸人烟返照濃，蕭蕭落葉正江楓。畫船繞盡金閶路，誰聽寒山寺裏鐘。

今春多寒，立夏前猶雪，也因見楊花漫成

小庭新綠影橫斜，春去餘寒尚剩些。閒倚朱闌看飛白，不知是雪是楊花。

煨芋戲成

戢戢蹲鴟玉糝非，燒殘榾柮暮烟微。十年宰相知無分，自撥寒鑪療夜饑。

邵自昌

自昌，號楚帆，大興人。乾隆四十三年進士，歷官都察院左都御史。有《世麟堂詩》二卷。

道中即景

振策春風道，香塵拂短袍。路分堤柳斷，水淺石梁高。村犢依新草，山禽掠小桃。迎人芳意足，鞍背頓忘勞。

秦淮泛舟

祖龍望氣怯江濱，鑿地通淮詫術神。三户功成終在楚，六朝命短豈關秦。笙歌曾集高樓艷，桃李空懷夾岸春。落日放舟無限意，鍾山相對自嶙峋。

題墨蓮

墨花飛處藕花香，淡影模糊水氣凉。十里銀塘迷夜霧，木蘭舟畔月昏黄。

題種竹卷子

荷鋤歲月最寬閒，隙地新開對好山。不種梅花種修竹，更無香色落人間。

韓湯衡

湯衡，字聘之，號蓮人，高陽人。乾隆四十三年進士，官湖南澧州知州。

寒食

洞庭春盡片帆輕，纔入荒園别恨生。花少木奴辜作郡，草牽書帶更登瀛。亞夫營外垂楊合，董子祠前野薺平。忽報今朝逢冷節，看人麥飯奠新塋。

莫允宣

允宣，景州人。乾隆四十三年進士，官雲南曲靖府知府。

皋山寒食歌即席應李明府

皋山山下草黏天，二月春來上巳前。布穀聲催連夜雨，流鶯啼隔一溪烟。烟裏人家雨中樹，山城却近鳴騶路。有客當春事遠游，襆被輕裝此中住。上元時節别燕京，風塵蹩躠西南行。酒旗茅店平原道，夜月荒雞石邑城。爲借陳蕃榻畔宿，衙齋更喜饒花木。恰值清明□□□，春光已徧山之麓。清明風物到街亭，粥鼓餳簫昨夜聽。攀折都尋堤上柳，喧闐争踏陌頭青。踏青人去長橋遠，鞦韆院落斜陽晚。我亦間爲南陌行，游絲牽罥花枝短。憶我春來每劚蘭，招游有伴過層巒。自從一别溪山夢，愁悵鶯花十度看。十年三晉重過處，到此徘徊幾延佇。選勝林泉取次游，山靈識我如相語。皋落奇峰聳翠微，流連光景最依依。桃花水漲公無渡，柳絮風殘客未歸。人生事事皆陳蹟，年來年去勞行役。良辰半是客中過，作客看花花歎息。主人愛客華筵開，隨意尋芳坐緑苔。攜酒朝臨石馬渡，憑高夕上鳳凰臺。春來最怯春光老，花落飛紅紅不掃。要我長歌紀遠游，歌成轉自縈懷抱。洛橋江浦總堪嗟，更倚東風問歲華。醉裏長吟寒食句，清明無客不思家。

題王松樵冬獵圖

崇山灌莽風蕭蕭，同雲作雪迷林皋。夜來雪霽風不囂，山門曠望平原遥。草枯獸肥羣儦儦，言秣我馬適彼郊。誰其獵者揚手標，狐裘欺雪花驄驕。彎弓挾矢心手調，指揮便墮雲中雕。健兒矯捷輕猿猱，合圍馳驟紛喧呶。畫弓小隊何妖嬈，鑾鞾結束珠爲翹。孤鷹奮擊來九霄，血殷雉兔麇奔嗥。

一聲蹴踏寒山坳，馬蹄追逐黄雲高。丈夫弧矢寧懸匏，區區占畢非吾曹。雄姿壯志應騰驍，披君圖畫知君豪。與君韓孟雲龍交，清談耳熱澆葡萄，詰晨射虎還相招。

春日寄懷朱皋亭

其一

雞栖十載輭紅塵，未解今春勝舊春。識路難憑款相馬，苦饑秖欲朔稱臣。每辜酒侶尋芳約，別有離愁閲歲新。懊惱去年秋色裏，木蘭遥阻素心人。

其二

關心歲月易蹉跎，瀛海東華舊事多。粟里春游長作伴，燕臺秋興共悲歌。西風幾度看紅葉，南浦於今又緑波。爲問廣文官署冷，酒徒新得幾人過。

春雪

夜半風聲間竹聲，曉來透幕薄寒生。江南花發燕山雪，誰道春風不世情。

王天禄

天禄，字石渠，號乙齋，大興人。乾隆四十三年進士，官福建福寧府知府。有《蓮芳剩草》。

老梅，用東坡《食檳榔》韻

頹垣蹙苔蘚，老梅撑廢礎。抱此貞素姿，頗復閲寒暑。月明翡翠樓，凍夜鵾鴞禦。我初入郡來，未見汝結乳。虚窗試玉瓷，蟹眼活火煮。兒子好羣嬉，折枝弗忍阻。觀之三歎息，漸欲緑萼吐。孤標瘴海東，玉骨冰心苦。叢生雜木中，鐵幹寧媚嫵。遥天飛玉龍，戰退餘勇賈。疏影空横斜，晴烘亦何補。顧此瓊瑶姿，狼藉乃如許。銜寒酹一尊，破曉催衙鼓。一枝護軍持，無爲僮婢侮。黯淡斂春華，孤鐙懸夜午。老夫真好事，欲較雪花數。輕裘襲暗香，不辭雙目努。既復啞然笑，爛漫春醅舉。人生各有天，光陰寄羈旅。梅花知我心，相與無相與。太息謂余言，莫作鹽梅語。

蔬圃

境幽心自遠，小圃荷鋤開。春韭留根翦，秋葵帶露栽。頹垣垂杞菊，古甓點莓苔。辛苦斜陽裏，攜童共往迴。

劉祖志

祖志，字毅存，號白谷，高陽人。乾隆四十四年舉人，官江南高郵州知州。

玉極庵

偶借招提境，幽尋半日閒。入門多翠竹，閉户似深山。古徑餘苔暈，豐幢帶雨班。老僧眠未起，不許叩禪關。

張詮

詮，字守默，號陶圃，鹽山人。乾隆四十四年舉人，官河南鞏縣。有《東周詩草》。

舟中

車馬紛紛歇，塵勞幸少休。雨殘隨浪盡，潮退帶帆流。河壯山爲障，峰寒樹作裘。可能陶穴裏，各足稻粱謀。

湯承功

承功，字熙載，號贊廷，天津人。乾隆四十四年舉人，官内丘縣教諭。

同友人臨河晚眺

開尊臨野市，秋色滿長河。不雨雲猶在，無風水自波。沙鷗機事少，烟柳夕陽多。幸與清溪會，能忘白雪歌。

過西郊寺

秋風攜杖履，落日叩禪關。曲徑穿花入，空庭看鶴還。林開千里月，雲疊萬重山。任是清幽境，無如此地閒。

秋夜遣懷

天高月上敞華軒，無限秋光入小園。窗竹風敲凉有韻，花堦露洗净無痕。蟲聲吟斷孤鐙夜，客興斟殘濁酒尊。孤負清宵好烟景，滿懷詩句與誰論。

送春

乳燕生成纔學語，殘花落盡又重開。黄鶯何事頻流囀，已去東風唤不回。

何夢蓮

夢蓮，字净亭，號周溪，正定人。乾隆四十四年舉人，歷官陝西榆林府知府。有《式古堂詩集》四卷。

韓崶《傳》：净亭，七歲能文。乾隆丁酉拔貢，廷試一等，授刑部七品官。己亥領鄉薦，洊歷主事員外郎中。嘉慶元年，楚苗不靖，奉旨馳驛，赴軍營辦事，權衡永郴桂道，改就京秩，起補户部郎中，轉山東道監察御史。上疏條陳時政，論長蘆鹽加價，不爲商利，祇以病民。疏入，得減去每觔錢一文。出知陝西榆林府護延榆綏道，榆林故近沙漠，歲多風旱，公禱雨輒應。會林逆案，公以直隸人應得御史，時議處鐫一級。嘉慶戊寅卒，年六十有五。

徐錕《序》：周溪先生，性情肫摯，意趣高遠，無不於詩乎流露。《雞鳴》《居庸》之作，及《捕蝗》《苦雨》諸詠，直與少陵之《鐵堂》《赤谷》《新安》《石壕》接響，而《倚鞲》一編，則又借間關戎馬以發其繾綣悱惻之隱，其兼學人詩人而有之乎？

《紅豆樹館詩話》：嘉慶丁丑二月，余自永平量移正定，以年家子謁先生於高家營里第。地距滹沱里許，數椽老屋，環堵蕭然。計揚歷中外十餘年，歸無餘橐，薄田數十畝，僅供饘粥之資，先生處之恬如也。越歲，病歿。子詒霈，嘉慶乙丑進士，淡於榮利，不樂仕進，蓋得於過庭之訓者深矣。先生近體詩，格近元白，其從軍之作，尤極沉雄蒼穩。

訪王北恒山居

避囂塵外住，風雨老於陵。花徑人來少，柴門叩不應。詞源三峽水，癯弱六朝僧。莫便南山隱，神蛟願可罾。

過武陵

江水平於掌，張帆借好風。眼隨兩岸闊，舟出萬山中。遠浦浮鷗白，疏林落照紅。漁莊如可住，不復事青驄。

抵乾州

曠野西風勁，徵鞍戴曉星。山平途漸闊，河淺水流腥。荒戍燒餘赤，飛燐戰後青。土人争笑語，此地憶曾經。

雪

夜半紙窗明，微聞淅瀝聲。披衣相問詢，飛雪滿檐楹。光射銀釭暗，寒欺翠竹傾。尋梅空有約，悽惻故鄉情。

懷沈筠堂

其一

廿年結伴白雲司，春暮皇華奉使時。滿眼干戈同跋涉，一身疾病自扶持。守雌却有知雄識，心静能將性躁醫。太息河干帆挂後，梅花今已綻新枝。

其二

半載從戎共死生，追思往事夢魂驚。天星寨裏殘鐙焰，火馬衝邊鉅炮聲。笑我一官原雪淡，憐君兩袖似風清。不堪最是辰陽別，何日銜杯敘舊盟。

感舊

平原舊館駐迴車，三十年來感鬢華。甲第已歸新售主，西州誰問故侯家。堂懸蛛網巢春燕，樹老龍鱗噪晚鴉。聚鐵無能酬一錯，秋風老圃愧黃花。

重陽登大觀亭

大觀亭峻接洪濛，極目秋光望不窮。雁汊潮來波泛緑，龍山霜後樹翻紅。拈毫未敢題餻字，對景空慚落帽風。憑弔當年兵燹日，淮南藩蔽仗余公。余忠宣公墓在亭左。

舟泊金陵

金陵城外晚蕭蕭，伊軋舟行過斷橋。兩岸柝聲敲夜月，一江帆影弄秋潮。山川形勢通三楚，裙屐風流憶六朝。虎踞龍蟠名勝地，放懷我欲訪漁樵。

過盧生祠

洺關南下柳如絲，淡淡微陰細雨時。平遠山環裹子壘，蒼茫樹隱呂仙祠。不争蠻觸名猶累，欲訪蓬瀛夢亦癡。修短何如憑大造，鼠肝蟲臂任推移。

闉鄉道中

函谷關西路漸平，川原少覺可人情。風來撲面羅衣薄，雨後行沙馬足輕。翠岫雲收眉淡掃，黃河勢曲帶遥横。長途願祝東風便，吹散霪霖莫阻程。

過爆木營

高峰萬仞徑千盤，始信人間道路難。瘴雨如烟行屐滑，腥風撲面客衣寒。炮飛隔澗音相續，戈指前營血未乾。悵望白雲何處是，郵書聊復報平安。

游龍泉山

古刹岧嶢萬壑間，偶來游賞放身閒。沿江緑徧高低樹，隔塢青浮平遠山。愧乏詩情通帝座，已無塵念到人寰。茗亭憩足清凉界，滿眼滄波戲白鷴。

軍營七夕

山銜落日樹含愁，聒耳悲笳動素秋。憶得去年今夜月，全家歡上曝衣樓。

書懷寄沈樹三

其一

剥啄無聲世事疏，炎歊不到散人居。别來長晝添清課，鎮日閒窗讀道書。

其二

仙源有路欲尋難，小港叢蘆夾淺灘。識得江湖原自闊，烟波何處礙漁竿。

邸寓

邸寓哦詩四壁秋，蒼茫回首起鄉愁。蓮洋集裹分明説，萬柄荷花是鎮州。

金坤

坤，字霽巖，天津人。乾隆四十四年副貢生。

《津門詩鈔》：公天姿雋朗，少負重名，三中乙科，未償所學。性孤介，廉隅甚峻，然獎掖後學，惟恐不及。家無擔石，悠然自得。

旅夜有懷

空堂倚枕到三更，病擾鄉懷夢不成。千里家書遲旅雁，一聲邊角起孤城。長貧入世真無術，遠道懷人自有情。事業文章兩寂寞，破窗愁看月華明。

張丙震

丙震，字鑑庵，南皮人。乾隆四十五年進士，官浙江嚴州府知府。有《悟蘭室詩稿》。

吴錫麒《傳》：公抱負素奇，守嚴州，以簡静治之。案牘不留，苞苴盡絶，有百姓唤『菩薩吏胥活餓煞』之謡。無他嗜好，惟究心六書，能辨金石真贋。年五十七，卒於官。

進洞庭湖口

行雲已過古潭州，江上雙橈不暫留。一夜清風真愛客，月凉飛送洞庭秋。

徐瀾

瀾，字東川，天津人。乾隆四十五年進士，官刑部郎中。有《硯北草》。

《津門詩鈔》：公性沉敏，官西曹，廉静不苟。相國阿文成公、大司寇胡公雲坡，咸倚重之。

吴念湖太守招集思源莊，餞張楚山先生之新城，分體七古

張侯大才高莫攀，九天唾瀉珠璣圓。秃毫一掃蕉葉黑，淋漓不數君家顛。致身自許青雲路，誰復徒供折腰具。百里絃歌單父琴，三年鵩鳥長沙賦。衹今歸卧如懸匏，石田茅屋荒蓬蒿。大隱非山亦非市，膠庠足以營其巢。秋花照溪溪水紅，蘆蒲瑟瑟摇悲風。林塘野樹松榆暮，亂蟬聲咽天邊鴻。此時坐客慘無色，青衫欲濕酒行急。眼底壺觴不盡歡，他日相思難再得。筑亦不擊高漸離，璧亦不媿僖負羈。憐君揮手從此辭，飄然一去歸幾時。欲别未别水之涯，君不見，七十二沽烟漠漠，明朝何處孤帆落。

王堯恒

堯恒，字冀峻，號秀巖，南宫人。乾隆四十五年舉人，歷官陝西道監察御史。

《南宫縣志》：堯恒，以乾隆丁酉選拔，授刑部七品官。己亥中鄉魁，擢廣東司主事。總辦秋審，平允無冤獄，歷升陝西道監察御史，署禮科給事中，督辦大井村賑務，躬親勘給，民受實惠。以内艱歸，不復出。

和黄明府《大風亭懷古》原韻

有脚慕陽春，旬宣來阡陌。夙駕命圉人，勸課尋古蹟。負郭秋水環，畇畇初墾闢。雪澤正催耕，東作敷碩畫。莅政先勤民，肯教勢分隔。久聞賢宰風，親炙欣咫尺。出郊非春游，重農問麻麥。小憩樂野亭，當年駐棨戟。成祖踵漢光，千秋一瞬迫。長歌紀登臨，不虚謝公屐。治齊潁川名，秀擷河陽筆。甘棠蔭常留，俯仰感今昔。

趙巘

巘，字亞亭，號屺堂，滿城人。乾隆四十五年舉人，官浙江紹興府同知。

趙公《家傳》：公由《四庫全書》館謄録中式乾隆庚子科經魁，授浙江泰順縣知縣。治尚簡静，暇聚生徒，考課文藝，多所成就。甲寅分校浙闈，得七士。冬調平陽，嚴巡嶴口，倡築塘工，民皆稱便。會以詿誤引見開復，仍回浙江補用。己未秋，委署龍游。庚申夏題補仙居。是科，再分校，得士如徐太守玉章、孫明府東暘、金廣文衍宗，先後登仕版。後列甲榜者，則壬戌凌君鳴喈，乙丑盛君唐，一時得人稱盛。仙居素號刁悍，公赴新任，詰奸禁暴，訪知五虎十熊之名，隨拘一二到案，嚴刑懲治，仍許自新，由是械鬬爭葬之風頓息。壬戌春，調嘉興首邑，途衝民玩，事冗訟繁，公昧爽即起，檢閱槁案，終日不倦。莅嘉邑既久，廉德惠澤，浹洽人心。每因公赴鄉，童叟歡迎，如依慈父母。道光辛巳秋，升紹興府海防同知。甲申，卒於任，靈櫬由越東歸過嘉興，闔邑紳民無不哀慕，衣冠展拜，立公木主郡廟側，奉香火，又繪公遺像，懸邑之楞嚴寺，觀者咸歎息泣下，雖歷年所思德政不置云。

雷門吟

餘姚有余霖，四十老一襟。謁我蕺山麓，涕出悲不任。謂公具手筆，乞爲雷門吟。亡兄名余震，雷門乃其字。霖生託遺腹，母老欲抛棄。兄嫂奪血胞，兄怙嫂則恃。母亡兒六齡，九齡兄授經。魯鈍不可狀，兄獨嘉其靈。兩姊及笄嫁，一一飛眷令。霖愚復多病，二十奄奄形。病則奪書笈，痊則還鐙檠。欲繼先子業，恐傷予季情。迴憶七齡時，兄子同病瘍。戒嫂善視叔，叔安兒可殤。日夕嫂抱持，兄子擲於牀。我啼嫂則泣，我笑兄則歡。三十授弟室，旋入膠庠間。看我衣上綫，嫂淚存斑斑。檢我笥中書，手澤兄黃丹。兄嫂六十歿，合葬上林村。南山宋家隩，有我兄嫂墳。兄以貧廢學，醫藥活千人。活者慟兄死，皆欲贖其身。霖困蓬蒿中，懼掩兄嫂賢。椎心泣血詞，願公采斯言。我爲一一書，孝義可云止。愧彼尺布謡，用以資國史。

孝婦詞

勸君莫安逸，安逸忘立身。勸君莫遠游，遠游多苦辛。結髮共年少，歡娱及良辰。一朝戒行旅，求名趨帝闉。去去從此辭，高堂别老親。老親咽悲痛，謂兒且自珍。桑榆體猶健，努力當青雲。及早定歸計，勿久他鄉賓。如何已三載，不見屬車塵。老親長咨嗟，倚門望眼頻。慮深魂夢亂，愁增白髮新。孩穉來膝前，啼笑皆傷神。念君素繾綣，君豈忘情人。非敢怨芳時，所憂在萱椿。竭力奉甘旨，傷哉家復貧。徒有孝順志，難以慰昏晨。明月照我牀，微風動羅巾。君今寄何所，賤妾空哀呻。

蔣香雪招飲蓮亭，次魯畹蘭韻贈之

軒窗高廠暮春初，鎮日清談真曠如。坐久渾忘新月上，竹聲人影共蕭疏。

馮智

智，字坤三，號前村，天津人。乾隆四十五年舉人。有《梅墅吟存》。

《津門詩鈔》：梅墅先生與周大迂、金野田、康達夫諸公唱和最多，有七峰、陸槎諸老輩遺緒。

擬右丞春中園田作

時禽啅晴檐，東皋融殘雪。野叟纔報春，忽已穀雨節。植杖出柴門，耘田自怡悦。好風拂人來，隴歌吟不輟。

華蘭

蘭，字省香，號春浦，天津人。乾隆四十五年舉人，官安徽全椒縣知縣。有《皖城集》一卷。

《紅豆樹館詩話》：春浦博通經史，工書畫，旁及金石、篆隸，居京師館余秋室太史家，與輦下知名士往還酬倡，出宰全椒，以廉明稱，卒於官。詩多散佚，《皖城集》一卷爲其孫梅莊孝廉長卿摭拾奇零寄來，清拔朗逸，屏絶藻績。

答徐小巢廣文原韻

含山名勝地，花木四時新。我本天涯客，來游江岸塵。畫情慚米芾，詩句愧盧綸。志小真如蠖，胸懷任屈伸。

同張竹軒、吴山尊、王鶴嶼再游滁州訪醉翁亭

山色遠含青，環滁列畫屏。一時賢太守，千古剩斯亭。水落明溪石，風疏息塔鈴。夕陽人影散，把酒記曾經。

濡須塢懷古

偃月城荒急暮潮，江東霸業去迢迢。悔無良策雄三楚，愧有新詩誦二喬。往事東風談尚壯，衰年北面恨難銷。至今遺蹟濡須塢，兩岸峰青閲六朝。

江鄉初夏即景

其一

翩翩蝴蝶菜花黄，十里長堤秀女桑。纔出新蠶將飼葉，村村争祀馬頭娘。

其二

三間茆屋傍江居，椿繫輕舟認老漁。細雨新晴斜日好，柳花橋畔賣鰣魚。

夜過徐州

歌風臺上緑楊秋，雲暗天低泗水流。鐙火篷窗蘆葦夜，半帆風雨下徐州。

朱石君撫軍索畫，醉後寫得横幅并題絶句

其一

每憶王孫桂樹間，比來作宰未能閒。桑根翠接華陽路，盡見淮南入畫山。

其二
嵒屋雲林净絶塵，此中定不少幽人。何當稱意觀黄海，二十六峰俱寫真。

李光謙

光謙，字撝吉，號敬箴，任丘人。乾隆四十五年舉人，官四川綿州知州。有《香國來人詩稿》一卷。

《任丘縣志》：光謙幼篤於學，嘉慶辛酉，分發四川知縣，以辦團練有功，補名山。兵燹之餘，勤於撫恤。名山素不嚮學，爲立書院，親訓課之。改補榮昌，值大旱，謙謂鄉民就食入城，多失其故業，乃畀誠篤紳民穀，使就貧民家分給，民安其生。調署江津，津故劇邑，汰去冗役千餘人，陋規盡裁之。升綿州知州，署嘉定府，引疾歸。

《紅豆樹館詩話》：敬箴初官蜀中，值川楚餘孽未靖，奉檄團練鄉兵，晝夜拒賊，民賴以安。同邑舒明府其紹贈以詩云：『仲宣慣作樓頭客，戎馬業中文章伯。挾策十上不見收，酒醉狂歌拓金戟。解襟此日著朝衫，叱馭山程報曉籤。君信可人能辦賊，腰間寶劍千金值。』解組歸，閉門却掃，屏絶俗務，日以臨池爲事。書法顔柳，骨力蒼勁，求者户限幾穿。卒年八十餘。

渡口崖迎德侯帥

大軍臨渡口，小隊出荒溝。春雨飛旗角，山花落馬頭。無聲渡行蟻，有警報前騶。試問千夫長，何當萬户侯。

閲卷畢口占

一夜西風落葉多，秋光如此奈愁何。三條未忍初心負，五色翻疑瞥眼過。豈有四明終坦率，更無東野久蹉跎。來年今日恩波近，會見珊瑚入網羅。

鳳縣道中

野花幽草不知名，送客春風別有情。流水曲隨山勢轉，歸人低趁澗邊行。雲連白馬峰無際，灘近黄牛峽有聲。歷盡關河愁險絶，吟鞭來日寳雞城。

和戴敬亭《送別》元韻

樗散原非百里才，無家何處賦歸來。六旬華髪三千丈，一日愁腸九十回。泛泛桃花春水遠，依依柳色晚風催。相將南浦頻回首，四面雲山黯不開。

張五倫

五倫，字伯惇，號銘渠，清苑人。乾隆四十五年舉人，歷官山西潞安府同知。有《淥漪軒學吟草》一卷。

對雨步家藜閣韻

微雨滌三徑，茅齋春已深。竹風送清響，緑濕南窗陰。幽情託清興，惜無龍脣琴。南浦暮雲合，瀟瀟千里心。

哭董寄廬夫子

先生久淪謫，雙鬢已飄蕭。老驥心猶壯，元龍氣益驕。移家惟藥裹，迴首負詩瓢。擬酹云亭下，吟魂不可招。

清明感賦

空齋寂寂度殘春，寒食東風事又新。野樹有情花似錦，荒丘無路草如茵。拋殘紅豆階前子，望斷香車陌上塵。記得西窗雙瘦影，殘鐙夜雨黯傷神。

曲江夫子以所和冷碉丈遺詩見示，次韻

杜陵垂老客天涯，絳帳談經兩鬢華。夢杳池塘成宿草，尊開舊雨爲判花。謝家羣從懷前哲，魯國諸生忝後車。海上仙山留勝蹟，一編繁露足傳家。

鄧諧

諧，字鳴岡，欒城人。乾隆四十五年舉人，歷官江南海州運判，祀鄉賢。有《百城書屋剩稿》。《紅豆樹館詩話》：君留心理學，初官贛榆知縣，鐫濂洛關閩四子書、吕子《節録》《呻吟語》《四禮》《翼》《四種遺規》《區田編》《在官法戒》《録人譜》諸書，獎勸學者。並重刻鄉先輩元人李冶所著《敬齋古今黈》以廣其傳，俸入所得即以購書，家藏不下數萬卷。子祥麟爲予門人，庚午舉人，官廣西横州刺史，猶能世其家學云。

蒙陰古寺

敗寺蒙山側，山空氣泬寥。廢鐘喑挂樹，斷碣卧支橋。有佛英靈寂，無僧香火消。道旁膜拜客，相對亦蕭條。

戈湞

湞，字仲坊，號南村，獻縣人。乾隆四十五年舉人。有《追逋集》四卷。

僑寓

僑寓因人處處家，柴門深掩似盤蝸。更無雞犬隨行李，剩與琴書閱歲華。未了宿逋仍覓句，偶思清供且烹茶。年來漸解謀生事，擬學東坡置畫叉。

送錢湘芹歸江南

其一

最是離情未易抛，相知況復漆投膠。與君接坐杯常把，就我談詩句細敲。千里聲傳曾耳熟，半年神醉豈形交。無端春夢催歸思，一縷鄉心挂柳梢。

其二

去去知君不可留，十年爲客抱羈愁。此行但祝風帆穩，到日還將蠟屐修。處處故山重拄笏，時時夜雨一回頭。故人天際遥相望，屈指前期楓葉秋。

張中正

中正，字貞一，號凱園，宛平人，模子。乾隆四十五年舉人，歷官廣西慶遠府同知。有《倚雲軒詩鈔》。

和翁覃溪年丈二老話舊圖原韻

科頭梧竹下，談笑一牀聯。兩地人難老，同心月共圓。此中真意足，未許俗情牽。妙絶丹青手，能傳海鶴年。

黄成彦

成彦，字碩人，號約齋，天津人，祐子。乾隆四十五年舉人，官冀州訓導。

《津門詩鈔》：公奉母以孝稱，生平言行不苟，閭里重爲典型，教授生徒最衆。

詠史

報惠書傳見性真，望諸君是古純臣。始終不負先王意，戰國高風有幾人。

鄭師

師，字吉夫，號式廬，豐潤人。乾隆四十五年舉人，官湖北通山縣知縣，改通州學正。有《晚香草》。

秋山

幾處烟霞岸，丹楓映日明。山空人步晚，葉葉動秋聲。

商城春行

緑楊深處遠聞鶯，郭外芳塘水色清。兩岸桃花新著雨，夕陽一半繞商城。

芮熊占

熊占，字飛庵，寶坻人。乾隆四十五年副貢生。有《蕉亭閒詠》一卷。

陳雯《序》：先生詩清和淡遠，泠然而善，悠然而不盡。

李光庭《序》：公詩抒寫性靈，發響天籟，出入於香山放翁之間。

丙申秋杪入都訪朱笥河太史，留飲話舊，即席贈句

黄花白髮一時新，杯酒論文誼倍親。草野疏慵仍結習，瑯嬛搜討邁前人。秋懷對我披肝膽，天籟煩君辨齒唇。今夕槐廳容下榻，狂歌將勿惱比鄰。

國朝畿輔詩傳卷四十九

張灼

灼，字未克，號丙齋，一號柳洲，安肅人。乾隆四十六年進士，歷官浙江鹽運使。有《十稷齋詩稿》一卷。

張錫田《祖柳洲公行述》：府君年十九補博士弟子員，辛卯中副車，己亥中秋榜，辛丑成進士，欽典主事，分户部，補山西司主事，升江南司員外郎，陝西司郎中，京察一等引見記名。癸丑，補授江蘇徐州府知府。徐州毗連皖豫，統轄一州七縣，俗悍民刁，最稱難治。鄉民袁恂齋與某有舋，袁與客劉二外出被殺，案懸數載，拖累多人，其子遂赴京師上控。欽差刑部尚書署兩江總督蘇公往勘，府君選役會識劉二者往捕，不數日果得劉二於蕭山原籍歸案，研訊省釋無辜十餘人。徐州地濱黄河，歲須防汛。乙卯忽終歲汛不至，衆相慶，府君獨愀然憂之。或請其故，曰：『凡水歲有泛漲，可以借水刷淤，去其壅蔽。若終歲無汛，積淤必厚，大汛陡至，横决甚矣！吾正慮此不遑，諸君何以慶爲？』方議增築堤岸，修補要冲，旋調安徽安慶府知府。次年，大汛迭至，河决數十丈，衆乃歎服，以爲雖老河臣見不及此也。安慶爲首郡，政煩任重，府君治官書恒至夜午，案積如山，卒無留獄。戊午，奉旨升授江西督糧道，旋丁曾祖母憂。庚申服闋，甲子選補河南南汝光道。信陽州舊有瑚璉書院，久廢，府君招生徒，親課之。辛未，山東賊王朎子勾通裕州土匪常幅等七十八人，挾從鄉民復百餘，由裕州舞陽、泌陽一帶搶劫至葉縣栖野寺中，日出掠村市。府君得信，一晝夜馳至葉縣搜捕，召諸役，親選之，得一人，令總捕務，於是七十八人俱就。獲膺薦牘，升授浙江運司。浙商疲累久，府君到任，細察情形，見諸商多侈靡妄費，府君多爲核減，或竟駁斥。如是一年歲終，會計庫存，各項較往年增數倍。癸酉，滑縣逆匪滋事，部議預支各省鹽課充軍餉，浙庫撥銀二百萬，府君集諸商，勉以大義。時各路軍馬已集，廢用浩繁，諸餉未至，浙餉先到，士卒歡呼踴躍，軍威益振，遂定大功。甲戌，浙鹽歉出，竈户數百人爇香，由錢塘門入，詣撫院所，撫院閉門拒之。詣鹽院，復拒之。遂詣運署，府君出諭之，衆歡呼去。府君爲撥款急賑之。是歲竈户無餓殍。乙亥引疾，丙子歸里，壬午卒，年七十有九。

《紅豆樹館詩話》：先生書法出入晉唐，自成一家，粱山舟學士見之，目爲同時勁敵。畫學宋元，骨力蒼秀，於一峰老人爲近。在杭州引疾，後小住西湖，偶思故鄉山水，寫味泉圖見志。吴蘭雪刺史題云：『緑陰十里繞溪斜，雲液清鮮泛雪芽。便飲西湖無此味，誰知南易是君家。養疴已作還山計，寫照猶聞向客詩。鄉味分明吾較近，自煎寒渌試新茶。』又題其《韜光庵圖》云：『雲水光中打槳還，使君風致太蕭閒。鬱林載石猶嫌重，一卷惟攜畫裏山。』可以想見仙吏清風，閒官高致。

詠東漢長公主遺事

地皇禍棼起，赤帝單騎走。若非主識超，幾陷餓虎口。趣令上馬時，遽乃揮以手。無爲皆就焚，胡爲兩相負。哀哉三少雛，兵至并授首。慷慨談史事，大義信非偶。光武要並騎，其理固非苟。假使少顧瞻，得遂兩全否。祚漢稱首功，巾帨冠朝右。武周亂臣十，微婦故予有。建武雄四七，增兒應廿九。緊我過新邑，往事訪遺耇。陰樊來鄧間，女節獨不朽。茫茫白河津，斜陽挂衰柳。

九日由康縣赴新野

老去因官累，重陽興獨豪。客懷思對酒，驛路罷登高。霜柿紅千樹，秋波緑半篙。黄花應笑我，偏耐宦途勞。

過故關步壁上韻

其一

鳥道追天險，新關復舊關。雄圖餘巀嶭，孤戍倚孱顔。清磬雲中寺，寒林雪後山。征車勞暫駐，茗碗愧僧閒。

其二

晉水東流别，龍山北望賒。行沽燕市酒，且喫趙州茶。白雲吟題壁，紅塵付落霞。前途無限意，斜日噪寒鴉。

對菊

園内葵初謝，籬邊菊已英。黄花猶舊蕊，白髪更新莖。莫負林泉約，終期松柏盟。公餘來對酒，應見古人情。

秋仲旋自省門西遂道中口占

汴水遥天外，旋車指信陽。戍烟迷蔡寨，驛樹向吴房。斜日蕎花白，秋風豆葉黄。淮西問遺蹟，雲水但蒼蒼。

書壁詩後

沙彌細剔琉璃焰，照見新題壁上詩。青鬢漫嗟來日短，紅塵真悔挂冠遲。知音千載中郎聽，繼美當年水部辭。我欲溯洄從二妙，春雲秋水論相思。

和庫部耒園先生寓齋僻地蒔花原韻

幾畝芳畦手自澆，紅妝新浴不勝嬌。盆山四面開圖畫，綺架千行列翠翹。行酒藏花拈荳蔻，題詩蘸墨寫芭蕉。日邊五色雲如錦，影共江郎彩筆摇。

行至廣寧門外雨仍不止

行近春明石路紆，奔流淺瀨界菰蘆。低雲誤鳥密於網，秋雨滑人濃似酥。半嶺山光看約略，層城樓影見模糊。十年宦況傷頭白，清夢依然繞帝都。

游賢隱寺因登山絶頂

其一

博得公餘半日閒，頓抛塵俗叩禪關。隔林清磬雲中寺，繞徑蒼松雨後山。境静真能成大隱，地空何處證無還。眼前花竹維摩偈，住相優曇盡可删。

其二

小駐招提信去留，隨風吹上碧峰頭。欲窮寥泬疑無地，任眺河山不藉樓。楚豫雄關雲北向，齊梁軼事水東流。時和恰共豐穰樂，可但登臨紀勝游。

秋日葵園即事

退食清齋晝掩門，蕭槮廨舍儼荒村。小園聊得藏鳩拙，老圃猶能皺菜根。客話正濃茶欲熟，銜籤已罷酒初温。秋成又喜嘗新稻，甘苦輿情可共論。

目病

病來每惹詩成祟，苦極翻安藥當茶。赢得風光閒破悶，一簾春影上梅花。

自題《味泉圖小照》

汲得新泉貯石罌，蘭芽小摘帶雲烹。年來嘗徧江湖味，不及山家水較清。

金思義

思義，號曉巖，天津人。乾隆四十六年進士，官陝西宜川縣知縣。

《津門詩鈔》：公嘉慶甲子、丁卯陝西鄉試，分房所拔皆秦中之秀。

竹牀詩爲張楚山先生賦

拂袖歸來鬢有華，一牀相伴足爲家。攜將江右高眠日，坐對河東照眼花。掃榻正堪招六逸，睡心差勝覓三車。他時載向新城去，肯爲無氈更怨嗟。

祝德全

德全，字葆初，號午橋，吴橋人。乾隆四十六年進士，官山西潞安府同知。有《葆初詩草》。

哭儲石珊

歎君貧病竟無兒，落拓都門老畫師。乞得酒錢如性命，率吟詩句亦風姿。羈身朱邸成何事，埋骨青山未有期。寂寞妝臺留隻影，墨痕和淚染淋漓。

荆塏

塏，字朗公，號退齋，安肅人。乾隆四十六年進士，官廣東嘉應州知州。有《片石山房詩稿》一卷。

鶴仙和韻見示，復成一律

卅年蹤蹟共炎寒，兩鬢相看各已殘。世事浮雲饒變幻，宦途滄海任波瀾。苔痕印屐仍餘碧，楓葉經霜欲上丹。何日故園松菊底，與君細酌倚闌干。

姚逢年

逢年，原名永年，字華山，號蔗田，天津人。乾隆四十六年進士，官安徽太平府同知。

舟行遇雨

薄寒侵古岸，風雨夜交加。遠浦愁雲重，孤帆片影斜。病衰難恃藥，官久已無家。不覺重陽近，悠悠感歲華。

劉東里

東里，字也僑，慶雲人。乾隆四十八年舉人，官山東博山縣知縣。

蒙陰道中

歲晚蒙陰道，崎嶇翠靄間。野泉流廢路，黄葉染秋山。村酒留人醉，清風送客還。寒雲遥望處，疑是穆陵關。

題王松巖畫山水

十里春江寫碧痕，疏林遠岫夕陽村。山人不解繁華事，過盡韶光獨掩門。

李簡

簡，字廉村，號有山，武邑人。乾隆四十八年舉人，官廣平縣訓導。

《紅豆樹館詩話》：慶雲崔孝廉光典乙未秋試，號舍中遇武邑李生，言及伊祖簡有歷朝畿輔詩選本，因卷帙繁重，屢欲村剞劂而力未能。此事予得之念堂大令，輾轉訪求，武邑李廣文士偉爲鈔寄若干卷，搜採既多，醇雜參半，係未成之書。惟内有李剛主、王崑繩兩家，俱以經學古文名世，所著書已録入《四庫全書》中，詩則流傳甚罕。又中載文安紀氏一家言，如紀遴宜等數人皆此編所未備，因爲補入。崔氏喬梓之留心文獻，與李君搜輯鄉先輩遺作，其功均不可没，故并志始末於此。

秋夜

六合湛明月，高齋月影中。地渾成積水，人似在遥空。清響風敲竹，秋痕露浣桐。悠然雲漢表，應許夢魂通。

雨夜泊吴江

隱隱輕雷落遠汀，蕭蕭暮雨雜波聲。客愁一夜添多少，春水吴江處處生。

王振緒

振緒，號蕙圃，寶坻人。乾隆四十八年舉人，官蔚州學正。有《澹園草》。

秋日望田盤懷達真上人

極目沉寥天，名山列眼前。白雲迷古剎，紅樹羃寒烟。雁冷鐘聲度，霜高塔影縣。不知蓮社客，誰伴遠公禪。

劉昇

昇，號東溪，高陽人。乾隆四十八年舉人，官平鄉縣教諭。有《東溪詩草》。

暮過溪上

緑陰仄徑不分明，葭葦風來葉有聲。溪上屢吟還獨過，籬根寒犬吠人行。

欒立本

立本，號飛泉，天津人。乾隆四十八年舉人。

《津門詩鈔》：飛泉先生奉母至孝，居母憂時，著《慤思録》以表其親。

《紅豆樹館詩話》：飛泉留意風雅，嘗輯津郡前輩詩若干卷，爲《津門詩彙》。在梅樹君廣文《津門詩鈔》之前，惜未見傳本。

自題《慤思録》

其一

翦刀纔暇理殘編，鐙火熒熒手自箋。此日不堪披卷讀，傷心猶帶墨痕鮮。

其二

列鼎生前志已違，空餘肴核薦空幃。自慚反哺輸烏鳥，得食猶能向母飛。

高爲泌

爲泌，字柚山，任丘人。乾隆四十八年副貢生，官無極縣教諭。

送邊鏡池之官蜀中

誰續文翁循吏篇，劍門形勝古今傳。未忘琴韻流三晉，且盼棠陰布兩川。魚復雲横籌筆驛，峨嵋雪映浣花箋。知君退食饒清興，應有詞源倒峽泉。

邵玉清

玉清，字履潔，號朗巖，天津人。乾隆四十九年一甲三名進士，官國子監司業。

題緑陰春泛圖

咫尺横塘路，披圖逸興遥。春深鶯語滑，風軟柳容嬌。欸乃聞柔櫓，依稀度小橋。雙柑攜酒客，畫裏坐相招。

張德懋

德懋，字允昭，號芥洲，又號研儂，滿城人。乾隆四十九年進士，官户部員外。有《石蘭堂詩》九卷。

徐紹薪《傳》：公性敏强記，嗜學不輟，雖寢食未嘗釋卷。尤工詩，出入諸家，自成一體。爲人重交游，急然諾。官京師，交日廣，客日盛，特不知會計，與客劇談深夜，無倦容，非其人不能作一語。戊申典試雲南，次年會試分校官，久不調。同輩後先膺膴仕，公以諳曹司事，故久留。已而得末疾請告，貧不能歸，卒於京師，年四十七。

周厚轅《序》：詩筆奇崛，每與江山争勝，杜韓與蘇皆赴腕下。其到處，皆前人所未道也。

《紅豆樹館詩話》：石蘭詩意取師心，法必摹古，清鏘排宕，一歸風雅之正。全詩分《河朔》《宣南》《古耕》《滇行》《五溪》諸集。君殁後，子縉雲明府刻於閩中者也。君詩筆捷敏，豪於飲，每飲必作詩。同時輦下名士多與往還酬倡，使天假以年，自能縱横變化，成一大家，所造固不止如是也。

雨後夜坐

暝色入西嶺，新月升東林。天空净殘暑，夜氣何蕭森。夕陽起苔徑，薄冷生桐陰。流螢亂星影，凉露沾衣襟。冉冉碧雲暮，悄悄虚堂深。清風數竿竹，自作笙竽音。颯然變秋意，歲月感我心。松泉有清聽，一寄丘中琴。

清溪洞

十里清溪流，微波緑於染。石根互吞吐，巖洞開重隒。洞底谽虚無，溪光明瀲灩。老僧此結社，傍石架崖广。長松鼓磊落，細竹依荏苒。幽鳥去遲遲，啼猿嘯冉冉。陰雲起清晝，膚寸興有滃。白雨忽飛來，飄騷千百點。因懷杜陵興，茶瓜共枕簟。小坐頓忘言，溪風自摩颭。

中秋攜家雨巖同年步月至黑窑廠作

霽宇湛空明，天高月痕廣。清寒起叢薄，凉意送遥響。碧雲澄萬里，野色赴莽蒼。攜杖步崇岡，四顧真虚敞。星光落疏點，微火透林莽。暗蛩寒自弔，蛛絲罥成網。露濃草木香，人静西風爽。緬惟廣寒游，此夕深遐想。誰家横笛音，清切緑雲上。

雨後山泉盡發，四山作響，欣然賦此

雨氣透山骨，骨膏山亦潤。玲瓏衆山孔，泉脉如新濬。涓涓細流滴，活活盈科進。落落垂天紳，泙泙揚鉅刃。一痕畫蚓竅，萬派戰鵝陣。白龍奮之而，赤驥快奔迅。簫竽奏美人，琴瑟鼓田畯。張樂聞洞庭，鳴球記虞舜。吹笙或擬王，歌鐘似分晉。洪纖非一響，遠近遥相印。始知山水音，自然聽不盡。我懷左太冲，振衣在千仞。

春陰連日即事有成

癡雲未放晴，飛雨落何處。濕烟不著地，濛濛閣高樹。閒簾納春色，春風半涼燠。翩翾榆莢錢，繞砌紛成聚。藤梢三兩花，一穗珠纓吐。芬葩各有情，若惜春將去。呼童翦荒薉，亂草當階除。苔青護舊痕，菊緑分新圃。一庭葱蒨間，聊可容予步。何人載酒來，更爲留春住。

雨過淘飯坂

泄雲不歸山，密雨猶抽繭。層峰峙眉睫，巚巚凌飛巘。盤空疾過鳥，屈路縈迴篆。蜿蜒掉尾蛇，犖蝸錯牙犬。輿人奮登陟，步步愁⿰齒彡棧。先升鉅壑超，餘勇莓苔踐。昂首望峰巔，林巒圖畫展。千巖流瀑爭，百道轟雷轉。烟霏變濃淡，山色隨深淺。濺濺溪流奔，悠悠前路緬。何人村塢中，重茅濕不卷。

南西門外作

其一

青山各低昂，迎我如相語。招手萬峰巔，共結餐霞侶。我愧謝不能，烟雲深幾許。平生誓墓心，吾廬悔別汝。故山有移文，夢斷秋江渚。

其二

招提在人境，古木鬱禪扉。濃陰森四合，蒼翠紛成圍。池香裊荷氣，款步來江妃。隔林幾叢篠，萬纛環烟霏。修修青鸞尾，戛響調金徽。何年此卜築，趺坐參元機。

送沈香琳同年之官甘肅

赫連臺上黄蒿枯，崑崙北走河聲粗。玉門亭障幾千里，賀蘭山色晴模糊。元光天子自神武，條支大夏歸黄圖。尋源使者問牛斗，護羌校尉來昆吾。中更魏晉及五代，姑臧士馬雄中都。沮渠遺蹟已黄土，傉檀餘烈荒榛蕪。曩霄河西一豎子，洮湟坐制恣睢盱。軍中韓范復何事，忍令六郡遭殘屠。吾皇清宴偏寰海，葱山萬里皆膏腴。么麽小醜嘯狐火，金戈一指膺天誅。殘黎撫字重良吏，帶牛佩犢胡爲乎。織簾先生瑚璉器，崑山之寶隨侯珠。十年燕市寄書劍，春秋偏閱幾蟪蛄。一朝投筆列簪紱，西飛體迅王喬舄。蘆溝橋上重迴首，長嘶果下青驪駒。憶昔與君初握手，棘籬矮屋昂昂軀。雄文一卷溯潮海，筆鋒森露金僕姑。渝泉千畝白河側，蓮花池畔藏芋區。君來時就大牀宿，元龍豪氣相歌呼。覺廬老人今詩伯，前者唱於後者喁。紫陽觀察古廉吏，重君不啻懷中瑜。風塵彈指倏一晌，舊游東逝如須臾。碑成有道蔓荒草，塵埋玉樹徒嗟吁。山陽鄰笛倍悽愴，酒樓太息黄公壚。君今匹馬西涼去，秦山隴水縈盤紆。羌兒打鼓賽囉唄，番童膜拜投戈殳。瘡痍自起肉白骨，今也五袴昔無襦。懸弧曾記我生日，先子作牧金城隅。牧圉一別三十載，文翁遺愛猶存無。因君此去更惆悵，父書徒讀慚顓愚。

華巖洞

仇池古穴通小有，地肺朱陵鬱蚴蟉。媧皇餘石落蠻天，嵌影玲瓏開洞口。谺谽一厂廠風檐，窈窕層崖斷杵臼。千年鐘乳結流膏，萬斛珠泉瀉天酒。苔衣石髮亂鬔鬆，古雪堅冰積林藪。陰沉六月凛清寒，團扇何須常在手。應真飛錫記西來，法界華嚴無浄垢。欲將頑石點人心，特借真容留不朽。重巖複壁巧相通，璧府珠宫還待扣。劇憐換骨乏金丹，咫尺靈威赫相守。桃花一棹返漁舟，洞口溪流日清瀏。

柘田以舊藏清閟閣蘭亭索賦

昭陵玉匣埋塵土，五字未損誇定武。絳潭摹刻祗皮毛，世間真本何人睹。君家集古邁歐陽，金題玉躞森琳琅。就中此卷更奇絶，紅泥小印雲林藏。當年清閟開幽閣，漢刻秦碑紛錯落。圖成十萬供摩挲，浄洗梧桐香茗瀹。興來落紙畫銀鈎，會稽墨妙差能侔。天門鳳闕躍龍虎，家雞野鶩原非儔。雲烟過眼一飛鳥，閣中人往餘秋草。蘭亭逝水倏東流，獅子林空隔縹緲。斷縑零落出人間，延津劍合來重淵。璠璵豈止萬金寶，飄泊經今五百年。多君素有籠鵝癖，什襲重看留妙蹟。永和上巳至元時，尚友從今稱莫逆。

憫忠寺弔謝文節公

白雁飛來江欲曉，平章舊宅荒烟繞。遺孤三尺痛厓山，道清已上僉名表。建陽賣卜復何人，鬖鬖白髮隨孤身。錢塘一角天涯外，杜宇冬青又幾春。一朝尺蹄江南路，遺民共上徵車去。首陽餓骨冷空山，千載英靈閟何處。憫忠古寺城南隅，當年卧病依僧廚。壁間太息小女子，誰能忍死還須臾。

吁嗟兮！六陵無地埋荒骨，汴水吴山日崩突。凄凉柴市有同心，忠魂夜泣燕臺月。

久雨不止，居屋盡漏，書此遣興

舟居無水陸無屋，隨意移家同雁鶩。一椽塹僦伯鸞居，數竿便種王猷竹。愁霖三日勢不止，滿壁蔓涎看蝸縮。三重茅草濕淋漓，一綫飛泉漲平陸。蘚痕忽訝澀釘頭，幽點頻驚濺書簏。燈昏室暗夜柝繁，幾處移牀難就宿。生平學書苦未得，漏痕且掃中書禿。杜陵老屋破秋風，萬間大厦思重築。幽人有志苦未酬，愁聽虚檐響飛瀑。

滎澤渡河

生平夢作乘槎游，銀潢屈注浮扁舟。醯雞自守甕天舞，雖有遠夢無能酬。今來奉使莅洱海，江山萬里隨行輈。滹沱問渡鎮州郭，濁漳東逝源發鳩。詰朝津吏一來報，洪濤咫尺黄河流。黄河之水出天上，導源遠自崑崙丘。龍門積石施斧鑿，禹績所到神功留。年來濬築固磐石，兩河從此安鋤耰。榜人理棹聲邪許，蒲帆十幅風修修。馮夷打鼓若相迓，文魚奮鬐乘空游。微波乍興輕浪發，翩如一葉當中浮。舉頭四望極蒼莽，豁然胸臆開雙眸。温原懷孟互襟帶，滎陽汜水連咽喉。大行西峙幾千仞，倚天長劍摩清秋。可憐廣武一抔土，英雄豎子飄浮漚。乘風我欲溯雲漢，下視九點烟齊州。斬蛟投璧更何事，區區一怒羞陽侯。卸帆迴首坐相顧，雲濤萬古空悠悠。

過萬柳堂感賦

國初以來號賢相，當時共數馮益都。致身久已比房杜，遭時恰好逢唐虞。沙堤歸來暫休沐，引泉疊石城南隅。繚垣曲折帀十里，坡陀仄徑盤徐紆。長橋宛轉落虹影，危亭樹杪當山嵎。雜花芳草絢晴晝，竹風松籟吹笙竽。就中垂柳一萬樹，鵝黃淺色清陰敷。飛花作雪舞輕燕，柔條弄絲藏啼鳥。堂成遠慕廉夫子，清心味道真吾徒。東吳名士至千里，共招酒伴相歌呼。迦陵陳其年序筆擅奇絶，名園一記推髯朱竹垞。當年文物自千古，風流前輩今則無。我來適值百年後，欲尋舊蹟迷榛蕪。頹塘半圮蝕古蘚，淺池欲涸成泥塗。小桃初放破紅頰，蘆芽始茁聞提壺。魏公莊土任耕稼，菜畦幾畝連芋區。從來興廢遞推嬗，繁華今古原須臾。蘭亭修竹杳已矣，彭殤一致理豈誣。冶泉山水更何似，海雲東望空躊躇。

宿牛欄山野人家

炊烟帶茅屋，暝色板橋西。一榻隨緣足，千山入夢低。林園成小聚，雞犬羨幽栖。明日徵塵影，清寒徹馬蹄。

荆州

其一

莽莽荆州地，重關牢落中。三分勞戰伐，今古幾英雄。客自依劉表，營還説吕蒙。蒼茫戍城外，目極大江東。

其二

水氣全吞日，濤聲欲拍天。地通三峽尾，人下九江船。縣邑分夔國，雲烟接漢川。渚宫何處有，芳草自年年。

懷化驛

十里足清曠，千崖望轉高。溪農分稻穎，村女爨松毛。石溜划船穩，棕皮補屋牢。驛亭隨小憩，甕底熟香醪。

清化驛早行

蘭江渡後又涔河，複嶺重岡策馬過。蟋蟀咽凉秋思早，棕櫚戰葉曉風多。萍花一畝分鷗鷺，松徑千山暗薜蘿。我欲揚船問湘浦，大江渺渺洞庭波。

馬底驛阻雨與立齋夜話

春鶊秋蟀幾長安，名士真同畫餅看。風雨十年成褦襶，功名一枕笑邯鄲。秋蒓衹合江鄉老，落鞠徒供楚客餐。今日與君眠對榻，卧聽檐溜滴清寒。

黄平州

青溪南去路崎嶇，地入黄平景物殊。藷芋朝餐傭犵女，畬田夜火糞獠奴。猿啼蝠伏峰迴轉，霧積烟霏路有無。一葉倏驚秋信早，涼風悽惻落鑾都。

戲柬朱柘田

杞菊蕭條又幾旬，太常齋日足清貧。揶揄隨地由山鬼，頤養從今有谷神。往日秦優多雨立，異時楚客唱陽春。與君更結城南約，修竹千竿願卜鄰。

柘田用前韻見答復依韻和之

朝參懶去動成旬，五斗何堪粟里貧。拚飲未能疏酒伴，苦吟獨自祭詩神。禁烟時節家家雨，鬭草情懷處處春。解道長安行樂地，畫樓簫鼓是東鄰。

題寓齋壁

丈室重開選佛場，依然三宿戀枯桑。但知坐嘯依修竹，不信無詩到海棠。隔院樹陰涼送雨，入簾花氣夜添香。由來吏隱多蕭散，未羨中書食萬羊。

緑陰

柳綿吹老燕飛低，漠漠輕陰嫩緑齊。十里碧雲芳草渡，一村疏雨落花泥。溪橋倩影遮漁艇，野店迎涼趁馬蹄。更借遥山添晚翠，蔚藍迴合夕陽西。

馬伏波祠

赤伏真人萬乘才，赤心猶未免疑猜。頓忘側貳稱兵日，争見梁松下拜來。萬里功名悲絶域，中興圖畫失雲臺。可憐異代還祠廟，月黑深山杜宇哀。

沅州

竹坪行盡復松坪，不斷青山共送迎。躅躑花明村店曉，葡萄水漲夜航輕。瘦藤古木圍荒寨，碎石奔流繞故城。何處槿籬編院落，茅檐鐙火讀書聲。

偶成

春風纔别又經年，翦翦輕寒穀雨前。歸雁帶雲來極浦，暮鴉銜雪没遥天。瓶梅半老花留信，窗燭將殘月隱弦。閒説城南春事好，緑楊堤外草如烟。

五溪歸棹吟

滇黔之間，多山少水，惟鎮遠至常德可以舟行。然水束兩山間，流駛而峻，比之贛灘、巫峽亦不少遜。余於十月杪登舟，時江水漸平，灘石穎露，舟行其間，殊不苦惡。遠望四山，白雲紅樹，處處作設色，畫王孤雲文待詔，固覺去人未遠也。率成百絶，以其地近五溪，故名之云云。選入。

其一
水淡山濃欲曉時，遠人無目樹無枝。平林更没遥山角，一幅瀟湘米虎兒。
其二
峰巒缺處斷霞明，林鳥鈎輈叫晚晴。一縷濕烟飛不起，夕陽纔下晚潮生。
其三
蠻方十月未零霜，清露還滋百草香。幾樹棕櫚翻葉暗，連村橘柚逐人黄。
其四
秋來野草碧多情，秋盡江流漸少聲。好借瓜皮一雙艇，過江東去摘新橙。
其五
魚雲千片爚朝霞，竹屋松門斷嶺遮。開徧瓊林三百樹，滿山香雪看茶花。
其六
美人何處采蘭茳，木末芙蓉影自雙。一卷離騷一尊酒，輕橈載我到沅江。
其七
四壁濤聲撼古松，濕雲濃透兩三峰。荒村卧聽瀟瀟雨，衹欠寒山寺裏鐘。
其八
拒霜已老絡枯藤，山骨寒添瘦幾稜。孤負秋聲吹樹杪，小窗何處讀書燈。

新店驛

隱隱輕雷過野塘，日長欣就北牀凉。清風六月真無價，一樹松毛滿屋香。

查彬

彬原名曾印，字憩亭，宛平人，爲義孫。乾隆四十九年進士，歷官河南信陽州知州。

瀍淵雜詠

其一

蒹葭夜雨三更遠，楊柳秋風一徑疏。漁火依微人静後，硝河坡上雁來初。

其二

豆花籬落雨花濃，幾樹梧桐四壁蛩。砧杵千家秋月夜，夜深東寺一聲鐘。

張端城

端城，號硯溪，南皮人，慶長子。乾隆四十九年進士，歷官江蘇按察使，改順天府府丞。

《津門詩鈔》：念堂自都來，攜先生詩一卷，多佳句，如『人家烟雨外，鳥道石橋西』『峰勢隨雲活，鐘聲過澗遲』『遠烟迷碣石，細雨見蘆溝』『孤雲生絶巘，飛鳥戀斜陽』，俱有唐音。

西園即事

端居人蹟少，檻外日初長。春雨不成點，桃花紅過牆。閒雲停作片，虛室静生香。自笑從前拙，輪蹄爲底忙。

過吴舍人故宅

接葉亭前樹，春來發幾枝。當年人不見，燕子爾應知。幻影爲君感，浮生亦自悲。舊游漸零落，争怪鬢如絲。

送崔孝廉旭下第還鄉

賓主剛三月，胡爲馬首東。鬚眉同賈島，詩命似崔峒。涿鹿徵馱穩，津門水驛通。到家如有作，風便寄來鴻。

張源

源，字問渠，號匯一，安肅人。乾隆四十九年進士，官貴州都匀縣知縣。有《必爲軒詩稿》一卷。

大龍舟次

十載未歸人，孤舟楚水濱。黄花仍對酒，紅葉不知春。浩渺三山路，飄零九陌塵。桃源何處是，鼓棹問前津。

乙丑除夕

青山不改舊時青，白髮新添又幾莖。三徑寒花五株柳，此間合有四休亭。

李景程

景程，字豹仲，號余山，景州人，基塙子。乾隆五十一年舉人。有《紅素山房詩鈔》。

李景鄴《序》：余山少受學於德州宋蒙泉、李秋崖兩先生。工書能詩，老而嗜古不倦。有索書者，輒書所作與之。

和王原莪見過

村居常宴起，中飯已黄昏。木落風鳴牖，霜清客到門。鐙前一笑傲，塵外幾涼温。散帙阿連在，奇文時共論。

鄉思

投老遠栖遲，層冰落日時。長烟連夕市，獨鳥在寒枝。子美杭州弟，青蓮東魯兒。無人問索莫，逐物漫推移。

贈別曹舜音表丈

舊姻能有幾，歲序邈如何。歡會年來少，離情老去多。敝廬談皎月，往事問驚波。明日巾車早，秋空望曙河。

高占魁

占魁，字約齋，號亭嵐，遷安人。乾隆五十一年舉人，歷官山東濟寧州知州。有《三味齋稿》。

《紅豆樹館詩話》：約齋宰霑化十年不調，霑化地瘠，約齋以清静治之。衙齋蕭寂，幾欲比潔萊蕪。嘉慶癸亥，邑大水，約齋躬親履勘，洪濤没馬腹，不辭勞瘁，捐俸賑給，全活無算。霑地濱海，漁户日供官魚，歷任以爲常。約齋至，却之。人曰：『官日食一魚，取於漁者廉甚，何却爲？』約齋曰：『吾食一魚，吾幕食焉，吾僕又食焉，吾胥吏又食焉，漁之日供者，恐百魚不給也。何爲而不却？』鐵冶亭宫保撫山東，廉其清慎，以卓異薦，調冠縣，旋升濟寧牧。甫三月以病引去，卒於濟南。囊篋無長物，人尤稱其清介云。

送竹樓歸合肥即步留别韻

其一

仕路崎嶇蜀道難，期君砥柱挽狂瀾。纔覘濟世書生業，頗解雄心老將鞍。薄宦竟同雞肋棄，浮名誰作豹皮看。壯懷不爲塵緣淡，別墅圍棋仿謝安。

其二

與人無忤世無争，恬退翻教別恨生。歷下名泉留險韻，江南福地足閒情。六朝金粉經心檢，三徑松花著意營。一葉扁舟帆正飽，雲鄉水國證鷗盟。

癸亥季冬病劇，李半山先生醫治，經旬始愈，感賦以謝，兼志病狀

其一

浮生原是鏡中人，病裏偏多未了因。空誦杜詩驅瘧鬼，誰搜韓集送窮神。驚心幾徧君籠藥，苦口難嘗海外珍。料得玉樓無位置，蜉蝣暫寄百年身。

其二

心如槁木意如癡，鎮日單餐薄粥糜。想是甘瓜寒暑胃，多因苦茗破詩脾。人緣久醉醒宜晚，船到回風轉固遲。常凛夜深霜雪冷，蒙茸欲脱又重披。

其三

鏡裏天光一色秋，盤餐菽水厭珍羞。丹田火冷新芽暖，銀海光飛曉霧收。壑掩虛舟風乍定，身無媚骨體偏柔。何時杖履離禪榻，好與先生結勝游。

徐通復

通復，字體誠，號菊圃，天津人。乾隆五十一年舉人，官内閣中書。有《菊圃詩草》。

送謝默夫之北平

匹馬向榆關，山河路曲盤。黄雲知塞近，白日照人寒。兩耳秋聲滿，三叉落葉殘。何從問消息，碣石霧漫漫。

季雲帆自豫入都，迂道來訪，賦贈

憐君四十尚蹉跎，五載風塵失意多。身世鴻濛何日闢，關山魑魅厭人過。悲來慷慨憑闌嘯，話入蒼凉拔劍歌。搔首青天訴真宰，滄溟霧起障星河。

途中口占

春泥滑滑雨凄凄，一帶烟村赤岸西。借著漁簑過橋去，亂山無影鷓鴣啼。

馬廷燮

廷燮，號梅亭，獻縣人。乾隆五十一年舉人，官江西靖安縣知縣。有《梅亭遺稿》。

游永濟寺

峭壁疑天鑿，雲移山半陰。晚風清磬遠，落日大江深。諸佛低眉坐，孤僧抱膝吟。禪宗懷默默，陳蹟杳難尋。

章江門

經年宦海倦南遊，才數歸程已及秋。惟有西山解留客，今晨青入隔江樓。

沈嶧

嶧，字東巖，號簡庵，天津人。乾隆五十一年舉人。有《鶯鳴集》。

《津門詩鈔》：公清癯善病人，有東陽之目，嘗以『桂樹小山招隱士，桃花流水憶秦人』句得名。

長日遣懷

繭縛真無解脱方，欠伸聊復倚藤牀。夢回喚侶鷗沿瀨，目送尋花蝶過牆。藜杖人稀思舊雨，葛衣風好待新涼。茶甌書帙消長日，差似鐘魚古佛旁。

見賣芍藥者有感

四月東風尚嫩寒，不教紅紫怨香殘。錦幃絳蠟知無分，贏得春光擔上看。

龐世騮

世騮，字漢亭，景州人。乾隆五十一年舉人。有《槐陰存草》。

趙北口早發

遥瞻碧漢起層虹，十里長橋一綫通。兩岸清溪隨去馬，幾行烟柳趁歸鴻。晨光隱約浮徵轡，漁火依稀下釣翁。趙北燕南誇勝地，西山爽氣畫圖中。

樊宗浩

宗浩，字涵輝，號曉齋，天津人。乾隆五十一年副貢生。有《硯圃山房遺稿》一卷。

卧病寄宋槐亭

卧病梁苑東，不知秋已暮。深巷寂無人，鳥雀填門户。凉飈一蕭瑟，落葉集庭樹。静聽寒蛩鳴，凄然畏霜露。故人期不來，迢遞隔烟霧。何時命扁舟，訪我夷門路。

樊宗清

宗清，字印山，號蔭珊，一號湘川，天津人，宗浩弟。乾隆五十一年副貢生，官四川蒲江縣知縣。有《留餘山房詩集》二卷。

齊嘉紹《序》：湘川操履端淳，宅衷醇粹，性落落難合，間以吟詠自娱，所爲詩率皆隨境揮灑，流露自然，不爲藻采浮聲，而志凝聲遠，淵乎可思。

《紅豆樹館詩話》：蔭珊自蜀中解組歸，日事吟詠，性恬淡篤摯，與兄弟相有愛。家多藏書，手自評校，丹黄爛然。年七十餘猶孜孜不倦，晚嗜内典、華嚴、尊勝之書，靡不研覽，長日閉關，清齋自奉，詩遂不多作云。

仲升吉賦長歌見贈，短句奉酬

與君叨世好，相見倍情親。班馬能文手，維摩善病身。才多終有用，年壯莫嫌貧。感愧瓊琚贈，官微白髮新。

游秦園

名園依惠麓，蠟屐此淹留。古木盤山出，清泉繞澗流。題碑思睿賞，夢草憶來游。今日登臨處，春風獨倚樓。

題留餘山房

攜帚朝朝自掃除，斜廊深處宛精廬。添香細養鑪中火，搜蠹頻翻架上書。鐙影一龕人定後，茶烟半榻客來初。偶憑烏几閒尋句，漸覺春光透綺疏。

甲馬營弔朱彝祖

山中一笑蹇驢驚，三百年來卜太平。揖讓家庭齊舜禹，從容杯酒伏韓彭。肯教榻側留鼾睡，可信鐙前有斧聲。王氣於今銷蔓草，挂帆東過弔香營。

輓錢讓山參軍

手翰殷勤寄道途，驚聞此日歲星徂。方嫌解組三年早，不信人生七十無。津水結鄰通笑語，湖田訪舊一歡呼。而今再入西州道，怕見黄公賣酒壚。

送劉醒薌入陝赴補

短衣長劍入西秦，珍重天涯欲去身。到眼山川皆舊蹟，傳聞道路尚風塵。漢宫花草登臨古，邠地農桑土俗貧。我自江東抽手版，每逢折柳一傷神。

旅寓書懷

默坐焚香度歲華，無人知是宰官家。閒庭雨過生秋草，老樹鄰多噪暮鴉。客到厭聞談枳棘，書來驚看説風沙。三巴景物原如此，懶種河陽一縣花。

王芝田自楚至吴流連數日，即送旋里

一著徵衫向楚濱，思君不見兩經春。那知萬疊雲山裹，帆落吴江是故人。

國朝畿輔詩傳卷五十

翁樹培

樹培，字宜泉，大興人，方綱子。乾隆五十二年進士，歷官刑部貴州司郎中。有《翁比部遺詩》一卷。

翁方綱《傳》：兒生於乾隆甲申，余方渡海試瓊州，占者曰：『此兒壽命不長，宜出繼異姓爲子，或可免及。』北歸以語同年錢萚石，萚石曰：『是宜爲吾子。』遂攜至錢家，萚石名之曰申錫，字曰申之。是時余以再入翰林，預修四庫書，日事校讐，不暇爲舉業課計，兒獨窺所校《説文》嗜之。雖案有他家墨帖，皆所不願學，惟篤好摹寫篆隸。其後習舉業，而不嫻詞藻，專力校勘，於史家年月、歷朝年號後先同異，如鍾廣《漢建元考》、萬柘坡《紀元韻敘》諸編，尤所詳核，於洪顧諸家泉志更爲該悉。予亦望其將來從此博涉考訂之學，庶幾有成，而孰意竟止於此。乾隆丙午，舉順天鄉試，丁未成進士，改庶吉士。己酉授檢討，嘉慶丁巳御試三等，補刑部主事。辛酉、壬戌會試充同考官，己巳升貴州司郎中，俸滿引見，蒙恩記名，以繁缺知府用。感激恩遇，日夜思所以展力圖報稱職者，實則無他長才，惟有能細心校勘訛字。自本章文移及司稿案册，繼以夜歸，篝鐙詳看，夜入值宿，或備奏西苑，皆件繫手抱。每五鼓趨入，則夜半即起，以此爲常。其後乃習飲酒，積毒始發於目，漸不能治官書，遂至不救。著有《錢録》若干卷，於分隸最所究心。去年秦敦夫於揚州鐫《淳熙隸韻》，兒欣然有志校讐，昨敦夫以拙著《隸韻考正》二卷續刻於揚，亦寄一本於兒，俾附名其後，而已無及矣。

《紅豆樹館詩話》：自來泉譜如唐封演以下諸家多不傳，傳者以宋洪遵《泉志》爲最古。第其書，雖曰賅博，不無附會。宜泉前輩旁搜博采，垂十餘年，綜括成編，亦可稱專門之學矣。詩無刊本，此卷得於葉比部志詵，排纂妥帖，比之蘇氏斜川，不失長公家範。

題錢舜舉張麗華侍女汲井圖，擬作

望仙樓閣珠簾卷，深院春寒轆轤轉。内家宫樣淡妝成，曾侍翠華隨鳳輦。小來從幸臨春宫，瓊花璧月君王同。金盤進酒玉階冷，銀牀露重雕闌空。新聲狎客清歌罷，秋風團扇昭陽夜。承香一曲後庭花，樓船十萬臺城下。當年侍女汲寒漿，後日隋師入景陽。君不見，金陵宫裏燕脂井，化作燕脂淚幾行。

吴漁山山水卷自題云：『康熙乙亥秋，耕烟先生見訪屬寫。』

漁山石谷同學朋，派共烟客廉州承。後來分途互標識，誰爲軒輊殊淄澠。耕烟外史得名早，泰常衣鉢留規繩。亥秋幅紙來乞寫，日慚筆法輪精能。畸人高致異流俗，肯與時輩隨愛憎。眼空骯髒絶磊塊，一掃結習除畦塍。軒軒逸氣照嶺嶠，落落俊骨開崚嶒。想經大洋海東注，沐浴百寶雲霞蒸。蕩胸瑰奇盡收攝，意象恍忽神騫騰。歸來落墨恣渲染，尺幅迅掃彌自矜。斧皴獨取大癡法，瓣香特爇梅花僧。自題清蒼出淡遠，未甘嫵媚趨吴興。雷門豈果擬布鼓，苧村漫自評延陵。麓臺之論信然否，冰綀一月開千鐙。

鄧蓀洲繪雙井圖

鄧生來往江湖間，一官學博猶清閒。寧州背爲分寧縣，訪古遠溯宋以還。涪翁舊宅在修水，釣臺俯瞰明月灣。秀江亭址亦湮廢，崇寧題字埋榛菅。春秋佳日兩度去，墓門草已犁鋤删。焚香展拜讀碑刻，低回躑躅摧心顔。周垣古柏鬱蒼翠，岡巒拱衛川回環。長江如虹宛襟帶，奔湍急溜流潺湲。澄空一望浩無際，層青四面排烟鬟。傳聞雙井在江底，佇視不見緣豈慳。是日天高氣清曠，波光日色浮朱殷。長空無雲倒影碧，晴霞彩射交斒斕。恍如兩月現水面，凹痕印徹雙瓠圜。旋渦盤轉互回折，下有深緑層層灣。須臾交流涌如沸，注想不憚目力艱。歸來齋中卧三日，繪圖作記心手嫻。我因滄桑感今昔，七百載尚留人寰。當年造茶此泉汲，結亭築室遠市闤。村居遷徙滄渠易，龍泉鳳巘餘津關。雪泥陳蹟偶寓耳，公之逸氣垂河山。鄧生學舍薦筍脯，修綆探索嗟難攀。願君欅水訪遺甃，石闌苔款應班班。

李西涯移竹詩卷，沈石田畫

吾齋舊藏種竹卷，中有謝人乞竹詩。行楷篆草諸體備，櫝上刻竹兼刻辭。蘇米齋中繪公像，倩友爲補圖西涯。南軒開窗植新緑，乞種買自城南移。誰知宋子廿年後，詩畫合卷來相貽。此詩還與昔卷證，首尾字句無差遺。卷端石田爲公畫，興酣神到隨手爲。蕭疏樹影蔭茅屋，水邊略彴圍村籬。雙僮擔負致一束，行來曲徑穿透迤。想公小步獨凝立，徘徊佇望撚吟髭。石田韻同玉汝和，成齋半舫揮淋漓。從來移竹審時日，神全竹醉竹不知。匏翁一絶最風趣，想見抱膝聯吟時。羣公雅有此君癖，乞栽分種弟與師。不徒張甥解公意，修篁徧植東西陂。江南陸寬漫摹擬，白石翁印新磨治。慈恩寺旁寄憑眺，修竹巷裏軒鬚眉。公時詩名震天壤，文章彪炳鳴長離。響牐鐘樓渺烟月，沿湖仿佛留遺基。濃陰西郭隔城市，玉堂退直仍委蛇。巋然靈光感今昔，又從善甫齋頭披。三百年來墨緣合，信乎文字精英奇。

題揭鉢圖

厲詩但衍寶積經，前此作者推阮亭。此卷無詩但存畫，淡描水墨非丹青。紛拏變幻鬬俶詭，精怪出没鞭雷霆。飆馳雷掣獸奔駛，刀劍斷折紛雨零。鉢底忽現小兒相，手足卷曲如拘囹。半空天樂下鸞馭，慈光普照留雲軿。我於此圖悟禪指，畫師寓意加丁寧。佛言貪嗔與癡愛，根塵净絶無畦町。爾緣性嗜啖人子，饕餮饜飫汙羶腥。是曰貪心殺機伏，輪回轂轉不暫停。爾緣幼子失所往，七日徧索窮幽冥。是曰癡心墮惡趣，如繭自縛迷難醒。爾作狡獪聚醜類，搴旗揮刃銛發硎。是曰嗔心即苦海，無明焰熾通天庭。爾因弱雛乞援救，涕洟哀籲憐伶仃。是曰愛心著魔障，愛未能割況汝形。四者轇轕互薰染，流派那辨渭與涇。遂興么麼蠢蠕動，蕃孳轂勃生螟蛉。鉢耶非鉢乃佛力，琉璃七寶圓光熒。相與非相難執著，鳩盤嫫母尹與邢。神奸魑魅起妄念，愛魔未許逃天刑。慈悲智慧釋塵縛，空空倒挈軍持瓶。離奇惝怳震心魄，花妖木客招羣靈。人非人兮想非想，青燐佛火輝流螢。李森朱璧不可作，誰與畫手存模型。不徒羅家繪圖擬，好續梵偈傳鐙銘。

陳白陽古木寒鴉

兩崖老樹摇秋聲，疏林摵摵飄紅英。槎枒瘦削倍蕭瑟，俄看數點寒鴉横。横處排空復成陣，欲落不落栖還驚。性果求安便止宿，心緣懷侶猶飛鳴。商飆習習振林谷，紛紛翔集仍回縈。一枝豈不故巢戀，歸羽未定煩經營。烟雲半抹意惝怳，樹杪遮斷紅霞明。長空來往極寥廓，徘徊悵望勞浮生。合離下上得所適，超忽遠近隨遐徵。樹惟見鴉不見葉，夕陽疏影銜山晴。山人静者獨觀妙，機心世慮兩不攖。臨流拄杖意何屬，坐視物化無枯榮。寫生取神不求似，氣味包蓄逾孤清。微烘淡墨漸無蹟，門徑異否衡山評。

吏部藤花廳圖

崦西首倡藤花篇，恨未諸老聯吟箋。緑陰盈庭花滿架，回思手植三十年。補圖又在十年後，斯卷翻以斯圖傳。有明中葉際全盛，廟堂吁咈升羣賢。銓衡職司慎簡任，承明珥筆皆神仙。畫省委蛇日無事，鳴珂佩玉翔花甎。右廂之外南窗前，盤空天矯含風烟。甘棠蔽芾得嘉蔭，雙檜翼翼相鈎連。庭空晝永吏人散，枝垂蔓覆東西偏。解衣盤礴日三匝，濃陰半翳几案邊。文定文恪踵相繼，於兹講學排書筵。後來文敏陟少宰，誰知風景猶依然。興懷感舊仰前哲，酬倡贈答情纏綿。流傳佳話滿吴下，包山粉本彌精研。我因舊聞考朱氏，古藤之記徵莆田。莆田方輿邦，有《古藤記》。一代文章備掌故，百年元氣包山川。寧止三吴紀文獻，流連光景詩清妍。鳳池東南接咫尺，定與柯亭劉井詩同編。

南唐官硯歌背鐫『皇祐三年歐陽文忠記。』

百六十字輝星躔，永叔所得原叔傳。我從皇祐溯保大，後先俯仰已百年。宋興百年盛文治，龍圖學士登集賢。搜碑手題集古録，傳信新訂薛史編。夷陵舟中伴行笈，玉堂儤直供丹鉛。回思初得二十載，雙桂樓下屏風前。牡丹姚魏譜京洛，鸜鵒眼暈摹方圓。公時南京作留守，此硯先已來應天。王原叔，應天人。沉湮棄置忽顯豁，押尾小印精雕鐫。昇平回首憶疇昔，江南野老詞凄然。自言幼時嘗及見，金陵舊有負郭田。先朝元宗重文史，縹緗器具皆精妍。承明石渠富珍秘，廷珪之墨澄心箋。是時歙州置硯務，餼廩月給唐國錢。龍尾山頭劚蒼骨，羅紋坑底淘清泉。尚方歲取有程課，箕裘世業彌精專。溪流漸湮山脉斷，滄桑變後歲月遷。摩挲此硯三歎息，無端棖觸增流連。一代繁華説江左，萬古靈秀鍾山川。李少微名漫題記，謝景山瓦曾周旋。

琅邪臺秦篆

史言秦碑六刻石，碣石之刻古未聞。繹山摹本出徐鄭，岱頂方石經火焚。或云之罘墮海嶠，會稽篆亦非原文。瑯邪石閲二千載，獵碣而後誰與羣。秦皇爾日神仙慕，海上曾經翠華駐。磨厓作頌紀成功，飭俗安民平法度。從臣橐筆勒貞珉，署尾頭銜姓名具。遂窮渤澥望神山，遠移黔首編屯戍。層巖屹立高崔嵬，藤蘿蔓結封塵埃。天風蕭蕭海潮汩，神物呵護留山隈。石紋迸裂變青黝，半面泐斷聞奔雷。十行謹存二世詔，夜半灼灼星芒開。遥想熙寧密州守，鈎摹嵌置超然臺。文勛刻本今轉佚，莫以此石輕疑猜。五大夫字竟完好，仿佛篆譜留烟煤。宋劉跂《秦篆譜序》云：『余家所藏琅邪殘字，有五大夫字。』巋然靈光峙東海，榑桑輝映瞻蓬萊。

林外得碑圖爲何夢華題

殘碑歲久埋榛蕪，至聖林外之一隅。牆隅隙地極空曠，每禁收采叢樵蘇。茫茫平壤鬱元氣，盎盎厚脉蟠神區。異哉光芒露石角，絲竹夜半聞笙竽。流螢飛光照苔緑，風雨蘇蝕穿與趺。何郎循牆步傴僂，摳衣注視神踟躕。鳩工揮鋤具畚鍤，短碣三尺升須臾。摩挲洗剔質蒼翠，偏傍尋繹文模糊。元年青龍在乙未，稽諸永壽千支符。掾守長史兼相事，德施州里恩交孚。緬惟闕里溯譜系，十七世恰當東都。聖裔名賢每輩出，履方約變洵通儒。何郎嗜古獲奇遺，滌碑手訂前人誣。寶氣熊熊剖隋璞，眼光炯炯探驪珠。重來曲阜扶幽秘，更補志乘搜輿圖。同文門邊式景仰，想像禮器陳籩觚。

宋商丘藏《漢西嶽華山廟碑》

四明本與華陰本，未得借對同摹臨。西陂墨寶今始出，延平劍合銛霜鐔。裝池尚仍王氏舊，護持幸未生兔蟫。流傳河北到吳下，中丞什襲珍球琳。南原何年撫隸字，援引碑記徵亭林。蘆墟百本率湜牘，沿誤寧止金冬心。晴窗響搨悟筆妙，波磔起伏皆可尋。肥瘦勻圓露風韻，廓填細綫抽芒針。古光油然盎楮墨，精采煥發彌深沉。中郎書格此圭臬，欲以蠡測知蹄涔。緊昔西京郅隆日，歲時秩望神居歆。岧嶢太華峙雄鎮，峻倚碧落凌崎崟。有司立祠肅將事，精禋肸蠁通微忱。感乎山澤氣訢合，興雲觸石爲甘霖。立石紀事示來許，靈宫贔屭長森森。百有餘年莫存識，延熹歲月猶未深。爾時文字已磨滅，何況此石傳至今。孟津評書擬莊列，意在絃外求遺音。文字精靈信非偶，後先諸老聯賡吟。他年倘踐刊石諾，題名竊附碑之陰。

題羅兩峰登岱圖

巖巖作鎮坤維東，靈區福地開琳宫。羣峰拱衛環巃嵸，懸崖陡絶深谾礲。金庭玉户非人工，雕甍刻柱皆磨銅。資生化育惟神功，垓埏覆載胥帡幪。纍朝祀典明禋隆，豐碑贔屭高穹窿。對松山樹交青葱，大龍峪水流沖瀜。紆迴盤磴天梯通，天門眣蕩摩蒼穹。飛龍翔鳳躋當中，石閣仙洞疑崆峒。日觀峰矗凌層空，玉皇頂上光熊熊。三更日出吞鴻濛，榑桑照徹紅雲紅。鋪金耀紫晴霞烘，卷飆掣電流長虹。殷雷激射聲鼛鼛，手捫參井乘罡風。斗杓旋斡神霄崇，蕩胸決眥飛雙瞳。披圖盡攬方輿雄，下瞰培塿皆兒童。兩峰好奇興不窮，筍鞋蠟屐隨奚僮。歸來官舍方匆匆，腕底浩氣猶蓬蓬。尺幅千里全包籠，巾箱縮本真形同。他年更登太嶧衡，恒嵩題名大字親磨礱。

五代閩城甎歌

金輪王子人間生，剸劍躍者王詳卿。三郎軍中羃紫氣，全閩割據都榕城。福州羅城最先築，天祐以後增恢宏。巖巖雉堞廿六里，敵樓睥睨相回縈。東界長川盤別浦，鈎連欄楯飛丹甍。甃甎一千五百萬，一一印出錢文明。黃子家居近城趾，後園隙地坡坨平。偶因掘土見瓴甓，稜角淺露埋縱橫。苔痕抉剔辨款識，圓花方絡文庚庚。大錢四出徑逾寸，肉好備具型模精。我因泉志證閩史，永隆天德多紛更。鐵錢鋡邊質粗重，開元字尚沿其名。異哉當時創此式，隱以陶旊規權衡。居然王字並錢列，側有王字。地歸吳越幾先萌。黃子不忘踐宿諾，一枚千里來帝京。威武軍字幸未泐，耦賓有『威武軍』三字甎。寄我拓本裝池并。我家閩中溯先世，訪古何啻苔岑盟。閩錢夢想不可得，愧我譜録何年成。

五銖泉文甎

我齋日日摹泉文，詳求肉好寸與分。龍泓之譜建武笵，手拓未得偕何君。每援漢泉例漢瓦，西京字體殊權斤。漢甎已有列錢制，金釭壁帶徵前聞。誰知一片落懷袖，摩挲玩賞遇所欣。晴窗借拓搗蘭麝，香篆鬱律蟠氤氳。厚準漢尺寸有半，繩痕絡界交回紋。中央一泉具輪廓，土花黯黮餘清芬。

我考五銖据班史，鑄自元狩五年始。後來沿革歷六朝，傳形公式文相似。精鏐和鑞迄開皇，懋遷通變傳張軌。童謡讖兆應黄牛，不比南陽占白水。此甎疑自長安來，想像苔斑漢宫址。赤仄誰翻椒壁泥，紫紺印出簾紋紙。樣寧四出擬咸和，晉咸和甎有《四出泉文》。製豈閩城仿王氏。王審知城甎作錢文耦賓以一見贈。篋中款識壓元康，培藏晉元康甎。他日馳緘報黄子。

爲孫淵如題羅兩峰所作倉史造字圖

史皇手泄造化奇，貫徹天咫窮坤維。靈光四目照上下，心周四象摹兩儀。仰觀星躔耀奎宿，俯察鱗介蟠躨跜。金函玉笈抉環奥，青文丹甲徵神龜。陽虚山高攬形勢，元扈水汭支分歧。流行天壤燦名象，崇卑效法皆師資。遂肇形聲判體勢，如指聚米沙畫錐。物初無象漸啓數，孳生乳孕因蕃滋。龍顔侈哆想穆穆，禪通草昧淳以熙。大文炳焕燭宇宙，青雲糺縵榑桑枝。軒轅之世造書契，始作八卦⿺辶凶庖犧。增華踵事籀隸楷，几將爰歷沿冰斯。神明通變亘悠久，實惟作述兼君師。方今聖人重文教，六經日月中天垂。考文稽古訂源委，靈威宛委搜無遺。史官村中訪漢刻，片紙搨得延熹碑。豈徒衙縣證衙字，利陽遺匋留崇祠。紫雲山刻訪畫像，衣冠古樸旁題辭。首日倉精造正業，手持句股矩半規。我疑此義系倉史，欲倩好手重摹追。請拈古幣考《路史》，該括奇字銘鼎彝。

芝山自洛陽寄南宋錢十五枚賦謝

客冬送君話南浦，欲借新知餽囊寠。仲春月半寄書來，燈下開緘色飛舞。書言偶過洛陽城，轣轆車塵少地主。南宋遺錢世罕傳，傾囊購自坊間賈。宋家富盛想東京，定鼎開基拓疆宇。緡錢歲鑄纍百萬，榷貨通商徧廛户。昇平文物極熙豐，《夢溪筆談》：『熙寧六年以後，歲鑄銅鐵錢六百餘萬貫。』開寶型模垂藝祖。至今圜法廣流傳，北宋紀元十居五。自從南渡駐餘杭，畫斷河山留半堵。犒師輪幣數頻仍，郊壇歲賜麇官簿。軍儲税課日不支，内帑封樁耗難補。遂行交子會子法，比較錙銖同市估。銅坑鐵冶出不敷，古器銷鎔任摩取。《宋史》：『慶元三年，以所括銅器鑄當三大錢。』當時歲額已寥寥，今日吉光真片羽。淳熙以後迄咸淳，背有紀年瞭可數。每思綴集彙其全，摭拾畸零心獨苦。糾謬誰知董逌名，編年竊續洪遵譜。方疑北地不多覯，倘到吴中或能睹。何期郵致十五枚，緑蝕苔花繡文古。風塵初解鹽池裝，輪廓猶霑洛陽土。銷金鍋裏水衡錢，銙牌尚缺臨安府。

五銖錢笵歌 底有『日利』二字，篆書

五銖流行漢迄隋，中間沿革多改移。最初元狩及元鼎，百年倏過哀平時。黄牛白腹讖先兆，紫紺赤仄仍前規。中平西出命名異，初平更以銅人爲。傳形直百昉巴蜀，西凉徼外通龜兹。梁初公式變么稚，對文四柱紛參差。五朱五金互从省，大通大富皆殊辭。何如此笵列錢六，形模尚是西京遺。曩時

篔谷篋珍弆，繪圖作紀緘函馳。芑堂摹本宋子拓，盛澤王與錢塘施。《金石契》載：五銖笵藏盛澤王勺山家，宋芝山以五銖笵拓本見贈，爲施耦堂所藏。山陰童氏笵十六，恨未彙帙同裝池。龍泓所藏紀建武，隸書頗肖中郎碑。今見此笵日利字，篆文陽識尤瓌奇。我思造器有深意，竹垞跋語未盡之。煎銅撥鑞迭爲用，笵金合土原相資。中爲圓星若樞紐，外乃交午分旁支。一支一出綴錢一，面背輪廓方圜隨。左右凸凹各相配，分行就列排四維。四邊之高與中等，周圍如鏡如槃匜。復設一笵制同此，廣博徑度無纖歧。乃摶細沙劑和鑞，填平摑實防斜敧。旋以波笵合共上，膠固罅隙纔毫絲。須臾去笵出埏埴，兩面印出儼畫錐。中央之星轉空透，淺深所受全無虧。錢文正書變反寫，牝者成牡高者卑。笵之陽款作陰畫，庚庚文理森列眉。更教依此作此式，數盈什伯成纍纍。層層襞積錯綜貫，堆垛未許柱與楮。旁有繩紋束以絡，重規疊矩痕交縻。俯仰相承鬬筍距，鑿枘合并交坎離。中央洞穿眂一綫，經緯四達花衙枝。兩邊復有距相受，樞筦密對周難窺。洪鑪鞴鼓煉汞液，槖籥運動精華滋。乃從中央達孔竅，如瓶瀉水醪注卮。泉文面面肉好具，幹質一一跗萼垂。新銅發型出模後，翦輪錫鉛加磨治。始知鑄笵寓精義，考工遺法猶堪追。更摹小印鈐古語，漢印文曰『日利』。還憑律尺量慮虒。音『盧夷』。顏齋漫取笵鑑笵，款文竊識宜泉宜。潘毅堂藏大泉五十錢笵，底有文曰『宜泉吉利』。

王石谷松峰積雪圖

長空萬里鋪溶溶，綿亘迢遞排羣峰。凝陰積沍凍不化，白描幻出千芙蓉。岡巒迴複蘊深厚，谷口盎盎寒雲封。彌漫浩淼但一氣，高下環繞皆長松。横枝老幹轉青翠，扶疏夭矯蟠虬龍。駢柯偃蓋互垂蔭，森森勁節凌嚴冬。巉巖刻露削冰玉，懸崖疊嶂交葱蘢。晶瑩惝怳眩白晝，嵌空凹凸迷山容。凌兢陗厲裂石骨，霏微黮䨴層霄濃。坡陀蜿蜒失鳥道，縈紆仄徑無人蹤。江干遥望杳無蹟，浮圖隱隱如聞鐘。此時大地潑水墨，四圍淡沱雲重重。光摇銀海映懸圃，玻瓈晃漾冰壺鎔。渾茫沕穆攝元氣，涉趣循境嗟何從。三王齊名噪江左，婁東派早傳吴儂。耕烟同時獨超絶，畫法直合南北宗。續鐙庵後又三載，櫟園録憶金陵逢。寒飆展卷接几席，仿佛雲海來蕩胸。

和瞿鏡濤《五銖泉硯山歌》韻

久疏夙諾今猶昔，楮素依稀土花碧。莫由覿面憑尺書，千里盟言抵金石。墨痕拓比蟬翼輕，斑剥窺來鵝眼隻。奥壤初傳紫紺模，異文乍啓青溪宅。天生古物各有緣，購以緡錢會逢適。寧同山下説安中，傍好分明無直畫。銘徵史鳳監掾蒼，年溯黄牛腹占白。公式傳形製遞殊，翦鉛消磨泯無蹟。硯山功譬起錙銖，拳石之多纍千百。隱然輪廓具坡陀，蘚蝕苔匀剔猶昔。綺交藻合篆雲連，血暈砂凝緑文赤。面幕環周潤澤含，膚寸氤氲縈咫尺。範圍四出自巉巖，圓黛層層攢繡陌。源流豈果蜀山遺，品類無須洪氏核。寶山縣裏夏家橋，陳姓農田墾荒僻。七鉅缸中貯幾多，竊恨斯時罕斯癖。回首壬寅已廿年，過眼雲烟宛虚擲。甕亭舊址憶方山，石函斷碣吟詞客。一簣初基閲世多，兩地相思與年積。郵函肅候謝殷勤，唱和訪嫌語多嘖。

四月十九日重登小黑山上帝廟

其一

遠山如帶拱神州，兩月重來話昨游。人在上方臨下界，時當初夏似深秋。葱蘢樹色千尋合，罨靄嵐光四面浮。山圃桃花開正好，可容借榻暫淹留。

其二

盡收形勝據層岡，灌木陰陰四月凉。拾級階如盤鳥道，環流水已接羊腸。西有羊腸河。百年棟宇碑猶在，千里關河路正長。若向斜曛閒佇立，夕陽西望更蒼茫。

送倪迂存歸望江

其一

譜録同心得幾人，等閒握手又三春。迂如元鎮原非嬾，癖比蕭愚未是貧。敢擬著書追顧協，便應繡像拜洪遵。僦裝回首天南北，珍重臨歧話別辰。

其二

萬峰環抱大雷地，坐擁書城嘯詠時。小茗山旁花作幕，白華軒畔柳如絲。六朝人物留崖蘚，三孝祠堂隔水湄。尚有荒臺生筍籜，滿湖烟月總相思。

予所收元銅權九、明銅權四、鐵權二，彙裝於册，題後

每愛金文刻，搜羅到古權。簡明詳紀地，排次儼編年。玉府和鈞重，官司法令懸。押同鈴尾署，匠並姓名鐫。世祖規初定，元貞式遞沿。益都鑪冶擅，《元史》：益都産銅。總管課程專。秤或殊輕重，錘還辨橢圓。劑量工有準，較勘度無偏。榷税來齊魯，輸鍰首朔燕。款存大都路，蹟補舊聞編。廣袤通畿甸，流行閲市廛。國書音可譯，梵篆體難詮。《至治權文》云：二十五斤秤，又蒙古字三，以蒙古字韻考之，是『一斤錘』三字，又有梵文四行，不可識。貨漫誇杭郡，文猶認應天。革除遺號剩，忠定誓心堅。永樂元年《鐵權文》曰：濟南府因及鋏忠定公事。宣德銅尤勝，南京製並傳。二三朋惠贈，五百載推遷。至元二十九年至乾隆六十年，凡五百四年。當日陳街肆，今辰粲几筵。兩朝型具在，一代制釐然。嘉量銘詞核，秦斤訓詁研。追思宣課字，手搨等雲烟。

黄耦賓以南宋錢十三枚見贈，賦謝

橐裝千里贈，鄭重故人情。游蹟三吴歷，珍儲萬選精。同心憐嗜癖，一笑爲開籝。閏擬桐枝茁，排看雁柱横。緑斑銅質潤，鏽蝕土花瑩。憶昨丹鉛訪，嘗經市肆行。偶覘輪廓異，不啻百千盈。淆雜無倫次，錙銖自品評。搜奇心獨苦，拔萃眼偏明。樣以希傳貴，文因罕見驚。畸零矜創獲，掇拾發光晶。南渡都初定，臨安業再營。用財縻帑藏，榷貨絀權衡。貢賦頻輸鏹，邊疆屢用兵。鍾官皆減額，會子但空名。取給疲坑冶，封樁改課程。當三銅並鐵，折十重權輕。邛利鑪添置，蘄春制遞更。度支猶不足，鼓鑄已無贏。誰起編年例，全教幕字呈。淳熙迄咸淳，錢背各紀年數。元爲王者首，十乃數之成。嘉泰錢元字，淳祐錢十字。譬以干支紀，還如甲乙并。重文徵寶祐，寶祐錢文以皇宋元寶代之，以寶字不可重出也。小品詫端平。聖宋追皇宋，謂仁宗皇宋通寶。杭京想汴京。低回夢華録，憑弔武林城。倘共冬青瘞，何時野老耕。系年臚井井，摹款認庚庚。什襲慳囊富，回環妙緒縈。私衷銘厚誼，玩物戒虚聲。昔荷閻甄餉，今叨古爵擎。分光承□□，並以古爵、古鏡見贈。報德愧瑶瓊，結我金蘭譜，堅君石友盟。以下原缺。

陸秀石以貨泉常平五銖二枚見贈，賦謝

其一

西京圜法沿新莽，高氏遺文摭北齊。食貨倉儲同取義，讖成白水豈無稽。

其二

試從天保追天鳳，五百年中制幾更。今日摩挲倍矜貴，篆文精湛認常平。

題法時帆詩龕嚮往圖

其一

異代詩人萃一堂，風流千載説柴桑。打鐘掃地三生夢，可少同龕爇瓣香。

其二

三昧何能掩韋柳，五言選却右丞删。欲將畫裏徘徊意，叩取漁洋甲乙間。

劉廣恕

廣恕，字可亭，號耐泉，慶雲人。乾隆五十二年進士，官工部都水司員外。有《如心堂吟草》。

《津門詩鈔》：可亭先生居官清正，居家孝友，足以表率士林。

贈别石東庵

芳草天涯慰旅愁，如何南浦有歸舟。君悲十載歌長鋏，我愧三冬擁敝裘。縱飲誰憐步兵酒，多情獨上仲宣樓。欲知别後相思恨，千里滔滔濟水流。

劉廷楠

廷楠，字讓木，號雲岡，獻縣人。乾隆五十二年進士，官廣東廉州府知府。有《偶一草》。

李東田明經用東坡《石鼓》韻留别奉和

我生之時在己丑，彈指流光童變叟。廿年嶺海蟻磨旋，又到梅州牛馬走。舊業全抛嗤負腹，新政試行慎防口。此邦文物盛淵源，多士雲龍争先後。伊昔締交識一二，於今望氣得八九。驅車不須避陽鱎，閉門無從見泄柳。比年校士屬有司，子細量才數升斗。鮮新差擬管吐花，詰屈或若柏生肘。模糊老眼涸場師，得無蘭艾埋蒿莠。五羊名士今謫仙，三載盟心吾畏友。别裁僞體黜軋茁，謌字方言辨乳榖。譬彼象罔索元珠，瞭如伏生識蝌蚪。青雲意氣愛少年，白髮心情憐宿耇。我昔懷鉛佐玉尺，候蟲時鳥紛唧嗾。漫屈竫人伸僬僥，敢重商彝輕漢卣。所懼相皮反遺骨，五色全迷目同瞍。二十八宿動星文，指點翼峋與離嶁。陋儒一得竊自喜，與君論文覺顔厚。清言名理瓶瀉水，宗派支流析某某。多錢不敢傲貧兒，良賈深藏如烏有。却慚俗吏走風塵，委置詩書習鞭杻。餉我新詩抵百朋，應付琅嬛鎖雙狗。惜哉梳妝不入時，待字頻年猶未偶。翻許劉安有仙骨，解得徐鉉爲龍首。瑰然太璞不雕琢，留待良匠施攻掊。斲輪老手自有真，雕蟲小技曷足取。傳觀見説愈頭風，長吟頓使滌心垢。雲路從此看騰達，風檐莫更歎株守。縱然良馬感孫陽，不遇先睹或同朽。一編願付青梅巢，梨棗長媲喬松壽。

將赴廣州途中即事口占

顛倒作奇想，殘冬忽遠徵。河山三面繞，行李一肩輕。古戍軍容肅，巖疆戰壘横。海防關廟算，設險在承平。壯游天下半，兹土最崎嶇。裘葛崇朝易，舟車百里殊。漏天愁雨雪，瀕海戒萑苻。官轍前因在，無勞説畏途。

軍中即事

羽書飛不到江潯，雲壓孤城白日陰。困獸秪今無鬬志，王師自古尚攻心。籌邊司馬星軺促，擁節元戎玉帳深。南裔從來開府地，那堪車輔望氛祲。

送廣州太守高青田歸里

同是天涯蟣蝨身，雪泥鴻爪有前因。七十里外論交少，三十年中惜別頻。白髮乞湖貧太守，青山思潁老詩人。懸知不作妻孥計，應爲蒼生一愴神。

無題

其一

盈盈十五鬬夭斜，雲懶烟慵初破瓜。錦水有魚多比目，雕闌無樹不雙花。虛傳越客千絲網，漫御金夫七寶車。贏得青衫老司馬，尊前重與説琵琶。

其二

緑楊影裏板橋邊，翠袖銀箏晚放船。杜牧三生猶入夢，秋娘半老竟長眠。風風雨雨華嚴劫，色色空空忉利天。見説簪花圖尚在，還愁執手欷如烟。

其三

豈是千花藏裏身，維摩榻畔證前因。迷雲夢雨愁飄汝，見影聞聲總可人。漫擬城南逢好好，祇從壁上喚真真。青天碧海無多日，已閲紅塵廿八春。

其四

到老春蠶未斷絲，博山沈水意迷離。蕩舟何處迎桃葉，走馬無心折柳枝。豈有黄金買歌舞，偏勞紅豆種相思。青山欲表真娘墓，安得婁淞畫裏詩。

馬思聖

思聖，字子由，寶坻人。乾隆五十二年進士，官廣東平對縣知縣。

諸葛嶺述所見

策馬上高嶺，廣谷何崎嶔。樵夫四山下，聳肩挑青雲。歸來日卓午，曉出清霜侵。攀條復掃葉，那惜雙手皸。負之入城市，得錢不足緡。豪家方晏坐，廣案羅八珍。容知爨下物，束束皆苦辛。

杜南棠

南棠，字召亭，號荔村，贊皇人。乾隆五十二年進士，歷官春坊中允。有《荔村詩稿》。

秋日同友人登蒼巖若諸峰

危峰矗天去天尺，上有烟雲接蒼碧。不知雲外更何人，但見飛花落巖石。

國朝畿輔詩傳卷五十一

舒位

位，字立人，號鐵雲，大興人。乾隆五十三年舉人。有《瓶水齋詩集》十七卷，《别集》二卷。

陳文述《傳》：君十歲下筆成章。十四隨父官粤之永福，讀書署後鐵雲山，因以自號。安南入貢，隨父迓使者，賦《銅柱詩》相贈答。弱冠登賢書，從王朝梧觀察之黔，值南籠狆苗不靖，威勤侯勒保統兵征之。觀察身在行間，君爲治文書，勒侯見而器之，恒與計軍事。狆苗平，勒侯移督四川，與君約從游，君以母老道遠謝歸。貧無以養，恒負米湖湘間，歲一歸省母。既又客秣陵、會稽、雲間。九上春官皆下第，遂絶意進取。乙亥十月，在真州，聞母喪，戴星而奔，不納勺飲者彌月，以哀毁卒。君性情篤摯，好學不倦，於經史、古文無不讀，尤喜觀仙佛、怪誕、九流、稗官之書，一發之於詩。國子祭酒法式善以君與嘉興王曇、常熟孫原湘爲三君，作《三君詠》。善書，各體皆工，能吹笛、鼓琴、度曲，不失分寸，所作樂府院本脱稿，老伶皆可按節而歌，不煩點竄爲詩。專主才力，每作必出新意。所著《瓶水齋詩》不沿襲古法，而精力所到，他人百思不及，非其性情篤摯所見端歟？

趙翼《序》：開徑如鑿山破，下語如鐵鑄成，無一意不奇，無一句不妥，無一字無來歷，是真能於長吉、玉谿、八叉之外，別成一家。

法式善《序》：諸體之中，七古尤勝，前無古人，後無來者，非浸淫於三李二杜者不能。

龍鐸《序》：他人之詩有六義，鐵雲之詩兼有三長；他人之詩有四聲，鐵雲之詩兼有五音；他人之詩有唐、宋、元、明，鐵雲之詩則兼有《離騷》、八代也。

《紅豆樹館詩話》：鐵雲風神散朗，如魏晉間人。少隨父翼官粵西，父歿，遂家吴中，已而移居湖州。徧交當時知名士，而士大夫開府東南者，羔雁成羣，競相羅致。《皋橋今雨集》二卷，吾鄉宋觀察思仁所刻，《瓶水齋集》，淮南巴副使光誥所刻也。君常論，人無根柢，學問必不能爲，詩無真性情，即能爲，詩亦必不工。所作合騷揜雅，矜奇灑落，雖極意馳騁而無覂駕之虞，蓋君博涉羣籍，性情根柢載之以出，非枵腹從事、拘牽格律者比也。君卒於嘉慶乙亥，年五十有一。誕之夕，母沈孺人夢一僧執桂花自峨嵋來，覺而生君，故又小字犀禪云。

游七星山棲霞洞

四山轉如圜，一洞鑿其空。跳出山外山，冞入洞中洞。日月所不到，操炬以動衆。照見諸變相，鬼神恣摶弄。黑伏石萬尖，青瀉天半縫。蛇行曲竇細，狐聽冷泉滃。迤邐三里餘，人語聚一甕。徑絶通風雲，出險如出夢。但覺精魂摇，不惜腰脚痛。身輕霞飽餐，胸羅星可種。來聞清猿嘯，歸與寒鴉共。老樹挂斜陽，前谿一僧送。

盧溝

卧聞車馬聲，已知遠行客。開門見西山，一笑東方白。言辭茆店鐙，詰朝理輕策。睥睨列女牆，參差度官驛。長橋横濁流，秋氣上龍脊。蚣蝮何嶙峋，闌干鬬文石。可憐一水間，衮衮暗塵積。天風忽以吹，不辨去來蹟。相顧長徵人，毋乃利名役。流波發桑乾，逝者誰能惜。

夜抵瓜洲

月落瓜步烟，兩岸潮初静。孤舫暗中來，艣聲柔可聽。始憐露氣滋，未訝風力横。流人唱水調，輟棹動清興。背船一鳥飛，汀渚赴遥暝。颯颯蘆荻間，沙田凡幾稜。誰報隔江鐘，人語三山醒。

雨中望惠山

其一

泛宅粱鴻谿，蒼烟匝孤艇。濛濛細雨來，山外落帆影。疏梵隔谽谺，歸漁亂笭箵。何須望夕陽，即此清凉境。側聞第二泉，高瀉雲峰頂。安得趙州茶，禪寮味石鼎。

其二

晴山迎我來，雨山送我去。白雲本無心，來去上山路。感此悽客懷，行行望烟樹。百年惜浮生，一葦無長住。不如留茆庵，青山有佳處。招隱久寂寥，泠然遠風暮。

暮抵商家林逆旅識余是去年客復來

馬首聽西風，遠此綿綿道。蒼然暮色來，暝樹受歸鳥。時將枚數闔，一宿此間好。逆旅具盤飧，願言共客飽。與客似相識，客行想不少。我聞心悠悠，此語令人老。試問故鄉人，還家誰最早。

南湖舟中夜雨讀宋助教詩，因題其卷

水宿不知秋，夢破三色雨。青鐙翦江湖，何似窗西語。况復古錦囊，美人拾翠羽。微吟流水中，漁唱和容與。舊雨籠碧紗，今雨歌白紵。舒雅酬西崑，宋玉愁北渚。歸舟記箜篌，颯颯鷗鷺侶。銀竹打烏篷，臨流怨芳序。

舟泊穿石

兩山拱而立，一洞明且秀。諒非鬼神鑿，亦無仙佛守。青割天體圓，冷咽泉花溜。我船泊洞左，所見徹洞右。隱隱遠人村，褰裳莫能就。虛室候雲歸，深潭許月受。晴喧一瀑飛，空納萬風吼。洞裏既黄昏，洞外仍白晝。由基蹲甲射，七札皆穿透。靈媧開鑪煉，五色難補凑。作此大光明，天地分一竇。俗境陋桃源，古蹤闕勾漏。我思訪奇書，夜夢靈威授。三復瑯嬛篇，牙牙難句讀。

自安順赴鎮寧黔路之平者止此六十里

歷阻得夷塗，耳目曠無礙。清沙翠竹中，人馬各自在。天公久好奇，至此意頗悔。設險知昨非，履坦當晚蓋。驅除四面山，山勢盡謙退。野卉藉作茵，芳草積如黛。微風生其間，色相空所對。如久夢忽醒，亦少見多怪。回首睇層巒，烟雲互向背。絢爛歸平淡，悟入文章界。鴉飛聲啞啞，暝色肅歸隊。城角露紅鐙，一州如斗大。

寄別他山

千金買寶刀，古色繡難認。一朝雌雄合，餘劍器皆擯。自我得他山，臭味欣相親。戎幕接深談，往往燭至燼。核靈發書倉，鬬靡誇筆陣。如以刃解解，如以泥印印。憶昔春風場，結客賞頗慎。矧在西南隅，所見倘亦僅。如何一杯酒，見晚別偏迅。秋禊過春禊，俛仰才一瞬。墜歡不可拾，離緒亂於鬘。始知良會難，良會天所吝。昨聽杜鵑啼，行李近霜信。迢迢復迢迢，此意無從訊。努力讀《離騷》，西風吹兩鬢。

五更渡章江至沙井

月落江水平，月白沙與白。有似琉璃屏，柔艣一枝劃。江痕隨艣枝，一綫隱龍脊。又似水精簾，中安玉界尺。即景澄我懷，稍聞風淅淅。東視天欲青，西視山已碧。舍舟登彼岸，人家尚堅壁。側想此門中，曉夢迷阡陌。誰知門外街，已有吟詩客。

湘東鎮見梅花

湘水凍玻瓈，到底不及尺。低頭波未緑，擡頭花已白。花如開鏡中，數點不可摘。浮香清鶴夢，照影壓魚脊。昔讀《離騷經》，此花未采擇。短艇雪後來，偶然見姑射。相思隴頭人，一樹吹横笛。沙岸暮沉沉，寒鴉送殘客。

泊舟閣阜山看雪並寄雨樵

聞聲疑雨聲，對影疑月影。推篷破疑團，一雪四山静。頗憶定王臺，有雪三萬頃。險韻仆鼓旗，劇語調湯餅。更爲古雪歌，蓮花夢香冷。離别已三商，清凉又一境。開船駒過隙，削札雁回嶺。凍眼送積雲，思君轆轤井。

舊縣西楚霸王墓

風聲夜起將軍樹，四面山河圍不住。美人楚舞君楚歌，烏騅不逝烏江波。可憐當日鴻門會，地户天關玉斗碎。五色誰占天子氣，一江已注英雄淚。故鄉雖好無時還，沐猴而冠殊等閒。卷土重來惜揮手，渡江再見良羞顔。穀城山前望行路，斷碣猶題楚王墓。是耶非耶丘壠平，荒烟蔓草愁人情。

君不見驪山魂斷宫車出，泉下魚鐙照枯骨。又不見漢家陵闕莽蕭蕭，西風落日語鼪號。紛紛蛇鹿同凄絶，匿魄收魂古離别。知誰土壟與王頭，雨打秋墳野花血。

眉生小印歌爲陳涇南秀才作

君不見，秦淮美人怨芳草，夕陽勻染紅蘭稿。雲袖低揎出一枝，鴛鴦小篆安排早。梁姬壓腕百八珠，金刀切玉玉不如。芙蓉齋頭横素練，香痕石罅胭脂濡。匆匆流水青山夢，陽羨書生彈别鳳。玉棺珠冢愁烟塵，三庭不佩青城人。祖塋博物尤古嗜，黴脣春衣愛游戲。花乳還從黄海收，沉香不共烏圓瘞。可憐往事雪泥鴻，鈿閣眉樓空復空。人前道却横波字，春印纖纖一捻紅。

冷枚華清新浴圖

落妃池上烟波緑，阿環承幸驪山足。水邊已見麗人行，殿角仍歌照影曲。照影疑從鏡殿還，温泉水膩弄潺湲。花開陳苑臨春閣，波繞吴王銷夏灣。相從逭暑鑾輿度，釦砌雕闌裛清露。内圍初進助情花，别館惟栽銷恨樹。江妃辭去念奴陪，遲日薰風湯殿開。更無紅葉隨波去，早見黄裙逐水來。須臾起舞雙魚鏡，緑鬢倭墮紅綃靚。趙后仙裙自可留，洛妃塵韤應還勝。當時但詔洗凝脂，誰賜金錢更洗兒。樓中赤鳳來何日，水底黄虬化有時。從此華清水嗚咽，延秋門上烏啼徹。忍看驪嶺縣前流，化作馬嵬坡下血。碧落黄泉夢有無，蘭湯第二冷宫鳧。千年禍水幾傾漢，一曲香谿竟沼吴。金門畫史丹青選，國子先生藏一卷。浴鳳塵揚碧海空，牽牛淚落銀河淺。

宋謝文節公橋亭卜硯歌

《卜硯集》云：硯，歙材，修九寸七分，廣五寸六分，額篆『橋亭卜卦硯』五字，面左右有元集賢學士程文海銘，背有明永樂間閩人趙元識搰地得硯之由。

團湖坪，三寸鏑。建陽市，一片石。更無鸜鵒好紋留，應作蟾蜍清淚滴。自從歷劫厓山麓，坑雲五色無人斸。荆棘難尋祕閣頑，泥塗何况橋亭卜。不怨魏行省，但笑留承旨。無勞程集賢，猶有趙處士。始知神物難久埋，南谿七十三間開。得之地下竄狐兔，捧出座上生雲雷。銅爵香姜不足數，玉帶水雲乃其伍。肯草蠲除詔留伴，趙孟頫，願寫生，祭文移贈王炎午。石飛海立五百年，硯兮硯兮爾良苦。憶當流落朝天橋，早識三日無江潮。衹爲趙氏一塊肉，未入楊家七客寮。好事留傳閱兵燹，黑者隃麋碧者蘚。鼠肝蟲臂已不惜，龍眼犀紋那可辨。重其人者物可悲，一書却聘生光輝。警鶴徙倚詹尹市，饑鳳太息曹娥碑。嗚呼！寶祐初開蘂珠榜，放膽文章慨以慷。三十功名石不言，凄凉資國蜘蛛網。

磨厓碑

南船昔作浯谿游，磨厓碑照浯谿流。蓬州書法道州頌，一時二妙工雕鎔。我當厓前拂蒼蘚，徘徊不去消煩憂。別來七載最蕭索，夢中猶掉祁陽舟。傳觀此本大如席，恍遇故物神夷猶。漁陽鼓聲破新曲，閣鈴風雨趨金牛。馬嵬不發出天意，已有父老相遮留。後軍二千護太子，營門雙鯉來修修。

河西司馬首勸進，五箋靈武承天庥。靖康之變那可道，汴州錯認疑杭州。始知唐祚二百祀，兵馬一洗西京收。付託得人良有以，遂上尊號古罕儔。中興巍巍發高頌，乾旋坤轉銷戈矛。奈何治定未思亂，先後氣味如薰蕕。天寶車轍覆不戒，長安棋局紛堪愁。喪君有君聊足慰，以暴易暴誰能瘳。飛龍小兒作宰相，艷妻煽之勢未休。摘瓜已聞寢榻諷，升屋幾俑齋宫謀。宦官宫妾彼何識，要使骨肉成仇讎。寢門王季望眼絶，高將軍去蠻荒州。不如隴山一鸚鵡，能對使者言安不。深文疑史兩難辨，玉棺猶絡銅絲頭。此書此頌亘終古，谿聲山色清而幽。句奇語重竄謨典，字青石赤盤螭虯。但勒豐功紀年月，乃有微旨參春秋。君臣父子處非易，摩挲拓紙心悠悠。

雨夜發石門縣四十里至烏鎮見月

黄梅已過雨不休，夜雲濕上詩人頭。烟波淼淼不知處，飛去一葉沙棠舟。叩舷歌嘯三十里，裳衣吹薄風颼飀。行聽篷背而脚小，仰睇六幕青天收。蟬聲兩岸吟未絶，谿橋野樹相與浮。推篷看水漲夕緑，釣船高出谿中洲。潮痕一丈芳草短，時見螢火隨東流。我家柴門正臨水，沙際一白眠羣鷗。觽聲到門忽驚起，飛上百尺清凉樓。家人夢醒延我入，青鐙開出雙扉秋。相從吹笛話舊雨，殘月却挂西南鈎。

觀陳髯所藏馬遠畫紅葉

夜聞落木催鳴鐘，玉麈一拂清尊空。蕭晨讀畫出黄絹，邀我雙耳聽西風。不知青女降何處，霜根皷倒疏玲瓏。迴飆忽作折腰舞，却憶春柳靈和宫。畫師寄興在秋晚，此態得自無人工。遠寫秋聲補秋色，野烟一角斜陽紅。一僮緑綺抱而侍，一客紅友攜相從。我雖不識客與僮，要非烟火塵凡容。醉眠天暮枕石峰，酒顔霜樹相爲濃。江南黄葉到處有，吾儕徑欲扁舟東。爲君婆娑賦枯樹，卷圖夢冷吴江楓。

築軒大令贈裘

去年北風吹不休，主人贈我青羔裘。酒酣以往不忍著，却向黄竹箱中收。今年東風射春箭，花凍紅鐙上元宴。飛落鴛鴦雙翦刀，牽雲曳雪重相見。平生讀書愛五更，往往風雨聞雞鳴。曉寒不向夢中賦，愧此一尺銀鐙檠。黑貂已敝長安道，十丈紅塵不能掃。綵筆空題白練裙，儂歌自唱黄綿襖。殷勤鶴氅來君家，主是烏衣客絳紗。一身仙骨冷於鐵，開出萬朵青蓮花。主人之裘有時敝，主人之情永勿替。以詩報君非感恩，君不見《緇衣》詠爲風，綈袍重其意。

甘露寺

我攜仙人九節笻，直上北固之高峰。天寬地窄飛鳥絶，江海一氣浮魚龍。登臨豈惜煩耳目，開拓自覺生心胸。山川於我本無故，興之所到情乃鍾。捫蘿却訪甘露寺，華嚴法界金碧重。山僧蒼顔已不俗，况有二客能相從。傳聞狠石卧庭際，歲久埋没荆榛叢。當年何人好奇計，孫劉諸葛皆英雄。阿瞞伏櫪志千里，欲吞巴蜀無江東。豈知深山一片石，外間大有人圖儂。始因歸妹狎親弗，誰信斬將興兵戎。三分割據竊神鼎，九錫慚愧超彤弓。誰能閉門作天子，勢不兩立仍兩窮。不見水濱争蚌鷸，收其利者爲漁翁。飛橋已驚出山外，鉅筏行復衝江中。可憐風利不得泊，遂使王濬貪天功。金陵王氣黯無色，豈獨白帝多悲風。江山第一我懷古，茫茫南北無遺蹤。撞鐘擊鼓下山去，青天落日銜芙蓉。

虞山歸舟

其一

桃花水漲青春老，船尾蒼烟凉不掃。夢回篷背聽無聲，細雨濛濛入天曉。客來春事鳥初啼，客去春情花亂飛。試對山靈歌水調，賸教春與客同歸。

其二

蕭條寒食炊烟收，野棠花開揺緑疇。瓜皮艇子出陸墓，恨無一杯澆古愁。可憐風雨愁仍在，鎮日篷窗暗相對。夕陽忽放野田晴，已有歸鴉坐牛背。

元祐黨籍碑

黨籍碑，乃是蔡京之所爲。搜羅星宿恣謡諑，跌宕日月争光輝。京爲此碑意何居，書曰奸黨深剟剞。以欺天下不可欺，以疑後世不可疑。但留名姓紀元祐，毋乃董狐陰使之。不然史之闕文不慨見天下，後世一一知爲誰。首列宰相司馬光，武臣内臣王與張。三百九人一片石，此石不入朱勔之花綱。黄門夜半傳玉册，石破天驚横太白。畫圖已滅景靈宫，姓氏仍磨端禮闕。碑雖可毁名則崇，後人此意將毋同。至今價重洛陽紙，當日流涕長安工。清流居然投濁流，汴州忽變爲杭州。宣和書畫劫灰冷，此紙一拓何人收。黨籍碑，下中上，往車來軫葫蘆樣。君不見，五屬纔收北寺囚，三朝又點東林將。

謁文丞相祠

厓山浪花白，燕山血花碧。鬼火陰房五百年，春風又緑銅駞陌。君不見，零丁洋中海水飛。又不見，萬年枝上挂僧衣。六陵夜月暗於鏡，白骨瘦盡冬青肥。江潮況避錢塘弩，萬黿貔貅自歌舞。降表纔書謝道清，祭文早就王炎午。一歌白雁來，再歌朱鳥化。擊節參軍如意邊，招魂丞相祠堂下。風檐曾讀文山詩，蕭條異代不可支。手搴芙蓉唱青石，曠世之感今視昔。吁嗟黄冠歸未得，花外啼鵑關塞黑。風沙柴市好名聲，香火泥牆古顔色。决眥西峰斜日曛，翠旗欲下雲中君。千秋願奏神弦曲，恨少彈琴汪水雲。

古常山郡弔蜀漢趙順平侯

同仇可以辦國賊，同姓可以辭國色。即此豈是尋常人，子龍不獨膽一身。燕南垂，趙北際，執手而别知此意。大震長坂名，小失斜谷利。早經百戰上青天，直爲三分悲白帝。侯如前守土，荆州未必吕蒙櫓。侯如後永年，陰平未必鄧艾氈。侯今零落歸山阿，某水某丘故里過。千秋灑淚誰最多，請君視此滹沱河。

磁州講武城疑冢行

有手不執五色棓，有口不讀九錫文，有酒不澆七十二堆纍纍之疑墳。七十二墳盡銷歇，黃土無多況白骨。縱然老是鄉，何用狡爲窟。君不見，銅臺百尺鳥呼風，石椁三年狐拜月。可憐兒女分香時，乾啼濕哭長相思。朝來欲獻西陵寵，未識招魂第幾冢。迷樓本自迷，疑冢亦自疑。漢家陵闕日猶冷，魏國山河草不萋。或言阿瞞設計愚人耳，彌天一棺不在此。不知奸骨有時朽，奸魄到處褫奈何。不礌礌落落以生，而寂寂寞寞以死。死不能夢三馬，生不能鎖二喬。一世之雄一抔土，雖有魂魄何足豪。有手願撾禰衡鼓，有口願讀陳琳檄，有酒去澆八十萬兵不得生還之赤壁。

燐祭行

散如高峰之放螢，聚如大海之浮萍，低如草間之撲蝶，遠如天際之墜星。其聲咄咄，其光熒熒，其色或緑或白或縹青。又如露翻荷蓋以滉漾，風吹柳綿之飄零。鳳帚掃玉豆，犀帶攢銀釘。下迷地户上天庭，瞟火簇簇花冥冥。是時月黑葉落十五蓂，雲帷霧屋山箳篂。鬼車嘯過紅杉廳，麥飯一盂水一瓶。老僧點鐙來誦經，撐霆泣雨不可以悉聽。閃者鬼眼碧，冷者鬼手馨，新鬼舊鬼相掣甹。山魈虎倀立肉屏，老僧牢坐雙眥瞑。左鐃右鼓中搖鈴，始言慘澹，中言慷慨，終焉丁寧。骨則有時而朽，魄則有時而化，所不可泯滅者，惟此國殤點點哀伶仃。君不見，閣可畫像，山可勒銘。殺賊而爲厲，成神而爲靈。七尺之軀一尺面，生爲三軍，死爲五丁。將軍戰馬野花紫，愁城萬雉寒不扃，此時空閨夢未醒，黃鶯白馬春忪惺，况乃人壽幾何年齒齡。長平無寸鏃，赤壁無隻舲。佳城不重貨布，陰房不攜娉婷，泥犁羅刹不稱幞與綎。衣不煖，千金裘，食不饜，五侯鯖。泰山鴻毛，今古一邱貉，曷爲鬱塞自苦，有類蜾蠃螟蛉。紙錢索索，村醪泠泠。去此鐵圍山外十萬八千又奇里，中有極樂世界，度諸苦厄夐無垌，厲聲一咒萬響停。人頭馬蹄略具形，若飛灰，若墮翎。石犖确，箐瓏玲。去來倏忽不知誰，使令風毛雨血鐙花腥。

梅花嶺弔史閣部

一寸樓臺誰保障，跋扈將軍弄權相。已聞北海收孔融，安取南樓開庾亮。天心所壞人不支，公於此時稱督師。豹皮自可留千載，馬革終難裹一尸。平生酒量浮於海，自到軍門惟飲水。一江鐵鎖不遮攔，十里珠簾盡更改。譬如一局殘棋收，公之生死與劫謀。死即可見左光斗，生不願作洪承疇。東風吹上梅花嶺，還剩幾分明月影。狎客秋聲蟋蟀堂，君王故事胭脂井。中郎去世老兵悲，遷客還家史筆垂。吹簫來唱招魂曲，拂蘚先看墮淚碑。

京口書寄尚之

其一

江海青蒼處，飄然一葉舟。思君令人老，作客幾時休。潮暗西津渡，山横北固樓。昨宵攜手地，鼓吹是揚州。

其二

畫壁旗亭杳，迴飆驛路分。濕螢隨雨散，凉雁逼秋聞。扇影淮南月，鐘聲海上雲。紅箋方便字，拈韻寄同羣。

題龔半帆之錀出塞録

其一

白馬長城窟，黄龍古戰場。春風三萬里，吹夢過遼陽。慷慨陳琳檄，艱難陸賈裝。輸他雙海燕，栖向鬱金堂。

其二

山海一鐙青，茫茫照客星。請歌前後塞，却望短長亭。劍氣横秋老，笳聲倚酒醒。燕支山下路，歷歷寫曾經。

太湖歸舟聽雨

黄昏放棹行，回首暗重城。天地正秋色，江湖多雨聲。水窗燒燭短，斷岸入烟平。長嘯懷漁父，蘆花萬點情。

風涇歸舟

風涇接魏塘，烟景晚蒼茫。孤棹迴殘雪，春潮擁夕陽。夢騎雙蛺蝶，歌起萬鴛鴦。好傍南湖宿，寒林月正黄。

丫髻廟

江邊丫髻廟，縹緲暮揚舲。斜月一梳白，烟螺兩岸青。夜深山影重，魚響浪花腥。未定今宵泊，吾方注水經。

沙坪

沙坪東去路，天色晚蒼蒼。爲愛林嵐好，都忘道里長。澗聲喧石瀑，柳影卧朝陽。隔塢凉風至，時聞橘柚香。

題桃花夫人廟

烽火傾城笑，香烟賽社春。掃眉長樂老，没齒未亡人。横草思前事，留花作後身。分明雲雨峽，朝暮冶游神。

寄懷伊甫秦淮

其一

丁字簾前水，秋來綠似裙。動摇團扇月，停泊洞簫雲。鏡檻心如寫，衙香手自熏。三年石城夢，蝴蝶夜紛紛。

其二

舊怨花難替，新愁草未删。腰量三殿柳，眉鎖六朝山。車馬題詩去，江湖載酒還。寄聲劉夢得，切莫唱陽關。

渡江作

西興驛前路，猶署望京門。野草自春色，江潮無舊痕。籃輿三里健，烏榜一鐙昏。明日山陰道，詩情與細論。

九日將之淮南留别子山雲伯並贈孟楷

秋心不可極，直指妙高臺。一棹江湖去，滿城風雨來。尊空桑葉落，艤背菊花開。城外寒山寺，鐘聲首重回。

邯鄲道上作

細雨濛濛埽薄埃，邯鄲道上杏花開。春愁宛轉隨車轍，占意蒼茫付酒杯。未熟黄粱唐小説，已埋青草趙叢臺。不嫌茆店知音少，曲項琵琶夜抱來。

春晚宴集聞歌

歲歲春歸等逝波，金尊檀板奈情何。心驚李賀殘絲曲，腸斷桓伊清夜歌。隔嶺音書飛雁少，閉門風雨落花多。南鄰亦是消愁地，乘興還能許再過。

白馬湖訪陳琳墓

四州飛檄拓風雲，能使司空破膽聞。時運蒼凉常作客，文章慷慨欲從軍。但逢袁紹非知己，直到温岐始憶君。酹酒射陽湖畔路，秋詩愁唱鮑家墳。

胥門懷古

市上簫聲太等閒，鴟夷不悔屬鏤殷。歌詞惆悵烏栖曲，霸氣消沉虎踞山。一自抉睛看敵入，幾忘傷指喪師還。不堪楊柳東門路，潮打空城碧玉環。

遥夜

遥夜蕭然此泊舟，不成去住且勾留。鐘魚遠近湖邊寺，鐙火高低水上樓。歷盡炎凉人不見，聽殘鴻雁客應愁。無因飛作南塘鳥，四面紅窗起棹謳。

書《壯悔堂文集》後

梁園賓客杳難追，一卷名山欲付誰。南部烟花歌伎扇，東林姓氏黨人碑。平原試望江淹恨，故國深知宋玉悲。公子世家文苑傳，斯人一出竟何爲。

玉鈎斜

埋香猶記鬟邊鴉，未抵青谿葬麗華。清夜西園來殿脚，錦帆南國即天涯。十圍汴水餘殘柳，一畝雷塘有落花。便化春魂雙燕子，阿嬭歸去已無家。

重過趙北口題柳

丁字紅闌壓畫橋，楊低柳合剗迴潮。經過短驛還長驛，不辨新條與舊條。葉落鐘鳴秋色遠，水流花謝鬢絲凋。玉關羌管金城涕，未抵吟魂此際銷。

一聲

一聲銅斗喚揚舲，六曲銀環看掩屏。朝鏡家山愁外緑，夜船鐙火夢中青。微喧天氣衣應減，乍別情懷酒未醒。曾是三層樓上坐，玉笙吹徹與誰聽。

橫塘

葉落橫塘有逝波，畫船猶唱采蓮歌。沼吴人去春風老，破楚門荒暮雨多。此地烟花非玉樹，向來麋鹿是銅駝。君王自忘三年話，不爲傾城怨苧蘿。

五人墓下作

殘碑一丈字猶丹，落日山塘拂蘚看。慷慨何殊酬國士，倉黄無那惱中官。狗屠血濺三關熱，馬鬣封流一水寒。回首西山魂魄餒，碧雲何處葬衣冠。

高郵懷秦太虚

微雲衰草艷相傳，淮海風流五百年。眼底酒杯誰解唱，古來門巷總堪憐。三生桃葉論長恨，萬里藤花怨左遷。我掉扁舟弄明月，思君三十六湖邊。

平原顔魯公祠

范陽飛牒事情乖，萬里風雲入壯懷。帝識李平馳問道，天留元結與磨厓。縹毫氣象書應透，青石功名蹟未埋。曾讀唐書新舊傳，四朝遺淚爲公揩。

徹夜

徹夜風聲撼紙窗，石家蠟燭影幢幢。同槽齕草憐疲馬，隔院飛花感吠尨。薄倖名非十年杜，銷魂賦有六朝江。相逢可要青團扇，與畫乘鸞霧一雙。

雪夜與女牀山人話别

滴粉搓酥勢未休，兩三鐙焰颺高樓。撥殘荷葉思焚硯，開到梅花悔典裘。好與煎茶圍夜話，無端行李入春愁。平生頗笑相如渴，肯遣青山怨白頭。

讀《穆天子傳》

風馬雲車玉女觴，知非西母定東王。增城已去三青鳥，荒服何來四白狼。兒女埋香彈有淚，仙神駐景秘無方。甫刑删後祈招逸，外傳分明似武皇。

張尚之秀才與余别於揚州蓋三年矣，比來京師，相見甚歡，而余適當南下，衹可作一夕話耳

緑楊城郭赤欄橋，江北江南入望遥。一夕秦觀逢把酒，三年韓綽記吹簫。曾無白鶴騎春夢，衹有黄鷄唱早潮。今夜懷人芳杜若，青燈相對續離騷。

與沈小如刺史長春話舊即送補官保定

識得吴興沈亞之，相逢少似别離時。三生舊雨如流水，雨點春星各鬢絲。宦海君猶書下考，詩城我竟出偏師。思量水月庵中語，此意分明絳蠟知。

定州

楊柳添聲第幾關，清風明月古中山。酒家故事誇千日，樂府新腔唱雨鬟。數點鴉隨殘照去，一鈎草認舊根還。春愁正要逢場寫，到處奚囊未肯删。

夷門懷古

市廛車騎兩情通，卧榻兵符半夜空。六國輸贏歸婦女，一關開閉老英雄。頭顱血有酬恩日，肝膽交無折節風。若鑄黄金買絲繡，西園公子此門中。

汴梁尋宋故宫遺址

其一

踏破宫牆萬瓦烟，夕陽紅似靖康年。欲聽簫鼓空流水，更指榛蕪作弄田。彼黍茫茫乾净土，此都渺渺别離天。金牀玉几無消息，一角靈光尚宛然。

其二

當年鐙火下樊樓，忍把杭州作汴州。橋上鵑啼新法變，江邊馬渡舊京收。石敧艮嶽天難補，簾颺離宫鬼自鈎。一事轆轤惆悵甚，宣和書畫不曾留。

其三

洛陽貴紙寫三都，争似千金買諫書。報國將軍歸北寺，移家天子占西湖。畫船晴雨花深淺，絶塞冰霜雁有無。此是橋山弓劍地，不堪飲器用頭顱。

其四

叢殘史册小朝廷，彈入吴弦不耐聽。湖上春寒天水碧，帳中酒熱帝衣青。班師怏怏三軍雨，攬轡迢迢一使星。剩有搴簾黄袖子，相州樓上話飄零。

梁元帝祠

其一

賽社春叢字認梁，江陵城外永安坊。夢無采女中懷月，醉有徐妃半面妝。木偶申情投筆早，土囊故事引杯長。南朝金粉飄零盡，腸斷湘東一瓣香。

其二

更誰回首望臺城，下策虚傳討賊名。入廟牲牷難供養，升天鱗爪太分明。奸雄乘間欺臣節，骨肉摧殘藉寇兵。留得哀江南一賦，暮年蕭瑟庾蘭成。

屈原

一部《離騷》即楚風，美人香草老詩翁。恨他生及春秋後，不得删同鄭衛中。十萬荆臺留宋玉，八千奇字伴揚雄。文詞何與人家國，傾倒龍門太史公。

長沙晤金二峨孝廉即別

來聽瀟瀟舊雨聲，相逢相別兩情生。四年蹤蹟無長住，數語寒暄又送行。楚國香鐙啼鳥換，燕郊軟土蹇驢輕。者回好待秋風起，蓴菜江東正可羹。

消息一首倣三十六體寄懷守齋

消息秋風又隔年，燕雲迢遞接湘烟。三霄露脚飛寒兔，千里春心託杜鵑。銀漢客歸槎有石，玉堂花遠夢無甎。幾時乞與天孫錦，細織登科記一篇。

宋宮人餞別汪水雲處

其一

金臺秋老視刀鐶，醉殺斜陽上酒顔。四塞山河新杜宇，六宮詞賦舊陽關。梅花信好憑誰寄，楊柳烟銷忍更攀。二十九人都是客，不堪疊唱念家山。

其二

來時荆棘卧銅駝，天上星辰一刹那。别淚可能填碧海，夢魂從此渡黄河。南朝詩史青山在，北鄙琴聲白髮多。爲問會稽唐義士，冬青花發近如何。

楊忠愍公祠

其一

不上需頭乞郡章，殘毫重埽一臺霜。力排宰相冰山冷，聲撼郎官鐵鎖香。九廟灰飛無劫火，兩楹血食此斜陽。讀書種子何曾絶，愁殺鈐山舊草堂。

其二

塞上和戎厭鼓鼙，閩中抗疏撤釵笄。三邊債帥驕無主，千古忠臣烈有妻。仙籙荒唐天左右，朝衣慘澹市東西。玉熙事事堪惆悵，碧血何時化紫泥。

河西務雪夜偶題

小住河西雪打門，轆轤惆悵此黄昏。殘詩著手新泥壁，濁酒開顔老瓦盆。蠟燭送寒蟲絡索，熏籠催夢蝶温暾。來朝霽色匆匆去，記得飛鴻爪一痕。

于忠肅公祠

保邦容易保身難，如此頭顱擲一官。誰遣兒童歌雨帝，終教天子坐雲端。力翻北宋蒙塵局，事異西周禱疾壇。留取數椽香火地，讀公前奏涕汍瀾。

戴金谿比部去年於放榜日枉顧，適僕他出未遇，尋南下經歲，實未嘗奉答也，風便附詩自訟

落花聲裏折楊枝，剛是高軒枉過時。春去逢人寬禮數，饑來驅我拙言辭。三生酒熟歌紅豆，一夜鐙香記漢絲。還有揚州二分月，水精簾外看題詩。

虎丘二姜先生祠

二妙東萊聚一門，百年詩史記梅村。全收兒女英雄淚，別妥忠臣孝子魂。家國傷心同日破，死生揮手兩朝恩。青山緑水還祠廟，劫火無灰血有痕。

曉行舊縣道中望穀城殘雪

野店飄鐙雪一篝，開門細數五更籌。連岡落月殘低帽，著樹春風冷撼裘。黃石公書無處讀，東阿王賦始言愁。不知何處梅花發，昨夜青山今白頭。

春夢

春夢紅蕤一枕醒，低垂珠箔掩銀屏。懷中明月當頭見，足底輕雷附耳聽。雲雨荒臺人縹緲，鶯花別院語忪惺。青驄嘶斷黃雞唱，暗指天邊第四星。

平望陳愛廬枉書寄示尊甫亦園寄《曠廬遺詩》刻集，多不佞昔所商定者，展誦終篇，感歎彌襟

腸斷鄰船一笛塵，呼童重與損文鱗。別離已是成前世，著作猶能付後人。但有雕蟲留篆刻，更無捫蝨話酸辛。虎丘山色鶯湖水，彈指華嚴涕滿巾。

於庭既作城南鐙火圖，話别頃行李將發，復有五古三篇見示，乃如數答之，情同而體異也選二

其一

琉璃街外虎坊東，海樣紅塵似夢中。此日别離殊可惜，昨宵鐙火與君同。川塗蹤蹟三生定，文字因緣一點通。直道銷魂了無益，歡愉愁苦兩難工。

其二

一硯燕雲十六州，拖泥帶水出盧溝。喜無關吏收詩税，且折花枝當酒籌。立仗不知凡幾馬，忘機剩此一閒鷗。祖生不語班生語，忍復攀條各自愁。

題洪稚存《更生齋》詩後

蘭陵江上舊書生，直向天山絶頂行。詩格全身摹杜甫，酒杯昨日泥陽城。千秋餘事傾流輩，萬死奇才博好名。記取君恩無量處，烏頭馬角淚縱横。

題黄仲則《悔存詩鈔》後

其一

傷心人住斷腸天，零落栖遲五百篇。貧戀微名甘下第，僻耽佳句僅中年。登山臨水誰無恙，成佛生天盡可憐。一紙何如十從事，此詩終有此人傳。

其二

巴陵杜老武昌崔，不獨青山太白才。放膽文章少年去，銷魂時候大江來。酒能化淚紅於血，夢欲爲烟緑似苔。亦是英雄亦兒女，玉樓天上又重開。

泊舟菜花涇作

雙谿橋下暮揚舲，燈火樓臺一帶青。纔過北門風雨急，留人殘夢菜花涇。

月夜出西太湖作

其一

不抽帆子不安桅，兩槳霜花細細開。半夜横風吹不斷，青山飛過太湖來。

其二

星星漁火近吴江，聽唱流人水調腔。一角紅樓深樹杪，爲誰風露夜開窗。

青浦舟夜有寄

其一

開船依舊水西門，鐙火蕭條又一村。認得横雲山下路，春風七十二黄昏。

其二

已過黄梅雨未休，夕波微緑岸平流。白鷗眠熟青蛙歇，偷寫吴淞半夜秋。

其三

午時喫飯酉時潮，夜語方舟慰寂寥。徑欲抽帆渡黄浦，漲痕低礙一條橋。

其四

剛剛二十月離弦，别夢蕭騷載一船。今夜夜深深幾許，碧紗窗外水如烟。

秦淮偶題

其一

緑蘋椿礙板橋低，斜掩紗窗小閣西。誰種千條萬條柳，悄無一箇暮鴉栖。

其二

丁字簾前子夜歌，鴛鴦小篆寫迴波。六朝風雨銷磨盡，赢得當頭月一梭。

舟過山塘聞笛

紅穗疏鐙水上樓，笛聲纖遠指痕留。定知吹笛人雙髻，可惜湘簾不上鈎。

夜雨泊崑山城外

又聽風雨做重陽，小泊扁舟興不忘。五百年來才一瞬，無人知有玉山堂。

國朝畿輔詩傳卷五十二

馬允剛

允剛，字見一，號雨峰，開州人。乾隆五十三年舉人，官安徽池州府知府。

劉大觀《書馬雨峰大令略陽沔縣御寇事》：明鐵忠烈公死建文難，有經歷宋某，負義挾忠烈二子逃開州，長匿李氏，次匿馬氏，遂從其姓。雨峰氏馬，蓋忠烈次子後也，以孝廉宰秦中。嘉慶戊午七月，奉撫軍檄轉餉甘肅，協用軍麥十萬石，赴略陽濟軍食運至。賊高三、馬五餘黨有先聲寇略陽，鄉民恐陷賊，偕哀稺避難城中。武弁閉城勿納，雨峰曰：『城以衛民，不納，民奚往？』出城，督民囊麥入城，須臾麥盡，賊已半渡嘉陵江矣。賊攻城，城門朽敝，雨峰以麥囊堵城，恃以無恐。三日大兵至，賊解圍去。己未八月，任沔縣，賊勢方張，戕掠無算。牒鄉父老，築堡四十餘處，賊技窮，秋毫不能掠取。時羣以築堡爲迂怪，未幾，朝廷有『堅壁清野』之命，大吏檄州邑築堡，同僚始服其先見。方賊圍沔，請發鉛丸火藥以爲備，軍門靳之。雨峰以火藥一囊分十餘囊，多製竹籠、籠標，一旗曰『軍需火藥，其可須臾運畢』者，乃令民間纍日運之，賊聞有備而去。

《紅豆樹館詩話》：雨峰在沔縣，與賊相持最久。賊渠羅半年者尤凶狡，匿於縣之鐵鑪川、茅壩等處，出没爲害。雨峰親督鄉兵攻戰三晝夜，用連枷棍法破其長矛，生擒半年，械赴漢中戮之。十一年七月王文龍、蒲大方等鼓噪爲亂，削平後，奉檄撫恤凋敝，周巡林箐，目擊居民焚掠之慘，賦《哀鴻篇》《歎災行》諸詩紀事，有元次山春陵遺響。

築寨行

予於嘉慶四年八月初四日，授沔縣事。時教匪充斥，軍事旁午，境内民舍被焚，奔竄流離，目不忍睹。因率里民修堡築寨，共平地修堡四十處，山中築寨百餘處。自此民得安居，賊不能擾，爲《築寨行》。

朝廷設州縣，安民最爲先。奈何教匪興，親見此顛連。遺孽起川楚，奸黠動烽烟。滋蔓漢興地，焚掠徧山川。閭閻日奔逃，難期生命全。山城當衝途，供支已可憐。況復無寧日，當官真憂煎。因念堡與寨，嘉謨留前賢。率此凋殘民，共効鍤畚緣。平川可修堡，垣墉保市廛。山頭可築寨，木石期崇堅。或如飛鳥巢，高居雲漢邊。或如猛獸穴，幽邃林谷偏。或如雲中梯，猿狖愁攀聯。或如海中蜃，鶴鵠來蹁躚。或據高山頂，或倚長林巔。綢繆墐牖户，轇轕排桷椽。兒童争藏匿，姻婭相周旋。儼若得異術，雞犬共昇仙。遥遥人語迥，渺渺炊烟綿。最愁風雨至，榱桷争翩翾。巢居豈不危，暫期避戈鋋。登陟豈不勞，且可免刀弦。悲哉此哀鴻，中澤聲涕漣。我愧爲民牧，無才甘迍邅。爲此歌哀曲，上徹蒼蒼天。何日紓此禍，南畝力耕田。隴上一豚蹄，穰穰祝豐年。

甲子清明後二日游韋杜飲牛頭寺題壁

其一

韋杜遺蹤在，千秋尺五名。夭桃仍吐艷，稚柳尚含情。古剎僧迎客，春林鳥弄聲。年來煩案牘，此日覺心清。

其二

本是風塵吏，乘閒學勝游。春濃楊柳陌，花映夕陽樓。聯句飛詩筆，開尊借酒籌。同心復同賞，宦蹟任悠悠。

輓洋縣殉難曾公

歎息梁洋地，頻年亂未平。妖氛初滅火，蟻賊又翻營。百姓流離甚，官僚去住輕。感君持大義，一死爲蒼生。

叛兵之變，石泉被困，陳一峰明府堅守却賊，城賴以全，因贈

相逢戎馬聽鳴騶，邑宰爭傳陳太邱。如斗孤城資保障，干霄義氣撼貔貅。驚傳烽火千山熾，倏見妖氛一旦收。韓范威名真不愧，酒酣長嘯撫吳鈎。

石泉寓館

落拓風塵逐隊行，催科撫字兩無成。棧雲高處頻驅馬，畫角林間幾餉兵。未復凋殘知政拙，敢因淡泊説官清。旅懷岑寂攤書卷，慚對千秋循吏名。

過饒峰

疊疊寒山翠幾重，興元奇險説饒峰。數家村落依殘壘，半嶺寒鴉下夕舂。戰血年來縈碧草，行人經過説烟烽。臨風欲問前朝事，今古茫茫感舊蹤。

王發楠

發楠，字楚良，號石蕚，正定人，榮勳子。乾隆五十三年貢生，官永清縣教諭。有《鴻泥書屋詩草》一卷。

王承楷《傳》：先生内行醇篤，以孝友聞，性和易，學問淹雅，凡經史百家及金石圖書，無不考證詳確。官永清，河決永定，邑當其衝。時令有他役，先生偕同僚登城防守，竭七日夜力，城卒全。

己未在涿鹿，借胡醉楓《酉陽雜俎》讀之，偶有所觸，輒仿淵明讀《山海經》、東坡讀《抱樸子》體爲詩

其一

高宗纔扶牀，弄筆成草敕。獨惑一女子，唐幾不血食。武氏亦天授，讀檄不改色。憐才罪宰輔，一言三歎息。生感雌雉雊，何異牝雞索。指上一縷毫，長乃逾咫尺。

其二

唐室勘內亂，英辟惟明皇。如何尋覆轍，武韋以及楊。禄兒邀寵賚，寳舉檀香牀。藥童昔賢子，爲煎五术湯。張設鵝毛氈，兼令瑶令光。直言不能入，礎碎仙人藏。大寳既禪授，西内何蒼涼。惟有梨園巾，猶染龍腦香。

其三

無脊心不朽，百年復爲兒。木飲仰樹汁，仍建候雨施。馬流二百户，今猶繁其支。獠人頭夜飛，食蚓甘如飴。昔嘗讀赤雅，湛若親見之。造化何不有，斯言安足疑。

其四

奔䱐頭上竅，聲氣出赫赫。寄居有郭索，乃與蝸同宅。尺木長未成，龍猶潛沮澤。猛虎雖善鬬，或被蝤蛑阨。河伯小從事，放墨還自賊。

連日讀少陵游秦入蜀諸詩，夜忽夢在棧道中行，有聲如鼓角，衆譁言虎嘯也，遂於馬上吟詩，既醒頗能記誦，時壬戌七月二十九日也

日暮蜀天窄，山深棧道迴。陰沉萬木下，雪涌一江來。聞虎心逾壯，看人色欲灰。死生同患難，何益費驚猜。

題畫

颯颯秋風木葉稀，危亭臨水對殘暉。高人採藥知何處，一徑横斜入翠微。

劉之睿

之睿，字濬川，遷安人。乾隆五十四年進士，官陝西鎮安縣知縣。

輓馬葵園

文章經濟紹前徽，餘韻猶然在遠畿。殘局棋終長日永，閒庭花落訟書稀。千金結客迎珠履，一劍從戎著鐵衣。歎息風流今已逝，渭川楊柳自依依。

邊士培

士培，字滋亭，號篤之，任丘人，中實孫。乾隆五十四年舉人，官山東鄒縣知縣。有《延香書

屋詩草》。

《任丘縣志》：士培初授山西滎河令，兩充鄉試同考官，所得皆知名士。丁艱服闋，改授山東樂安令。樂安舊有書院，歲久傾圮，捐俸修理，俾諸生肄業。其中調鄒縣，鄒俗健訟，有盧姓孀婦，撫幼子，族人欺凌孤寡，汗蟻妄控。士培爲雪其冤，引疾歸，卒於家。

途中苦雨

炎歊欣暫減，霪雨復霏霏。盡日溪雲起，滿山石燕飛。潦深愁没馬，霉長訝侵衣。四牡懷歸切，風塵願莫違。

天雄關在昭化縣

雲棧通巴域，雄關扼蜀邦。奇峰高莫極，天險古無雙。山麓開沙徑，溪坳架石矼。控鞍愁馬蹶，坐畚倩人扛。紺刹何年建，疏鐘傍晚撞。攲崖松謖謖，穿洞水淙淙。霞栱撐危閣，風鈴掣寶幢。鳥飛平過檻，雲出近遮窗。地勢連秦雍，河聲走漢江。人乘果下馬，賈泛木蘭艭。縱目揞藤策，開懷啓玉缸。塵襟真蕩滌，仙界遠紛厖。履險心常坦，乘風志未降。便思追御寇，環佩響琤瑽。

舒其紹

其紹，字味禪，號扆堂，任丘人。乾隆五十四年舉人，官浙江長興縣知縣。

懷人詩

張平林提舉

海上神仙不可遇，釣竿且挂珊瑚樹。滄桑幻境日茫茫，指點經過前度路。蕭蕭風雨鳳城邊，話盡殘更未忍眠。昆明池水聲嗚咽，廿年長作銷魂别。

方筠亭太守

三十功名願已足，五湖一棹烟波緑。館娃宫裏響屧廊，春風日聽吴娘曲。江花塞草路漫漫，惜别徵歌强笑歡。十年底事貪雞肋，恨不醉死陶家側。

張藍浦刺史

世間萬事無不有，白衣變幻如蒼狗。越人車笠誓雞壇，雲雨俄驚反覆手。毗陵别緒太匆匆，撾鼓船頭雪打篷。解衣衣我泣如雨，誰道今人不如古。

陳春旭大尹

雄談不數陳驚座，富貴浮華輕涕唾。裋褐論交卿相間，坦步都門送臨賀。即今手版趨三韓，把酒題詩向夜闌。莫歎沉淪不得意，祁連更有傷心地。

亓禹陛元戎

仗劍出門天欲雪，一腔肝膽向人熱。那能新婦坐帷車，醉射黄麞生飲血。歸裝剩得一錢無，十萬猶聞召博徒。陣前殺賊如蒿草，勳名信是兜鍪好。

德一村大尹

黄雲壓城北風吼，老鴉啞啞啼枯柳。陽關欲出故人來，且醉胡姬鑪畔酒。交情自昔散黄金，金盡空餘此日心。孤山匼匝香風滿，誰寄梅花過壠坂。

邊志醇

志醇，字述尊，號西塘，任丘人，聖照子。乾隆五十四年舉人，官廣寧縣教諭。有《十笏齋詩草》。

乙丑春日望醫巫閭山

醫巫閭高，欲摩蒼天，嵯峨作鎮臨丹淵。六重掩抱勢合沓，萬丈危聳生雲烟。雖有重岡疊嶂作階級，誰能飄然飛步凌其巔。東與長白千山作犄角，西與紅螺松嶺相鈎連。南瞻駝磯島，北至武臺邊，中有茅庵古刹，七十二窟宅往往栖羣仙。我來司鐸託山麓，齋舍朝夕覘巑岏。探奇自謂似康樂，嚴冬霜雪偏漫漫。真成蓬萊三峰可望不可即，但從琉璃世界看玉山。近已晴和轉陽律，鬱葱佳氣輝堂偏。詰朝定擬尋山買蠟屐，肯學昌黎畏怯施重氈。

寄友

寂寥誰與語，攤卷度年華。鳥下無人院，風摇不語花。任教愁作海，肯借醉爲家。謝草探囊滿，歸來向爾詩。

張靖

靖，字青立，天津人，標子。乾隆五十四年拔貢生，官浙江浦江縣知縣。

秋日書懷

秋草没牆根，閒情獨倚門。黄花籬下酒，紅葉雨中村。且喜琴書共，須知道義存。升沉應有數，底事莫重論。

邵葆醇

葆醇，字睦民，號菘疇，宛平人，庾曾子。乾隆五十五年進士，歷官福建臺灣府同知。有《韡華吟舫詩鈔》一卷。

邳州道中

將曉留明鏡，殘輝照客顔。寒沙微有樹，薄霧不成山。村遠雞聲近，秋凉馬意閒。生平追勝蹟，今日傍江關。

送張船山太史乞假還蜀

到處狂歌擊鉢催，吟壇人競艷鄒枚。宦情閒似隨孤鶴，歸思濃於釀舊醅。岳色河聲連蜀道，酒痕塵影憶燕臺。他時重話春明雨，喜有新詩滿篋回。

辛酉解餉赴蘭州歸途書懷

其一

幕府文書轉餉遥，邊城征馬去蕭蕭。天連紫塞三千里，人到黄河第一橋。秋氣祇應悲宋玉，壯心猶自説班超。漫言烽火頻經地，笑向沙場倩酒澆。

其二

亂峰高下入西州，兹事平生亦快游。故壘千年曾轉戰，空山六月似深秋。凉飆隱隱生虚壑，絶頂盤盤立戍樓。極目金城亭障遠，思鄉懷古共悠悠。

其三

宦客馳驅負半生，門閭倚徧淚縱横。爲憐杼柚東人賦，又佩弓刀塞上行。書寄海天愁絶域，夢迴秦月數歸程。春暉寸草吟游子，難慰堂前白髮情。

其四

古驛空濛斥堠閒，隴頭流水聽潺潺。何人夢斷荒雞舞，有客情同倦鳥還。異地班荆重話舊，中年對酒强開顔。灞橋又是銷魂地，槐葉森森暮出關。

濰陽途次

去日榴花照眼紅，歸來黄菊繞籬東。短衣匹馬半天下，隴樹秦雲猶夢中。秋老河梁辭社燕，月寒關塞送賓鴻。莫嗟行路難如此，苦戰頻年壁壘空。

癸亥立春日萊城書懷

其一

又是東風轉斗杓，漸舒青眼柳千條。山城地迥春難到，海國天寒雪未消。官裏心情鐙似訴，客中魂夢酒頻澆。者番真箇歸期近，一事差堪慰寂寥。

其二

徵鞭昨指古凉州，爛醉蒲桃汗漫游。隴坂河流通大夏，灞橋柳色曳初秋。故人惜别新詩少，獨客逢春往夢留。欲請長纓還自問，幾曾簪領得封侯。

白溝懷古

開國詒謀弱勢成，子孫啓土自連兵。天書難洗澶淵恥，歲幣徒寒海上盟。叔夜北來心慷慨，文山南望淚縱横。瓦橋關外波流急，一綫何如萬里城。

微雨渡江

去留蹤蹟豈關人，一棹烟波自在身。魂夢東山經歲别，樓臺北固入秋新。天盤危塔横飛鳥，雨灑空江濯鉅鱗。聞説中泠泉勝絶，昔賢何事苦思蓴。

濰水懷古

持節王齊意詎猜，决囊破楚勢如摧。興亡劉項真操券，生死良平總妒才。戰骨已隨秋草没，殘沙猶擁海潮回。英雄兒女都消盡，落日中流鼓楫來。

王定柱

定柱，字于一，號椒園，正定人。乾隆五十五年進士，歷官浙江按察使。有《鴻泥吟椒園詩剩》。

《紅豆樹館詩話》：先生初選雲南師宗令，由京赴滇，著《鴻泥日録》四卷。丙寅入都，著《續録》四卷，紀山川風土，仿陸放翁《入蜀記》、樓攻媿《北行日録》。保山袁文揆序之，謂能質有其文，情韻兼至。先生博覽好古，不廢考訂，近日餘姚翁元圻鳳西撰《困學紀聞注》，與先生參稽指畫，多所發明。又著有《學庸古義》《老子注》《椒園文集》若干卷。

南皮張烈婦詩

瑶池覲仙靈，宫闕鬱菁葱。梧桐一千尺，和鳴雙鳳凰。何時謫墮地，化作琪樹雙。婉娩蘭閨秀，家世儀周京。大人富文史，結綬宰名邦。少小秉淑姿，窈窕而溫良。儀度出神仙，玉骨冰雪腸。七歲嫻禮儀，十歲曉詞章。十二女紅畢，裁素織流黃。綽約十三四，蘭桂揚春芳。十五上鸞笄，有客入門來。捧手白阿翁，囁嚅前致詞。云有張公子，十五抱儁才。刮竹著羽笴，此郎貴不疑。家世君所知，觀察領數州。轉漕制千里，夾轂雙鳴騶。知君有好女，嬌惜如明珠。年齊德亦埒，下意輒相求。兔絲附女蘿，可得共命不。阿翁大歡欣，舉手爲客言。此郎既夙識，恂雅復能文。門祚兼不惡，況接里閈間。感荷區區意，百可當何云。輒便相聽許，私心亦愜焉。客返締盟言，燕婉從茲始。荏苒冰泮初，笙歌備百禮。騎從闐廣陌，筐篚溢庭除。棗栗爲嘉贄，鳧雁雞羊豬。羅綺一百箱，揄翟在上頭。寶釵三十六，瑟瑟間珊瑚。掩涕入青廬，含悲別父母。生女定何益，去親爲人婦。康樂莫相念，憂思損年壽。努力加餐飯，臨辭重回首。上堂見舅姑，舅姑大歡喜。令父好家範，進退稱人指。衰老藉扶持，願汝多繁祉。好在相扶將，小姑小郎子。再拜歸房中，見夫面發紅。琴瑟一時軫，人生百事終。蘭窗足圖史，羅幌搖清風。郎讀妾刀尺，夜夜寒秋鐙。人生一何促，願君及朝陽。風雲有時會，變化爲鯤鵬。鴻案四五年，星斗搖文江。指顧拔幟登，卓犖闤闠中。造化非忌才，何爲降酷毒。尫瘵辭卷牘，羸頓親牀蓐。膏肓二豎逃，鍼藥百千束。瞠目戀襁兒，聲喑淚還續。握手涕闌珊，對此摧心肝。君身諒不諱，妾命豈獨完。銀河澄清曙，北斗正當門。匕首白差差，瀝血誓帝天。髮膚豈不愛，遘此絕命辰。未殉身已死，何恡土壤間。脫手飛玉雪，羅襦濺血殷。誠堅真宰泣，謫滿列仙還。五年伉儷情，人生竟如此。夜臺風景惡，忍令君獨死。入地會相見，未敢刑鼻耳。願君少相待，攜手黃泉裏。上堂辭舅姑，舅姑涕滿巾。新婦負苦辛，荼蓼丁衰門。下有黃口兒，一髮千鈞縣。願無作死計，相扶度朝昏。小姑下堂來，拭我雙啼痕。顧此兩垂白，知復當幾年。人生一世間，衰草栖驚塵。願勿作死計，努力念來昆。長跽白舅姑，願尊自珍惜。新婦魂已斷，虛活定何益。眊悴心力盡，不能奉顔色。小郎夙孝謹，足以慰遲夕。孤穉依翁叔，寧異在母側。況復賃乳媪，誠謹心專壹。新婦事已辦，逝將歸幽室。但恐先逝者，怪我多引日。詞終再拜退，還歸入我房。訓狐啼清晝，愁燐飛空牀。拂拭君几硯，淚綆殘紅冰。貌君著素壁，耿耿秋蟾光。月魄有圓缺，妾志無參商。舉手謝父母，畢命朱絲繩。魂當隨君去，尸還挂君旁。生生與世世，魂魄莫相忘。舅姑淚如瀉，小姑涕淋浪。鄰里相歎詫，綽楔表其鄉。賤子拜下風，敬祝一瓣香。願君雙比翼，帝錫壽而康。生作忠孝人，以爲世紀綱。乾坤爲清熙，河岳不騫崩。應知瑤臺上，雙鳳復來翔。

華嚴洞

我聞華嚴海，佛義大方廣。調御兩足尊，人天衆皈仰。密行普賢修，圓慧曼殊長。善財五十三，轉轉竿頭上。巍巍功德山，風雲變靈響。芥子與須彌，恢含妙無兩。何時耆闍峰，分此一竅爽。洪濛孕離奇，太清耀虛朗。巖危神物恃，龕幽造化奬。六藏蟄寶龜，狂馴絡香象。宏慈奠奧區，陰泉閟慌悦。稽首契真空，大千皆鼠壤。洞門一片石，光明韜煜晃。手捫儼膚澤，側臨出妙像。傳聞邋遢仙，貽此狡獪賞。天子馳蒲輪，其蹤忽已往。燕飛入樓臺，月沉落林莽。一絲衆烈扶，餘臟空王養。胡濴亦何爲，求仙無力迋。殘碑自靈妙，古懷俄悵惘。太息望長陵，不及蒲團享。人事任謬悠，實界無塵坱。却漱石溜寒，慈雲寄翹想。

奇石歌用漁洋《揭鉢圖》韻

粗石自頑獷，傖絶屠沽兒。細石雖娟潤，頗愧脂韋師。白塔村左千石頎，森束戈甲弢旌旗。秀拔俶詭誰能爲，如人班立齊肩脽。後者如憩前如馳，挂如捘腕相謷訾。踊如虎攫蛟騰踞，奔如追尋顧如遺。綴如縈綆縻鼪貍，奮如揚鉦震靈夔。朱亥眥裂竿植彨，穆如御寇杜德機。詹尹正襟方然龜，憤如靈胥樹櫝悲。慷慨鷙毅霜鐔鈹，慄如吕梁下履危。喜如絶纓談解頤，如幄如帳連岡彌。想像羽扇天人姿，仆如伏鑕槁街尸。騫如旄頭揚旌蕤，或如籧篨如戚施。如撞如距如漣洏，魋結如徠驃徼夷。交肱扣頷匃恩慈，肌膚迸坼羅瘢痍。軼聞荒唐傳者誰，我昔彷彿曾聞之。千隊宵徵氣淋漓，居者隱闤闠銖鰲。天雞一鳴立若癡，晨看化石依榛茨。飽饕風露無渴饑，幽怪難入蝤軒詩。我采瓊瑰瑞鋤犁，旁詢齊諧恢危詞。摩涷那惜右手胝，南山雄構誰容追，投筆拊案三嗟咨。

再别鎮遠山水

人生熱宦何時足，手版腰章三斗俗。青山碧澗欲移文，却將從禽占即鹿。開襟不解貯烟霞，何用便便人負腹。我生百事淡欲忘，惟有看山樂事獨。游蹤直盡天南頭，每爲靈奇留信宿。况更馳驅華鬢催，泥痕過眼皆風燭。林巒供養緣久慳，空遺齒牙流剩馥。黔山初到曾蕩胸，嵐如翠黛波如玉。十七年内四經過，鹿蕉尚未黄粱熟。窮邊盾劍五暑寒，暫游便覺閒身福。治中别駕古何人，今非驥騁容貂續。一别金碧向京塵，雨雪三旬苦迫促。重過勝地離思濃，擬覓生綃寫洪谷。那期塵鞅易羈縈，仍遣足音限游躅。匝月初逢霽日鮮，殘陰猶怯春雲簇。一篙新漲泛清潫，雖阻龍登容私淑。買船且趁黄棉燠，小桃淺絳輕篁緑。真慚宿諾迂山靈，息壤刻詩還自讀。

雷雨

瀑急船初繫，灘昏雨驟來。風威動檣櫓，水氣壓亭臺。夜窟蛟螭靖，蠻雲瘴癘開。低徊江漢地，失箸憶雄才。

晨寒

中嶺變陰晴，新寒病骨驚。磯腰摩石過，水面壓雲行。拙漸疏吟興，衰應減宦情。牽船人病涉，嗟爾亦蒼生。

渡黄河

形勝中邦最，河流萬水尊。千帆互吞吐，一帶控乾坤。槎影凌天漢，濤聲撼禹門。祇應濟川者，繫檝誓酬思。

過洞庭

打鼓晝揚舲，長風度洞庭。寒吞初日白，浪失暮山青。星野包三楚，魚龍舞百靈。利帆何處泊，鐙火出烟汀。

蘆林潭元日作

漠漠輕陰側側寒，長堤春到似長安。聊存世法名添歲，試製新題紀履端。地少親賓文貌簡，惠沾廝養酒腸寬。遥知稚子斑衣舞，一樣和風兩地歡。

初見黔山

到黔山水亦清嘉，雜樹垂厓半欲花。船背波光飛倒影，山腰雨氣壓晴霞。平橋策策通漁港，樵徑盤盤近酒家。驚斷篷窗千里夢，瀑流吹落翠筠斜。

李元禮祠

破柱神羊志已伸，龍門尺地迥嶙峋。東京祚盡摧山斗，北寺權高殪鳳麟。差遜太邱能達節，真羞張儉漫依人。鄉邦難盡清流恨，伏臘空留俎豆新。

次壁間韻

極望蒼烟入泬寥，壯游豪興老應銷。栖遲潘岳秋添鬢，憔悴東陽瘦到腰。十載簿書疲棐几，三年盾劍寄藤橋。朝宗暫乞閒身假，枰局何妨半劫饒。

望山居幽處

傍水依山衹數家，犁泉種石送年華。比鄰老友饒奇樹，對字新知是落霞。長得兒孫能問字，呼來禽鳥伴栽花。從君乞取三間屋，不用遥尋勾漏砂。

安平霧中用舊韻

其一

漠漠重陰獵獵風，新泥没徑屐難通。宵來早拭看山眼，剛落南宮淡墨中。

其二

半嶺微茫一徑開，倚窗呵凍撥雲來。相逢剩有平橋柳，憶見山農手自栽。

村沽

初壓茅柴榾柮新，銜寒買酒莫辭貧。木蘭船上天涯客，一笑東風又送春。

石虬亭

萬里南天有到時，石虬亭畔問花枝。七年三對辛夷放，慚愧星星鬢欲絲。

金紹驥

紹驥，字竹村，天津人。乾隆五十七年舉人，官文安縣訓導。有《竹村吟稿》。《津門詩鈔》：竹村書法董香光，静默少言，風度閒遠。中年病廢，詩如《病馬》云：『此日縱教生虎脊，幾人更信是龍文。迎風無力嘶邊月，伏櫪何心踏塞雲。』《病鶴》云：『莫嫌憔悴精神減，依舊清標異衆禽。』其寄意亦可傷矣。

早發蔡村

五更風露冷，客子最銷魂。馬蹟黄沙路，雞聲緑樹村。驛樓殘月小，溪岸曉烟昏。頻聽疏鐘度，經過野寺門。

丁文鈺

文鈺，號蔗鄉，通州人。乾隆五十七年舉人，官山西屯留縣知縣。

齊河道中

麥田遥望碧於苔，春冷桃花半未開。忽聽前村聲軋軋，小車斜挂布帆來。

王廷建

廷建，字荔塘，任丘人。乾隆五十七年舉人，官固安縣教諭。有《吹劍集》。《任丘縣志》：廷建博通經史，過目不遺一字。弱冠舉於鄉，三入禮闈不第，遂絶意進取，以詩歌自娱。

雲霽郊行

閒訪梅花過别村，芒鞋竹杖净詩魂。樓鐘聲咽僧歸寺，酒店香寒客到門。幾點栖鴉翻樹影，一弓新月浸冰痕。灞橋驢背添幽興，作賦何須擬兔園。

馬學賜

學賜，字葵園，遷安人。乾隆五十八年進士，官陝西渭南縣知縣。

題高晉三小照

風雪黯黴袍，悲歌撫孟勞。客星沉瞰浦，遺像活添毫。門閥桐枝衍，楹書鶴錦韜。百年傷逝賦，額額玉山高。

蔣第

第，字次竹，號問樵，盧龍人。乾隆五十八年進士，官山東青州府同知。

送家我懷赴京兆試

袖裏詩皆席上珍，漫攜行卷踏緇塵。如椽鉅筆能扛鼎，若谷虚懷尚問津。衣鉢此生垂白感，雲霄幾輩出藍人。槐花柳汁須臾事，莫負青青兩鬢春。

冉玉行

玉行，字朗山，高陽人。乾隆五十八年進士，官廣平府教授。

悼側室劉氏

微官落拓滏河邊，無那摧殘錦瑟絃。花謝可憐春夢短，月沉難望夜光圓。自傷鏡裏休文瘦，長憶閨中絡秀賢。黄土一抔何處是，雲山迢遞草芊綿。

王殊渥

殊渥，字佩新，號古愚，竇坻人。乾隆五十九年舉人，官山東濟寧州知州。有《且住爲佳軒詩》

二卷。

高繼珩《舅氏古愚公墓志》：先生初補浙江蘆瀝場大使，調下砂場，俸滿，保薦選山東齊東縣知縣，調歷城，升東昌府同知。調濟寧直隸州知州，捐升道員。先生精敏仁恕，通達治體，服官三十年，大吏倚如左右手。所居民愛，所去民思。宰歷城，嘉慶十八年九月，定陶一帶白陽教匪爲亂，先生偵知反狀已明，請於大吏斬先獲教首崔士俊等，以絶覬覦。歷城刑人嚮在南校場，時匪黨二千人伏南門外，謀劫以叛。先生調兵衛南校場，而潛押崔士俊等於西門羅城斬之，其能謀善斷皆此類也。事平，撫憲檄總理審案軍需清查局，時三局册卷庋閣如鉅山，先生手目并用，旬日之間能舉其首尾。大吏信先生，有素案，非先生署押不定。先生亦思有以報知己，不自惜其精力。核册卷，率至漏三四下，一字未安，不敢寢。軍需報銷數百萬，清查虧空數百萬，皆其手定。而平反疑獄，定爲信讞者，亦以萬計。旋有構先生於大吏者，奏參冒攤軍需，奉旨革職拏問。先生之省，每食兼人，比寢，鼾聲如雷，已而審係誤參，開復原官，分發山東，歷署濟東泰武臨道鹽運使。卒年六十。

《紅豆樹館詩話》：古愚詩不多作，然抒寫性靈，時多佳句，如『宦情閒似鶴，人意懶於春』『山枯春意晚，人少爨烟寒』『散衙朝判牘，聽雨夜鈔書』『移花醒蝶夢，轉枕聽春潮』『孤鐙聞雁夜，小雨落花時』『霜從昨夜降，寒覺異鄉多』『雨昏村入畫，廟古樹生鱗』『村酒淡無色，壁鐙寒有花』。挹其風味，皆淡而彌旨也。

秋夜

深夜凉如此，難禁月透紗。乍醒忘是夢，小病亦思家。計日書應到，臨風望轉賒。秋聲何太急，游子在天涯。

清明

我來客海外，客裏又清明。已覺難爲子，何由慰所生。松楸虚兩歲，風雨正三更。曉起衣初著，春暉別有情。

釣臺於睡中過之，詩以志悔

此錯焉能鑄，高風杳莫親。星爲天上客，我愧夢中人。已過斯陳蹟，無緣亦夙因。蒼凉多古意，風雨暗江濱。

遲蔣冶師不至

鐵篷風清夜，空江月白時。頻年同作客，小別亦相思。攜手晴川閣，聯吟黄鶴詩。桂花湖上早，莫負此心期。

周廷俊

廷俊，字子及，號茶農，宛平人。乾隆五十九年舉人，官廣西馬平縣知縣。有《味雪廬詩稿》。

李雲章《序》：周丈狀貌瑰偉，秀韻在中，詩文書翰，高簡有法。嘉慶戊辰，罣議留粵，賃屋杉湖，與予過從無間。郡中文士咸樂與游，君所撰著，亦由是益進。

題灕江送別圖，爲孫紳泉，時將歸蔚州

五載思歸歸不得，年年却送行人北。今朝君復舍我歸，轉索詩歌壯行色。歌詩送君象鼻山，行將相訪紫荆關。關前雪片大如掌，并馬西山射虎還。

夜坐聞絡緯聲書懷

何處得秋聲，籬邊絡緯鳴。疏鐙聞孤館，凉月上三更。又近裝綿候，難禁別緒生。來朝泛湘水，迴看雁南征。

題雲峰寺壁

依巖架佛廬，下瞰灕江水。坐久來雨聲，檐頭落榕子。

邊士圻

士圻，字芸坪，號爽軒，任丘人，士培弟。乾隆五十九年舉人，官山西神池縣知縣。有《爽軒集》四卷。

松樹塘

束橐凌晨發，車羸午暫停。小橋翻浪白，細雨洗山青。路曲如旋磨，峰高可摘星。客來探古蹟，一問漢碑亭。

八月十五夜同意庵玩月

月色凉如許，羈人意若何。莫將兒女淚，流入隴頭歌。擊劍鐙光亂，張琴夜露多。非君能好我，底事屢相過。

乙亥冬赴靖邊關

耿耿星河欲二更，驅車未至靖邊城。風高遠戍笳聲壯，月黑遥山虎眼明。七尺常縣歐冶劍，三年從事耿恭營。何當一洗書生儒，獵取黄羊手自烹。

施德寧

德寧，字静遠，號致園，静海人。乾隆五十九年舉人。有《致園詩草》。

擬謝元暉京路夜發

策馬去坦道，迢遞逾嶠岑。寒月浸彼岸，繁霜霑我襟。明珠疇暗遺，星光燦林陰。錦繡帝王都，迥首何静深。飄蓬慨蹤蹟，浮雲嗟古今。寥寥邁徵意，悠悠跋涉心。抽思愁寡和，烏啼亂余吟。

李泉

泉，字水薌，宛平人。乾隆六十年進士，官山西平遥縣知縣。

西樓對月

湘簾半捲夢初醒，皓月團團入畫欞。萬里秋光空際得，一樓虚籟静中聽。霓裳有曲今誰按，玉杵無聲夜暫停。莫怪孀娥嬌不語，早從雲外遞芳馨。

步毓巖

毓巖，號蔭軒，棗强人。乾隆六十年進士，官河南泌陽縣知縣。有《樂饑草堂詩》一卷。

秋夜旅宿

返照竹林西，斜陽送馬蹄。村環清澗水，人過碧山蹊。皎月銜峰上，疏星傍户低。徘徊空砌下，四壁晚蛩啼。

送客

吟鞭何處去，攜手送君游。江遠拖明練，沙多起白鷗。關山千里夢，風月五湖秋。驛使他年至，遥憑報隴頭。

都中秋夜别李明經春臺

客中送客最關情，凉夜殘杯盡意傾。話到更闌人寂後，夢魂已逐雁南征。

沈樂善

樂善，字戢山，號秋雯，天津人。乾隆六十年進士，官貴州貴東道。有《黔中草》。

《津門詩鈔》：公讀書攻苦，步趨方正，歷官二十年，風操介然，家無擔石。

夜宿雲母山

一徑緣松脚，巖扉鎖石清。溪雲釀花氣，山雨入泉聲。筍蕨僧厨味，壺觴旅客情。薄眠空翠裏，竹月夜深明。

李肆頌

肆頌，字彦三，號松潭，滄州人，廷敬子。乾隆六十年舉人，歷官雲南臨安府知府。有《放鶴軒吟草》。

送范梅仙之任粤東

扁舟昔向武陵去，曾唱驪歌爲送行。十二年來重聚首，八千里外又孤徵。家山風景君須記，宦海波濤我亦驚。應有坡公遺愛在，甘棠到處繼難兄。

王殊澤

殊澤，字泗和，號雨膏，寶坻人，振榮子。乾隆六十年舉人，官河南登封縣知縣。

之官四川留别諸兄弟

客子將之蜀，殷勤屬弟兄。居家惟儉約，處世必和平。母老身多疾，兒癡學未成。臨歧三四語，無限别離情。

田籍

籍，字千畝，號敬亭，大興人，志勤子。乾隆六十年舉人，官貴州候補知縣。有《篤慎堂詩集》。

安陸

二月春深杏頰肥，濛濛江上雪花飛。南來已是三千里，安陸城邊添客衣。

登金山妙高臺

妙高臺迥薄雲霄，幾欲臨風挂酒瓢。夜半魚龍吹沫上，鐘聲直接廣陵潮。

梁瑞霖

瑞霖，字鷗汀，正定人。乾隆六十年副貢生，官江西新德縣知縣。

早起

曉起倍清華，疏籬多豆花。呼童先汲水，盥手自煎茶。空際辨微雨，樹頭驚曙鴉。相隨小兒女，一摘晚畦瓜。

國朝畿輔詩傳卷五十三

田玉

玉，字香泉，易州人。官浙江杭州府都司。有《附蓬小草》一卷。

袁枚《序》：先生遺稿天真爛漫，意到筆隨，深合古人爲詩之意，本朝《藝文志》中可自成一家，不止與南朝沈慶之、曹景宗争勝也。

龍鐸《序》：香泉先生以學士詞宗出爲將軍武庫。璚泉卜築，詞源涌萬斛之珠；黍谷閒吟，墨審灑三春之露。山川繡錯，能言難顯之情；風土羅陳，每得無心之妙。

《隨園詩話》：田涵齋文龍宰長洲，政聲廉明。其父香泉先生就養署中，終日跨驢游虎丘石湖間，句如《海昌塔廟思歸》云：『長魚跋浪飛寒雨，宿鳥驚林墮折枝。』《寒莊旅店》云：『遥從寒水孤村外，一角青旗認酒家。』《樂安莊讌集》云：『林塘得雨儵魚戲，麥隴連雲布穀飛。』《春興》云『紅杏埭長回蛺蝶，緑楊牆短出鞦韆』『寬杯酉酒愁心醉，大字鈔詩笑眼花』，俱有夷猶自得之趣。

金山夜月

浩淼秋空夜，金焦相向明。亂檣楊子渡，遠火潤州城。風定鈴無語，江流月有聲。應知香海内，大塊總浮生。

季冬丹陽曉望

霜氣逼朝暾，寒城尚閉門。破垣孤塔寺，禿樹遠人村。地起來山脉，潮迴露水痕。雲陽舊館驛，每過一銷魂。

首夏任城使院即事

依人無悶此栖遲，深院高軒事事宜。拂面柳風剛作陣，濕衣梅雨未成絲。棋聲點案閒中味，花氣薰人覺後知。一謝故交慵不起，倦游咫尺隔南池。

虎丘讌集

喧喧歌吹趁時游，雲斂天香正及秋。詞客舫依沿岸樹，美人簾卷傍山樓。但看七里花成市，肯信三生石點頭。自是江南佳麗地，吴儂知樂不知愁。

孫鳴鐸

鳴鐸，字木齋，天津人。諸生。有《木齋小草》。

《津門詩鈔》：公與弟鳴鑾俱能詩。

冬日兖州道上

古道斜陽晚，輪蹄莫暫停。沙痕圍老樹，冰壘坼迴汀。草盡堤全白，山枯石不青。試尋投宿處，前路有旗亭。

重陽口占

對酒吟詩興轉狂，老人幸未負重陽。折來黄菊羞簪鬢，恐惹星星髮上霜。

夜雨

其一

高館凄凄冷畫屏，西風吹雨打疏櫺。挑燈欲展悲秋賦，滴碎殘荷不忍聽。

其二

丹楓零落雁初回，閣外寒陰護緑苔。廿載牢騷今夜恨，和風和雨上心來。

黄鎰

鎰，字敬哉，元城人。諸生。有《鶴陰堂詩稿》一卷。

雜詩

高堂倚虛碧，門外臨清流。盤根二古木，枝幹拏蒼虬。香秔初踐碓，春酒新開篘。垂綸得鮮鯉，聊以備晨羞。戴笠出門去，南畝事耡耰。孳尾感物化，羣鳥鳴啁啾。白華何燦燦，華黍更油油。慚愧古人意，行歌渡隴頭。

紀曾華

曾華，字芬圃，文安人。諸生。有《暗香書屋詩稿》。

林處士墓

處士墳何處，孤山翠竹中。梅開三徑冷，鶴去一亭空。石砌埋殘碣，湖波映晚虹。不知千載下，誰更繼高風。

夜雨

燈暗香銷雨未收，蕭疏庭院紙窗幽。丁園緑徧池塘草，午夜凉生枕簟秋。夢破芭蕉三徑裏，吟殘促織五更頭。明朝試看芙蓉色，遮莫啼紅逐水流。

解培垍

培垍，字築巖，慶雲人。諸生。有《鬲南詩草》。

十載

十載無家客，風塵欲白頭。漸離燕市築，王粲楚江樓。賣賦金難勝，傭書筆未投。昂藏丈夫志，且付釣詩鈎。

王樹門

樹門，天津人。

《津門詩鈔》：樹門，有《游秦晉詩草》，如《次陘山驛》云：『官槐驛路秋聲滿，野草宫牆夕照閒。』《安邑途中》云：『陶唐田井三千載，夏后提封四百年。』《過驪山》云：『豐樹夕陽連渭水，灞陵秋色近長安。』《華清宫》云：『一自飛塵驚玉輦，遂教湯殿掩金沙。』等句皆可誦。

風陵渡河宿潼關

擊楫黄河夜度關，滿川明月滿城山。帝王都會藩籬處，秦晉封疆指顧間。烽火不驚金鎖固，魚龍瀦伏水波閒。五更官燭銷紅盡，千里鄉心逐夢還。

春雨

盡日霏霏盡夜長，隔簾草色帶泥香。春城薄暮千家暗，邊地重陰二月凉。池水細生新鴨緑，柳條輕染淡鵝黄。驚心物候悲游子，雲樹蒼茫憶故鄉。

登代州譙樓

其一

舜廟空山石磴迂，趙王城堞久榛蕪。雲間峻嶺飛狐隘，天外奇峰過雁孤。邊略至今思李牧，河聲終古笑扶蘇。雄圖霸業銷沉盡，黯淡秋陰下野烏。

其二

一自陳豨據朔方，漢家始闢雁門疆。金笳細柳調征馬，玉碗蒲萄醉戰場。周衛功勳餘故壘，李程營陣付斜陽。燕支塞遠人千古，青冢魂歸夜月凉。

其三

古柏蕭蕭望晉陵，殘唐帝業一人興。沙陀龍起回青海，朔漠鷹揚振白登。百戰軍中遺宿恨，三垂岡上見風稜。於今絶塞餘抔土，落日荒原蔓野藤。

劉因炬

因炬，字絜方，號雪村，慶雲人。貢生。

冬夜

窮冬爲客日，孤館易黄昏。蕭瑟風留樹，清寒月到門。犬聲來遠巷，人語静荒村。幽寂憑誰破，新醪試一温。

朱克振

克振，字肇修，南宫人。官陜西曲江縣縣丞。有《方有齋集》。

《南宫縣志》：克振，詩學中晚唐，能自陶寫其性情，間有入盛唐者。誦韓文公爲崔斯立《題藍田廨字》，記曰：『余方有公事，子姑去。』名其稿曰《方有齋》。

燕臺懷古

高城落日晚烟平，郭隗臺空蔓草生。老樹寒鴉同黯淡，斷碑荒冢弔清明。驚沙久没昭王壘，古道猶傳耶律營。我亦頻沽燕市酒，悲歌那復見荆卿。

姜貽縉

貽縉，字綬亭，號卿雲，大名人。貢生。

山堂

山勢鬱嵯峨，虚堂映薜蘿。白雲當户滿，紅樹隔簾多。麋鹿閒爲友，羊求日放歌。主人能覆局，幽興近如何。

春日

十笏青山揖草堂，憑闌小坐看斜陽。不知何處春風過，吹落松花滿地香。

李美

美，字純之，號醒庵，盧龍人。貢生。有《清華堂詩鈔》一卷。

温序斌《傳》：先生生而篤厚，孝友性成。家素貧，刻苦向學，性尤喜詩，得温厚和平之旨。晚年旅食桃林、徐流諸塞。其詩盈萬篇，吾邑至今談風雅者，咸宗尚之，號曰樂吟先生，卒年七十五。

榛子鎮

雨後沙路平，夕照明村堡。驅車過石橋，泉聲殊浩浩。近指炊烟生，遠望山雲掃。翹首渺赤峰，離緒縈懷抱。衰柳更呼風，秋滿灤陽道。

秋柳

秋雨秋風閲幾朝，疏慵無力舞宫腰。已看水面垂垂老，猶向霜前冉冉飄。去日小蠻思婉娩，當年張緒勝蕭條。却憐瘦影蒼烟裏，尚送行人過灞橋。

紅坡即景

閒聽鳴蟬過柳溪，雨餘沙路潤無泥。居人應愛斜陽好，一帶柴門盡向西。

王企曾

企曾，字紹宗，號西亭，開州人。諸生。有《西亭集》。

馬允剛《序》：《西亭集》學晚唐，其色澤之鮮潤，運思之周密，正不易及。

自遣

蝸殼蓬茆可寄居，人情不必問何如。籬邊野菊憑開落，天上浮雲自卷舒。隱學逋仙閒養鶴，達同莊叟但觀魚。消閒鄴架搜遺籍，補讀從前未見書。

舒其紳

其紳，號蘭圃，任丘人，歷官浙江監運使。

梁同書《舒公墓志》：公生而岐嶷，讀書刻苦自勵，凡書史中有資經濟者，每心領神會。弱冠列博士弟子，援例赴部需次縣令。初任山東滋陽，河南陽橋河漫，奉檄辦料運工備用。公以隔省運送，重傷民力，且境内採買，慮有影借勒派之事，即捐資赴豫購辦。閭閻若不知有是役者。母喪服闋，補陝西鄠縣，調咸陽，擢知榆林府事。調同州，又調西安，以卓異薦，調甘肅蘭州。時值回逆初平，冒賑案發前後刺訊以待，奏成者無虚日，公抉摘蠹敝，撫恤凋瘵，升浙江監道。兩浙地廣課繁，簿籍糾紛，出入乾没之弊，不可殫究。公清釐整飭，要歸於恤商惠民而後已，卒年五十有五。

泊南鄭

風景梁州好，舟行景更幽。山從褒谷盡，水向漢江流。漁火明沙岸，灘聲出石頭。鄰船聞夜語，忽憶武昌游。

重過清華鎮和李童山太史壁間韻

策馬覃懷路，楊花拂面輕。撩人春草色，破夢曉雞聲。風景曾相識，雲山舊有名。天邊新月好，旅客幾含情。

春寒

邊地鶯花少，黄沙漠漠飛。節驚過穀雨，人怯换春衣。殘雪明高嶺，荒雲映落暉。長安楊柳色，此日正依依。

冬日過綏德州

上郡雄關久著聞，幾回駐馬倍情殷。牛羊亂下雕陰雪，鷹隼高盤雁磧雲。賞月臺空悲帝子，朔方城壞弔將軍。傷心無定河邊水，終古寒濤映夕曛。

鄭濟燾

濟燾，字敷敬，號玉峰，豐潤人。官至江蘇松江府知府，改補刑部廣東司員外。

舒位《書鄭玉峰太守〈平苗紀事詩〉後》：『緑海參軍日，紅江殺賊時。同行萬里路，遲讀十年詩。鹽豉搴蒓菜，弓衣繡竹枝。相逢笑紕縵，我亦杜分司。』

塞上吟

乾隆壬辰，予以渝州倅從戎討兩金川。丙申二月，寇平辦善後於噶拉依，詩以志之。

纔擄雕鞍志已奇，龍泉知我一身隨。幸當太乙開鋒日，喜見蚩尤授首時。不惜窮邊消歲月，矢將駑力効驅馳。何期鞅掌風塵吏，也控天弧逐虎貔。

查淳

淳，字梅舫，號篆仙，宛平人，禮子。歷官大理寺少卿。

孔昭焜《查淳行狀》：梅舫，善篆刻，故别字篆仙。工詩，爲沈確士、厲樊榭、萬柘坡諸老所器。任四川南江令，邑有大巴坪，深林密箐，人蹟罕通。君白大吏，闢榛莽，招土著。歷攝通江巴州南部事，每曰：『所謂知縣知州者，於州縣民瘼無弗周知，興利除害，乃爲稱職耳。』旋調宜賓，時金川軍興，奉檄總理軍需，政務填委，綜理裕如。欽使李公湖、將軍阿公桂深倚重之。升雲南趙州牧，後擢廣西平樂守。有事安南，上曰：『查淳向在四川理軍需，稱幹練，其令速董厥成。』阮藩籲降，以卓異薦。所屬全州饑窶，民肆掠，勢張甚，君密遣幹役偵獲首從，分别懲創之，居民安堵。簡江蘇常鎮道，糧艘膠水次，君尅日濬治，漕船無滯。補湖南糧儲道，黄水泛溢，轉運維艱，君擘畫有方，屢險如夷。晉江西按察使，贛州民變，或欲興大獄，君曰：『吾不忍以人命爲菅蒯也。』置渠於法，餘省釋。入爲大理寺少卿，旋賜六品銜致仕。君天性肫摯，尤篤於任恤。宗人二瞻居士，國初老宿，流寓維揚，没無子，君爲表墓立嗣焉。生平邃於學，尤殫心經濟。少隨父儉堂公任粤西，講求水利，著《靈渠紀略》三卷。

弔常理齋刺史殉木果木之難

重述金酉事，縈懷殉節人。死亡惟義在，恩恤自天申。雪徼留芳躅，雲山仰絶塵。慰忠祠宇在，俎豆四時新。

王昭

昭，字建中，號鹿野，天津人。諸生。有《卧隱齋詩草》。

《津門詩鈔》：鹿野，少負文譽，工填詞度曲，與吴念湖太守并有風流之目。

約野航飲酒，比來而余已醉，醒後以詩謝之，且訂後約

蓬門開處半緣君，有約翻忘迓子雲。短榻暫時稱卧隱，醉鄉直欲與平分。夢回破屋勞仙枕，棹返寒溪冷練裙。明日定移東郭履，黄花白酒細論文。

崔大本

大本，字道源，號溪亭，慶雲人。諸生。

《津門詩鈔》：道源先生七歲而孤，事母至孝。没後，曉林免許大江爲繪寒宵煮豆圖，一時多題詠。南皮張硯溪少京兆《端城詩》云：『秋風無定樹，菽水有餘歡。庸行談何易，婉容畫恐難。』蓋道其實。

游華不注山

閒游山下路，緩步到禪林。院落新花發，庭階古木深。石橋横野水，香閣映遥岑。塵外逢僧話，悠然起遠心。

田家

茅廬臨水近，樹裏隱蓬門。閒坐聽蟬噪，新晴見屐痕。牧童吹竹笛，饁婦餉壺飧。太古風猶在，牛羊散野村。

王彤

彤，字禹城，號霞峰，東光人。諸生。有《霞峰詩草》。

丁巳元日

元日風光好，家家彩燕新。敝裘纔度臘，霜鬢又逢春。尚有陶公酒，何妨原憲貧。世間知己少，肯作獨醒人。

張樹萱

樹萱，字研莊，天津人。官江西布政司理問。

《津門詩鈔》：研莊爲人疏宕，自喜歌場酒地，徵逐無虛日，與同邑吴念湖太守、王建中茂才俱善謳歌，風流傾動一時。

問春

二月輕寒尚擁鑪，冰澌未解雪還鋪。不知江畔春消息，緑到垂楊第幾株。

王實堅

實堅，字豈匏，吴橋人，履吉子。有《冰雪齋詩草》。

過武城

入境思先哲，遲遲首自搔。烟寒浮樹迴，岸古抱城高。跋涉嗟千里，登臨愧二毛。不知今日宰，可復用牛刀。

題盧生祠

來往邯鄲客，祠前爲拂塵。不知身是夢，又拜夢中人。

魯鍔

鍔，字健庵，號泓如，天津人。布衣。有《耕心堂草》一卷。

《津門詩鈔》：公嘗學詩於黄竹老人，以『冷烟瘦鎖孤僧寺，春草寒依遠客槎』句得名。

題書室

茅廬不擇地，適意便爲家。愛貯書連屋，閒鋤草礙花。琴調清晝永，藥鍊午烟斜。更喜柴門外，堪停問字車。

霍紫綬

紫綬，字宸章，東光人。備孫監生。

下邳

湖水潺湲抱郭斜，西風撲面卷蘆花。草橋進履人何在，落日荒城噪暮鴉。

淮安夜泊

孤城月影雁連天，畫角沉沉動野烟。半榻殘鐙千里夢，黄華亭下一宵眠。

梅履端

履端，字雅村，天津人。有《拙石山房詩草》一卷。

《津門詩鈔》：王成烈曰：『舅氏中年學畫，遂成絶藝。竹法文與可，蘭法鄭所南，尺幅片紙，争購爲寶。游蹟半海内，卒不遇。』

遣懷

時乖何所託，老屋且埋頭。儘有書中味，能消静裏愁。竹寒雙屐雨，菊瘦一瓶秋。往事今全悟，休言志未酬。

瓶梅

膽瓶閒插小梅花，移映書窗日影斜。骨格雖寒風味古，自宜相賞在貧家。

袁正琯

正琯，號瑶圃，静海人。諸生。有《蕉窗存稿》。

讀陶詩

閉門秋色裏，風葉滿階除。獨翦窗前燭，閒披案上書。寒蟲秋院静，凉月夜堂虚。此際心偏遠，淵明實啓予。

水仙

冷落仙蹤幾度秋，春風一夜别滄州。嫩金低綴明璫小，膩玉深嵌寶鈿柔。疏幌月寒迷舊夢，閒庭烟重鎖清愁。洛川空感陳王賦，搔首凌波恨不休。

竇徵榴

徵榴，字桂園，豐潤人。諸生。有《征次吟岳陽吟草》。

王庚《序》：舅氏桂園先生，負不羈才，詩灑然出塵。丁母憂，築斗室坐卧其中，悲來輒哭，遂攖痼疾，年三十而歿。舅氏一門風雅，長姊蓮溪、次姊蘭軒俱嫻吟詠，著《並芳集》行世。蓮溪有《詠虞美人》句云：『妾心甘逐徵芳隕，不共飛花入漢宮。』蘭軒有《助夫子禫祭》，句云：『他時縱遂男兒志，列鼎難酬孝子心。』俱立言有體。

揚州

扁舟下緑水，撥棹過維揚。隋帝今無樹，歐公此建堂。漕鹽當孔道，淮海接巖疆。所恨非初夏，難逢芍藥芳。

過小孤山

見説潯陽地，揚帆此日經。小孤傳勝蹟，廣殿祀娉婷。浪卷千重白，山留一綫青。應知神力大，安穩鎮洪溟。

淮安即景

烟水見三洲，分疆古楚州。誰能知帶劍，我欲賦登樓。地足漁鹽利，風生葭菼秋。築堤應鞏固，安穩障黄流。

江寧懷古

扁舟秋向秣陵過，弔古頻教唤奈何。形勝至今猶鉅鎮，英雄終古付江波。蘆飛亂雪青溪晚，柳帶斜陽白下多。撫景蒼凉西去客，興懷慷慨一悲歌。

王廷樞

廷樞，字蘆汀，滄州人，耿光子。貢生，官廣西桂陽縣知縣。

夜過洞庭

曉發武昌門，夕渡黄陵沚。日暮江帆遲，洞庭八百里。微風澹無波，明月照天水。隱隱見君山，鐘聲翠雲裏。

見落花

花飛欲暮天，飛向阿誰邊。東鄰有思婦，莫墜綺窗前。

張述渠

述渠，字訪漁，任丘人。諸生。有《訪漁稿》。

聞砧

故國思千里，清砧處處多。遠人聞也未，長夜冷如何。楚楚聲偏急，纖纖手定呵。底須催木葉，客鬢欲先皤。

胡睿烈

睿烈，字炅齋，天津人。諸生。

《津門詩鈔》：炅齋有《人日立春同人集午晴樓，調寄〈一萼紅〉呈朱七橋先生》，詞云：『峭寒天。有含枝殘雪，晴壓畫樓偏。竹葉分杯，芹芽改席，宜春帖子頻黏。憶此日、鏤金人瘦，綴釵梁、錦石小如錢。最是關心，何堪重賦，雁後花前。羯鼓聲聲清書，漫留情湘管，調寄紅絃。積水雲輕，璧絲風細，早又深院祈蠶。悵倚徧、闌干十二，溯往事、都付夢中烟。欲譜新詞折柳，怕到啼鵑。』

過慶國寺訪子憨上人

乘興來初地，風高海色殷。斜陽孤磬渺，古道兩松閒。鶴子時依佛，鮫人夜叩關。支郎緣法妙，相對説無還。

過宜亭舊址

清絶城西路，繁華幾日春。管絃空燕語，屏障但凝塵。無復傳觴地，猶多看竹人。風流不可問，溪水碧粼粼。

喜高三孝廉藹重來津門，即席分賦，時上巳前二日

其一

故人不見又三年，海國重逢笑拍肩。芳草緑齊調馬路，春波晴展浴鷗天。未容車轍喧門外，依舊鶯花繞屋邊。太息流光彈指過，幾時歸辦買山錢。

其二

駭緑紛紅色斬新，城南韋曲最宜春。當門時拂惺忪柳，入座都無襏襫人。但乞一觴兼一詠，莫論誰主復誰賓。水嬉尚有湖亭興，小海歌中走馬頻。

莊石璞

石璞，東光人。諸生。

秋日村居

暝色延林徑，歸來興尚存。雞栖秋樹頂，蛩語古牆根。作字書蕉葉，移花入瓦盆。蕭然吾自得，此意與誰論。

張賜寧

賜寧，字桂巖，號坤一，滄州人。官南河通州州判。有《黄花吟館詩集》。

《津門詩鈔》：公工繪事，游京師，與羅雨峰山人聘齊名。紀文達公昀、法大司成式善尤重之。晚年罷官，僑居揚州，傳畫法於長子百禄。

李兆元《十二筆舫雜録》：桂巖工寫生，潑墨淋漓，饒有逸致。瑶華道人《詠百合花》詩云：『瓦注何妨種玉姿，如蘭芳韻兩三枝。天然太素無人識，寄語滄州老畫師。』《墨香居畫識》：『坤一山水精妙，蒼秀渾厚，超然拔俗。』

曾燠《贈張桂巖詩》：張侯作官二十年，不進一階無一錢。所得江南好山水，宦囊傾倒皆雲烟。烟開揚州五湖白，雲接荆門萬峰碧。朝暉彩翠明當空，暮雨蒼茫入無極。中間忽曠忽幽阻，誰爲翦裁誰爲補。張侯對此融心神，大笑有緣官此土。今人作畫但橅古，閉塞天機習規矩。天然粉本在目前，何必荆關復董鉅。日從簿書苦不閒，簿書正患規矩煩。一如論畫取形似，有法無意徒昏昏。亟召家人將酒至，要爲胸中洗腸胃。三杯徑醉神忽來，落紙丹青盎生氣。昨來爲我圖谿漁，舊游宛在西子湖。波光裔裔蕩嵐藹，風勢獵獵翻菰蒲。沙鳥刷翎意將發，舟人招手如可呼。餘暉圖外更縹緲，元氣殆與青冥俱。張侯時亦寫花竹，著墨無多姿致足。名家畫品何由高，襟抱過人差免俗。張侯不減曹霸貧，終日坎壈纏其身。或有諷之求富貴，看山還復行江濱。

題畫

秋高天宇清，蘆花滿洲渚。渺渺萬里江，孤帆向何處。

金陵閒眺

萍動知魚上，春深覺燕忙。可憐金粉地，一片菜花黄。

靈隱道上

翠濤萬派潑長松，幽崦横茅復幾重。不解清泉何處落，深山送出午時鐘。

燕子磯

燕子磯頭燕子飛，朝朝送客帶斜暉。秋來燕去磯仍在，衹有天涯客未歸。

左之準

之準，號蔭江，河間人。貢生。有《百藥堂詩稿》。

曉行過趙北口

策馬雞鳴後，歸程趁月光。夢隨孤戍遠，愁轉五更長。日出烟村曉，風摇堤柳黄。十三橋踏徧，不語自悲凉。

沈銓

銓，字季掌，號青來，天津人。有《六琴十硯齋詩草》。

《墨香居畫識》：青來山水師石田翁，花卉宗惲南田，常游京師，瑶華主人雅重之。生平慕黄山之勝，偕程音田考功至歙，與莫山人葵齋裹糧同游山中，怪石古松奇葩異卉，咸爲圖繪，無不逼真。

題畫册贈程亦園中翰

萬木飛黄葉，霜風酸客心。關山無伴侣，驢背自孤吟。

王本仁

本仁，字聚之，號梅村，東光人。諸生。有《菘香堂詩草》。

客鈞陽將歸留别唐虞階

輕裝欲東馬頻催，又是浮生夢一回。寄蹟不殊鴻爪印，還轅猶及菊花開。囊空愧比西陵石，誼厚難忘北海杯。别後何堪重回首，西風斜日冷釣臺。

寧岐昌

岐昌，字雝喈，號支山，樂亭人。諸生。有《又新堂詩稿》。

寄友

天涯君遠别，孤鳥寄秋林。信斷雲山隔，思深夢寐尋。屋梁千里月，膠漆五年心。若遇長天雁，還須寄好音。

山行雜述

山行人不厭，況復趁春和。虎露崚嶒石，龍分大小河。無名林鳥語，隨意嶺雲過。忽有樓臺現，平城夕照多。

黄掌綸

掌綸，字展之，號吟川，大興人。官國子監典簿。有《春倪草堂詩》一卷。

蔡本俊《序》：吟川於詩、古文詞、書畫、篆刻，無不精妙，名重一時，論者以文待詔目之。

《墨香居畫識》：吟川幼沉潛篤學，尤酷嗜金石文字。詩學杜樊川、許丁卯。行楷書俱有古致，旁及繪事，師法荆關，用筆嫣潤，布置寬閒，有大家風格。

《津門詩鈔》：吟川書學山谷，瘦峭多姿，畫亦遒逸不俗。

送葛寶光南歸

與君聯襼入成均，文字知交誼最親。此日河橋傾別酒，數年風雨聚同人。櫺門石鼓探奇篆，燕市銀鞍逐輭塵。惆悵黄金臺畔望，鳳城楊柳不勝春。

樊宗澄

宗澄，字鑑塘，天津人。宗浩弟。諸生。有《寒竽集》。

常州晚發

霏微細雨暮春天，江柳低垂輭欲眠。一帶紅鐙依緑水，靚妝人在畫樓邊。

王孫蘭

孫蘭，字紫畹，慶雲人。諸生。有《晴雨軒詩草》。

即事

舍南舍北盡清渠，半種來牟半種蔬。踏罷桔槔無一事，緑楊影裏自翻書。

鮑琮

琮，字澤方，通州人。諸生。

雨中有懷高參之

花事飄零暮雨天，東風并力送流年。衡門近日經過少，茗碗詩筒一悵然。

李泰

泰，字讓山，宛平人。

看杏花

數枝濃艷映窗紅，無限韶光入望中。不負栽培開似錦，一鞭垂袖領春風。

史鑑

鑑，字晉狐，號鏡湖，天津人。貢生。

《津門詩鈔》：先生工楷書，性方正，以古道勉後學。高春江孝廉潮，少受業於公。卒無嗣，春江葬之。

即事

睡起渾無事，庭前得自如。野花三徑滿，村酒一杯餘。詩逐層雲起，人緣積雨疏。荒園秋又到，搔首獨踟躕。

曹焕

焕，字闇然，通州人。諸生。

送客

駿馬嘶垂柳，清尊對落花。離亭一步地，門外即天涯。

郊行

桃花紅落李花明，桑葉青時布穀鳴。勝有閒田耕未畢，緑楊烟裏叱牛聲。

金銓

銓，字鈞衡，號野田，天津人。諸生。有《野田存草》。

《津門詩鈔》：先生書法鍾、王，詩宗陶、阮，高淡不慕榮顯。阿雨窗林保都轉長蘆，聞名造訪。李海門符清宰天津，贈句云：『六書褚登善，五字韋蘇州。』與康達夫、郝石臞、查次齋、周大迂結社聯吟，卒年七十餘。

寄芥舟先生

別是初春夏又過，陰陰庭樹鳥慵歌。貧中世慮消難盡，静裏離愁感更多。沽上傭書今復爾，長安賣畫近如何。倘逢斯道堪容處，願負奚囊出薜蘿。

邵廷杰

廷杰，字雪樵，寧河人。諸生。有《清吟巢詩鈔》三卷。

雨後薊門道上望東北一帶諸山

遠山凝佛頭，雁齒排霄漢。畢呈造化奇，勢壓雄且悍。蜿蜒趨遼東，千夫莫能扞。崆峒指何峰，田盤隱復見。譬彼烈丈夫，衣冠新漱盥。睹我驅車來，雲端近相唤。天地大光明，表裏朗初旦。千層萬層紫，一一斜陽散。爽氣浸心脾，長歌倚天半。

穆得元

得元，字東軒，固安人。官延慶州訓導。有《漸于集》三卷。

官舍夜吟

廣文官獨冷，僻地恰相宜。塞近迎寒早，山深得月遲。課書頻翦燭，看劍幾傾卮。吾自尋吾樂，良宵一詠詩。

夏日即事

近因幽興極，全與世情疏。掃徑苔凝帚，耘花蝶避鋤。鑪烟看裊篆，鼎沸聽盤車。倦卧時成夢，人來送異書。

趙庭荃

庭荃，號湘三，涿州人。貢生。有《湘三詩稿》。

晚入上房山

支筇萬嶂來，深入白雲隈。撥草尋人徑，攀蘿上石臺。寺門敲薜荔，僧院鎖莓苔。一點秋鐙閃，茫茫紫翠開。

漫興

六十四年人，蕭騷鬢似銀。才先今日盡，家甚昔時貧。籬菊香如故，園菘味又新。老難忘素業，鐙火夜窗親。

晚行

碧雲黄菊冷秋光，馬尾塵飄道路長。最是旅人魂斷處，兩行衰柳送殘陽。

雪中

寒光一片照孤村，鴻爪依然是舊痕。抱膝高吟消歲暮，有誰來扣雪中門。

新秋

深巷行來步步幽，人家清似入新秋。凉風一陣來何處，吹落槐花亂打頭。

戈昫

昫，字彧蘭，號東扶，景州人。諸生。有《味素山房詩》。

夏日粒槐庵雨霽偶筆

矮屋不受暑，悠然佳趣生。一簾新霽色，高樹晚蟬聲。墨瀋滴逾潤，茶烟霏更清。塵心頓開豁，何必羡蓬瀛。

國朝畿輔詩傳卷五十四

李燧

燧，字東生，號青墅，河間人，棠子。官浙江下砂頭場大使。有《青墅詩稿》十卷。

李光雲《序》：先生天資過人，幼承庭訓，工聲律，其格律老成，音調清越，無題、詠物諸體寄託深遠，復不失温柔敦厚之旨。

董和培《序》：青墅詩有玉溪之綺麗，而不效其堆垛，有長吉之離奇，而不涉乎險怪，掃六代鉛華之氣，追三唐風雅之宗。

《隨園詩話》：同年李竹溪棠子燧，歸河間後三十餘年，問消息不得，今年在杭州遇李婿陳鴻舉爲仙居令，誦其近日句，云：『體因慣病都忘藥，人不工詩亦自窮。』嗚呼！才則猶是也，而近狀可想矣。

《紅豆樹館詩話》：先生少侍竹溪太守，官江南，袁簡齋太史一見即奇其才，賦《佳兒歌》以贈。旋訪高未堂明府於武昌，戈太僕仙舟視學山右，復相招入幕。晚官浙西，垂二十年。其於詩也，心契神解，雖取法在晚唐，而青蒼雄肆時闖開元大曆之奥，五言佳句如『木落千峰影，江空一笛秋』『愁心當落日，客鬢入新年』『雪明殘照冷，山壓凍雲癡』『江光翻石壁，秋影下柴門』『身閒常惹病，性癖不宜官』『海國山爲岸，漁舟網作城』『舊書經雨漬，老屋受風多』『古徑積黄葉，秋陰生緑苔』『網收魚上市，竿引鴨隨人』『柳橋三月絮，春水一池蛙』，皆藻思清音，泠然可誦。

蓬山吟

其一

泠署無四鄰，獨處山之陲。屋後嘯山鬼，檐間鳴老鴟。木葉打窗户，中夜風聲悲。老屋耿疏燈，主人方詠詩。

其二

我無民社責，井竈須經營。隨分自盡耳，榮辱寧關情。史胥抱案牘，促我升公庭。錯認是書齋，高吟時一聲。

其三

五斗得療饑，折腰亦自可。樗散本性成，終與世情左。煮海握牢盆，會計愁瑣瑣。長歌歸去來，故我方是我。

靈寶道中

策馬度函關，崎嶇指前路。俯視黃河流，沙翻白日暮。磨隨行蟻旋，蝵任修蛇赴。舉步愁土崩，小憩足難駐。深慮黃沙埋，高搴白雲度。升天倏墜淵，俯仰隨所遇。嗟予千金軀，夙凜垂堂懼。歷險心忡忡，遑敢失故步。斜陽已晞微，豁然就平陸。回首千仞岡，此身在何處。

卿憐曲

韶光明媚嬌羅綺，楊花搖蕩因風起。化作浮萍亦有情，三生舊恨隨流水。飄泊紅顏暗自傷，廿年兩度閱滄桑。侯門歲月渾如夢，回首春風枉斷腸。姑蘇臺畔如花女，初嫁王昌年十五。夜月教吹碧玉簫，舞腰輕鬬黃金縷。黃金作屋玉爲鈿，憐卿轉自倩卿憐。那知轉瞬成塵劫，金屋凋零玉化烟。傾城誰把珍珠换，通侯年少人争羨。芳信遥通鴆鳥媒，粉痕初拭何郎面。綺閣連雲夾道斜，武安甲第逞豪華。拚將壯歲調羹手，妝點中朝宰相家。風光到眼仍如故，雕闌步障重重護。錦佩光摇明月珠，玉階穩稱蓮花步，瑶臺合住許飛瓊。疏箔玲瓏漾水晶，樓上花枝矜綽約。鏡中鸞影照分明，仙姿易惹羣芳妬。閒愁脉脉憑誰訴，吹殘風信太匆匆。閒殺碧桃花一樹，相公才思孰能儔。領袖鵷班第一流，歌扇舞裙争獻媚。銅山金穴鎮持籌，錦屏十二雲鬟簇。華筵夜夜燒高燭，擬把良宵有限歡。盡消人世無窮福。身世何曾自忖量，後車那管前車覆。一聲驚落玉搔頭，舉室倉皇泣楚囚。離魂舊冷烏衣巷，斜日新闢燕子樓。封侯頓醒黃粱夢，也知負罪丘山重。執法寧嫌瓜蔓抄，鳴岡争賀朝陽鳳。西曹咫尺路迢迢，零亂殘魂不可招。那許癡情分賣履，枉抛心計積胡椒。可憐寂寞春宵永，猶認熏香侍早朝。人生富貴如朝露，阿儂苦被繁華誤。早識冰山一樣消，何如生小蓬門住。鳳泊鸞飄痛不禁，鄉關迷望更牽情。纏綿絮語愁中句，欸乃輕舟夢裏聲。天上人間疑隔世，閲來興廢都成例。蒼狗雲衣一霎空，紅綃剩有傷心淚。金谷園中事渺茫，白雲亭畔月蒼凉。呢喃却羨營巢燕，猶宿朱門舊畫梁。

過成皋

峻坂百折走成皋，崇岡疊嶂何岧嶤。畫破青天一條碧，兩崖壁立圍周遭。行人魚貫塞其内，車如俯仰心摇摇。井蛙觀天宇宙小，羣蟻走磨盤旋勞。峰迴徑轉路中絶，惟聞鈴鐸聲聲敲。祇愁狹路馬首撞，洞中蠻觸誰能逃。英雄割據利守險，虎牢舊址撑山坳。楚漢遺事幾千載，雄圖過眼雲烟消。簡書促我行日夜，關山兩月驅徵軺。無復餘情更弔古，一鞭斜日風蕭蕭。

九日同李晴軒叢臺登高

磴道倚荒城，叢臺舊有名。河山銷霸氣，木葉亂秋聲。雲净千峰瘦，天空一雁横。盍簪逢令節，好結歲寒盟。

神池道中

策馬邊城路，崎嶇石徑危。塞山常似睡，關柳不成絲。雨漬徵衫膩，寒侵病骨支。故園春色老，已是落花時。

雲中即事

匹馬臨狐塞，關山恣壯游。暮雲連岳色，歸夢繞河流。鼓角三邊静，風烟五月秋。蓬蹤原是寄，何事戀并州。

渡江

潮涌遠山奔，蒼茫接海門。烟光沉夕鳥，風信拜江豚。浪闊千帆小，雲低一塔尊。漸看瓜步近，烟柳幾家村。

宿州

小市長橋畔，荒城夕照邊。沙平初過雨，柳秃不生烟。旅食方炊黍，河流半浸田。閭閻多菜色，生計總堪憐。

新春

春風隨旅客，一夕到天涯。故國經年别，寒梅隔歲花。雲埋山嶺雪，潮漾海天霞。節物催人老，驚心兩鬢華。

閒居

半畝幽栖地，窮年老病身。有書能免俗，無藥可醫貧。風雨尊前淚，鶯花夢裏春。扁舟雲水外，擬作五湖人。

有懷

萍蹤任來去，舊夢已難尋。昨夜雁鴻到，寒江烟水深。美人不可即，雲樹渺予心。惆悵西風急，蕭蕭葉滿林。

甘肅道中

老負鹽車困，長歌行路難。地形分隴蜀，山勢接皋蘭。土裂千尋闊，天圍一綫寬。霜風寒透骨，誰念客衣單。

題兖州城樓

五字傳千古，層樓望窅冥。乾坤雙眼闊，海岱一痕青。東郡留鴻爪，西川老客星。倚闌憑弔處，有客歎飄零。

寄袁簡齋先生

韋司風味陶潛節，野鶴閒雲伴此身。四海聲名雙管筆，六朝花柳一家春。鬚眉每向詩中見，函丈時從夢裏親。閉户著書深幾許，瓣香心事屬何人。

題桃花扇樂府

其一

滄桑興廢恨無窮，都付云亭曲調中。南渡江山存野史，西京禾黍變王風。箋銜燕子新詞麗，血染桃花别樣紅。裙屐風流消歇盡，銅駝荆棘雨空濛。

其二

飛來奇貨大江頭，草草朝廷御氣浮。調燮陰陽資肉食，指陳綱紀笑俳優。多搜玉帛藏郿塢，衹管鶯花選莫愁。瀟灑阮生頻入幕，羊頭羊胃盡封侯。

其三

光禄重司御苑春，東林往事足傷神。初經烽火渝宗社，又見殘碑記黨人。盡日延年翻别調，當時江令遜才臣。江沉鐵鎖無人問，玉樹瓊花色色新。

其四

東南王氣付長流，江上烽烟入望收。藩鎮何心恢社稷，廟廊終日計恩仇。唐基興復思光弼，漢室艱危仗武侯。主將清風惟坐鎮，空傳開府領揚州。

其五

干戈滿目慘愁顔，冷落蕪城夕照間。誓把寸心迴日月，難將一木障河山。深宫徹夜笙歌細，徹袖臨風血淚殷。白馬寒濤向東去，殘軍零亂幾人還。

其六

樓船已近石頭城，宰相尚書醉裏驚。祇慮漢陽來勁旅，律忘淮北但空營。半江戰血千秋咽，六代烟花一夢醒。莫問寧南舊時事，怒濤東卷恨難平。

登武昌城晚眺

木葉無邊下洞庭，秋光已老暮烟汀。江天渺渺迷歸棹，雲樹層層列畫屏。三楚波濤浮大地，九嶷風雨泣湘靈。離情都付梅花笛，惆悵遥峰數點青。

雁門道中

雄關巍峙一峰尊，廣武城荒故壘存。卷地遥驚邊吹急，衝寒難仗敝裘温。雲連山勢圍狐塞，沙擁河流下雁門。客裏不知春色暮，滿天風雪暝烟昏。

旅夜書懷呈劉雲岡

歸心休問大刀頭，千里雲山作壯游。浪蹟重攜燕市侣，邊聲初度雁門秋。三生舊夢渾難記，廿載生涯半是愁。已分蓬蹤隨去住，漫憐賈島客并舟。

感懷

關山風雨愴離魂，難覓冥鴻舊爪痕。辛苦窮年形漸改，妻孥一笑舌猶存。誰憐病渴文園瘦，始信金多季子尊。破屋三間書萬卷，已拚烟月老柴門。

清宵

清宵背影攬貂裘，數到寒更第幾籌。早歲壯懷隨日減，長年老女對人羞。春光荏苒渾如夢，詩骨清寒總帶秋。廿四番風吹易盡，一天凉雨替花愁。

喜晤戈寶之，撫時感舊，率成律句，即寄呈仙舟先生

驀地相逢在此宵，霜風瑟瑟夜迢迢。懸知鴻爪痕難記，猶剩青衫酒未消。老屋寒燈聯舊雨，亂山殘夢隔中條。使車三載追隨處，惆悵花朝與雪朝。

寶應道中

卅載江鄉繫夢思，風光回首舊游時。溪灣老樹曬魚網，屋角夕陽明酒旗。陳蹟已迷鴻印爪，清流空照鬢如絲。行行漸覺維揚近，一帶隋堤柳萬枝。

吴門即事

横塘烟景暫勾留，簾卷明河一片秋。雪蕊艷堆雲鬢膩，碧波輕泛櫓聲柔。月低畫檻停游舫，星爛紅燈射酒樓。惆悵鄰家歌一曲，瀟瀟暮雨使人愁。

會亭道中

木葉微疏水漸波，驚沙涌浪走長河。農家種麥耕田早，村店逢人説餅多。遠道徵塵淹歲月，故園秋色老烟蘿。壯懷縱有封侯願，祇恐黄粱夢屨訛。

過洛陽

荒烟何處認銅駝，立馬西風雁影過。洛下轉輪勞歲月，天中形勢壯山河。三秦孔道軍書急，五夜邊聲畫角多。賈誼經時饒涕淚，那堪年少屢蹉跎。

潼關道中

曙色微明曉月凉，笳聲吹散一天霜。平沙悵望人千里，匹馬遥隨雁一行。風捲塞雲塵漠漠，秋凌關樹影蒼蒼。今年又負黄花節，何處登高望故鄉。

同家三兄星巖宗弟青橋都門守歲

宜春裁帖紀年華，冉冉流光一瞬賒。掃徑雪留殘歲蹟，背風鐙艷隔年花。浮蹤到處渾如夢，此夕何人不憶家。贏得生涯拚一醉，彩幡簪帽任攲斜。

久不接三兄書，詩以問訊

一别春明半載餘，客中消息近何如。懸知世事真難料，始信長安不易居。南浦飛花人去後，西堂凉雨夢回初。江鄉秋水多鴻雁，不見平安一紙書。

旅中九日

一夕鴻蹤許暫留，瀟瀟凉雨不勝愁。孤村濁酒酬佳節，古驛寒鐙夢舊游。九月霜華霑旅鬢，十年塵土漬徵裘。故園三徑今何似，辜負黄花幾度秋。

臨淮館舍與豐介莽夜話

永夜聯牀話舊盟，疏鐙雙照影凄清。憑誰肝膽酬知己，老我艱難閲世情。千里關山孤客夢，九秋風雨大河聲。朝來更踏西征路，行過江南第幾程。

嘉禾道中

垂柳柔桑夾岸生，人來苕霅眼初明。秧田戽水曲穿隴，魚簖觸舟時有聲。樹影初圓當卓午，湖光一碧漾新晴。舊游更訪秦淮渡，好趁南風五兩輕。

重陽日接劉默園書賦此却寄

離魂消盡海東頭，異國風烟怕入秋。千里鄉關勞遠夢，四山寒雨聚危樓。聲驚白雁催霜信，影瘦黄花伴客愁。爲憶徵軺西去日，幾從天際認歸舟。

龍山秩滿，量移鶴砂，撫事述懷，率成四律，留寄四明諸同人

其一

萍蹤吹散太匆匆，五尺蒲帆一夜風。那有聲名留海嶠，爲思鱸鱠去江東。生涯已分螟巢睫，舊蹟難尋爪印鴻。記否花間題句在，他年可許碧紗籠。

其二

吴淞烟雨片帆斜，人到江南正落花。刷羽喜同鶯選樹，將雛忙似燕移家。幾番風信春光老，十載蓬山客夢賒。回首四明多舊雨，暮雲芳草隔天涯。

其三

何曾禹莢有經綸，膏雨難留去後春。顧影已非初嫁女，迷津須問過來人。重開局戲翻新調，莫向雲泥證夙因。聞説催科閒日少，也應料量苦吟身。

其四

一肩襆被别西泠，望斷遥山一抹青。逐隊久甘人碌碌，酬恩休看鬢星星。虚舟去住原無意，世路艱辛已慣經。猶憶龍孫親手植，好留清蔭滿中庭。

臨平道中

幾疊林巒入眼頻，臨平風景入新春。經年客況少佳趣，對面青山如故人。日上遠村烟曖曖，雪消新漲碧粼粼。勝游指點湖山路，淺草沿堤緑未勻。

都門晤琴川從叔贈詩

十年聚首各華顛，殘臘匆匆月正圓。小座團圝人似夢，孤燈風雪夜如年。王門莫售千金璧，故業難抛一棱田。自是長安居不易，歸來珍重舊青氈。

商丘道中

伶仃匹馬怯長徵，行近梁園路漸平。遠樹連雲横夕照，驚沙激浪壯河聲。勞人自笑空皮骨，津吏何煩問姓名。愧我本無經世策，漫愁凋敝計民生。

吴門雨泊

瀟瀟暮雨睡騰騰，舊夢重尋百感增。屐齒聲喧沽酒市，波光紅漾過橋鐙。孤栖形影清於鶴，涉世情懷冷似冰。好待烟開秋正曉，九峰晴翠指松陵。

舟夜

中宵篷韻響琤瑽，耿耿疏燈照影紅。垂老萍蹤仍泛泛，殘年歸棹去匆匆。重衾遠夢三更雪，孤枕篷窗一夜風。計别春明經五載，鄉心迢遞逐飛鴻。

傾脂河

傾脂好上五湖舟，顧影妝成一鏡留。勝地署名多附會，美人遺蹟總風流。采香人去花含淚，響屧廊空月似鈎。衹有潺湲河畔水，年年春漲膩如油。

過睢陽題雙忠祠

遺像鬚眉凜，雙忠姓氏留。滄桑經幾變，節義重千秋。時事傷天寶，倉皇幸益州。沙蟲憐士卒，俘馘笑王侯。張許扶皇運，東南控上游。指戈回落日，隻手障狂流。欲整殘棋局，難爲肉食謀。孤城危纍卵，鄰境尚歌謳。四面援軍絶，千堆戰骨稠。茫茫邊月白，莽莽陣雲浮。一任天難問，休傷命不猶。析骸供饗士，殺妾當椎牛。智士無全策，將軍有斷頭。一腔揮熱血，六射不回眸。保障江淮勢，成全郭李猷。公非明大義，孰與奮同仇。報國身終殞，成仁志已酬。忠魂同廟祀，故宅認荒丘。縹緲靈旗捲，凄清過客愁。誰家吹短笛，斷續傍高樓。

即目

望望下平岡，驚蓬飛曠野。枯柳驛門前，夕陽眠病馬。

途中清明

幾行邊柳若爲情，石徑崎嶇匹馬驚。怪底鄉心鎮撩亂，雁門風雪過清明。

吴江道中

朝來一雨浄秋容，幾疊輕雲淡遠峰。高枕篷窗人未醒，帶將殘夢過吴淞。

吴門感舊

兒童轉眼鬢毛摧，塵夢三生唤不回。自笑身爲丁令鶴，河山如舊我重來。

汴京懷古

其一

衰草平田一片秋，烟花何處認樊樓。祇餘河畔蕭蕭柳，和雨和風送客愁。

其二

燈火樓臺夜夜新，勾闌歌舞奉丹宸。傷心雪窖冰天外，猶有餘情傳美人。

殘春

殘春無處不消魂，錦瑟年華斷夢存。門掩落花簾拂地，斜風細雨坐黄昏。

雙橋夜泊

吴頭楚尾路迢迢，戍鼓漁鐙伴寂寥。深柳四圍樓一角，孤帆凉雨泊雙橋。

平望遇雨

匹練横空日氣消，菰蒲葉戰風蕭蕭。一聲雷送太湖雨，七十二峰雲擁潮。

赴汴

苕霅烟波送去舟，西湖風景漫勾留。此行應被青山笑，抛却杭州赴汴州。

錫山道中

水仙祠畔水泠泠，裊裊垂陽十里亭。一葉風帆留不住，九龍山送滿船青。

李景潞

景潞，字石友，號子耆，景州人。諸生。

朱畹《序》：先生尚義氣，重交游，所交皆四方名下上。詩根柢深厚，不事雕琢，而法度悉合古人。

秋雨

雲掩空庭暮，凉生酒力消。三秋何寂寞，一雨更蕭條。蝶夢和花冷，蛩聲到枕遥。兒童不解事，昨日種芭蕉。

揚州

舟過淮陰幾日程，烟花又見廣陵城。繁華從古何曾易，春恨撩人不覺生。隄上柳仍千縷踠，當頭月是二分明。河干小住匆匆去，輸與樊川載酒行。

康堯衢

堯衢，字道平，號達夫，天津人。貢生。有《海上樵人稿》十二卷，《津門風物詩》四卷。《津門詩鈔》：公博稽今古，於詩力爲講求。孤介伉直，人不可意，面詆之，無所避，亦以是坐困。年六十餘卒。

正月十六日雪

佳節今猶是，雲凝雪意酣。閒庭飄落絮，春酒罷傳柑。鐙減千家興，梅輸一笑探。懷人結遥想，清夢在江南。

春日石橋晚步

行吟忘日暮，橋外踏平蕪。水漫東西淀，春生大小沽。好風吹不定，高柳意全蘇。歸路頻回首，斜陽淡欲無。

九日同郝石臞登樓

極目高樓上，闌干俯大河。年華秋又老，風雨夜來過。遠色碧山暮，寒聲黄葉多。愁心向朋侶，不醉欲如何。

山行

驅馬下石梁，落日峰巒碧。山家早閉門，惆悵虎行蹟。

姜家園

柳墅荷池事已休，外家别業感春游。惟餘一片荒園地，冷雨寒烟衹牧牛。

送人之江南

一葉輕舟趁暮潮，白鷗飛去水迢迢。相思他日横塘路，人在春風第幾橋。

春日懷查次齋先生

鞭絲帽影未堪攀，兩載相思何日還。眠破梅花春晝永，懷人清夢落燕山。

燕郊題壁

薊州纔過又通州，匹馬斜陽古市秋。擊築高歌人不見，西風吹下酒家樓。

張熲

熲，字睦庭，號仲亭，景州人。貢生。有《寒竽山房詩》一卷。

曹耘皋自闈中罷歸，病中往訪

蒼寒欲雪天，荒烟壓村落。驅車扣柴荆，駕言尋舊樂。八載睽君顔，相逢互眙愕。凉亭憶聚首，夢寐忽如昨。我已非盛顔，君髮蒼如鶴。攜手登草堂，殷勤勸杯酌。兒女粲羅列，茶湯爲親瀹。想君歷宦海，亦曾縻好爵。誰謂綺與紈，而能安澹泊。更出一卷書，言是别來作。世態幻媸妍，行蹤足丘壑。忽簪天女花，忽淬干將鍔。體物析洪纖，名理袪糟泊。正如翳桑夫，開眼飽羹臛。况值憂采薪，快愈頭風藥。我亦癖嗜痂，納履踵每削。近參不語禪，執筆如雞縛。撫卷對寒山，冥心向寥廓。世味淡如許，至樂生寂寞。高歌歸去來，努力甘藜藿。

心紅峽

路入心紅峽，幽深一徑迷。客心驚虎嘯，鄉思怯猿啼。雲影千峰合，泉聲萬木低。武陵殊未遠，何事獨栖栖。

雙燕

旅館憐雙燕，翻驚别恨新。多情尋故壘，無計戀殘春。辛苦同爲客，殷勤獨傍人。遥知深閣裏，寂寞已經旬。

抵洛陽呈家兄

十八年前地，重來路尚迷。時經春社後，人在漢陵西。道路悲萍梗，風塵誤馬蹄。鄉思正蕭索，何處又鵑啼。

二里關

二里關頭路，崎嶇攬轡行。孤峰拔地起，狹路與天平。風雨經三月，雲山第一程。潺湲北去水，常使夢魂驚。

鳳嶺

尺五蒼蒼近，岧嶤古道縣。野花新雨後，孤戍亂山前。樹密疑無路，雲開忽有天。何當披薜荔，長嘯碧峰巔。

山中雜吟

亂峰圍古戍，一徑入溪聲。地狹崖邊宿，田高樹杪耕。曉烟然翠竹，夜雨飯黄精。風景行如此，應知客裏情。

褒城縣

南下連雲棧，山城氣象開。頹峰虛漢壘，曉日上秦臺。市小争菸葉，田稀闢草萊。客行春色盡，惆悵隴頭梅。

七盤嶺

回首長安遠，驚心蜀道難。春隨流水盡，雨滯客衣單。樹影峰千仞，雲屯嶺七盤。垂鞭愁更怯，不敢倚危闌。

古意

郎在江上行，妾在舟中坐。愁心江水流，雙槳打不破。

采蓮曲

蓮生淤泥中，水寒不可采。欲覓蕩舟人，風帆不相待。持刀斷碧藕，藕斷尚有絲。持刀畫流水，水流無絶時。芳華能幾時，零落委秋水。不畏風與波，畢竟得蓮子。

喬耿甫

耿甫，字默公，號五橋，天津人。諸生。有《僑樵稿》。

《津門詩鈔》：五橋善書，神似《淳化閣帖》，能以綿濡墨作擘窠大字，人以爲奇。性疏狂，不拘行檢，年六十餘，貧瘠以死。

懶

倚杖舍南立，西風吹颯然。斜陽半村水，高樹一聲蟬。近與村夫約，言耕隴上田。侵尋成懶病，搔首愧華顛。

秋日過王大侍御故居感賦

門對城隅落照開，王郎驄馬幾曾來。廿年前事猶能記，小院黄花共舉杯。

冬日偶成

土牆茆屋便爲家，一任妻孥笑語譁。寒竹小瓶三五葉，試憑引夢到梅花。

喬樹勳

樹勳，字六橋，天津人，耿甫弟。諸生。有《六橋詩鈔》。

《津門詩鈔》：六橋與兄五橋俱有才名，五橋以書，六橋以詩，一時津門有二橋之稱。六橋鬢眉含古趣，嗜酒，往往醉不知人，睡卧河干大木上，霜華滿髭，過者笑之，自若也。

思歸

河干不覺暑，雨過藕花香。雲影下平楚，潮痕帶夕陽。摘瓜秋令近，驅犢牧人忙。去去吾何事，行吟到故鄉。

與汪蘭階夜話

黄葉落空庭，西風下二更。古人不可作，我輩尚勞生。白眼當年癖，青燈此夜情。還須各努力，且莫賦秋聲。

淀行口號

身外皆白雲，眼前盡滄海。薄酒不醉人，秋風吹欸乃。

王延襄

延襄，字子陽，武清人。諸生。有《老圃詩稿》。

李雲章《序》：老圃偕文安紀丈曾藻游廣西，後困不能歸，課徒自給，遂聚於桂林而家焉。詩文宗法杜、韓，才力特健，先龍州公嘗云：『王生之筆，如其爲人，雄直古樸，無一絲側媚氣，是可敬也。』薦爲李松圃先生掌書記，居水東門逍遥樓畔。小閣面山，圖史羅列，有以娱老，不復思故鄉矣。乙亥，予去桂林。後數年，聞君與令子相繼下世。

題李子文秋帆烟雨圖

疏雨鳴空江，烟帆去如撇。中有素心人，蓬窗意孤孑。持縑繪爲圖，捉筆怒猊抉。層塔挂飛雲，江水流瀓洌。蔽虧黄葉村，秋墅背山結。豪吟詩句新，庚鮑鼓成列。淵澄瀉心源，滔滔瓶不竭。文字與神會，把玩情獨契。知君負奇氣，蟠屈吐雄霓。長風破鉅浪，騎鯨探禹穴。林壑興偶然，亦用自怡悦。古峭洗鉛華，淡逸净冰雪。想像落腕初，胸次迥高潔。在昔李營丘，超妙與俗别。跌宕若有神，毫端驚電掣。君才繼厥後，精詣肱三折。泉石寫幽趣，真宰闢靈訣。我家東澱頭，山水貌清絶。讀書愜夙歡，寒溪甘可啜。揭來八桂林，萍緑歸卞薛。客心逐秋風，蹄涔困跛鼈。何因抱此卷，揚帆聽鼓枻。歸去作佳賞，廬卧西山缺。

讀李子文詩稿即送之北歸

其一

玉溪昌谷峥嶸氣，懷麓空同磊落懷。直溯開元探魏晉，始知元白是淫哇。

其二

廉吏家風北地傳，少年才調已如仙。騎鯨從此朝天去，更灑泥金九萬牋。

張奎震

奎震，字文甫，南皮人。諸生。

秋夜讀書

秋深催漏永，翦燭夜翻書。乘興渾忘寐，雞聲出草廬。

王誥

誥，字奉聞，號丹亭，肅寧人。諸生。有《相李草堂詩稿》。

題畫

其一

隱約枕江城外頭，客帆歸泊蓼花洲。斜陽欲落潮初起，水色天光一派秋。

其二

一枕琴書午夢回，蕭然庭院少人來。桐陰涌碧畫飛鼠，清磬遥傳山寺開。

李耀祖

耀祖，字榮先，號貽堂，安肅人。官江南宿遷縣知縣。

詠古槐

種植知何代，華滋蔭寺門。幾重蒼蘚合，百尺緑雲屯。蟬噪高枝静，鴉栖古徑昏。甘棠戒勿拜，留共此長存。

國朝畿輔詩傳卷五十五

邵葆祺

葆祺，字壽民，號嶼春，大興人，大業孫。嘉慶元年進士，歷官吏部稽勳司員外。有《司勳存稿》一卷。

《隨園詩話》：壽民年二十四歲舉孝廉，讀余詩話見寄云：『奇才不料人還在，妙論都如我欲言。賴有奚囊收拾盡，世間多少未亡魂。』

張問陶《贈邵壽民詩》：長爪郎，玉川子。詩中作鬧鬧不止，忽歌忽哭忘其死。當其下筆時，興會忽飆舉，離離奇奇，不知作何語。或嚴如天神，或麗如好女。或如錦繡投，或如黑風雨。如鬼叫墟墓，如囚歎囹圄。興到想千秋，悲來思一炬。使人讀之，欲殺欲剮，疑神疑鬼。心雖不能服，聽之殊灑灑。我亦付之可解不可解，譬如然犀一照妖魔駭。今人有邵五，欲敵古人古。終日游醉鄉，詩隨酒氣吐。左三升，右一觴，閉門吃吃笑，對客蹲蹲舞。醉中往往發奇興，一句兩句頗學馬異劉叉恣笑侮。聲裂五月雷，力破千鈞弩。吁嗟狂生狂，幾於武夫武。世人咄咄痛罵呼之爲怪物，竟將揮之天外不許爲儔伍。昨日扣我門，對我氣消沮。自傷句奇語重大不理於口，欲我創爲新論，大張旗幟爲之輔。不知皇天雨粟瓶生乳，我爲空言亦何補。笑沽酒一壺，佐之以棗脯。勸君無太奇，太奇徒自苦。君今負此才，神勇自可賈。何不支解歌，利王大振金剛杵。禹鼎神奸亦須鑄，虞廷琴瑟亦須拊。以任華，學杜甫；援楊墨，入鄒魯。倒瀉天河澆肺腑，先使腎腸心腹歷歷清可數。然後坐拭軒轅鏡，静照九州土，使彼五蟲萬怪攝入清光俱不腐。好句從天來，倘來亦無阻，不必手持牛耳争作騷壇主。消遣百年身，亦足忘寒暑。胡爲乎攢眉閉目苦咽菖蒲菹，不食人間禾與黍。君詩似我詩，幾不辨爾汝。如以毒攻毒，毒大恐成蠱。願君爲麟莫爲虎，麒麟來，虎如鼠。

《紅豆樹館詩話》：壽民與張船山太守友善，船山題其詩集，比之『長爪郎，玉川子』，又曰『我愛君詩無管束，忽然兒女忽風雨』。今觀君詩頗雅令妥貼，斤斤矩矱，不甚鞭驅險句也。君先世系出浙之餘姚，二雲學士於君爲叔父行，嘗受業門下，蓋深得其指授云。

敗寺

廢鐘蝕不鳴，空檐零碧瓦。佛髻拱鼪鼯，講堂卧牛馬。殘僧瘦如臘，嚼蝨紅牆下。

古意

越溪女兒美如玉，自矜顔色嬌妝束。幽艷何須時世誇，含愁却向傍人訴。自言生小十歲時，低首窗前學畫眉。十二偷寫簪花樣，鄰家姊妹羣推讓。十三解誦《長恨歌》，索值十萬非云多。十四隨耶大同去，白草黃沙亂心緒。阿耶零落阿母歸，歸來杳杳家何處。鴉啼晚風鶯啼雨，展轉今年年十五。阿母憐儂早上頭，却忍將儂嫁傖父。郎家不是讀書家，生平未見江南花。蒼凉心事妾難説，黯淡梳妝人漫誇。君不見，東家秦氏羅敷女，巍巍自倚金吾婿。又不見，西家小妹劉碧玉，嫁得汝南矜多福。阿母有心憐愛儂，何不東家喫飯西家宿。

秋日招張船山檢討詣市樓飲酒

銀河夜洗長空潔，酒旗拂拂翻雲出。酒人此際不勝秋，招要同作城南游。城南酒肆紛無數，遥指長安第一處。上客如逢衛鉅山，老傭似唤丁都護。琉璃光合真珠圓，玫瑰露滴薔薇鮮。攜來杜甫錢三百，壓倒新豐斗十千。君不見，千步廊前萬人走，車如游龍馬如狗。馬聲蹀躞人聲遥，塵沙不入酒徒口。張郎醉後興狂逸，舉杯徑向乞兒揖。我醉祇求甕底眠，不知倒載羸車還。月茫茫，花冥冥，天風吹人人亦醒。卷幃更共山妻飲，秋蟲滿地鐙花泠。

《騠駼馬圖歌》爲船山太史作有序

船山得畫馬一幅，前腕間有二小足如枝指，然詢家二雲先生，始知名騠駼，出《爾雅》，所謂『枝蹄趼善升甗也』。騠駼，外國名，蓋異種云。

古人畫馬窮殊態，馬有枝蹄誠足怪。不熟元公《爾雅》篇，那知是有騠駼在。畫師畫肉兼畫神，宋元筆妙追唐人。蹄高臆闊雄姿疏，屹立如山不可動。白帽蠻奴結束奇，訝渠亦是騠駼種。君不見，七尺爲騋兮八尺龍，倨牙爲駿兮有力駥。房星墮紙上，萬古光熊熊，遂令世間凡馬爲之空。漆城蕩蕩不能上，一躍橫過數千丈。矯然直欲飛上天，下視驊騮騄駬局促皆堪憐。乃知畫工極意爲添足，如使萬里之才飛食肉。瑰奇不讓犀三角，神異還同人四目。漢舍人，居犍爲，考訂羣馬非傳疑。今之畫圖乃宛合，可惜茫茫燕市無人知。張公馬癖如支遁，常拈禿筆抒情性。能畫方知畫手難，顧兹能不誇神駿。我昔鳴鞭塞上過，十年壯志未消磨。試將曹霸丹青引，更譜天山敕勒歌。

己未正月十八日書事

其一

一掃雲霾蹟，青陽氣萬重。炎威初寂滅，天罰尚寬容。猶勝然臍敗，争看繫頸從。宏羊烹此日，會待寢邊烽。

其二

詔獄綸扉去，驚傳赤棒呼。聞收大丞相，如縛一庸奴。北寺通侯泣，西曹法吏趨。却留吟句在，解歎月輪孤。

其三

彷彿黄頭餓，隨身無一簪。苦依幽室泠，愁戀畫堂深。七尺珊瑚樹，千叢珠玉林。粉侯仍賜宅，故第不堪尋。

其四

複壁金難擣，重幃玉亦殘。生營石翁仲，死斂白衣冠。鈔豈同瓜蔓，喪惟剩柳棺。凄涼蕭寺裏，鬼火不禁寒。

其五

未亡應亦族，僥倖武安侯。專閫靴刀誤，分茅帶礪優。恩原推肺腑，功詎出兜鍪。羯末材尤下，隨人作楚囚。

其六

投甌紛如許，螭坳儼豸衣。宮中三篋滿，檻外一鐙微。此日簡章密，當年封事稀。曹唐已仙去，身後有光輝。

途中憶張船山却寄

單車東去一鞭遲，萬樹殘陽滯雁時。懷友每翻西晉傳，悲秋似讀晚唐詩。相看癖性俱耽冷，除却狂吟百不宜。更羨張郎多慧福，漱金花下畫雙眉。

抵海豐數日，三兄適詣郡未歸悶成

背倚吟窗數過鴉，訟堂岑寂似山家。霜痕著樹疑殘月，海氣蒸雲作晚霞。十丈風沙催柿葉，百年臺榭憶桃花。居人苦望深秋雨，待墢東阡透麥芽。

寄懷王施圃

炎風五月到凉州，萬壑寒冰作水流。瀚海功名難入夢，邊城鼓角易驚秋。人當出塞須横劍，客爲思鄉懶上樓。此日題詩憑寄遠，不知君正憶吾不。

九月十九日送沈見亭舅氏下第南歸

不耐填胸萬斛塵，挂帆歸去夢嶙峋。離亭且展重陽酒，秋氣偏鍾下第人。十上才名千古淚，半生饑走一家貧。要離冢畔真娘墓，剩有狂歌動鬼神。

感興

酒酣斫地莫悲歌，作健其如興懶何。漸覺名心經世淡，頻驚衰宦出山多。愁聲入夢蛩初出，凉意迎秋雁未過。廛市閉門休訝我，近來耽病學維摩。

感懷贈眉州彭田橋秀才

情懷懶漫氣嶙峋，最怕元規污面塵。拊脚常疑中有鬼，掉頭頗訝側無人。眼前君是長身鶴，世外誰爲獨角麟。争怪瘦吟如島佛，殘杯祇共一鐙親。

過二雲叔雙藤簃舊居有感

故廬重過輒汍瀾，幾爲中朝惜史官。甲第人多徵辟少，玉堂才易著書難。空傳絳帳流風遠，猶剩藤枝壓雪寒。預恐花時倍惆悵，夕陽紅處儘誰看。

送洪稚存遣戍伊犁

其一

曾披短疏獻楓宸，剴論終歸血性人。事本風聞仍愛主，意甘天譴早忘身。密函争訐投書客，諫史應傳珥筆臣。去去荒沙誰引手，都門相送剩沾巾。

其二

奎斗光摇貫索寒，詩人原具鐵心肝。似因徵辟來千里，轉爲聲華誤一官。蕭寺無人風㨲㨲，重關有路雪漫漫。汗顔幾輩誇名士，坐論從容抗疏難。

僕去口號

又作銜泥計，凄凉欲斷魂。可知堂廡下，不是舊朱門。

夢吟首二句寤而續之

月收殘影去，人立暗花中。道得眼前景，方知鬼語工。

晴

惻惻微寒逗午晴，倚牀荼罷睡初輕。緑槐陰外蟬如磬，管領秋來第一聲。

過趙北口

數行秃柳冷蕭蕭，敗荻凝霜凍不摇。記得買魚溪市裏，夕陽又過十三橋。

夜聞塔寺鈴聲塔爲唐時建

三千梵鐸凌空語，霜氣初濃月影昏。却似唐朝舊宫女，夜深和淚説開元。

牛堉

堉，字静涵，天津人。嘉慶三年舉人，官山西平魯縣知縣。

重過趙州橋

我來楊柳正飛花，客裏逢春感物華。今日重過橋畔路，麥黄風暖緑陰斜。

金象豫

象豫，字如之，一字介公，任丘人。嘉慶三年舉人，官山西趙城縣知縣。

金鑑《先府君行述》：府君幼敏異，經史過目不忘。丙午中副車，丁巳考充武英殿校録。凡一書成，卷帙浩繁，日讐對不辭勞瘁。戊午中式，議敘知縣。甲子選授山西趙城縣，平霍一帶，歲大饑，府君請諸上官，趙邑得賑，四境賴以全活，無逃亡焉。丙寅夏不雨，設壇致禱，甘霖立沛。邑舊有倉厫，地處卑濕，貯穀易霉變，捐俸別建。乙亥卒，年四十八。

過宋老生墓

老生昔戰死，瘞骨此山阿。晉水初傳檄，孤城自奮戈。疾風知勁草，桀犬觸湯羅。南望河中守。千秋兩不磨。謂堯君素。

劉耆德

耆德，號竹西，寶坻人。嘉慶三年舉人。

題王六橋《游盤紀略》

雲水松風細品量，好將巖壑貯奚囊。可曾一試雕龍手，鐫上奇峰怪石傍。

紀淦

淦，字秋水，號幼海，文安人，曾華子。嘉慶三年舉人，官山東萊蕪縣知縣。有《豆花齋詩集》一卷。

《紅豆樹館詩話》：秋水在官，務行實惠，萊民德之。歿之日，士名賻送者相屬於道。性復廉介，家無餘貲，妻子流轉津門。賴梅樹君廣文時加賙恤，並爲收其遺稿。君蚤負文譽，尤工於詩，造格遒勁，出語幽潔，短律長歌，悉臻精妙。文安紀氏能詩者十餘家，必以君爲冠。

湖上

凉風紛荻花，空濛半城水。何處房公池，遠山淡蒼紫。斜日深巷中，長笛迢迢起。

明湖橋南是百花洲舊地懷李滄溟

叢樹滃晴雲，朝陽鬱烟井。偶過明湖橋，凉波漱清影。遺躅緬前哲，古調心徒耿。燕燕語雙飛，高樓委荒景。獨有白藕花，秋來開數頃。

文安女有序

葛怡堂言，邑辛酉災後，鄉民多賣兒求活，奴價升米，僅數日食。山東鉅猾挾重貲來購。農民某氏女及笄，有姿色，家數口垂斃，女請行，談笑別父母，及去，至中流，望鄉遥拜，拜已，遂赴水死。怡堂約作詩紀之，不果。棣州無事作此，怡堂述時忘其姓氏，故以文安女名篇。

濁濁溝中泥，皎皎機上苧。三五顔如花，文安小家女。太歲在辛酉，魚鼈逐人食。河北爲比鄰，饑骸滿澤國。無地掘草根，少錢買漁舸。三日斷炊烟，阿爺倚門坐。出門水茫茫，入門天蒼蒼。弟妹索餅啼，阿娘傷中腸。阿爺視女吁，阿娘視女悲。生女不如男，負米他鄉陲。峨峨大艑來，言是山東豪。左顧擁錦紈，右手持錢刀。里黨妖冶兒，牽臂出茅屋。朝沐登客舟，暮釜烹牛肉。敢惜女兒身，不救爺娘死。面脂掃雙蛾，願作臨淄伎。媒妁四五輩，奔走顏色歡。翦布爲女衣，買珠爲女冠。不愛明月珠，不樂繡羅衣。但求數石粟，堂上無苦饑。秋風聲蕭蕭，揚帆違故土。揮手慰爺娘，斂衽辭姑姥。篋有刺殘繡，妹長爲花絇。槖有未裝綿，弟寒爲短襦。女身浪中萍，女意水中石。一笑赴清流，紅顏殉深澤。里老聞風驚，家人招魂哭。至今廣陵城，過者悲魚腹。我欲竟此曲，此曲促且哀。年年女貞樹，花落孟家臺。孟母臺在文安城東。

署齋曉起

雨霽緒風和，濕雲擘高嶺。農忙吏庭閒，滿院青山影。曉起檢舊書，哦誦消日永。檐鳥啄槐花，緑陰生晝静。遥想東菑人，腰鐮散烟井。

别鄒平士民

其一

桑下戀三宿，况乃半載留。予本菰蘆人，承乏來梁鄒。吏民憐官拙，數月安耕疇。懦未翦邑弊，力安蘇民憂。惟此不欺心，持之對爾儔。今當受代去，檢點懷抱羞。夙志尚自負，吏治奚云修。赧顏辭父老，延佇黛溪流。

其二

西南諸山水，小清匯下游。自塞萬丈口，道隘不容舟。大河日東下，恃此徑尺溝。近歲藉天功，灤濟安瀾流。仁梁數萬户，秷秸肥車篝。蕭鼓喧秋社，風暖恣恬游。湖濼日淤淺，犁鋤紛雜投。利争眉睫間，百歲病未瘳。疏鑿不及勢，宰官多杞憂。

其三

若木枝扶疏，乃在碧海東。皎皎明月珠，不産湟瀆中。希文古人傑，少歲甘固窮。至今畫粥厨，遺蹟留禪宫。伏生授經處，芳草仍青葱。冥遯九十年，俯衆如兒童。羞侣刀筆椽，功狗稱三公。若非鼂大夫，抱經將長終。士品苟未卓，絃誦吟候蟲。梁鄒二百載，鄉塾成荒叢。嗟余負夙約，時迫難爲功。敢將昔賢轍，爲爾多士風。

其四

小忿貴自忍，好訟終傾衰。孝子與順孫，詎出胥吏家。持符下鄉閭，如虎生爪牙。詞證往復還，數日集縣衙。曲直未及析，先已荒桑麻。絲粒鋤頭蓄，揮霍供狹邪。谿壑倘未饜，呵詈競相加。勸爾息訟歸，老死門無譁。湖濼八九月，蘆荻開白花。織席易鹽米，赤足撈魚蝦。編蒲雜紡絮，兒女喜喧哇。凉夜四天静，笑語出蒼葭。何似縣官庭，鞭箠聲紛拏。

游掖縣道士谷未及老子祠，風雨驟至遂返

兩崖鬬若門，亂石扼其吭。飛溜瀉石間，突兀激雪浪。逆作怒猊蹲，陡與渴蛟抗。霹靂無停聲，波濤非一狀。磴削逼趾懸，岸峻眩心蕩。絶徑俯天門，四面松蘿障。雲氣生峰腰，截然吞半嶂。參差叢祠檐，時露蒼茫上。老樹挾陰風，鱗爪紛相向。咫尺變晦明，身墜雲海藏。寒栗不可留，揮手幽情怏。逶迤屢問途，歸涉怯新漲。回望修道廬，烟際聞樵唱。

寒促冢

奸雄亦奇人，朽骨存千古。伯靡老藎臣，不聞留寸土。高冢峙寒亭，村巫薦酺脯。篡逆疊相殘，初鑿混沌譜。六朝延五代，斯應祀鼻祖。血食三千年，窮鄉孰敢侮。惶恐曹阿瞞，疑冢紛漳滸。

逾南山尋百脉泉，飯田家

其一

茂樹引村蹊，數折得山徑。溜穿修竹根，潺湲瀉石蹬。茅茨堆浮嵐，蒼翠無餘剩。水膩稻苗森，岩瘦苔花孕。過橋探名泉，入寺獲奇勝。迸翻萬斛珠，離離媚深静。小憩張公池，夕陽聞清磬。

其二

水磨激飛流，籬角喧朝昏。繡江十數里，曲折隨山村。葦葉護斷岸，野蔓延柴門。耕樵日暮返，雜坐無寒温。邀我窗下飯，白酒傾瓦盆。爲話中麓堂，指説南峰根。緒風天末來，烟景青無垠。

石經峪

繽林盤寒虹，松崖閟神蚪。是誰鏟坡陀，波礫大如斗。般若貌菩提，文猶識八九。似將西竺靈，付兹東岳守。龍象踏烟巒，精光透瑶㺿。冰坼石稜青，苔蝕古花黝。上方石經洞，深仄護雲牖。野火燒不開，奥窔真難扣。此乃一片真，獨向羲娥剖。狡獪知文人，好奇示來後。多事聖經鎸，小儒矜敝帚。石有明人刻《聖經》一章。至道本兩忘，清泉滌煩垢。空亭寂無人，潺湲逗秋溜。

平陵城

旌旗獵獵東州紅，刲羊炊黍迎義公。四十八萬頌符烈，悲歌猶唱平陵中。大誥聱牙討鉅鼠，妖狗突舞長安宫。惜無先見誅宛令，徒令豪語聞陳豊。青燐夜半泣殘堞，燕麥終古開春風。何處飛來兩黄鵠，陂塘流水聲淙淙。紛紛十世殘棋劫，前驅已異昆陽捷。英雄雖敗亦快人，揚州都督徐敬業。

樂陵五歌

赤星照盆盆森芒，白虹晝貫三台旁。百年無罪語徒苦，敕字已上凉風堂。手握玉玦七寳光，斛律家兒美且莊。離鸞寡鵠哀何長，化爲枕畔雙鴛鴦，鄴都流水悲湯湯。

樂陵千童城《寰宇志》云：徐福將以童男女入海，秦築此城以居之

避秦何必武陵地，狡獪徐郎小游戲。峨峨大舸擁千兒，要問扶桑開海市。後車風吹鮑魚腥，蛟

宫夜宴酒未醒。驪山笑看然楚火，逐鹿不到東滄溟。千重城邊日初杲，如瓜焉得安期棗。可憐赤帝亦登封，羽衣夜上白茅草。

岱頂雲海歌

昨泛東海頭，破浪凌清秋。三山不知幾萬仞，倒作碧玉隨天流。今登泰山巔，乘蹻披素烟。罡風吹天色，破碎劈空朵朵開。青蓮夜半火，輪起崖際天雞鳴。雲中之君紛紛而來下，萬里又到東海溟。濤勢輪囷百千狀，一一漢武封中生。初猶參差露遠嶠，齊魯餘青仍未了。倏然塞滿閻浮提，摩蕩晴霄剩陽鳥。浴日亭子架絶壁，玉盤擎出青螺小。仰視天容開，蔚藍浄洗無纖埃。俯視但蒼茫，九曲怒瀉銀河來。起伏夭矯態濃厚，映日片片金鱗排。下界雨急晝方晦，大笑應作空中雷。脚踏渾沌胎，手扶椰栗子。咫尺蓬元宫，翩躚北海使。東方雲氣空復空，蜃市變幻須臾功。尚可顛倒蘇髯翁，何若騎麟披髮朝金虹，躍身太乙仙槎中。古來登者七十二皇帝，金泥玉牒未必人人，游戲驅使神豐隆。

南溪寺

茅覆數間屋，南溪水色中。時攜松塵尾，來坐藕花風。僧語凉陰午，雞聲籬落空。蕭然忘物我，欲訪採芝翁。

哭王亹有序

亹，蘇橋里人。幼隨母傭馬主政家，見書輒喜。稍長，聽主人讀，遂能文。馬君遣就童子試，冠軍。於遇之潞河，閱其文堅勁有法度。年十八，以瘵歿，歿時猶持書未置云。

其一

黄公壚下淚，幾度染徵袍。去歲，周墟長文學、鄖小宋孝廉，俱以少年夭折。之子復摇落，秋風正怒號。有才同趙至，無詔問枚臯。玉帶年年水，招魂向暮濤。

其二

憐爾飛騰氣，沉埋綺歲初。行蹤傳客作，生死託殘書。斫地歌猶憶，依劉事竟虚。數言貽好事，幽壤意何如。

寄送彭藥谷歸湘鄉

之子去南國，西風生緒波。離懷湘水遠，秋思楚雲多。小住辭吟侶，云歸訪舊阿。嗟余滯荒郡，遥夜獨悲歌。

郊行

歷下秋風老，茫茫客徑蕪。野花邊習墓，胡餅蔡姬壚。吟嘯懷先輩，風流付酒徒。夕陽千萬疊，多是鵲山湖。

友人處得《福山鹿雪樵詩》一卷，格近司空表聖，讀竟因題卷末。雪樵詩法得於高密李少鶴先生，先生官粤西與小癡家奴游，故詩中及之

其一

每望中條墅，長吟水部詩。儘多雲水境，評賞暮花時。逸韻成連操，孤蹤楚客祠。寥寥幽迥意，海上幾人知。

其二

睡欲抛君卷，挑燈復苦吟。幾檽窗月白，十笏夜臺深。瘦馬盤遼海，秋風去故林。黔南有知己，回望亂峰森。君游劉寄庵前輩門。

其三

薄宦苦無緒，遠游君未歸。舊時名不識，到此蹟相違。荒島茅茨老，閒田筍蕨肥。他年聞剥啄，是我扣柴扉。

其四

百粤瘴江流，風生桂樹秋。蒼茫懷少鶴，嘯詠過潯州。曾説題詩徧，猶傳作畫留。通家餘我輩，重感畔牢愁。

夜話贈福山王二書田

其一

寥落雙蓬鬢，風塵數腐儒。歲寒同作客，閒話此圍鑪。太史吟初就，謂馮菊人庶常。殘年興未孤。檐花兼細雨，重寫鄭虔圖。

其二

之罘山下屋，水木鬱清妍。鳥篆秦朝石，魚租海上田。小吟攤飯後，微醉養花天。此樂余曾慣，相看憶往年。

其三

斗絶東牟國，羣峰到海開。潮傾鼉島嶼，雲合蜃樓臺。落落筇枝卓，茫茫釣艇迴。棣州風雪夜，細爲話蓬萊。

醴泉寺

范公有遺蹟，禪舍傍秋岑。一徑亂紅葉，數峰生夕陽。齊梁殘碣盡，樵牧野蹤深。更問書堂路，寒流鳴玉琴。

贈陳少穎

其一

百年文酒共襟期，廿載風流苦不支。人去左徒芳草怨，路迷叢桂小山移。謂蘭雪、桂山兩先生。爭言白馬能持論，遮莫黄麞解唱辭。風雅已拚成歇絶，那知重讀也生詩。

其二

碧海心期萬里遥，徐家新調艶南朝。綺思無奈傳銀瑟，好句多情寄玉簫。蜀市薄游裝草草，樊川春夢影迢迢。不堪哀樂中年事，疏燭寒窗話寂寥。

其三

酒痕狼藉雜黴塵，落拓青衫南北身。故里一尊仍是客，倦游十載又驚春。錢刀自昔傾燕市，版刺憑誰問要津。令僕紛紛君解否，望諸臺下也傷神。用其『自撰也生傳』句。

河間道中

九河東下河間道，落日停車感慨深。帝子風流金册古，美人雲氣玉鈎沉。市樓依舊錢工數，沽酒誰家醉不禁。回首獻陵丞相兆，幾回腹痛過碑陰。時家文達公初葬故云。

周亞夫墓

家世安劉百戰功，壁開細柳著雄風。吴兵猝訝來天上，獄吏譁言反地中。金散薄昭恩舊感，侯封王信論徒窮。瓦罍已出荒塋設，千歲苔花漠漠紅。

袁忠節墓

六忠事往賜碑殘，碧血如虹尚未乾。是骨可填東廠獄，有兒能死澠池官。風生墓道横霜氣，沙漲黄河走暮湍。霓蓋雲車精魄在，獨攜蘋藻薦秋盤。公子官河南澠池令，死流賊之難。

謁袁太常祠

壁挺誰陳虎豹關，紛紛緹騎破巢還。數椽祠並許忠節，一疏死攜楊應山。黨錮拚教收海内，茄花肯使唱人間。驚心乙丙年中事，燕客書成淚點斑。

寄許橋

客掉西風雁月樓，年年送别感深秋。尊前毾㲪燕臺酒，夢裏風烟粤海舟。舊技亦曾羞篆刻，新詩何事寄窮愁。相思如過南溪舍，爲説安仁欲白頭。

夜坐聽周二南話其兄弟從軍事

徵南馬革英雄事，今夕重談意轉悽。數載烽烟斜谷北，一家兄弟劉門西。空營白日青燐語，破宅春風怪鳥啼。我亦腰弓燕塞客，不堪同此聽荒雞。

龍山道中

車蓋匆匆襏襫蹤，黄沙撲面笑塵容。暫將溽暑消團扇，儘有閒雲作遠峰。廟砌打包眠野客，槐陰團飯話村農。羣山長白東來路，好向空潭咒毒龍。

廣固

亂山邐迤古城垣，餘燼南燕舊建藩。太傅死生留海國，宋家經略此中原。風雲氣涌旌旗動，樵牧人歸鳥雀喧。眼底六朝興廢事，五龍渠水瀉潺湲。

山村

雁齒橋横渡曲塘，虎皮石剥露村牆。山田似磴分層緑，溪樹無名作陣香。擔上椒絲初散集，榨頭柿酒正浮霜。兒童處處癡頑甚，笑説衝泥客騎忙。

曉過平原

古道侵晨露氣濛，陰陰桑柘徑微通。績綿聲静茅籬月，煮酒香濃柳店風。漢室星辰留曼倩，唐家仙蜕問顔公。買絲何處平原客，羸馬徘徊感未窮。

贈沈丈紹聞

悲歌回首棧雲高，曾侍征南著戰袍。轉粟蠻山秋坐甲，論功鐵帳夜揮毫。窮邊雪爪迷游蹟，久客霜華點鬢毛。此日津門同落拓，宵深重撫赫連刀。

李汝霖

汝霖，字説旃，號西塘，永年人。嘉慶三年舉人。

惜花

嬌羞無語索温存，幾度風狂欲斷魂。滿地落紅千萬點，看來都是淚珠痕。

沈士煋

士煋，字階三，號秋羸，天津人。嘉慶四年進士，官福建上杭縣知縣。有《閩海詩存》。《津門詩鈔》：階三，少穎慧，弱冠騰文譽，爲邑侯李海門先生所重。莅官好闡揚幽潛，士民懷之。同邑周大迂先生選《趨是集》，以唐賢少陵、右丞、襄陽、明高青丘四家爲宗，階三詩學，得其指授。幼時雅愛温李，好作無題詩，中年以後頗變其習。

秋日與韓友梅昆仲游法源寺

入山非拜佛，静境愜幽尋。石徑秋陰薄，松門落照深。泉聲清客語，雲影空禪心。歸路烟鐘晚，徘徊古碣陰。

題陳稼軒萬里壯游圖

自有四方志，心輕萬里游。秋風來荔水，春雨夢瓜洲。客路依琴劍，雄才託倡酬。京華一握手，十載愧淹留。

長夏即事

開窗面鄰墅，雲積與窗平。高樹連空翠，疏蟬送晚晴。客懷當夏健，詩思已秋清。坐久虛堂寂，風傳鐘磬聲。

題濮子耕《帶月荷鋤小照》，時將之廣陵

十載京塵裏，春愁與客愁。前身定明月，歸路説揚州。肝膽逢人盡，雲烟落紙收。子耕書隸書。耦耕曾有約，可許並圖不。

秋日早行

高柳咽鳴蟬，荒村欲曙天。殘星留遠樹，野水亂晨烟。草露知秋氣，風塵失少年。微涼和斷夢，驚起寺鐘前。

過連城縣

昨日別長汀，今來此暫停。宦途南北轍，人事短長亭。稻熟連村白，山圍一縣青。歲豐民氣静，花落滿公庭。

閩清

瀟灑閩清縣，都無城市喧。官宜今玉局，地似古桃源。江靜羣漁出，峰高一塔尊。山童無箇事，當午散雞豚。

舟中喜晴

轉棹浪花圓，舟移古岸邊。遠山晴愈瘦，叢樹暖生烟。水落萍留石，風斜燕避船。一杯還一曲，清興稱江天。

早發黄臺

秋曉事長徵，緣山一問程。野花隨意拆，山鳥不知名。石涌龍蛇勢，灘迴風雨聲。幾番嗟試險，不道客舟輕。

早發江汜

客寒方擁被，舟子已徵橈。雲薄猶通日，風回欲上潮。遠山青不斷，積霧白連朝。寂寞無他遣，空江酒一瓢。

過橋孔灘

磊砢疑無路，彎環又一灘。石稜森絶壑，風勢挾奔湍。古有登舟戒，今知行路難。扶危憑衆力，回首海天寛。

黄州城外阻雪

黯黯天容滚滚江，黄州城外泊吴艭。客心愁絶詩難遣，節侯寒深酒未降。亂雪因風穿艇户，凍雲和夢罥篷窗。時平闤闠如村落，不聽山城夜吠尨。

登黄鶴樓

危樓夕照遠山銜，水影空明鏡啓函。人語亂喧連夜市，江風不斷四來帆。仙隨黄鶴去何久，詩有青蓮句可芟。今古蒼茫搔首望，烟檣如薺露纖纖。

途中書感

經年於役守孤篷，轉羡居人柳市東。夜雨魚蝦瓜蔓水，曉烟蜂蝶麥花風。盟心空許連城璧，問舍曾無半畝宫。多少雲烟供白眼，幾回身世感雞蟲。

憶杭州

最憶江南四月天，滿街梅筍不論錢。稻畦雨過聞啼蛤，榕院宵深叫杜鵑。暖日誰家和酒藥，香風幾縷焙茶烟。六年簿領匆匆過，回首依稀在目前。

自都旋里重過八里橋

柳下風柔水不波，秋光侵曉到殘荷。緇塵撲帽催征馬，黄葉盈灘護浴鵝。酒熟莫分賢聖品，情深聊唱去來歌。十年八里橋邊路，依舊青山送客多。

過黄州

哀雁枕邊幽，寒江雨不休。嘔啞數聲櫓，摇夢過黄州。

當城

衰柳斜陽一棹遲，殘秋無處不宜詩。呼牛笛急烟横野，趁市船歸水半籬。

王家泊

蟹舍漁莊隱隱鐙，烟深極浦睡魚鷹。數聲船笛參差起，風外誰家唱采菱。

林天培

天培，字仲因，大興人。嘉慶四年進士，歷官廣東惠潮道。有《又一村吟草》。

《廣東通志》：天培，己未成進士，改庶吉士，以兵部郎出爲惠潮道。潮俗喜械鬬，明示例禁，復招紳者，令其轉相勸諭，颿風少戢。是時盗匪聯艅海面，漁鹽各船被虜者，輸其米石求脱，且得原值，制府檄令沿海關隘，譏察諸船出海，約計人口、時日，毋得多齎糧。天培曰：『絶盗口糧，其法固善，恐不得食。則勢將内撲，防御未集，民受其殃矣。』乃親歷沿海諸地，修墩堠，練軍實，於要害處所添設炮臺，嘗汛兵弁爲防堵計，遂以積勞卒。初天培嘗請調撥師船數十號，停泊放雞洋，既可爲南澳聲援，亦可絶閩粤盗艘之會哨，其言卒不見用。未幾，福建提督李長庚，追勦蔡牽至黑水洋面，將成擒，粤盗適會哨，益其勢，而長庚反殞命焉。潮人多天培有先事之明，立祠海濱，祀之。

新秋雨後作

秋光最好是江南，雪膾鱸魚霜破柑。憶得孤舟明月夜，緑楊城外酒微酣。

國朝畿輔詩傳卷五十六

王廷紹

廷紹，字楷堂，大興人，繼燿子。嘉慶四年進士，官刑部員外。有《澹香齋詠史詩》一卷。鮑桂星《感舊詩傳》：楷堂由庶常改授主事，滯秋曹二十年，兩與禮闈分校，陳三元繼昌出其門。以員外郎終，年五十有八。貧而負氣，傲睨一切，音吐宏亮，所至驚其座人。詩學少陵，沉著痛快。性警敏，多才藝，斗室中雜蒔花竹，狂歌泥飲，灑如也。艱於嗣，以姪汝弼子爲後。

劉大觀《序》：澹香齋主人，沉酣於老杜三十餘年，以杜法詠史，才雄力厚，矯矯然別創一格，如詠《劉子政》云：『天禄書成亦自傷，前遭恭顯後諸王。』《揚子雲》云：『行年四十去成都，七十纔爲莽大夫。』《馬伏波》云：『車中薏苡果明珠，酬得扶風老將無。』《諸葛丞相》云：『成都桑老帶秋烟，回首隆中抱膝年。』《陸士衡》云：『一聲鶴唳送輕帆，不死兵戈却死讒。』《徐孝穆》云：『受禪文偏六代多，才如孝穆奈時何。』《李白》云：『唐家事業付汾陽，詩酒隨緣到夜郎。』《裴晉公》云：『老年不是愛優游，帝室權都宦者收。』《司馬君實》云：『洛中聽老杜鵑聲，十五年纔返舊京。』此以超脱之筆作起句者也。詠《吴季子》云：『錯落封疆鄰鳥啄，摧殘骨肉歎魚腸。』《伍子胥》云：『故國有人貪寵利，深宫無計出嬋娟。』《田單》云：『墓無完骨生人憤，敵有功臣幼主疑。』《蘇秦》云：『富貴反教勞父母，貧窮原不愧妻孥。』《張留侯》云：『幃幄功高方善病，神仙事杳足消疑。』《司馬子長》云：『海内故交無季布，朝中知己獨任安。』《東方曼倩》云：『敢弄公卿真骨力，能誅寵倖即神仙。』《嚴子陵》云：『星辰已動身猶卧，日月能光手不扶。』《來君叔》云：『萬炬影摇抽刃候，一人悲動奏書前。』《馮節侯》云：『河山功業原邊樹，風雨君臣竈下衣。』《楊關西》云：『老臣忽遘雷霆怒，保母猶興土木功。』《管幼安》云：『春喧村落先生井，雪滿頭顱漢代冠。』《嵇叔夜》云：『髮到死時猶未櫛，琴從授後已無聲。』《魏鄭公》云：『一代風裁歸嫵媚，貳臣功過費評論。』《武攸緒》云：『未忍朝綱歸母后，幾曾羅織到神仙。』《李鄴侯》云：『獨保皇儲無綺皓，不教宿將似韓彭。』《陸忠宣》云：『賜環詔下亡身後，募格金懸失路時。』《韓魏公》云：『是誰能釋宫幃怨，竟有人彈社稷臣。』《李少師》云：『七旬幸相悲南渡，五國君臣泣朔風。』《韓太尉》云：『萬古風波三字獄，十年魂夢兩宫仇。』此以精警之筆作對句者也。詠《王右軍》云：『書法自然能入聖，丹心化出墨花香。』《虞永興》云：『和詩不敢崇宫體，一代元音正此人。』《杜子美》云：『千古江山鐃涕淚，耒陽南望渺愁余。』《李西平》云：『能保忠臣唯李泌，怪他仙骨自珊珊。』《白太傅》云：『八節灘頭無黨禍，自編長慶署瑶函。』此以悽惋蒼凉之筆作收句者也。神龍變化不可測度，要皆取法於老杜，得其法則，直書婉譬，悉寓樞機，且字字有光焰也。

《紅豆樹館詩話》：楷堂詠史詩，起莊周，迄倪瓚，共二百二十三首，沉鬱頓挫，議論所到，筆力嶄然，其自序云：『昔人謂作史宜兼才、學、識三長，易而爲詠，則有不能徑遂者矣。樂府、五七古，可以己意爲馳驟，束之於七律，又有不能徑遂者矣。或雪夜篝燈，或冰晨呵管，或發豪情於酒盞淋漓之下，或寄苦調於五更布被之中，是非懼謬於聖人，歌泣欲通乎千載。觀此可知其搜抉之苦心也。』君性兀傲，嘗以詼語忤司寇某公，幾爲所中。同僚咸爲君惴惴，君夷然不屑。家藏古端硯，長七尺餘，芸臺相國爲作歌曰：『王郎抑塞磊落才，掃葉延我來秋齋。籬脚黄菊立碧苔，秋陰堂下多强楷。齋中一硯真奇材，端溪七尺横安排。以几爲匣鬆髮胎，紫雲緑雨摩幽崖。平方正直誰量裁，羲之宅裏一片階。任人十手執筆來，儘可一硯容其儕。鍥墨無聲墨頓摧，如蠟塗釜膩莫揩。曰非端州何石哉，器大反與恒情乖。楷堂寶此休輕開，神寒骨重勿受猜。急須刻字銘硯隈，緇塵百斛無能埋。』殁後遺書散佚，此硯亦不知流落何所矣。

屈平

水滿湘潭蕙草春，此間憔悴有靈均。宗臣再放經三載，謫宦千秋第一人。令尹官高能蠹楚，離騷書冷不焚秦。後來景宋空詞賦，雲雨荒臺夢豈真。

樂毅

昌國城邊蔓草荒，望諸臺上月昏黄。忠臣去國名誰潔，駿馬辭鞍骨已傷。歸趙隙原生嗣主，破齊功足答先王。郭隗死後無知己，書報空緘淚數行。

春申君

秦雲遥接楚雲飛，也學邯鄲吕不韋。珠履競誇黄氏客，金釵密獻李家妃。書陳函谷功難没，浦冷吴江魄未歸。嫪毒事偏存傳末，史公援筆意深微。

賈誼

絳灌班高頌太平，中朝無地著儒生。三湘獨接離騷怨，四海咸聞痛哭聲。作傳尚難登壽考，投書原不到公卿。却思夜半虚前席，謫宦千秋感聖明。

李廣

射虎歸來氣未消，北平城外草蕭蕭。鄙人不賦封侯命，飛將空生用武朝。刁斗聲中程不識，旌旗影裹霍票姚。酒酣尚自舒猿臂，欲繫單於過灞橋。

馬融

頌成西第媚梁侯，書奏先將李固收。腹有文章輕氣節，身經摧折學沉浮。關中饑饉家仍在，塞上髡鉗死即休。可惜鄭盧諸弟子，不將經術問清流。

臧洪

恨壓雍丘舊戰場，郡侯已死孰勤王。孤城誓不降袁紹，六紙書應笑孔璋。尸但枕戈皆漢鬼，妾能飴刃即軍糧。百年後有從游客，晉代延之罵宋皇。

北地王

近呼昭烈遠高光，四百餘年祚竟亡。劍閣軍聲猶動地，成都粟積漫盈倉。由來誤國惟閹宦，從此稱臣有帝王。獨上雲車東北望，劉淵戈甲奮平陽。

嵇紹

血色乾坤古蕩陰，忠魂長戀帝衣襟。六軍曾作長沙氣，一死能明叔夜心。馬可逃生誰侍輦，鶴甘鎩羽不歸林。佳兒早卒門無祚，落日滎陽墓草深。

劉琨

夜半愁心想晉陽，國仇親恨兩茫茫。賜來刀尚横秋水，吹後笳應散曉霜。眼底蕭條餘部曲，尊前意氣託豺狼。祖生遠隔盧諶别，誰聽悲歌泣數行。

傅奕

墓志親題即諫章，山青雲白去茫茫。僧高但許愚西土，佛死何能葬醉鄉。天子序方書索藺，佞臣身定産空桑。横流二百餘年後，獨有昌黎接瓣香。

韓偓

誰繼離騷賦美人，香奩詩裏淚痕新。聽他烏雀悲君后，看到縗麻有相臣。濮上莫談東内事，少陽空寫故宫春。當年草制心如鐵，肯與徐陵步後塵。

歐陽修

碑建瀧岡又幾春，文忠也是少孤人。淚凝殘燭書曾廢，手撥寒灰字尚真。海底蛟龍悲孝子，朝中朋黨困儒臣。此身止合滁州老，山水之間白髮新。

黄庭堅

名壓張耒兼秦鼂，宜州再謫身飄飖。鐵龍水沉沙浩浩，石牛洞閉風蕭蕭。吟詩能工天欲妬，作字不俗人争嘲。絶塵獨立萬物表，道人奇氣干青霄。

陳東

戮到斯人北宋亡，城門開後朔風凉。中朝偏又逢潛善，半面何曾識李綱。碧血不埋新太學，忠魂羞到古餘杭。德明同死還堪慰，留得飄然集一囊。

辛棄疾

北來青兕懾同儕，飛虎軍尤震兩淮。朝内何人收鐵甲，袖中有表抗金碑。生饒俠氣官頻改，死奮呼聲墓不埋。當代莫嗤軒號稼，西湖花柳費安排。

謝翱

遥從天問接哀聲，淚盡紅羊處處兵。破碎山河勞信國，飄零骸骨託韶卿。劍當許後人何在，髮待晞時日不明。一硯共埋乾净土，幾曾揮筆記元貞。

謝枋得

麻衣淚染舊山河，餓到燕京淚更多。正氣一樓懷信國，貞魂半碣認曹娥。日沉滄海龍先去，雲黯冰天鶴不摩。凄絶憫忠禪寺裏，松濤竹籟助悲歌。

元好問

落日蒼凉望蔡州，雪香亭畔淚横流。興元敝政餘殘省，淮漢游兵剩故丘。帝子魂歸烽火逼，孤臣身在典章留。一編實録殊難借，拾取零箋到白頭。

趙孟頫

論壽何曾到古稀，文章書畫總無譏。湖州賜第居原久，宋代參軍職較微。貂鼠裘温三殿曉，杜鵑枝冷六陵非。孝經寫後王孫富，拜得沙門寶鈔歸。

商載

載，字仲言，號重巖，大興人。嘉慶六年進士，歷官山西寧武府知府。

題梁雅林哭母詩後

束晳補笙詩，蘭陔奉瀡瀡。王裒廢蓼莪，罔極悲無已。至情逢感觸，所見各有以。因詩徵孝思，可識永言旨。梁君篤天性，孺慕儼赤子。春庭晨迸筍，冰沼寒躍鯉。鄉閭無間言，實惟至德美。頻被公車徵，却聘終不起。非不慕軒冕，念誰供菽水。親在承色笑，親亡積哀毁。勉留嗣續身，神廢形亦死。積思成苦吟，淚血常盈紙。讀之感人心，實足維倫紀。方今聖治隆，德化周遐邇。歸厚民俗淳，陳詩命太史。敬以告輶軒，采風莫遺此。

焦景新

景新，號午橋，天津人。嘉慶六年進士，官江西饒州府知府。

和沈雲巢太史韻

早朝廿載聽鐘聲，捧檄匆匆悵遠行。政溯先賢稱勝地，學慚循吏寄專城。空傳鄱嶺千芝秀，謬許彭湖一葉清。風月誰談惟有酒，最無聊處憶春明。

查訥勤

訥勤，字簡庵，號雲舟，天津人。嘉慶六年進士，官陝西督糧道。

八里橋途中

雙輪轣轆出京華，柳拂官堤日已斜。長笛淒清催月上，亂蟬聲裏雜鳴蛙。

王有慶

有慶，字善舟，天津人。嘉慶六年舉人，官江蘇淮安府知府。有《善舟吟稿》。

《津門詩鈔》：善舟太守長身修幹，襟度和雅，少以文學受知於周棟材、初頤園兩先生，敦孝友，重交游。莅官以慈惠化民，去後人輒懷之。

將任松江留别泰州

其一

策名際昌期，志不在簪組。一官笑浮沉，先後莅兹土。敢云治劇才，終朝對文簿。古來重儒術，籩豆化椎魯。虚堂奏琴絃，百里歌且舞。夙昔抱此懷，於今愧無補。又聽驪駒催，尊酒兩番祖。臨去重踟躇，何者比召父。

其二

水鄉足禾稼，恒抱饑溺憂。洪湖偶溢溢，千頃隨波流。再來撫凋瘵，所見皆鵠鳩。哀嗷起中澤，湛恩無不周。去秋上下河俱被水災，余奉檄來辦理賑務。皇仁感穹蒼，億兆蒙其休。秋稻亦已種，夏麥亦已收。冷風翼清畝，嫩雨滋良疇。願爲父老祝，滿車兼滿篝。

其三

折獄非所長，務欲平其情。堂皇理案牘，哀我蚩蚩氓。如何桑梓間，乃作雀鼠争。長官乏教化，蹙然心怔營。秉彝各有好，安用撻與觵。愼勿廢爾業，愼勿荒爾耕。毋觸牙爪威，胥吏多狰獰。相期敦古處，含餔樂昇平。

其三

海陵古名郡，圖經惜叢殘。百年考文獻，搜羅良亦難。倡子喜有和，梨棗功將完。編摩狥人意，往往遭譏彈。同志慎商榷，直筆嚴增删。泰堂月皎皎，方洲水潺湲。徘徊訪遺址，振觸傷離顔。撫卷緬疇昔，風流不可攀。

李玉綸

玉綸，字梅坡，清苑人。嘉慶六年舉人，官淶水縣教諭。

題泰山十字碑

岱頂傳來十字碑，珍同寸璧出滄湄。神留波磔銀鈎活，墨帶烟雲玉筋垂。鄒嶧久無真拓本，琅琊並此重臨池。他年若問升封事，即是承平作頌基。

鮑克莊

克莊，號禮安，通州人，琮子。嘉慶六年舉人，官肅寧縣訓導。有《清穆堂詩集》。

秋夜

河漢耿微明，高天夜色平。西風吹月白，詩骨入秋清。流水結遐想，浮雲淡世情。此心了無悶，默默數蛩聲。

楊遇隆

遇隆，字晉占，肅寧人。嘉慶六年拔貢生，官教諭。

榆關懷古

一帶山城接海疆，憑高望遠思茫茫。將軍廟古平沙白，相國碑殘落日黃。自昔英雄争割據，至今戎馬静欃槍。牧童猶説前朝事，指點河西古戰場。

李蘊

蘊，字無蘊，號青橋，景州人，景潞子。嘉慶六年拔貢生，官山東泗水縣知縣。有《尺松齋集》四卷。

夏日同郭頻伽、姚倫亭、蔡芷衫莫愁湖泛舟分韻

梅雨炎蒸動積旬，納凉攜友泛芳津。青荷接葉渾迷路，白鷺迎船不避人。杜若洲横宜進酒，鬱金香渺漫霑巾。風流千古銷魂地，假與吾曹定有神。

錢塘贈同年汪少海明府

篛笠蓑衣一野航，上清淪謫寄江鄉。忠誠縱不邀荃諒，卑濕何容託鵩傷。詩社暫教留宿彦，朝廷豈肯舍循良。報君努力加餐飯，卧起東山有薦章。

朱佩和招飲來青書屋

聞道幽栖占蓼汀，維舟此日履君庭。竹穿壁入園牀緑，岫對窗懸落枕青。人似異書欣乍見，地如舊夢記重經。沙鷗合狎眠雲鷺，争不忘形醉醁醽。

得郭頻伽淮安幕中書賦答

其一

饑驅淮水託諸侯，雞犬雲中總謬悠。秋盡山陽多落葉，西風吹上仲宣樓。

其二

芳草王孫不可招，大江南北枉魂銷。明春決計歸舟過，爲我開尊跨下橋。

過揚州

掉頭一棹過維揚，不泛平山十里塘。社罷冶春人散盡，落花飛絮近端陽。

魏宗白

宗白，字庚瑞，號玉泉，南欒人。嘉慶六年拔貢生。有《夢蝶詩草》。

秋夕即景

秋村奄將夕，暝鵲噪西風。日落平林暗，霞燒野水紅。舟停蘆荻外，人語薜蘿中。坐久疏星上，蒼茫小市東。

秋蟬

寂寞空齋裏，寒蟬噪夕陽。聲聲無别語，衹道是秋凉。

雨過

雨餘芳草緑萋萋，倚杖柴門聽鳥啼。風送閒雲留不住，亂峰移過小村西。

吴蔭松

蔭松，字聯崖，撫寧人。嘉慶七年進士，官河南襄城縣知縣。

水仙

藐姑仙子下瑶京，玉骨珊珊削不成。幻作名花冰雪艷，移來綺几水雲清。洛川香泛凌波影，漢浦人留解珮情。翠袂霜膚誰是伴，相憐惟有許飛瓊。

莫嵩屏

嵩屏，號介山，景州人。嘉慶七年進士，官雲南知縣。

秋日漫興

讀罷離騷賦，蕭然正閉門。掃愁曾種竹，蠲忿未栽萱。淚盡湘江水，心傷楚客魂。誰家吹玉笛，嫋嫋入黄昏。

周壽椿

壽椿，字六泉，晚號碌全，河間人。嘉慶十年進士，歷官山西蒲州府知府。

《紅豆樹館詩話》：六泉前輩《漢書雜詠》，較之王楷堂《詠史》諸詩，才氣稍遜，然亦温亮和雅，不失彀率。先是曲周張曉園比部旭欲輯《畿輔詩鈔》，搜羅得四百餘家，未竟其志，遘疾而殁，稿本盡歸六泉。六泉出守，交李侍御廣滋。侍御罷官，後歸儀部某公。其人非知風雅者，遂至燬棄，今皆無從搜覓矣。

高帝

其一

子弟從龍起沛城，金刀運數應時亨。能尊義帝名元正，得王關中業已成。馬上功勳三尺劍，鼎邊翁媪一杯羹。誰憐鳥盡弓藏日，渭水東流恨不平。

其二

慣用黄金買將心，收來三傑定三秦。一生得力陳平智，九死能逃項羽仁。邱嫂那知封子日，艷妻幾作滅劉人。大風歌罷歌鴻鵠，兒女英雄淚滿巾。

項羽

其一

仗劍江東霸業昌，英雄倔起少年場。先聲到處降秦將，大度何心殺漢王。壁上諸侯甘北面，吴中子弟半戎行。沐猴莫笑思歸切，富貴還須返故鄉。

其二

咸陽一炬太匆匆，才得秦關又欲東。壯士儘能經百戰，天心應是厭重瞳。撞來玉斗忠何補，吟到烏騅恨不窮。四面楚歌數行淚，烟波江上起秋風。

吕后

長陵寂寂九天昏，永巷幽囚恨不伸。蒼犬豈真能報怨，牝雞無那竟司晨。全封兄弟窺神器，未改山河仗老臣。從此臨朝多女后，漢家作俑是何人。

張良

一代君臣意氣投，分封遇主總因留。遷都預定千秋計，借箸能彌六國憂。半世功名黄石教，暮年心事赤松游。早知吕雉幾亡漢，悔向商山盡力謀。

韓信

三齊儘可定三分，畢竟英雄重感恩。一拜登壇真國士，終年垂釣亦王孫。窮途枉激陳豨變，臨死方思蒯徹言。莫詡千金能報德，鍾離地下尚含冤。

蕭何

咸陽金帛日紛紛，老吏先收故府文。幾卷圖書堪作相，全家子弟盡從軍。風塵早識無雙士，帶礪應居第一勳。不是東陵能畫策，漢家未必肯容君。

陳平

盜嫂貪金事可疑，受恩應感魏無知。智禽壯士心多詐，説動佳人計果奇。謀國幾番調將相，保身終竟脱艱危。男兒得遂封侯志，記否當年宰肉時。

文帝

庚庚入兆日重光，庶子真堪繼漢皇。勤儉兩言賢帝后，承平一代古成康。劇憐宣室留遺詔，難免蘭臺議短喪。除去肉刑寬太甚，史家猶自費推詳。

賈誼

抱火常憂厝積薪，漢家痛哭竟何人。上書總爲分封計，前席徒勞顧問頻。四月長沙悲鵩鳥，三湘秋水弔靈均。懷才莫恨無知己，絳灌元非社稷臣。

鼂錯

劉氏安全鼂氏危，君家老父已先知。干戈發難甘爲首，黨與無援更倚誰。七國耽耽謀早決，孤臣蹇蹇死何辭。漢皇畢竟孤卿甚，歎息朝衣過市時。

武帝

崇封岱祀岳明堂，樂府新聲十七章。名馬有靈歌太乙，美人無命葬雲陽。柏梁臺圮秋風冷，思子湖空舊恨長。一事到頭終不悟，瑶池青鳥恨茫茫。

獻王德

詩書灰燼祖龍亡，馬上功勳事未遑。一代屏藩推大雅，千秋典籍仰賢王。蕭蕭荒冢空秋草，渺渺遺宫自夕陽。鄭重傳經遺烈在，流風應共海波長。

李廣

翩翩名將足風流，刁斗何須警戍樓。死痛三軍知飲泣，生經百戰不封侯。空山射虎雄心在，絶塞彎弓大漠愁。記過藍田曾抱怨，灞陵亭畔恨悠悠。

蘇武

仗節穹廬志不降，歸來鬢髮已蒼蒼。南朝浪説書傳雁，北海誰憐客牧羊。屬國功名看畫閣，全家骨肉變滄桑。那知雪窖冰天日，兒女深情尚未忘。

牛霆

霆，獻縣人。嘉慶十年進士，官四川永川縣知縣。

秦蜀道中

窈窕千巖幻，陰森萬壑幽。碉雲常帶雨，寒谷暗生秋。莽莽蒼烟合，滔滔磧水流。林深飛鳥盡，惆悵事清游。

徐銓

銓，號藕船，大興人。嘉慶十年進士，官河南光州知州。有《藕船詩稿》。

送吕華南同年應禮部試即和留别韻

年華荏苒計頻更，兩載相逢又送行。冀北定能舒駿足，汝南無復聽雞聲。任評月旦來鄉曲，莫墮風塵勸友生。笑我沉淪游宦海，清齋徒有膝琴横。

唐詮

詮，字味經，號小潛，天津人。嘉慶十二年舉人，官廣西知縣，改寧遠州學正。

夜

更深萬籟幽，望月獨延佇。山鳥不知名，聲聲似人語。

田文洛

文洛，號雷門，大興人，志勤孫。嘉慶十三年進士，官承德府教授。有《四銘堂詩草》。

懷鄭會山

潦倒近何似，詩人自昔窮。負才凌繡虎，乞食託雕蟲。春慣催人老，花猶向客紅。關心上谷夜，尊酒話飄蓬。

懷孔霽峰

臘雪一爲別，春風又欲闌。離歌從我賦，古調向誰彈。名起人偏忌，家貧客亦難。書傭覊定遠，愁絶憶長安。

聞者英弟將游山右凄然成詠

太室初歸又太行，一鞭行色趁斜陽。愁中歲月子將老，客裏艱難汝更嘗。千里月明燕市夢，五更沙白雁門霜。黄河東下休回首，九折寒流易斷腸。

樵唱

一徑芒鞋踏翠微，嵐烟和露曉霑衣。入山陰雨出山霽，肩上白雲如絮飛。

西湖口號

將軍欲醉黄龍府，君相耽看西子湖。無限繁華無限恨，六橋烟柳一株株。

谷懷清

懷清，號曉亭，蠡縣人。嘉慶十三年進士，官刑部奉天司主事。有《杏錦堂詩稿》。

即事

黑雲黲黲值三庚，鳩婦枝頭屢喚晴。連日濃陰人兀坐，隔窗忽聽賣花聲。

王墀

墀，字步玉，號六橋，寶坻人，永芳子。嘉慶十三年進士，官山西長治縣知縣。有《游盤詩》一卷。

題東竺庵壁呈妙明上人

選勝來東竺，游蹤暫一停。古松圓似蓋，奇石立如屏。覽蹟懷名士，當風坐小亭。勾留緣底事，僧眼爲吾青。

李大壯

大壯，字賓士，新城人。嘉慶十三年召試舉人。

黄金臺弔古

死馬喻生士，待士如待馬。至今賢豪人，羞過金臺下。

李珠光

珠光，字夢崖，天津人。嘉慶十三年舉人。有《夢崖草》。

病中口占

何處覓生涯，匡牀一枕斜。長貧裘盡敝，多病藥難賒。破屋晴飛雪，寒風夜走沙。蹉跎三十載，空負鬢雙華。

高以本

以本，字貫珠，號石琴，大興人。嘉慶十三年舉人，官江西高安縣知縣。

題畫

清明有約屢攜尊，得得閒來欸鹿門。指點前溪人不見，蹇驢行過緑楊村。

王棻

棻，字香甫，一字吾溪，高陽人。嘉慶十四年進士，官順天府教授。有《吾溪詩鈔》八卷。

歐聲振《序》：香甫喜爲古詩，聲韻璆然，其遇蹇而志鬱，然自有蕭然自得之趣，流溢於楮墨之外。

良鄉早發

茅店晨興早，春鳩破曉晴。新泥官路滑，積雪遠山明。旭影浮層塔，嵐光罨古城。東風寒料峭，轉怯袷衣輕。

范陽雜興

其一

幾處早鶯啼，三間屋枕谿。宿藤初引蔓，春菊未分畦。土壁苔添滑，茅檐樹亞低。棕鞋隨意去，更過石闌西。

其二

一雨山溪漲，新流漫野塘。嶺雲春似墨，橋絮曉如霜。聽鳥來空谷，題詩到上方。平生耽野趣，忘却是他鄉。

其三

殘陽明晚照，餘滴散輕陰。野水移舟淺，春泥没屐深。粉粘沉蕙蝶，鈴護啄花禽。小立芳洲外，難爲望遠心。

其四

敲詩松樹下，小稿寫平沙。綠引穿籬水，香傳隔院花。身閒容有夢，客久漸如家。已覺名心淡，何妨玩歲華。

其五

東風楊柳陌，誇酒自書旗。聽鼓知村社，看碑過古祠。春盤豐粔妝，野餉雜蒸糜。一片餳簫好，兒童解學吹。

其六

到來忘日月，童僕轉相親。俗異知鄉遠，村荒稱客貧。青奴留伴我，黃耳解隨人。壯志銷行盡，書傭老此身。

静海道中

驅車復西下，渡口問雙塘。空野餘秋潦，荒城半夕陽。人烟團白屋，客飯煮黃粱。前路堪投宿，村醪醉幾觴。

夜泊保定上牐

夢覺推篷望，濃濃露氣清。星河沉夜色，蟋蟀亂秋聲。半世名緣了，中宵旅恨生。書香憑驥子，漂泊苦無成。

秋日書事

幾日東君別，鶯花事已非。燕先秋社去，螢背夜燈飛。落拓安吾拙，疏狂與世違。柴門對溪水，鷗鳥共忘機。

李光里

光里，字勉庵，寶坻人。嘉慶十四年進士，歷官江西吉安府知府。有《春熙堂詩》一卷。

陳運鎮《序》：勉庵詩多得之舟車間，大抵皇華、原隰兼岵屺、杕杜之思，不煩繩削，自與古會，時出雋語，領異標新。

登金山寺塔絶頂

仙風吹我飄飄舉，懷抱平生此際開。水國雲霞連島嶼，禪宮金碧簇樓臺。七層塔勢凌霄上，四壁江聲動地來。無數青山歸脚底，乾坤何處覓蓬萊。

嚴子陵釣臺

山水風清絶點塵，羊裘一著便終身。先生誰可爲知己，文叔終難逼故人。志士共成東漢局，客星長照大江濱。釣竿落落垂千古，世上浮沉漫問津。

楊鍈

鍈，字蘭皋，號澹人，涿州人。嘉慶十五年舉人。有《翠雨山房詩鈔》。

小山園雜詠

西風收溽暑，寓目偶閒行。嶺斷雲隨補，崖懸樹倒生。晚凉欺病態，秋意淡詩情。勝負攖心曲，牆陰蟋蟀鳴。

西郭晚望

西風吹雨過平沙，洗出烟村四五家。斜日半川人喚渡，一聲漁笛出蘆花。

王履謙

履謙，字益齋，號香汀，天津人。嘉慶十六年進士，官河南通許縣知縣。有《游豫雜詠》一卷。

禹王臺

大梁西南隅，崇臺屹然峙。聞説元圭在，神禹留故址。憶昔治水時，聖躬九州履。山檋與泥橇，勞勞靡所已。足蹟滿天下，圭奚獨留此。想因河洛區，中原據勝址。龍蟠嵩山環，虎踞峭邑邇。特爲留寶圭，黄流鎮萬里。存之作砥柱，金堤無傾圮。微禹吾其魚，至今梁民喜。惜未陟其巔，細爲訪源委。神器今在亡，試詢采風史。

紀樹棨

樹棨，字桐豫，獻縣人。嘉慶十六年進士，官内閣中書。有《積雪亭稿》。

讀史閣部傳

殘局誰能苦畫籌，閣臣開府鎮揚州。早知僚佐無同膂，自信將軍有斷頭。再世重來文信國，一生長對左浮邱。山河破碎心終古，氣涌江濤萬里流。

高潮

潮，字春江，天津人。嘉慶十八年舉人。

丁丑下第道中作

雨餘生薄暖，沙岸上桃紅。烟絮一村柳，雲帆十里風。日斜人影外，春去馬蹄中。吟興隨年減，空嗟類轉蓬。

朱棠

棠，字蔭江，天津人。嘉慶十八年舉人。

送王香初明府枚需次山左

東國比多潦，秋荒困未伸。閭閻同赤子，利濟屬儒臣。邑待賢良急，君當祓濯新。莫辭勤撫字，好答九重仁。

劉庚

庚，字少白，慶雲人。嘉慶十八年拔貢生。有《少白詩草》。

晚泊

寂寂秋山月，清光傍水涯。荒村生野霧，歸雁落平沙。緑樹停舟處，紅鐙賣酒家。何人吹短笛，一曲落梅花。

揚州憶舊

其一

楓冷吴江客路遲，笛聲雁影雨絲絲。重來又入揚州夢，不似春風被酒時。

其二

一曲紅橋隱釣船，數行楊柳尚含烟。隔溪又聽吴娘曲，自别江南已二年。

王瑞徵

瑞徵，字甫田，號紫瀾，撫寧人。嘉慶十九年進士，歷官貴州按察使。有《滇黔吟草》。

郵亭早起

長夜客無寐，侵晨衣有稜。吟情濃似酒，旅况冷於冰。聲斷重門柝，光殘一穗鐙。主人應識我，七度舊行塍。

登黄鶴樓

滚滚長江一帶横，武昌城對漢陽城。羣山翠向層樓涌，萬户烟隨兩岸平。豪傑勛名流水去，神仙蹤蹟片雲輕。登臨不爲招黄鶴，遠樹閒花自有情。

春夜

自煨鑪火試新茶，小閣書聲衹一家。坐久不知更漏盡，滿庭明月讀南華。

邊九鏊

九鏊，字鉅峰，號時齋，任丘人，思訥子。嘉慶十九年進士，官天津府教授。有《時齋詩草》四卷。

《任丘縣志》：九鏊刻苦爲學，自經史諸子唐宋以來詩、古文集，旁及叢書、脞説，無不研究貫穿，窮其底藴，學者翕然宗之。戊申舉孝廉，甲戌成進士，選天津府教授。清正嚴介，爲士大夫所推重。上官察其品學，欲調補順天府教授，而已遘疾告歸，卒於家。

邊浴仁《先府君行述》：府君生而岸異，八歲通九經，乙未補縣學生，學使者爲少司空湘潭羅公源漢，奇府君文，逢人即咨賞不置。戊申恩科舉於鄉，房師爲監察御史曹公錫寶。曹公，上海人，嘗疏劾和珅家人倚勢僭擬，直聲震海内。睿皇帝登極，追贈副都御史者也。丁巳，祖雲鶴公卒，辛酉祖妣吴太孺人卒，府君哀毁柴瘠，遂閉户却掃，刻意力學，凡羣經注疏、歷代諸史百家雜説，靡不研覽，旁及天文、醫藥、風角、占筮諸書，探賾索隱，盡通其術。嘗論正統，謂漢唐以後，海内分裂，莫烈於五代，正統不明亦莫甚於五代。後唐雖賜姓，然能爲唐滅梁報仇，即當以正統予之，如照烈之於獻帝朱温，本黄巢餘黨凶狡簒弒，宜黜爲亂賊。晉、漢、周三代亦草草竊位，享國不久，俱宜黜歸閏統，而以北宋繼後唐。如西晉之於蜀漢，則正統有歸，亂臣賊子知所儆惕。自來論正統者不一，如楊廉夫、魏叔子，初不及此，本朝宋實穎、洪虞鄰，少少見及，而所言不暢，皆怵於薛氏《五代史》、歐公《五代史記》、朱子《綱目》在前，不敢遂申公論也。甲戌會試中式進士，殿試三甲，賜同進士出身，歸班候選知縣，請改教職。乙亥，青縣人士聘主永安書院，府君嚴讀書、作文法，立勸學規條，甄核人物，甲乙文藝，文風士氣一變舊習。壬午選天津府教授，津郡文廟舊設祭器，率刓敝損壞，府君請於金文波觀察洙鳩工庀材，重加增補。舊存諸器制度，或簡易不蘄於古，府君遵依《大清會典》所載，參以陳氏《禮書》、聶氏《禮圖》《闕里志》諸書，繪圖仿製，天津文廟祭器遂古雅堅緻，復其舊觀。乙未春，患腹疾，未即愈，光栗園方伯檄來，以順天府教授缺出，欲府君調補，時歸意已決，遂於六月移疾歸里，卒年七十有七。

題張柳洲都轉所摹韜光觀海圖，即步原韻卷首有雙鈎劉文清公『韜光觀海』四字

鬢齡陟太行，嵯岈衝亂石。襟袖拂烟嵐，輪蹄蕩蒼碧。山腹蒸深青，林梢留淡白。眴息五十秋，追思猶歷歷。今披此圖畫，所見異疇昔。昔經驛路塵，今睹蓬瀛蹟。樓閣紫雲深，松篁翠烟積。地迥隔塵凡，境難辨仙釋。知君摹此弓，放筆興酣適。直可壽乾坤，豈止娛朝夕。晴窗頻展讀，惝怳動心魄。峰巒現縹緲，波濤互噴激。潮聲撼招提，海日翻峭壁。何期塵壒人，忽睹飛仙宅。雙鈎文清書，神姿倍霍奕。風雲入毫素，書畫兩無敵。蓬萊有靈境，悔戀冠裳赫。便擬策杖來，從君占瑤席。

泊新橋

野岸帆初卸，荒村酒自沽。秋風漁埠冷，落日客船孤。遠火時明滅，寒星乍有無。鐘聲來古寺，

疑是到姑蘇。

夜雨

高齋秋似水，凄咽草蟲鳴。斜雨侵窗夜，回風落葉聲。牀空人伏枕，鐙暗鼠窺檠。耿耿愁無寐，銅街下四更。

歲暮李琴川自都歸見過賦贈

抱璞歸來客，風塵又一年。知交惟我共，飄泊有誰憐。白酒論詩夜，黄雲釀雪天。明朝策蹇去，握别意茫然。

舟曉

維舟依枉渚，不寐聽荒雞。風雨祟朝霽，魚鰕小市齊。亂帆迎曉日，一棹下寒溪。且喜同舟客，分吟韻各攜。

保陽游蓮花池

張柔傳舊蹟，開鑿幾經年。山樹千章合，池冰一幀圓。危橋低駕石，高閣迥浮烟。蘿洞藏幽處，空明别有天。

冬夜

雪壓茅檐月滿窗，乾坤清氣沁詩腸。耐寒祇有梅花影，一夜橫斜凍不僵。

高蘭孫

蘭孫，字弈光，任丘人。嘉慶二十年舉人，官四川汶川縣知縣。

送吴愚谷南歸一百韻

荏苒經春別，相思屢卧疴。西窗纔翦燭，南浦又興歌。憶昔年華小，同游海市鹺。斑衣儂宛轉，卯髪爾髿髿。天與聰明業，人憐寧令哥。傾心廉藺久，避面尹邢多。愧自吟巴郢，欣教附蔦蘿。高門攀顧陸，素履盼羊何。元夕春鐙鬧，通街淑氣和。瞥看銀鹿進，喧報石麟過。果爾超諸阮，錚然號小坡。長源仙骨脆，雕武玉顏瑳。了了談微中，殷殷手重摩。居停嫌間隔，丰采羨巍峨。倏歎音塵判，因驚歲月蹉。行蹤蓬任轉，心事縷難覼。欒令環方賜，楊公蝎忽磨。有才摹治譜，無計謝讒囮。枉遺時苗犢，空餐蔡撙茄。深文困鉗網，戈獲墮矰碆。城旦淒沙漠，滄桑幻刹那。不歸生定遠，誰召老廉頗。此際傳消息，知君正坎軻。呱呱啼弱妹，黯黯病支婆。嘗藥愁呼姊，牽衣苦戀嫲。金盤朝露溘，瑶島夕陽矬。且喜承椿蔭，無須歎蔗柯。堯階光日月，潘縣耀絲紽。拔宅南遷越，趨庭北渡菏。還鄉經浙水，訪戚泛淮渦。鶴署修温清，螢窗努刮劘。客來推仲舉，友至唤僧伽。英望馳鴻藻，良緣啓鳳窠。黃堂邀月老，碧漢接星娥。吕範風姿儁，羲之腹笥皤。箕裘綿往澤，風雅譜行窩。獨我貧爲病，三生恨未瘥。纖毫澀江管，陋巷窘顔籮。驟慶搴芹藻，旋悲廢蓼莪。悽惶啼孝水，匼匝鎖愁魔。侯喜安窮薄，虞翻嫉婞娿。家聲覗王謝，世態昧朝鮀。懷寶徒披褐，求經那煉堝。左文難貴洛，蕭聘不傳倭。昨歲逢明試，微名列細麽。鹿鳴陪勝侣，鯉化望餘波。婿正藍衣染，翁方紫綬拖。桂華慚剩馥，荇菜許新哦。下達先投牘，徵輪亟轉輠。黃沙驅涿鹿，白浪濟滹沱。古驛風憀慄，雄關石砐硪。揭來官閣畔，高倚泰山阿。射目屏開雀，齊眉案映蛾。偉人欣再覯，故態認無譌。頓覺精神契，全捐禮數苛。爪泥憐邂逅，塵夢感蹉跎。既結情肫摯，兼通業切磋。夜寒衾共覆，宵詠筆雙呵。意氣盟嵆吕，文章辨隸蝌。抽思精乙乙，稽古勇番番。詩律諧絲管，詞場整鸛鵝。談深焚寶篆，坐久翦銀荷。膩斫金盤鱠，濃煎翠釜駝。麴塵傾酒盞，雲乳瀹茶鍋。簾卷東風峭，軒霏朔雪傞。微吟誇旖旎，淺醉笑傀俄。籃笥同舁轎，連錢並策驒。陌頭迎賽鼓，城外逐春儺。劍匣奚奴捧，琴囊瘦馬馱。壯曾矜舞蔗，閒或戲抛堶。雅調徵如此，淵衷矢匪他。一朝赴京洛，幾月隔山河。教胄容編籍，匡居未綰緺。因思故人好，重度太行嵯。賓榻初登座，陽關忽裂簻。勝游辭晉水，歸路指嘉禾。別淚揮斑馬，愁懷泛白醝。長亭驪乍唱，古岸柳頻搓。祖帳愁如噎，離筵悶不酡。涼飆悽素籟，冷日淡金鑼。桂樹青山暗，桃潭緑水渦。江雲飛浩渺，嶺霧散逶迤。杳杳催徵雁，栖栖跨蹇騾。前情徵懇款，後會戒欺託。顧詡光弓冶，休誇戀軸薖。瑜瑾常砥礪，緱蒯亟挼挱。轉瞬春秋榜，揚鑣甲乙科。蓬瀛登贔屭，渤澥掣鯨鼉。鈴索通閶闔，霓裳列大羅。奇聞搜壯武，夙慧證曼陀。報國儒生筆，傳家刺史靴。美名孚素望，滕口謝羣訶。自笑淪樗櫟，無才隱笠蓑。宮坊荒錦繡，農圃老烟莎。婞直嬰申詈，單寒婺怯梭。光儀雖契闊，芳躅尚睎睋。別恨濡青管，清尊餞碧玻。空貽繞朝策，難駐魯陽戈。目送翀霄鶚，情深測海螺。他時瞻棨戟，猶願侍鳴珂。

李長峰

長峰，字湘南，深州人。嘉慶二十二年進士，官工部主事。

題王虛中焚椒録

其一

金水荒寒咽不流，燕支誰浣故宮羞。滄桑剩有詞臣在，獨抱殘編哭白頭。

其二

當年寵遇號專房，國色何須時世妝。寄語天潢諸命婦，貴家風範在端莊。

其三

緑衣黄裏事堪嗟，永巷三年望翠華。一闋回心誰顧曲，枉將幽怨訴琵琶。

其四

金屑檀槽字字哀，後宮争唱紫雲回。梨園縱預霓裳譜，那有昭陽赤鳳來。

其五

賺將妙楷寫鍾王，黠甚蛾眉進十香。一幅冰綃冤獄具，九天何處叩雲閶。

其六

玉柙珠襦祔慶陵，他年典禮慰芳靈。不然滿地紅心草，應共明妃冢上青。

國朝畿輔詩傳卷五十七

李雲章

雲章，字子文，號壽君，大興人，惟寅子。嘉慶二十三年舉人，官撫寧縣教諭。有《咫聞齋詩集》。

朱錦《序》：嘗聞王老圃稱子文詩才清俊，迥出恒流。愛而不見，於今十年。昨以舊草見示，挑鐙諷誦，灑然不倦，竊喜故人有後。

葉紹楏《序》：戛戛獨造，力掃陳言，骨韻俱清，意在力追古人，不拘一格。

葉紹本《序》：古體雄深雅健，嗣響三唐。律句整練高華，肩隨七子，洵詩壇射雕手也。

大人自養利州書示官况敬述

其一

養利古羈縻，道遠山險巇。農民供力役，肩舁不敢辭。昨迎長官來，輿轎三僕隨。笥中半書卷，雜置寒暑衣。此官一何貧，胥隸竊笑之。父老通殷勤，再拜前致詞。官有母妻子，何不同來斯。邕州數百里，何緣久分離。官非願分離，惜爾民力疲。絳標徵鄉夫，擾攘驚犬雞。舉手謝父老，努力方農時。

其二

亂山擁孤城，木石半於屋。州衙曠無堵，圍以篦簩竹。四面鬱葱葱，烟籠萬竿玉。客無王子猷，清風媚幽獨。玲瓏見街巷，人影動深緑。官民同一家，壅蔽患耳目。毋爲此君笑，豁然披心腹。野獸時來游，可窺不可觸。忘機久還馴，勁箭罷驅逐。垂涎爾何冀，官庖無餘肉。終歲飽竹萌，誰言作吏俗。

馬峽

峽形如萬馬，騰蹴互相狎。夾水立堅陣，驚濤怒歕欲。中天日車避，太古雲氣疊。萬阻得一門，侵昏走艛艓。習險不覺險，把酒觀羣峰。羣峰亦無賴，亂卧酒杯中。舉杯咽馨翠，丘壑入我胸。醉化栩栩蝶，似御泠泠風。翕然山水窟，不放吟魂去。夢游鬱繿天，孰引虚無路。晨聲來遠瀨，霽色散雲霧。突出萬馬圍，蒼茫不知處。

平樂以北山石奇秀畫所莫及聊短述之

看山不逢奇，未若讀奇畫。丹青宋元手，意匠逞環怪。頗疑頑石頑，凝峙無此態。朅來陽朔道，驚喜向山拜。始憐畫師庸，皴染殊未逮。天地工結撰，迥出思議外。江聲百折下，石骨兩壁對。削成面穹碑，巉絶根激瀨。嵌空神瑚鏤，文理古繡繪。草樹點金碧，烟嵐渲鉛黛。上有猿狖羣，垂藤裊相挂。幽鳥不見影，虛巖遞清籟。離離千百峰，物象鳳麟萃。正如秋夏雲，萬變縱狡獪。微生走湘楚，拳勺嬰痼愛。種苔羅書牀，自詫雲夢芥。豈知造物豪，奇石此都會。山好不在高，詩好不愧碎。拔戟能自雄，尋仞亦華泰。傲睨驂鸞仙，舊録補成大。

自桂林赴永寧州有作

桂林西百里，山勢塞天緑。一徑飛鳥外，盤蛇斷復續。我身託筍輿，愧彼行躑躅。仰陟牽長絙，俯注挽羣僕。危躋頓層峭，旁涉眩屢曲。崖額石壓項，磴削苔滑足。冥濛走腥雲，慘澹入幽竹。舞風高樹飛，弔月怪禽哭。都郎嶺尤險，千仞擘坤軸。灝氣反在底，那能辨巖谷。三臺抱重巘，堅壁儼單複。虎豹昔縱橫，兵戈費驅逐。明隆慶中，俞大猷平土民韋銀豹於此。我來屬時和，山深暑不酷。掇芳闘仙賞，抉勝豁塵矚。朝炊霞際餐，夜枕水聲宿。扶持忘疲勞，山川喜淳樸。便作桃源看，端居領清福。

烏龍巖

神龍不騰霄，戀此巖壑美。重岡掩幽邃，去郭纔數里。仄徑緣齟齬，攀羅上尋咫。紺宫嵌虛崖，濃緑抱窗几。炎暑到門盡，禪房氣如水。風從山頂來，吹落高松子。老僧寡酬答，趺坐苔壁倚。游神出冥漠，視客等糠秕。唯有蟬鳥聲，時時聒人耳。巖前碧潭浄，倒影山翠洗。抱珠睡何慵，投石下無底。秋田望甘澤，我欲鞭龍起。

竹鳥山

蟻道出羣峭，石梁天際横。亘如劍鋒卧，人在鋒上行。容足一綫苔，過雲千步程。山風颯然吹，欲舉鴻毛輕。斜陽照笠屐，影落前溪清。溪邊莫王廟，小憩披榛荆。荒碑久磨滅，但見神猙獰。猶有寶祐鐘，鑄自清湘氓。炎國失筍虡，瘖絶蒲牢聲。傳聞此山北，鳳皇昔來鳴。竹實豈足飽，凡鳥難爲朋。赤霄諒不遠，去和簫韶成。

王文成公講學堂

崇祠肅幽深，重闉交密樹。下馬神志斂，猶疑節麾駐。山蹊塞苔草，水檻聒鷗鷺。不見登臺人，空餘舊臺柱。陽明昔平蠻，邊郡數朝暮。飛檄靖塵氛，當軒埋毫素。田岑異三洌，藤峽開一路。經國存遠猷，藩籬至今固。良知本鄒孟，希聖非異趣。門户毗蜉多，末流自烟霧。世無勒銘才，標此講學處。蠻夷詎知學，俎豆感霜露。升堂拜公像，安得黄金鑄。楚蜀方用兵，低徊起遐慕。

溪上

銜山日將沉，選樹禽未静。偶攜緑綺行，清流寫我影。松際何人來，一笠帶雲冷。

農事

屋角春鳩鳴，農事須及早。山城幾日雨，新秧緑於草。臺笠散朝陽，歌聲向風裊。鱗鱗水田波，兩兩白翼矯。烟光鬱葱翠，媚此村人老。欣然念游客，倚樹談温飽。笑問烏牸牛，何如紫騮好。

舟夜

暮氣澄秋湘，凉馨度芳茝。中夜客心定，孤篷露光洗。薄雲猶在天，纖月忽墮水。葦鐙散明滅，莎蛩訴悲喜。遥山暝如睡，碧影空濛裏。化作數痕烟，峭風吹不起。

龍隱洞

七星自矜奇，撲亞踞江北。對面涌一峰，氣乃與之敵。竦突不列行，肅若主揖客。又如傑士身，近人亦孤特。徑闢虚邏背，烟皴紫翠色。上峭鑱圓蒼，下㕒吮健碧。神物蟄來久，破山飛霹靂。谺開雲庭扃，仙佛莫敢宅。抱勝難自閒，萬手畫丹墨。石骨不受苔，夜聚古魂魄。岌岌元祐字，深文鑿國脉。黨人非盡賢，緝綴被貞勒。乃知附君子，受禍計亦得。至今畸士心，恨不入此籍。洞門敞高清，坐見遠城驛。江急長風生，日落衆木赤。呼艇泛暝陰，人語散蘆荻。山靈不我留，浩歌慰蕭寂。

灕江看山

戞戞闞天戣，獰獰碎坤軸。思議莫能到，那辨繹與蜀。不知渾沌始，鑱石誰手斸。翻疑造物巧，師此創萬族。昔賢詫奇絶，我行數往復。譬獲古冢書，不解亦貪讀。卧游短篷底，夢壓一船緑。灘水激箭來，堅壁兩夾束。蛟鼉疾騰逃，坐讓衆山浴。峰峰勇奔赴，後者幾欲蹴。瘴雲倏歕欲，百怪孕其腹。自結蒼翠嵐，蜕盡春草木。頭角羞雷同，作態斗妝沐。勢各不相下，渹漻駭麗矚。因思文人心，鏤鍥萬卷牘。有才必獨造，抵死避庸熟。岱崋立宇宙，李杜韓鼎足。此爲窮孟郊，骨挺無寸肉。意外撰幽艷，仙鬼或昌谷。庸峭得真冷，一洗金碧俗。毋乃騷楚魂，栖此洞天福。我欲圖之歸，徧質羣岳瀆。懸厓鐫硬筆，留醒萬古目。

題羅星橋畫桂林山水

其一

烟嵐結縹緲，樓閣勢欲飛。仲遠驅豕去，海龕虚翠微。松陰獨鶴語，日落僧未歸。劉仙巖

其二

卧石繡苔衣，飛泉走雲縫。紅闌空際折，遠目鴻邊送。一嘯長風生，羣山洶欲動。疊翠山有風洞

其三

戴紅復拍翠，翹立青天高。羣峭不敢向，五更風怒號。飛仙拔宅去，鸞鳳皆吾曹。斗雞山

其四

石氣曠蕭散，飛雲帶烟樹。和風爲誰來？一葉落琴處。北望湘波深，嬌雲愁不渡。南薰亭

其五

跳岑峥絳霄，森列杓魁星。一竅通九疑，仙窟開幽扃。然犀下無底，天地皆純青。七星巖

其六

壺公愛石隱，醉買千林春。春心一歕欲，炎艷烘嶙峋。我無餐霞方，欲問蓬萊津。壺山多桃花

和邵蕙西《〈食白菜〉用蘇集〈雨後行菜〉原韻》見投之作

其一

天驥騰蘭筋，駑駘齒空長。舳艫帆長風，烟艇滯蒿槳。區區草木性，亦別墳壚壤。邵君江南來，行止恒山仰。垂雲懇鵬術，捧日佇霞想。顧我如爰居，猥用鐘鼓饗。披光已傾抱，挹蘊方留賞。徐徐味其醇，衰聰豁秋響。翠色横連眉，爽氣攬盈掌。聆君鏗爾撰，餒我浩然養。

其二

君家西子湖，湖上蒓絲長。采蒓潔晨膳，飽聽咿啞槳。驀波謁春卿，訪古陶唐壤。俊風暗塵沙，看雲目空仰。俯窺呼滮流，時作濠濮想。一枝栖可借，二簋烹以饗。詎知筍奴賤，輒共侯鯖賞。領異快新餍，探喉戛清響。味淡心自怡，有類熊舐掌。白華寓鄉懷，吾以觀所養。

其三

我本幽并兒，生於桂林長。蚳鼃習南食，夢狎江上槳。赤霄雛鳳饑，啄粟墮邊壤。歸來無寸田，著書屋空仰。五鼎與萬羊，溢分非夙想。孕頤鱸膾秋，靦面豬肝饗。幸能咬菜根，一飽天所賞。空齇玉脂膩，濕竈松濤響。弄孫飴同含，呼兒杯覆掌。坎離鍊黄芽，仙餌問都養。

古詩奉和元氏教諭夢塘劉丈

丈人京國彦，官小才獨大。樂閒守一職，名滿燕趙界。不誇樹人功，但積詩酒債。牢落千秋心，欲出天地外。手剔白石碑，窮厓耀金薤。高歌樂府曲，宫商和秋籟。頽然入廣座，猶使衆形穢。昨枉谷口駕，憐此庭下拜。示我五字篇，春空雲靄靄。深知意獎借，獨惜舊情話。先公昔同升，投契攬環珮。我曾祖我祖，忘年遞酬對。龐馬無主賓，披豁古肝肺。風雨倏合離，江河分遠派。音塵一以隔，歲月去無奈。賤子客常山，邂逅已心快。安知憂患餘，下見豚犬輩。滄桑百年半，瞥眼歷五代。俯仰問陳蹟，老淚爲一嘅。詩人自多情，繾綣斯焉最。通家徵孔李，盛事稀記載。所愧紹述身，歧途久顛沛。遺經幕下授，苦語篋中碎。蟲號與鷇音，那辱屋烏愛。丈人篇什富，名山仰嵩岱。有如井陘將，旗鼓領一隊。松柏千尺姿，蓬蒿難爲態。敢信泥中芰，流澤尚永賴。勉從丈人游，詞源泝津逮。歲暮瘧初起，晴窗緩裘帶。禿穎寒不涷，大宅陽氣藹。緘詞報瓊琚，何時雞黍會？

恒山講舍雜詠示諸弟子碑楹楹間對立兩碑，乾隆中某太守及邑人所製

納楹無遺書，屹然存兩碑。空階影突兀，仿像山中祠。興廢本豪舉，紀成兼去思。鐫華示千秋，不惜瓊琚辭。青石誰共語，白鹿迷前規。峴山終磨滅，嗟爾雙盤螭。

端正槐堂下兩槐，左右竦峙，有正直矜肅之容

當庭列嘉樹，修幹齊雲端。童童兩華蓋，不作蛟龍蟠。忽如輔弼臣，正色立朝班。日陰結烟靄，風葉鳴琅玕。吾徒爲花忙，訪業來盤桓。植身果從繩，百穫才非難。

交柯榆院東南角，鉅榆與槐相抱而生

孤榆不自拔，勢借槐身巧。共禀天上星，纏綿此懷抱。玉樹交枝柯，青錢綴其杪。雖非同根生，亦得相依老。橘柚合兄弟，霜雪均榮槁。三歎求友篇，長松施羅蔦。

老樗窗下一樗，高出羣木，夏雨流根，則芝菌茁焉

生非梁棟材，敢據門庭地。投閒衆木表，特立千尋勢。與椿同歲年，豈必差臭味。小院人不到，凉陰一窗芘。潤蒸芝菌黄，濃奪榆柳翠。無用亦無苦，兆我文字瑞。

石牀昔之碑材，磨而未鍥，度諸庭右，代彼胡牀

補天有遺材，來自封龍頂。楢然一片雲，坐我槐影静。幸脱文字厄，圭棱尚修整。晴曝書宜攤，

醉眠酒應醒。風花隨帚稀，露箪迎秋冷。詩禪夜入定，月照盤陀影。

方井院中方池，深廣逾丈，不能鍾水，智然棄井而已

誰留此缺陷，掘井不及泉。得無寓微意，惡濕兼惡圓。黄葉鋪作底，陰苔凝古甎。跳蛙方隅目，未識團團天。堂坳瀉積潦，石縫鳴么絃。寄言冥行客，平地險在前。

小蕉林方井之北，芭蕉二本，攢莖布影，異秀延矚，以移自梁氏蕉林，故小之

不逢蕉林盛，但見蕉心老。前朝雨露餘，北地園亭少。分來半天緑，葉大莖柔嫋。聽雨幽夢凉，扇風碧紗曉。密防修竹彈，狂學醉僧草。相業易儒林，清名莫嫌小。

練塘舍北積水，夾水人家，擣衣之聲，晨暮相繼

屋後喧笑語，杵聲亂鳴蛙。夕陽動虚碧，水底生雲霞。涵秋一匳月，照影千枝花。曲岸小紅樓，美人何處家？客心託微波，不染滹沱沙。振觸遠游夢，越溪天一涯。

鴨徑後院小門，以通樵汲，遂畜羣鴨，放於練塘

一徑入深草，荆扉臨水開。水邊人蹟稀，日日羣鷗來。我有一闌鴨，獠奴爲之媒。相呼似解語，自去還自回。幸無比鄰惱，踏破門前苔。雲路爾何羨，卑行守蒿萊。

半橋牆外小渠瀉水，卧石爲橋，非梁非虹，得半云爾

地僻如山村，水聲時到門。横措數片石，野色青青分。迴環車馬蹟，刻露泥沙痕。疏柳帶紅牆，孤笻度黄昏。題柱非我思，濟人非我恩。清流無捷徑，示爾周行遵。

甲午五月，端兒奉命充雲南鄉試正考官，道出真定，爲留一宿，作詩四章，以勗其行

其一

聖代重選士，對軺馳八方。自非鴻博儒，何以揚國光。臣端忝詞曹，囿雉侣池鶚。猥叨第一命，典試滇南鄉。滇南古蠻徼，益部開華陽。磅礴金碧氣，發舒英俊翔。兩星天北來，百寶騰精芒。汝端幸得朋，并駕浮溪汪。副使潁上汪編修。塵目毋自眩，蘭心有餘芳。搴華擷其實，努力報我皇。

其二

文藝浩烟海，别流同一源。九經逮衆史，浸溢爲波瀾。不讀萬卷書，那代孔孟言。宋儒闢理窟，非以資兔園。帖括庸腐詞，貽誚徐凝村。功令設三試，學固求其全。詎應薄董鄭，唯尚歐蘇韓。衡平在杪忽，鑑朗窮朝昏。堂楣揭聖訓，謹作朱衣看。

莫以摘髭易，忘彼登天難。

其三

我昔攜汝歸，烟艇帆去聲楚粵。南北一萬里，江天坐超忽。及兹壯遠游，乘傳出京闕。滇池我

未到，夢刮山水窟。五溪陟黔疆，鳥道縈一髮。旌輿度雲表，手攬山萬笏。槃槃儀真公，阮節相。文耀輝溟渤。大儒位左相，邊鎮仗金鉞。汝往從之游，揅經窺日月。愧我心仰高，長川不可越。

其四

雙鵲噪叢竹，兒童競歡呼。使車過鎮府，中道趨精廬。登堂相拜慶，喜色充我閭。四年未見汝，壯盛將有鬚。爲我半日留，爲兒烹雞鳧。絮語不違私，勉哉宏遠謨。承家篤忠孝，珍重受恩初。我健勿爲念，眠餐慎長途。贈汝以自愛，授之先正書。歸來誦新詩，臘酒娱老夫。以彭文勤、朱文正兩集賜之。

韋石歌

是誰斧青冥？割此西山瑶。一峰屹立小窗下，深翠猶帶天池濤。無窮變態出詭怪，萬仞遠勢生纖掌。爛如檐葡華，敷潤舒春翹。聳如夜文臂，突兀撑空霄。矯如駿馬蹴，堅陣婉如好女迴輕腰。風潭隔户老蛟玃，雷雨入夜天吴號。北平飛將膽亦讋，納手不敢關弓弰。伊昔酈郭注異石，磓礐礵碧兼礜磩。兹峰形狀失載記，神工運化非鎔雕。我疑朱鳥配南極，星芒下墮象嶺椒。又疑媧皇鍊五色，補餘閒置巒雲砌。天生奇物各有所，肯使碌碌歸漁樵。磐材或入洞庭樂，銘功或勒銅柱標。此獨完身享清福，深居韋廬之綺寮。公愛蘇州兼愛石，焚香燕寢供爬搔。我亦韓陵山下客，灑翰不靳心賞邀。相逢石兄合再拜，自慚猶未具笏袍。

《樹根虎歌》和李太僕宗瀚

蟄龍不護鑾雲根，木母冷孕於菟魂。頑仙斧碎二千尺，飛盡劫灰無血痕。想當叢莽翳崖谷，幽悵窺夜啼枯神。虎嘯一聲衆山裂，月黄菁黑雙鐙昏。山靈攫石戲牛梓，忽瞑礲礋僵毶玢。寒樵膽讋不敢捫，赭鞭驅入閒堂蹲。魑魅騰逃草木偃，狂飆獵獵撩霜□。主人譚詩擅雕虎，造次手攬何其馴。威骨輪囷縮成瘦，蘚斑駁犖皴無文。昂頭掉尾有餘怒，其氣欲向人平吞。亦如雄才坐頹朽，爪牙脱盡猶精神。不羡孫枝託鸞鳳，肯教綵楦裝麒麟。醉客來觀勇無畏，劖刓硬句欺軒轅。爾毋破檻思風雲，騷壇亦有飛將軍。

銅雀臺瓦硯歌

土花腥蝕雲楞小，膩緑無聲磨古藻。龍麝香分伎女愁，鴛鴦影送英雄老。淬妃文采建安初，一片流傳認鄴都。炎漢江山歎瓦解，曹家宫闕高當塗。天教銅雀凌風起，莫問紇干凍禽死。烽火朝摧赤壁兵，旅人夜鑄清漳水。鼎峙三臺負郭西，金當稜稜對瑶泥。延年不署飛鴻篆，八斗還標繡虎題。登臺作賦心閒雅，建瓴勢欲并天下。尺木方驚得水魚，蕭墻未夢同槽馬。千溝翠照日輝輝，飽聽軍聲振屋飛。二喬不鏁銅仙泣，轉眼霜華冷繐帷。砂礫沉霾陵谷變，瓦全難保陳留奂。金虎同銷故井冰，石龍又築鏘天觀。可憐歌吹望西風，敗瓦頹垣啼翠紅。七十二冢荒秋草，衹合招魂凼土中。鈿匣何人寶蒼璧，古色黝光生几席。陶泓湯沐小金城，羞比魏王榮九錫。蟾蜍淚滴瑜麋海，點筆興亡二千載。瓦缶如雷敢浪鳴，當歌對酒還慷慨。

渡江望金焦作歌

雲飛九霄下盤根，蒼玉插破琉璃盆。兼山洊水守天塹，眼前忘有隤然坤。鐵甕城東瓜步口，星潮月汐蒸渾渾。地輪盡處表雙闕，海若不敢窺籬樊。岷江萬里一直瀉，到此勢欲迴狂奔。金山恍自蜃口出，丹甍翠桷堆無痕。焦山骨立去人遠，松篁秀絶關荆皴。岸傍蒜山亦不羣，若望後塵追季昆。我乘一葉來黄昏，排風鼓浪驕鼉黿。斜陽倒影兩浮翠，洪瀾百疊相吐吞。江南江北望不極，羣山如鶩趨天門。安得竦身凌絶頂，仙漿下酹郭璞墳。烟霞高卧不知夜，醉來手弄扶桑暾。

龍女牧羊圖

慘碧悽紅鏡秋水，雌龍生羨鴛鴦死。酸飈吹淚漲清涇，魚銜不到湘娥苣。霧鬟飛蓬眉蹙月，孤花弔影風波窟。鬟奴躑躅愁向人，似恐蘇卿老埋骨。柳星秋渡霜葭湄，啼烟訴月情依依。半翦冰綃吐哀艷，蝶魂暗送鴻賓歸。珊鞭敲折瑤精樹，蜃閣鮫宫夜深處。壓頂濤聲噴古悲，蒼驪不睡赬虬怒。火雲燒天驅霹靂，涇川沸涌元黄血。一掌擎還碧海珠，三年蝕透天山雪。蘼蕪漂斷香蘭笑，羞撿嫁衣窺玉照。偷向人間學報恩，離鸞翻出求鵾調。靈蟲巧締長生偶，小劫紅羊怕回首。君不見，夢裏秦雲舊美人，湖邊楚雨春楊柳。

馬退山歌

奔馬一縱不可收，渴吻直注長江流。蛟龍怒起噴雪浪，懸崖驚躍回其頭。或云房駟浴秋漢，卓立銅骨神雕鎪。坡仙硬語寫天目，惜未訪古來邕州。茲山勒足千里外，尚見駿尾盤荒陬。當時顧盼得二柳，不使瘴土埋驊騮。茅亭攬勝寄椽筆，至今玉佩瓊琚留。圖經陳蹟費探討，背郭一徑山之幽。羸蹄數息不敢進，怪石犖确藤蚴蟉。山腰壞廟指遺構，信有詭狀盈我眸。藩籬縈繞白雲護，綺繡錯雜丹楓稠。前插劍鋩萬笏嶺，下瞰箭劈千帆舟。浮圖九級冠巖業，危梯半上風颼颼。有如尋橦跨馬背，曠士登此翻百憂。是日新凉雨初止，金精快吐鑾天秋。心逐遠影鴻滅没，坐忘返照江夷猶。揮琴尚想昔人意，卧治不礙逍遥游。云何轅下多局促，佳境寥落歸吾儔。斷碑廢礎蹈榛莽，題字恐貽林澗羞。斜陽策蹇試回望，亂山騰蹋烟嵐浮。

大人自西隆歸，有寶刀、駿馬、舊銅鼓，命雲章各旌以詩

陌刀 刀長三尺，柄二尺餘，即古斷馬劍。

紅旗春徹西隆營，剗琳磢鬬洗甲兵。鐵衣捲雪馬足輕。馬後劍戟紛揞撐。陌刀五尺尤威靈，聖鐵胚孕蒼龍精。鮫胎裏鞘藤纏莖，韮廉鎏環影紫纓。夜堂置酒爲客呈，一客拔刀衆客驚。刀欲出鞘先有聲，殺氣撲面陰風腥。飛電入室鐙不明，月魄冰骨懸寒清。崩霜蝕血苔繡赬，去年冒瘴西南征。青蛟露脊鞍邊横，鷫鸘膏鍔新發硎。神物得主鋒難攖，入陣跳蕩刀在手。短兵直前弓矢後，孟勞葛

黨相左右。翻雲掣日動兩肘，一片寒光風抖藪。十步以内人無首，斷馬快如鐮斷韭。帳前兕虜騈械杻。肝脆腸肥飽刀口，刀光射天毒龍吼。欃槍倒落魑魅走，雨黑江紅啼鬼母。昆吾切玉非所偶，報主承平勦羣醜。亂臣賊子那得久，以殺止殺天忠厚。邊民佩犢歲其有。座客銘功稱萬壽，司馬寶刀傳不朽。

豹花馬 駁毛，赤斑，大人開龍隘山，夜涉深澗，一躍而出

有駥八尺金錢文，棱棱天骨開風雲。房星晝落冉驪地，來與司馬成功勳。伏櫪循良臨陣喜，不許敵人窺駿尾。短轡縱横戰鼓先，完身出入烽烟裏。龍隘山深突賊圍，盤渦黑夜虬龍飛。濤心一蹴起霹靂，鬘邊挂得骷髏歸。絡月羈金寵無匹，主人封侯定何日？燕昭臺畔多芳草，放爾昇平歸去老。

銅鼓 前平安南時所得，俗呼伏波鼓，大人有詩辨之

公昔受降宅南交，銅鼓掘出遷龍橋。懸庭十年未敢擊，援枹千里西徵苗。紅水江頭血戰苦，瘴烟壓鼓瘖不驕。銅鼓一聲衆聲應，士氣坌涌如風濤。晴雷下天逐熒惑，山谷響震乾坤摇。賊兵膽落掩耳竄，萬馬立聽蠻鼉號。公時撫民獨留後，從容軍令新旌旄。帳前撾鼓饗牛酒，降酋聾聵猶驚逃。歸來歡聲競笳角，宴客雅奏排金鐃。摩挲衆手歎奇物，面徑五尺三尺高。古灰沁骨繡丹碧，麝臍醜凸蟾蜍跳。疑篆疑籀不可讀，蛇龍糾結紋周遭。俗書誤稱伏波製，枝辭無據公所嘲。得駱越鼓鑄銅馬，豈聞范銅比鼖鼛。蠻夷作樂供祭賽，金銀大釵都老操。有時鳴鼓聚謀亂，今日戢亂歸賢豪。鬱

林佛刹伴龍象，桂林節廨陪蟬貂。無用之寶等廢棄，雄音咽塞何人敲。此鼓雖微得所用，千年古器寧鎔銷。我欲提攜獻軍府，籠銅不數金花腰。一鼓秦關埽餘孽，再鼓荆楚清氛妖。功成輂致太常部，兩階干羽賡簫韶。

留别南寧諸友

蒼西門外亭子渡，尊酒時時送人處。秋風艘艓颭紅旌，我亦順流東北去。去來蹤蹟小斜川，兩度邕州住九年。官清未覺蠻鄉陋，客久難忘地主賢。將軍賓館開金戟，内史書堂分半席。先讀書鎮署，後移王氏寓。成就文章尺寸功，尚留烟墨龍蛇壁。宦海飄帆倘復來，飛鴻印雪重徘徊。手圖山色奚囊貯，淚灑荆花瘴土埋。殷勤舊雨來相祖，并舫移尊載歌舞。江上猶聯半日歡，醉中已過平塘浦。平塘落日水深深，千尺桃花共此心。今宵攜手看明月，他日相思在桂林。

仙影石歌碧石黝文，作老人騎驢狀，意態生動如畫，表叔徐侍衛得之，或曰張果影也

鑿開渾沌飛蝙蝠，幻作老翁顔似玉。拍板高歌山海青，驢蹄踏碎空中星。游戲醉鄉遲蹇步，蓬萊忘指虚無路。小卧雲根最幽處，一朵頑雲抱仙住。吹盡劫灰留兩魂，陰陽鍛煉烟霞紋。神龍入蟄無蜕痕，靈媧顛倒窺乾坤。樵童手攫西瑶緑，省識壺天真面目。巾箱摺摺仙馭伏，羽化之身海一粟。趙家石屏古籍傳，凝神成象由清堅。河圖文理疑復然，造物狡獪玄乎玄。似行欲駐似搔首，短轡摇風鞭挂拇。草色茸茸滿驢口，反掌忽驚仙出走。傳觀方寸誇天工，如月有魄眼有瞳。寶櫝深韞錦段

籠，碎石滅影真空空。

趙高邑《鐵如意歌》并序

鐵質銀章，橋腹葵首，重二十兩，長一尺五寸。一尺爲身，博一寸厚五分，五寸爲頸，博半寸厚四分。首畫天驥，腹銘兩行曰：鈎而無鑯，廉而不劌。以歌，以舞，以弗，若是折？唯君子之器也。小印文曰『夢白』。背有『天啓甲子春製』六字，皆篆書。七曜五岳云回卍亞之文，剥落者半，猶辨其畫。按甲子爲天啓四年，公觸魏閹，怒放歸。明年乃削籍遣戍。此蓋家居時所鑄。相傳有十許柄，授諸弟子，意謂遇賊即擊云。近時詩人多詠是題，知所見非一矣。方鐵珊得此以贈范今雨，予從而借觀焉。謂『高邑在明屬真定府，府志載公《恒陽書院碑記》。自述從艾純卿先生讀書於此，因得鄉舉，蓋公發祥之地。即予今所主講者也。公魂魄有靈，度必戀此，則以如意歸予，庶幾公所式憑歟』！因爲長歌以謝二君，并簡諸知好同屬和焉。

尺半鐵，聲錚錚，二百年，苔繡生。上嵌日月星，下圖五岳形。終葵之首天馬精，廿有三字摹斯冰。鈐以斗檢銘非名，下元紀歲徵前明，乃是高邑趙忠毅公手鑄成。嗚呼！趙公當日不如意，勁節棱棱丁亂世。論四害，拂給事。論四凶，撓大計。太阿方倒持，魁柄歸婦寺。斫地空歌磊落才，盤胸莫吐乾坤氣。再黜再起何能爲？斧柯不耐黿山黿。三君又錮漢鉤黨，一身幾化犴牢芝。歸來千秋亭，鑄此太古鐵。九州已成錯，百鍊不可折。黝然一片荊軻心，釁以滿腔嵇紹血。是時東方未明之硯應在旁，吉金壽石同堅剛。乃欲擊大閹，挽頹陽，河汾弟子一一分攜將。登朝莫作剛繞指，斬佞如請劍上方。豈知檮杌輩，牙爪森毒鋋。坐公十罪，萬五千贓，田園琴鶴盡籍没，此鐵毋乃躍入滹沱藏。雁門關外冰雪窟，托命唯餘钁白木。烈士肝塗東廠刀，羈臣心斷西臺竹。前有魏廣微，後有牟志夔。但容公去，不容公歸。書生皮骨那似鐵，揮手一映孤魂飛。冥冥九門朝上帝，摘取天棓付天吏。錦衣碎首羣兇殲，纔是人間如意事。我聞姚萇昔遇張惡子，袖裏烏金同此製。呼兵召鬼等游戲，正直何如君子器。至今幾柄猶傳留，藝林價重珊瑚鉤。元英下拜孟博祭，擊案起舞風颼颼。君不見恒山郡，公故里，講舍當年肄經史。殘碑猶記平江艾，舊物合歸山長李。爲君指揮後進驅詖邪，談忠説孝天飛花，趙公英靈來仿佛。尺半之鐵，高於黄金七丈佛。

題趙璞函先生授詩遺照，爲子範明府作

我讀光禄詩，娵隅蠻府驚神奇。長言空乞王宰畫，絶筆遽同狼瞫馳。我拜光禄像，生不并時心空仰。虚堂白日悲風來。烈士鬚眉動秋爽。蒼蒼竹樹茫茫山，詩境祇在蒼茫間。當時傳家節操託毫素，豈料招魂瘴窟埋衣冠。金川百戰全軍駭，猿鶴沙蟲同瓦解。歎息勞臣殉劫灰，護持遺卷煩真宰。君不見，丈二殳，將軍報國肝腦塗，入陣幾人曾讀書。又不見，三寸管，經生白頭守蠹簡，戰馬一嘶筋骨輭。惟公生爲詞伯死鬼雄，史編文苑祠慰忠。始知憂患天所福，豈有節義詩能窮。寫此授詩圖，不獨傳六藝，千古忠臣孝子公之志。王謝家聲出鳳鸞，文章生氣留天地。祇今去公六十年，海内談藝思名賢。裹尸馬革真無憾，濯足龍湫定作仙。公有龍湫濯足圖。畿南良吏心如水，鄭重詒謀藏故紙，光禄英靈常在此。我綴新辭祝國殤，恍看玉立高歌起。

爲湯厚田廣文題其遠祖信國公遺像

廣文官冷鬚眉蒼，自言系出東甌王。清門世澤尚不泯，遺像得自元城張。龍騰鳳翔三十八，赭墨照室森風霜。就中此幅最熊毅，神寒骨竦眼有芒。生氣逼人不敢視，英靈倏忽來虚堂。凌烟開面未衰老，冠佩已换軍中裝。奇龐福艾喈嚄將，脱命鋒鏑留金瘡。當年翊運功早著，揭竿一旅歸滁陽。醉來自詡據屋脊，輕重漢楚言非狂。秺侯恭謹虎侯訥，臣心白日懸秋光。胡藍獄起羣喋血，幾人卧榻逃斧戕。始知達務爲俟傑，天以老病全忠良。雞鳴山廟崇位業，並肩曹國班徐常。即如浙東亦尸祝，五十九城嚴海防。生經百戰身壽康，没四百載猶餘慶。裔孫北游際盛代，不解武略能文章。宗支邂逅氣相感，重摹古影珍縹緗。人言祖孫貌必肖，果看驥骨侔飛黄。濠南澱北合流派，左圖右史揚芬芳。題詩梅老溯華胄，徑欲往拜陳椒漿。謂梅廣文成棟。松楸故國不堪問，孝陵烟樹今微茫。

送人之湘中

不到瀟湘地，人間未覺秋。帆隨衡岳轉，天入洞庭浮。雁影白蘋渚，笛聲黄葉樓。何當招屈賈？一爲畔牢愁。

過陽朔柬孫大令澄

亂山遮曉色，客飯尚雞鳴。雲氣低連水，灘聲響入城。春寒農事懶，縣小吏心清。却羨賢孫宰，吟餘卧宿酲。

肇慶道中雨

篷背陰雲重，江風送晚雷。亂山銜雨立，飛瀑晝烟開。春到殊鄉老，愁隨獨客來。篙師投岸泊，指點話崧臺。

得小鎮安周别駕心如書却寄

地圖南盡處，山過鬼門青。獷俗官如贅，蠻春瘴有馨。月黄飛蟲活，江黑浴蛇腥。慎保寒酸骨，狂吟酒莫醒。

白門

繫纜白門柳，秋心歸棹遲。殘花江令宅，荒月蔣侯祠。人醉笙歌夜，烏啼風露枝。秦淮幽咽水，曾見六朝時。

王總戎池亭小集

虚閣受波聲，凉衣趁晚晴。花容偎客醉，詩骨抱秋清。月上琴逾静，林深鳥不驚。放懷成嘯詠，忘在亞夫營。

湘夜

荒野無人境，歸心一葉舟。蛩聲如怨別，湘氣自凝秋。月皖篷窗落，風摇旅夢浮。不知夜深淺，揞枕獨吟謳。

江城晚眺

地負崑崙外，秋澄睥睨前。江聲夜郎水，帆影夕陽烟。骨肉仍千里，兵戈近一年。永懷愁極目，嵐瘴起蠻天。

李少鶴丈自軍營病劇北歸，詩以送之

殺賊心猶壯，耽詩病易侵。骨如長劍瘦，愁與大江深。舊卷留天地，微言判古今。從游恨我晚，悽絶伯牙琴。

寄題龍州官閣太平府同知所治，大人以軍功授此，前曾攝篆，雲章侍焉，讀書於吟秋之舫

其一

海國龍编地，籌邊舊有樓。遐氓存漢姓，别部統蠻州。分野天南盡，朝宗水北流。時和仁政簡，官閣我曾游。

其二

尚憶吟秋舫，花圍一水明。馬人供菜把，蛇鬼避書聲。小瘴桄榔霧，寒譙蛤蚧更。石闌題字處，應已緑苔平。

送春園公子赴廣州

此夕莫辭酒，天涯將送君。數聲烟際艫，千疊海東雲。寶玉清時賤，江山勝蹟分。趨庭有奇句，相與慰離羣。

送葉巢南

蘭花開幾時，又把送君卮。别我抑何遽，逢君方恨遲。烏蠻千里棹，白髮一囊詩。海日亭邊酒，狂吟復對誰。

明日到昭州

暝色散村渡，炊聲閒舵樓。片雲山背雨，黄葉驛門秋。旅宿栖無定，危程問亦愁。篙詩耐辛苦，明日到昭州。

過王秀才塽園居

野色一庭聚，幽居如在村。種花人載笠，放鴨水當門。道味閒方覺，詩心淡不言。我來亦無事，瀟灑向琴尊。

和梟鄉學張水部格律

其一

衙退每相訪，空齋遲旅眠。晚凉新雨後，清話一燈前。暫輟憂民事，難忘選勝年。於今那再得，風月五湖船。

其二

官忙客自閒，瀟灑一庭間。生趣砌旁草，遠懷墻外山。酒杯因病減，詩句帶愁删。君有文昌筆，高吟許共攀。

永平道中

翩然馬首東，十月向盧龍。塞日盤雕影，山泥凍虎蹤。斷厓秋後雪，壞壁古時烽。聞道榆關近，飛雲路幾重？

賣店早發

萬室方同夢，徵輪已半途。衣霜秋旅健，塔火夜禪孤。熟路行猶怯，殘星看欲無。依微城闕影，紅日上平蕪。

寄葉巢南

别來又見柳毿毿，漂泊盟鷗剩兩三。此夕何人歌水調，一樓春雨夢江南。年華絲竹心多感，老病風花酒易酣。安得扁舟乘興去，獨攜秋卷訪雲嵐。

過一鑑樓呈松圃先生

豪騎酣春正冶游，獨尋談侶共清幽。主人詩思澹如水，繞郭雲山青入樓。坐處數花飛暮雨，吟餘雙影對閒鷗。讀書娱老真多福，慚愧風塵我黑頭。先生有句云：『有書可讀堪娱老，與世無求且放閒。』

招葉巢南山人二酉小酌成詩

莫厭看花酒入脣，天涯風信又殘春。年來我爲詩常瘦，局外誰知仕亦貧。瘴嶺軍書催破賊，江樓夜雨黯懷人。期君健筆追琳瑀，醉草平蠻露布新。

九日西樓登高和邱芝房太守

雲山蒼莽入邊秋，江影松聲抱一樓。晴景難逢重九日，詩人恰聚古邕州。天酬晚節榮黄菊，酒引閒心向白鷗。醉把茱萸高處望，鬱葱佳氣滿西疇。

如亭總戎穆克登布五丈歌席

從容軍令肅蠻疆，池館蕭閒數舉觴。前席借籌文士筆，後庭燒燭美人妝。歌翻鐃吹橫秋管，酒暈刀瘢説戰場。醉袒袍花扶客去，貔貅營外月如霜。

飄落 時寄居外舅彭新甫先生家

飄落文無逐海萍，五雲如夢謫秋星。一條冰老藏龍劍，三匝烏饑繞雀屏。孤榻冷懸今夜雨，舊山虛映旅袍青。王昌被酒吟聲苦，人隔紅牆不忍聽。

晤王丈若農題近集後

紫藤花下月紛紛，今夕添杯喜論文。老去折腰陶靖節，春來傷別杜司勳。名場毷氉誰知我，舊卷推敲一感君。安得壯游湘水曲，也操鉛槧逐龍雲。集中多與錢裴山先生倡和詩。

揚州

撲面香塵馬足驕，滿天明月照紅橋。百年生氣梅花嶺，一片怒聲瓜步潮。柳外妝樓人斗酒，水邊鐙舫夜吹簫。祇憐冷落雲山色，看過南朝與六朝。

閶門弔蓼洲周公

紛紛鉤黨逐風雷，廚俊名高是禍胎。誰使紀綱歸北寺，由來鍛鍊擅西臺。孤墳合與要離接，一死真同孟博哀。讀徧十三君子傳，傷心不獨爲羣才。

汜光湖懷古

當年桂檝泛湖光，鎮國兵符擁武皇。天上樓船鐃吹合，鏡中行殿舞衣香。誰教玉輦親犀甲，終見珠襦出豹房。往躅已隨陵谷變，水雲猶似茂園凉。

漢武出獵

豹尾雞翹望屬車，金鞭騰踏露霜餘。曾聞賈誼難爲傅，猶喜相如敢上書。汗血馬徠西極遠，髦頭星拱北辰居。周王猿鶴秦王鼎，不及仙桃降碧虚。

游仙

上清何處著囂塵，蕊榜銀壇聚列真。遮道青牛逢尹喜，入門仙犬吠劉晨。瑶池悔竊桃如斗，玉斧難摧桂作薪。迴首鈞天多雨露，願持干戚衛句陳。

同人小集東沽草堂得潮字

負郭閒庭遠市囂，泥人天氣近花朝。野檣窺客燕來去，斜日入門波動摇。詩筆有神逢酒健，旅愁如雲向春消。醉餘誰弄桓伊笛，唤起東溟夜半潮。

將赴禮部試留别梟薌次見贈原韻

其一

追陪車笠又年年，久託龍門客亦賢。入室獨窺鴻賓枕，乘風初上孝廉船。才名數去甘王後，慧業修成讓謝先。聽到驪歌重回首，滿山春雪馬蹄前。

其二

咫尺雲衢此路通，提攜情誼感深衷。何人入幕能如我？有母嘗羹祇累公。五夜荒雞催舊雨，一鞭新柳帶華風。尊前試較當年别，紫綬青袍已不同。謂乙丑夏都門之别。

寄汪二能肅昨由正定赴楚

破帽疲驢過太行，楚雲如夢去蒼蒼。身行萬里渾忘倦，胸有千秋不諱狂。廉吏子孫多索寞，騷人詞賦易悲凉。相思欲問南飛雁，潭水桃花意短長。

次韻答沈匏廬太守過訪見投之作，即以贈别

請纓誰繫單於頸，撫劍空揚壯士眉。戎馬關山頻跋涉，雲龍韓孟且追隨。鐙寒暮雨僧分榻，草緑荒城客訪碑。惆悵使車留不得，碧紗籠處對芳蕤。

寄桂林舊友羅星橋、呂荔帷諸君

其一

萍蹤南北海天分，回首杉湖遠似雲。昨夜凉風吹夢去，芙蓉花底一逢君。

其二

愛説相思怕别離，相思河畔柳如絲。三年重讀離筵句，又是青燈暮雨時。

其三

射虎新編塞下歌，又驅羸馬飲滹沱。天涯苦説還鄉好，一種春愁酒債多。

其四

殷勤芳訊嶺頭梅，淡墨題對驛使催。料得茅堂書到日，滿天風露桂花開。

爲今雨題徐又淑畫蘭吾友徐蘗生太史女也，名莊，歸胡氏殁遺一女

其一

墨氣猶含瘴雨腥，錦函珍重惜娉婷。而翁空解吟芳草，澤畔無人問獨醒。蘗生罷官，猶羈桂林。

其二

關情詞客舊於雨，薄命美人嬌似花。紙上香魂招不起，春風誰護小蘭芽？

國朝畿輔詩傳卷五十八

方履籛

履籛，字彦聞，一字术民，大興人。嘉慶二十三年舉人，官福建閩縣知縣。有《萬善花室詩集》四卷。

方駿謨《先府君行述》：府君七齡即穎異，讀書每百行一二過，輒成誦。戊寅恩科鄉試中式，座主俱深器府君，謂學術自兩漢出，非尋常經生家言。癸未，游中州，康蘭皋中丞紹鏞僑居河内之清化鎮，延府君課其子姪，而劉松嵐觀察大觀同客其地，往來尤數。時河内袁蘭村明府通聘修縣志，明府爲簡齋太史子，文望軼時流，與府君交莫逆。《河内志》舊無金石一門，府君偕吴山子先生育補之。乙酉，主武陟，王明府榮升署修《武陟縣志》。丙戌，大挑一等，分發福建，以知縣用。戊子赴閩，時福建議修通志，大府知府君熟與其學，命擬定設局章程及採訪體例，府君條上章程八，體例三十有六，大府善之。署永定縣知縣，邑有胡鳳兆者，豪於鄉，與族人某不相能，殺其子，劫其父棺，棄深山中。積數年，官弗能捕。府君爲書諭之，反覆數百言，遣胥徒一人持往，鳳兆見所諭書泣且詫，知罪不可逃，願歸死，遂論如法。南鄉民許開玉殺族姪振昌，逃不獲。府君怒，既而禱於神。開玉芒芒然歸，徑入城，至縣署躑躅，門吏有識者執之，一訊而服。庚寅修邑志，時通志已開局，檄郡縣采訪諸事實，所頒條例即府君手定本也。府君謂《永定志》，久弗修，宜重輯，乃延邑人商榷，而手自屬稿。志成，人服其精。核調署閩縣，閩縣爲會城首劇，最號難治，尚幹、扈嶼、宏嶼諸鄉俗獷悍，小有睚眦，即持械互鬬。府君集鄉老族正諸人戒諭之，剖析利害，甚懇至，鄉民咸頷首敬聽有泣者。閩俗，婦欲殉夫死者，戚鄰率糾錢爲臺於四達之衢，婦盛服祭夫，辭別其尊嫜，乃登臺自縊，戚鄰持香送之，觀者如堵。時南臺有某氏婦將築臺縊，府君偵知之，即呼其舅姑父兄來，諭之曰：『烈婦殉夫乃至情至性，不容自遏，聖人猶以爲過中。今筑臺而要之，是驅之死也，不悛者坐以法。』婦感泣再拜去。越一日，乘人不及備，卒縊於房。論者謂此婦均死，然死得其正，非府君之克敦風教不及此。自後，亦無敢筑臺觀縊者。十月，奉檄兼監通志局，與纂修諸君斟酌盡善。城内外河渠久淤，請於大府，分投開濬，日往監勘，勾稽土方，不辭勞勩。自抵閩，清釐積案凡五百有奇。會久不雨，米價騰踊。府君心憂之，隨大府禱於千山，凡數日，得疾卒，年四十有二。府君至性過人，喜交游，以友朋爲性命，尤服膺張皋文惠言、李申耆兆洛兩太史。於學無不究，購書萬卷，皆手自丹黄。經史有異同，必集諸書反覆互證，求是乃已。工駢體文，論者謂匯漢魏以降諸作者之精神，而陽開陰闔，不名一家。詩古體宗六朝，近體則出入於大歷十子，與陸祁生明府繼輅相切劘，詩益進，尤喜爲長短句。善隸書，於近時獨推服鄧皖白石如。酷嗜金石文字，見有摹拓善本，必重直購之，先後所積，幾及萬種，多王氏

《金石萃編》、孫氏《寰宇訪碑録》所未載者。游伊闕，時居山中匝月，徧搜石刻，得唐以前造像題名，多至八百餘種。或謂府君造像題名大抵鄉曲愚夫婦所爲，無關學問，君得毋嗜痂。府君曰：『六朝民罹鋒鏑苦，惑釋氏説，思種福田，以求生全，其情可憫，觀之可以識世變。且題名中有名人游歷所至者，考其年月，可以證史傳異同，豈無關學問乎？』所著有《萬善花室駢體文集》六卷，《續集》一卷，《詩集》五卷，《詞集》二卷，《河内縣志》三十卷，《武陟縣志》三十卷，《永定縣志》二十卷，皆已刊。其未刊者有《富蘅齋碑目》六卷，《伊闕訪碑録》三卷，《希姓録》一卷，《泉譜》一卷。

陸我嵩《序》：君學本六經，沿洄於先秦兩漢，扶樹風骨，含咀英華，發而爲詩，磅礴在中，鬱紆在外，皆忠愛悱惻之所流露，信乎如萬斛泉，觸地而出，隨其形之大小，聲之疾徐，靡不中節。

《紅豆樹館詩話》：术民世爲順天人，僑居常州，人多推其駢體文，然嘗與吴山子育搜羅金石，與張宛鄰琦討論詞學，與劉燕庭喜海考核泉幣，其他天文地理、氏族源流、六書九章之法，耆闍梵筴之書，皆旁通博涉。則君於學固無所不窺也。詩淵源兩漢，纂組六朝，爲其結體極高，故古色斑瞵，迥殊凡響。

送晉卿出都

其一

逢君三載初，周遲語未歡。交君三月餘，輾轉忘饑餐。鏤肌貴如玉，吐語珍如蘭。金石志摩冶，風雨箴團欒。團欒豈朝夕，胡爲心含酸。今日喟有和，明日徒長歎。

其二

鳴蟬凄以清，崇岡蔭朝旭。徵夫一回首，四牡夫何速。晨辭太行坂，夕就桑乾宿。明德濯丹纓，清流不盈掬。烈風振層霄，卿雲吐光煜。願爲比翼鳥，雝鳴互追逐。奮飛何所望，顧此情自篤。南土早不涼，九月多新菊。采之不我遺，千里知芬馥。

送管大孝逸南歸，即寄懷董子詵、楊劭起

其一

寒月缺未落，游子戒曉徵。途長束鞍急，裝冷驅車輕。我欲久相從，裹糧不得行。送君上西門，一語淚已傾。周原多衰草，歷亂圍山程。山光隱鋒鏑，川瀆呼癸庚。

其二

天子聖且哲，黎庶忘太平。嗟彼不逞徒，潛嘯潢池兵。欃槍夜半起，刁斗三更鳴。狐狸蹟荏苒，梟獍影縱横。初奔長垣疆，繼竄滑水城。赫然王師怒，麾爾上將旌。再捷慰宵旰，一月羈連營。殄除當有期，銛刃歸太清。絃歌虞舜世，市野無所爭。年饑罷催科，法律寬且明。仁心溥寰海，德惠達句萌。何爲竊萑蒲，自甘割與烹。燎火雖將撲，傷此田間氓。有室不可居，有犁不可耕。提攜去鄉井，哭泣求藜羹。爲時固未遠，朝暮難爲情。敢問誰驅之，狂寇如長鯨。敢問誰安之，繪圖欲有呈。

廷中稷與契，此事勞公卿。賡颺豈無暇，治安豈無名。我今爲此言，苦與君牽縈。役夫畏往路，車鐸猶瑽琤。車前走荒兔，車後隨饑傖。朝見戎馬衣，暮聞鼙鼓聲。君行二千里，魂夢使我驚。昨日來嚴颸，凜凜飛霰霙。手龜難展曲，齒鬭聞瑲鏗。我友董與楊，策騎風相迎。體無狐貉裘，急寒何所更。愁思不成寐，擁被憐孤檠。君復辭我去，彌覺百慮營。霜露滿故園，君歸冬日晴。期與二三子，懷抱竹箭貞。砥礪良材重，斲削貴藝成。勤惟探奧術，謙乃保素誠。如彼連城姿，拂拭光愈瑩。繄此純直志，毋爲世網攖。蒙陋思所尚，遥望如蓬瀛。悾悾寄旅人，咄咄勞吾生。勿忘北雁書，有客在幽并。

同人讌張宛鄰丈於憩園，次夕復飲此

夙軫謝知音，羈懷媚幽谷。未知昨景遷，迭使游蹤續。栖鳥識歌新，空徑聞屐熟。月從海上來，光艷勝秉燭。瞬往即難追，晷移何太促。幸有沽酒人，與之期信宿。美人撫寒柯，攬袖淚盈匊。不惜尺寸心，豈徒眩凡矚。

贈閻吉人

華纓念往遇，抗袖要新知。遨游京薊間，結言良有時。之子藴清猷，拂塵與我期。逸翮登瓊岫，寒璞沉珠帷。意親拙所語，心賞久忘疲。窅窅風中琴，泠泠絃上詩。朋交再爲奏，非君誰能遲。秋蘭比素訊，北風多遠思。

行至富莊驛，夜坐懷劉青園

徵車遲不行，騤行良非已。云待故人來，相期渺秋水。翹首空日夕，振鞭遽至此。明晨隔山岳，歧路所從始。三載饑渴懷，何由慰之子。遠尊有濕衣，近燭無乾蕊。鐸夢墮黄埃，寒蛩催夜起。題詩淚盈壁，君來請君視。

傷歌行

展君卷中詩，多爲行役詞。聞君揮素琴，但成別鶴音。舊時識君貌，光彩遥相照。今日晤君顔，愁思寡所歡。牽君雙羅襦，暗塵没絲絇。束君錦鞶帶，新痕減垂襘。攬袖撫君肌，骨疏形已萎。解冠握君髪，蓬葆青絲闕。豈無雕俎陳，入口忘甘醇。豈無蘭英酌，臨觴不能勺。豈無青鳳裘，何以慰綢繆。豈無明月璫，何以釋煩傷。春入雁門塞，獨織寒雲背。青楊不挽絲，落花誰結佩。秋泛五湖南，愕怡無所甘。零露濡我裳，閶風脱我驂。朝欲涉大河，無梁起衝波。暮欲登太行，巉業不可量。去此但盈尺，茫洋安所適。猛虎悦人膚，封豕褫人魄。虺蜴巧取食，射工善伺客。君子慎厥行，胡爲事長征。轉蓬古所歎，旅念易吞聲。清蜩在故樹，蟪蛄期初桁。人壽非金石，乃與荆漢争。緬彼采芝侣，冥心忘六宇。沆瀣漱瓊漿，椒庭鋤赤斧。日中期不來，搔首起延佇。精識性命理，退安茅茨步。豈能違芳願，久逐回飈舞。朝槿亦何心，瀝根萎新土。

偕唐莒君游獨秀峰，不得登最高頂

杖策偕良儔，城寰訪絶壁。如登金馬門，悦揖蓬壺客。高冠燦陸離，莎徑孕紺碧。摩穹氣三五，拔地形咫尺。削下肆嵯峨，函中見標格。躋險穿螺鬟，攀危御鰲脊。層關封苔齒，烟巒樹重栅。俯窺玲瓏影，倒峙巑岏隙。語笑驚天風，扶持探水脉。羣情或怨峻，同懷各耽癖。不乏乘雲梯，恐蹈鑿山厄。

病起日食山藥百合，各賦一詩以美之

山藥

玉延資服食，最貴外州種。三載客兹鄉，喜踏田間隴。紫藤雜花秀，翠葉牽苗茸。秋初已登盤，玉臂人争捧。翳予起殘虐，病膈猶煩涌。石鼎煮雲根，未食神先動。微甘齒頰沁，潤色瓊瑶重。休論黄金壽，且却丹田尣。太行多靈藥，泉石清香擁。何時隨野老，小劚擔筠籠。

百合

百合産嵩岳，大如爛銀盤。朋儕憐我困，投擷誘加餐。温馨輔心氣，軟潔調枯肝。幾如都波人，朝夕陳瓢簞。我觀蒙齋語，言此羣蚓蟠。《蒙齋筆談》云：余居山中，如蚯蚓變百合，往往見之。異哉出汙壤，修美凝霜團。化理焉可識，重跗珍百鍰。故園三兩株，花發青琅玕。誰言止涕淚，南望秋風覃。《本草經》云：百合食之止淚。

送季嫺妹于歸

南國有嘉稻，叢生隴畝間。析根各移植，厥實乃始繁。托體爲晜弟，骨脉相牽援。内外雖有殊，恩誼終無偏。女子既已長，一旦施衿鞶。遣行入他姓，同生若棄捐。成人固應爾，能無摧肺肝。矧翳吾與汝，手足何煢單。兄妹各一人，少小承歡顔。送子將于歸，神悽涕淚潸。痛念我慈父，昔日俱愛憐。我母秉義方，育子勤且艱。吾長汝最稚，相差逾十年。中間弟及妹，幼弱遭摧殘。惜哉汝次兄，學成身力孱。中殤棄其室，魂魄居岱巔。六人祇存二，護汝如芝蘭。提攜兼誨誘，相愛無間言。汝生多淑德，質端不在妍。敏慧愛詩書，請益日幾番。性情伉以直，辭語訥且嫺。我父宰允吾，汝生已在官。繼復刺粤西，萬里隨徵鞍。嗟予求微名，京兆秋風搏。定省違晨昏，賴汝勤加餐。六年始得舉，馳歸霜隔天。我父不及待，棄我歸重泉。悲苦欲追殉，猶恨身體頑。汝能侍父疾，送父憑素棺。宛轉慰慈母，辛咽不忍宣。以此兩相較，百倍勝我賢。我父爲廉吏，身後無薄田。我從墨綫中，舌耕裏青氈。遠游越五歲，負米思江壖。母衰仗汝侍，欲去猶遷延。有别長依依，有淚同漣漣。汝能識我意，百事使我安。愛嫂若事姊，親悦若比肩。偕之奉母養，俾母忘憂煎。嗟嗟家多故，擇婿良獨難。汝笄又數春，我慮愁如癉。今年策明良，我若星離躔。身言甘就試，幸厠令長班。致此胡足喜，禄仕如抱關。所欣天闕下，爲汝得伯鸞。峨峨天水君，皎皎青琅玕。吐言金玉屑，走筆龍蛇蟠。卅年困驥足，守進天所慳。一朝凌風翔，鄉賦振羽翰。計偕當仲春，先後來幽燕。夙契感離思，乍合生憂端。共傷倦游久，悵彼幃居鰥。比部二曹郎，謂趙樹三郎中、蘇韻莊主事。戚友情相褰。爲通兩家好，願作朱陳歡。問名未十日，獻賦登金鑾。我喜幾欲狂，遠過身高騫。問其何以故，遂忘食與眠。念予少兄弟，愛汝使之然。但惜桂苑才，試以烹小鮮。臨廷仰帝簡，作宰匡廬邊。乞假得歸娶，人羨錦衣還。請期既納采，即詠桃夭篇。清門殊世俗，繁費皆可删。奩資一何薄，安得瓊瑛盤。裁作四時衣，采繡亦斕斑。珠絲懸絡索，雙鬟垂螺環。約髮玳瑁簪，綴以翡翠鈿。纈帶紫羅襦，玉綰黄金鐶。瑣瑣飾衆目，不足十萬錢。布多雜綵少，篋面陳緗紈。吁嗟慈母意，欲語眉先攢。愛女思豐盈，憐子方貧寒。我今亦何爲，終日起長歎。先人祇一女，隨兄久迍邅。兹當吉禮成，心力敢不殫。尺帛一囊粟，即日甘分頒。籌思無可贈，贈汝三尺箋。箋中書韻語，滴淚和墨研。汝身雖强力，汝體多勞痟。冷煥小有妨，喘嗽輒糾纏。嗣今須護攝，勿使日削朘。喜陽怒乃陰，損益氣所干。順時遣鬱悒，遇物謝忿悁。不逮事舅姑，既往莫可攀。歲時奉家祭，粢盛重潔蠲。將事必以誠，親手濯豆籩。持家此爲首，凡百敬慎先。夫子如良朋，愛結今生緣。和順久愈諧，謙畏斯無愆。剛則濟以柔，狹乃規以寬。有無俱黽勉，得失無欺謾。撫視前室女，曲意使安便。人生凡所遇，安得期萬全。人或忤我意，坦悦相周旋。境或小不適，檢躬惟益虔。汝爲宰官婦，切戒奢與專。奢爲天所忌，專爲人所嫺。外政期勿聞，閫閾若有闌。耀首辭珠璣，飫口樂瓢簞。鐙火夜愔愔，束帛朝戔戔。古人重循吏，其室無佩環。異物不足貴，清明乃共傳。積衣千萬袂，暖身惟一棉。陳簋方丈滿，飽腹惟一饘。貪侈亦何需，徒爲招禍綖。子孫貴讀書，富足易輕儇。幼齒乘高車，長大爲執鞭。皆由貽以患，置抄使疾顛。概兹皆當懍，毋爲俗慮牽。汝豈叢尤悔，吾情過拘攣。申申爲此語，日省庶勵旃。奴婢務矜恤，勿令生煩冤。尤宜教以正，事上静以顓。好惡無偏向，乃克泯其奸。孤惸務憫念，分惠及杯棬。尤宜將以敬，慎勿邀譽焉。好譽諂乃進，虚壑何能填。言一漏者萬，聊爲明拳拳。詞陋意則深，可如金石鐫。補汝德未足，勗汝意未堅。取言貴切近，《女誡》擬重編。至若母家内，思憶毋沉綿。母年雖七旬，舊患幸已痊。康樂享期頤，福祐期明媥。汝嫂性雖愚，孝敬能乾乾。諸姪習佔畢，質分堪陶甄。吾將官閩越，界通江右山。他時謀省覲，筍轎來歸遄。汝心頗足慰，宜禁淚潺湲。望汝光兩門，儀行昭蘋蘩。秋氣正淑清，香發庭桂丹。鏘鏘入鸞駕，吉慶賀團欒。此詩勿再誦，誦者增悲酸。藏之琉璃匣，真氣芬旃檀。

楊忠愍公空谷流泉琴歌

朱絃乍拂松風鳴，素絲夜泛清商聲。枯桐壽世三百載，先生手澤天人驚。君不見，在山泉清出山濁，壯氣泠泠滿空谷。雜耳淫哇未易除，雅操蒼涼一何促。先生忠誼貫金石，餘蘊兼能達音律。精思夢謁虞帝廷，親受重華五音節。正樂原宜先正君，廟堂時事方紛紜。青詞獨煽冰山勢，白簡能酬玉闕恩。一疏將軍誤，再疏丞相怒。枷鎖風吹徹骨香，剛腸百鍊金難鑄。我觀先生論製樂，選竹調絲自鐫削。首和葭管次和琴，緯以塤篪合以籥。此琴疑即手所裁，銘文小篆書雷回。虬枝蟠跗色堅潤，緑鬃瑶軫生冰埃。端襟試鼓流泉意，蕤吕鐘宫皆入細。激越同驚變徵音，紺雲紫雪凝天地。摩挲漆字悄三歎，自古龍門傷直幹。至人欲寫猗蘭操，浩氣空存廣陵散。姓字今如星斗光，偉哉人琴兩不亡。袖籠湘水浸寒月，虚籟空山印碧血。

除夕懷趙樹珊比部

十年賣賦黄金臺，足蹇途遠空歸來。祗今淪落邕州外，歲暮荒江聽寒瀨。此詩誰最憶，吾憶趙秋曹。孤桐百尺枝，獨立燕山高。秋曹名達家苦貧，秋曹官冷行益醇。我交於君久更親，不獨相許心與身。異時會客春明路，宣武坊南合舍住。朔風瑟縮子衣單，夜寒入直郎官署。早歸不問生計窮，握手快論傾深衷。餓死寧甘棄溝壑，高歌但覺來春風。解衣質酒筩已竭，作文貰米手欲脱。忽驚歲晚宿逋多，門前剥啄聲何急。君言勿愁且痛飲，飲醉横眠股相枕。白眼何妨對市曹，青符尚可支官廩。長安富人厭酒狂，走往乞錢須氣揚。季布一言重然諾，相如滿座生輝光。朱提三百擲堂下，我輩論才豈無價。愛向夷門訪狗屠，猶能射館求鵝炙。紛紛逋侣笑不前，餘事聊爲灌夫罵。大呼高陽舊酒徒，不須重過黄公壚。烹羊割豕樂歲除，今夕不樂復何如。當時意氣凌霄漢，論交不惜公卿换。感君款結歲月深，使我淹留春事半。驛亭楊柳花如雪，送我徵車夕陽岸。易水少年心慘悽，汝南鳴雞知夜旦。轉蓬萬里浮雲翔，拔劍繫柱意凌亂。今年今夕惟寥落，舊事追思尚如昨。踟躕北望空搔首，對酒清歌不能作。吁嗟人生獨少稱意時，我不思君當誰思？美人嬋娟隔天闕，令我鬱鬱緘恨銷膚肌。

融縣黨籍碑歌爲顏丹泉學珠大令作

宇宙忠佞不一徹，勢若背道紛交馳。時事愈變降愈下，醜正罔直情益私。惟宋大觀執國柄，蔡氏作相尤傾危。老成屏逐若敝屣，善政毀棄如漏卮。削秩遠竄快心意，更欲萬世同詆欺。加以朋黨罪莫大，一網遂可無孑遺。大書臣京昧死上，羅列惡黨銘之碑。磨礲深鐫二百輩，婦豎駁怒識者嗤。孰知佞筆泐名位，榮若紱衮珍鼎彝。逾數十載石盡毀，翻恐賢者不見思。共求碣本布天下，名山精室藏其辭。從官沈公有賢裔，述職朝奉居南陲。自矜厥祖烈忠黨，選石重泐融水湄。靈祇代守魑魅懼，雄峙蛟國驚蒼螭。金函玉簡同寶惜，精氣上達斗與箕。温公蘇公最昭著，日星朗朗人皆知。餘者歲遠或恐晦，得此炳耀千秋期。今聞轉若有默相，京術雖狡功不貲。融州大尹顏夫子，曲阜華冑吾先師。出宰劇邑樂未解，訪古獨往窮山陂。首拓此碑揭廣座，今古照耀光陸離。別檢佳木惠同嗜，沆瀣盥手始敢披。快睹姓氏動心魄，字字若鏤入膚肌。我行萬里試京兆，此碑枕篋常自隨。不朽之業名乃重，無愧科目當若斯。題名石刻亦頗富，長安雁塔何其卑。先生取贈意有在，畛分義利師前規。

送支子翔鳳翱出都

秋陰三日寒威偏，落葉蕭疏隔輕霰。支君別我去江淮，清淚凝沙掩君面。少年走馬凌燕雲，爭說名花滿芳甸。千里心交似爾稀，一生詩骨無人見。肝膽文章百不宜，散雪搏沙何所戀。嗟君漂泊天東南，予亦蒼涼賦游倦。但識羈栖勝奔走，失侶哀鳴不如雁。雙轂盤峰激石湍，扁舟破浪催銀箭。倘憐燕市十丈塵，爲翦吴淞百尺練。

申耆示以壽陽所得晉泰始甎製硯拓本數十種，爲作甎硯歌

月暈搏霄日胎炙，八公山下土花赤。誰見昆明舊劫灰，黑雲一丈露精魄。玉盌金魚古閟宫，淮王雞犬鳴雲中。火沙蕩擊千餘載，合受神丹换骨功。壽陽名吏謫仙子，手按圖經續班史。點點箬香料斗盤，蒼蒼玉骨蛟螭死。摩挲殘碣出花甎，剥蝕猶書晉泰始。泰始之年探寶符，壽春重鎮東南隅。同槽二馬方吞魏，折臂三公欲沼吴。銘功或亦例今石，琳宇雕垣建奇蹟。甎尾留題督將名，篆文怒拗生光澤。良材作硯徑如環，拓石疑將硯譜删。碧雨乍沾鸜鵒眼，紫痕猶暈鷓鴣斑。君不見，阿房并土未央瓦，赝鼎紛紛布天下。奇質蒼涼古廢墟，一逢真賞心能寫。我亦沉埋沙礫人，願隨此硯受陶甄。倘鐫寶墨堂中品，能學淮南招隱文。

酬黄支山

太行山南鬱雲樹，作客欣逢黄叔度。一襟新翠涇燕塵，躍馬來從竹深處。共依東閣日相親，握手知君道誼真。袖中奇句戛金石，十日不出猶逡巡。見子覆瓿多殘稿，漫詡元文當世少。昨朝霖雨掩重帷，持贈長篇氣雄顥。君年四十頭先秃，我更幽憂甘蟄伏。此生契闊復何求，難得天涯慰芳躅。請君北望青泥坂，多少鹽車困驥足。共覓山陽舊酒壚，脱簪散髮隨狂徒。時聞庾老南栖屐，何必山公啓事書。

《小忽雷歌》爲劉吉甫農部作

斲琴首貴龍門桐，古音古調難爲工。蜀川良材顯唐代，忽雷大小藏深宫。促柱哀絃感人聽，裂帛新聲傳短柄。誰持妙技獻文宗，内府中丞云姓鄭。繁華轉轂記當年，其器其人俱謫仙。飄流再入彤廷籍，嗚咽重調碧玉鈿。鼎湖一去銅臺散，從此塵寰不復見。忽聞千載躍延津，金石精光如紫電。東塘先生什襲藏，長歌麗句推山薑。遂令曲部雙絃木，收入詞壇古錦囊。晌息烟雲幾易主，世間争寫檀槽譜。諸城公子偶得之，獨與鼎彝詫奇古。我從燕市昔曾觀，象軸螭衣觸手寒。小字旁鐫臣滉進，紀年猶署建中元。建中之元國多故，天寶宜春委霜露。何事韓公供奇巧，繁音不惜君心誤。馬上琵琶塞草秋，城頭觱栗陣雲浮。東鄺未授昆侖調，南内先聞回鶻愁。興奴攏撚曹綱撥，雅藝貞元最渾脱。餘事偏傳小忽雷，鵾絃夜洗長安月。伶元遺恨復誰知，想見紅紋按指時。曲項玲瓏新畫本，緑腰凄冷舊冰絲。君家海上烟縹緲，休捧沙邏歌得寶。一條冷玉戛清商，夜深驚起驪龍爪。

《銅鼓歌》爲趙芸西孝廉作

蠻獠奔突如駭鹿，飛首雕題滿川谷。砰訇一聲震四野，争聽鼓聲集鼓下。狪人鑄此爲雄渠，千牛不敵青蟾蜍。雷回花篆無文字，精奇不辨何時製。我聞伏波南征矜始得，鎔鼓鑄作銅馬式。乃知此器出自秦漢間，珍異已在東京前。大者文淵小諸葛，盛名强附皆僞言。日南太守越裝少，溪洞居然不愛寶。甌北先生守鎮安時，得一鼓以歸。草堂世守有文孫，徧示同人徵麗藻。霜鐘遠動酒未傾，鑾金戛似鯨魚鳴。恍傳跕跕飛鳶曲，都作鏘鏘鐵騎聲。銅鼓灘中曾擊楫，惆悵當年鬱林石。陌頭賽舞幾春秋，我獨摩挲三歎息。

湘江道中

萬古難消意，人生別恨多。請看湘水上，帝女怨如何。竹響瑶琴夢，山空寶瑟歌。積愁本無限，此地易滂沱。

南寧期蔡大拙齋行增不至，作此留寄

桂林相送處，葦夢暗經秋。每聽瀧濤合，疑君泛小舟。江山沉別恨，風雨隔新愁。落葉哀猿夜，烟波極望收。

留別丁二仲喬

其一

結帶感殊鄉，徵帆又夕陽。詩歌中酒意，身手少年場。梅雨留人早，蘭雲入夢香。始知今桂海，別有古河梁。

其二

荔浦同舟約，經春燕不歸。孤蓬豈吾願，别淚滿君衣。愛日盟心密，餐霞世侶稀。相期雲漢外，明德慰調饑。

晚秋游大明湖

濟南名士國，城北酒人湖。水氣浮殘芰，秋聲上短蘆。魚粱斜照隔，雉堞遠山孤。初至深相得，閒鷗識我無。

酬劉松嵐先生見贈

其一

海内瞻耆宿，林泉久養真。新詩兼藻律，晚節絶風塵。弟子調編磬，奚童理釣綸。居然太行側，能款謫仙人。

其二

郊居遲夙願，羈旅託東陽。客思徵鴻路，秋風射犬鄉。予情諳水竹，蔬味得山薑。乘興來何日，亭西桂漸香。

仲秋望後三日同人集飲寓齋，悼懷馮子學山

其一

列宿詞壇氣若雲，少年屈指更空羣。老何西北郎官賦，大廋東南國士文。但許緘愁分弱弟，每緣感舊覓諸君。玉壺對月狂呼起，江上梧桐緑未分。

其二

昔年勝侶憶賓鴻，持燭何由覓敬通。尺五羈魂悲去鶴，一雙風貌泣寒蛩。酒非白墮澆難醉，人到黄泉想亦窮。蕭瑟争知塵夢久，故交都在冷秋中。

贈方通甫

去日燕臺解帶新，南來爲我慰勞薪。潯陽自古多遷客，溢浦於今有故人。侯霸升堂先碣友，胡威受絹爲留賓。江州雅郡歌名德，公子詩篇滿後塵。

屈大夫祠

湘天生死誤騷人，天問何如問水濱。七國論才須帝楚，三閭積怨竟亡秦。薜蘿山鬼依名士，杜若雲旗享逐臣。來謁清祠逢競渡，野風吹散一江蘋。

馬伏波祠

烏蠻灘上伏波祠，落日靈風捲畫旗。犵鳥銜花開臘社，奇鯨噀石拜江蘺。神栖水國消戈甲，客渡徵帆聽鼓鼙。猶憶武溪深一曲，秋濤嗚咽有餘悲。

蒼梧道中懷唐大茝君

禄養今聞五斗難，更無枳棘可栖鸞。詞人温尉才都減，羈客唐衢淚不乾。盡室天涯成債帥，名卿世業問園官。别來春雨殘花裏，獨醉應憐革帶寬。

泊澛港

浪直帆平去已遲，望中雲樹隱鳩兹。身如斷雁輕關吏，心羡鯺魚覓網師。春杪烟波歸客渡，江邊蹤蹟落潮知。此間十里湖陰月，更有何人弔可兒。

邵蘭風廣銓游山左，得疾甚劇，馳返都下，尚未痊也，悲其蕭索，詩以慰之

客中猶得捧吟肩，酒病江湖已十年。二豎氣驚三舍避，五車書抱一絲縣。真長東道工稱藥，張翰南歸願執鞭。莫爲浮名留錮疾，石芝丹乳事精研。

行至趙北，見小竹壁間題句，即用其韻，寄懷翰風、曾容、小竹諸君

鐸夢分明度遠沙，燕雲離緒正無涯。塞鴻已去難爲客，尊酒初寒苦憶家。游子遠隨天外棹，故人好泛日邊艖。此行欲寄南征賦，三十潘郎鬢已華。

移居覃懷書院

滕囊今又寄修椽，一枕青山卧晚烟。但有屋梁書可著，偶無琴軫意難傳。客來長與浮杯斝，門外何妨接市廛。除却豬肝累安邑，此心與夢兩蕭然。

游濟源龍潭寺

五畝招提境絶幽，三年蠟屐喜頻游。石幢曉露微含潤，竹徑春泉尚伏流。難向枯僧參偈語，獨尋殘碣過荒丘。依稀四令祠邊樹，猶帶清陰護碧秋。

題秋山行旅圖

笠屐穿雲入畫圖，幽泉石磴影回紆。馬蹄紅葉濃於染，鴉背斜陽澹欲無。村社初開椰子釀，山僧歸報柿林租。不知得得行何速，多少秋人憶膾鱸。

四十自壽

其一

奇氣狂名世早喧，自持靈府守籬樊。化蟫甘食殘編字，牂馬愁牽下澤轅。試吏較先崔子玉，習經誠愧魏陽元。鏡中華髮猶難惜，生計何能問故園。

其二

初求祿養解荷衣，敢説風塵與願違。到眼方知多苦瘠，此心原不慕輕肥。山城竹葉金尊滿，官閣梅花玉屑霏。差喜東坡生日近，新詞珍重鶴南飛。

寄懷劉青園

杜若依人醉，青渠隔座香。不知東國酒，誰泛北園觴。恨寫芙蓉紫，懷緘橘柚黄。幾回招素羽，聞道東瑶裝。去雁驚三峽，飛魚下九湘。詩難浮桂渚，夢解覓桃榔。夕夕横牛斗，年年事角張。月來紗幌瘦，雲浣茜衫涼。此際鴻泥印，前身鳳吹長。遥憐故山侶，何處暮秋坊。卧短殘砧急，吟孤小簟荒。庭闈歡帶履，官札滿縑緗。睡起雙琚影，愁中七寶箱。狖聲丹岫迥，魚尾翠流颺。近問箋多淚，新痕鬢有霜。銘心如匣劍，千里合寒芒。

賈傅祠

太傅祠前路，奇芬染碧苔。客愁湘楚外，年少洛陽來。初接靈風爽，深嗟壯志摧。萬言中導窾，三代上論才。自受吴公薦，將求漢道恢。欒蛐蒼令補，禮恨叔孫裁。掉尾籌封建，平心議阜財。主臣期並運，宇宙望重開。俎豆銷芒刃，詩書救劫灰。文皇徒守讓，帝佐枉程材。已雜黄眴學，何煩絳灌猜。官疏金闕遠，身棄玉山頹。一見知難決，孤忠未忍回。過秦龍已蟄，弔屈鵩爲媒。墮馬憐無狀，傷麟劇可哀。長沙饒瘴癘，下土困蓬萊。辨鬼驚宣室，招魂艷夜臺。經綸鑄鼂董，詞賦孕鄒枚。合傳靈均在，殊甍宋玉陪。始終成一哭，生死竟同坏。門繡連雲草，旗翻落日槐。癯神應汗漫，末俗更遲回。鵩賦吟離口，鯫生淚滿顋。早從季主卜，聊欲免塵埃。

江上紀程

其一

金沙夜鼓表忠碑，皖口城南余闕祠。碧血種成階下樹，鐵柯含怒不含悲。

其二

明波瑟瑟痕如環，曉泊江州正閉關。萬頃碧烟飛入夢，不知滿眼是廬山。

其三

司馬遺亭蹟尚存，不逢商婦亦消魂。蘋花江曲三更露，絶似青衫舊淚痕。

其四

落日晴湖似早霜，黄陵廟下泊輕航。門前三十六灣水，開到白蓮秋正長。

越西舟行竹枝詞

其一

相思江上放船遲，沙淺灘平知未知。一道盤渦直如箭，芙蓉花蠹送郎時。

其二

代縫蓑箬趁朝陰，順縷裁絲苦費鍼。江上堤防多暗雨，飛來郎處濕郎心。

其四

左江右江水並頭，三江直下不能留。人心未必長如水，歷盡回瀾總合流。

其五

買茶客舫去潯南，憑寄浮梁書一函。桂露糖霜三十器，但同辛苦不同甘。

其五

水到蒼梧分外驕，中流日日見停橈。儂心不隔東西嶺，祗要端州有便潮。

其六

螺螄巖下梵王宮，片石灘心礙短篷。偷得兒家新樣髻，海山螺黛畫屏風。

楊際運

際運，字士會，號小厓，涿州人，鍈子。嘉慶二十三年舉人，官河南羅山縣知縣。有《碧山草堂詩集》。

田家

其一

天寒屏鋤犂，歲晚築場圃。野老茅檐下，負暄相對語。鄰雞上屋鳴，樹影正亭午。年豐有餘資，黍稌盈倉庾。日夕炊烟生，晚飯呼兒女。

其二

縣官名未識，少長村墟中。但願歲常稔，子孫世爲農。窮冬風物凄，夜坐圍鑪紅。盤飧具雞黍，斗酒邀鄰翁。今年倍收秋，不愁甕頭空。

同俞竹侯晚步荷池

出門秋滿衣，落日蟬吟歇。幽人悄無事，散步踏明月。明月不在地，菰蒲影飄瞥。循行緣曲池，池水引周折。荷花含露氣，窈窅媚詩骨。夜涼香四聞，塵襟滌煩熱。對此淡忘言，超然得禪悦。

醵飲寓園花下

流鶯啼過清明天，客懷落寞思闲眠。年年春事太無賴，長是花開風雨顛。今年無風亦無雨，桃嬌杏媚争春妍。海棠兩本色欲絶，搴簾一笑何嫣然。羣芳無言恰有意，似與詩客相招延。分曹促席來餔醵，畫叉各下青銅錢。野筍芼羹玉脂滑，河魚斫膾銀絲鮮。園蔬脆美已堪摘，偶爾飣餖開芳筵。漫寄閒情賭棋局，遄飛逸興聯詩篇。花光倒浸入杯底，酒波吸動紅淪漣。

夕陽西下客未散，浩歌一曲芳尊前。對花有酒莫辭醉，明月飄零春可憐。

思歸

忽忽春過半，羈情感歲華。有身常作客，無夢不還家。活計悲樊鳥，勞生笑戰蝸。何時税塵鞅，歸種邵平瓜。

晚行

幾載逐塵務，歸途心意閒。夕陽鴉外樹，秋色馬頭山。野稻黄千頃，溪菱緑一灣。村家風物好，暫此豁心顔。

秋夜述懷

久作京華客，西風宋玉愁。吟懷憐獨夜，病骨覺先秋。宿鵲移枝警，寒螢拂草流。忽驚芳歲晚，歸計欲淹留。

村行

好是田家四月餘，蒲芽短短柳疏疏。一羣水鳥忽飛散，蓮葉滿溪人打魚。

潘一桂

一桂，字薌林，南皮人。嘉慶二十四年舉人。

遷安道中

風景思安喜，人來石柱西。海天看日近，山路踏雲低。舊驛連沙漠，徵鴻記爪泥。前程塵壒少，茆店徧新題。

王枚

枚，字仲實，號香初，天津人。道光元年舉人，官山東諸城縣知縣。

《津門詩鈔》：香初閒靜善言，論詩清婉有致。

山中夜行

徵車伊軋遠聞聲，石徑盤紆載燧行。目斷寒星深樹暝，心驚野火半山明。避人狐兔銜林過，拔地岡巒傍馬生。村犬吠人知驛近，數家鐙火已嚴更。

郭紹鏞

紹鏞，字儷咸，號竹逸，任丘人。道光元年舉人。

荒齋

荒齋剛十笏，疏爽早秋時。風冷竹先覺，蝶輕花不知。苔痕侵坐榻，蟲語和新詩。小倦拋書卧，悠然一解頤。

魏亨培

亨培，字竺鄉，昌黎人。道光元年舉人。

寄興

蕭然衡泌任栖遲，才不才間位置宜。世事真如蛇畫足，虚名敢説豹留皮。但令悔過同周處，定許逢人説項斯。肝膽向誰誇脱穎，空囊剩有兩錢錐。

陳祺齡

祺齡，字蓮浦，獻縣人。道光五年拔貢生，官順天府訓導。有《劍花龕詩影》一卷。

《紅豆樹館詩話》：蓮浦爲余及門士，天才警敏，瀟灑不羈。詩學温李，纏綿幽艷，間闖長吉之室。嗜酒，醉則悲歌慷慨，四座盡驚。喜填小詞，書畫、篆刻俱工秀絶倫。以通才沉滯冷官，非其志也。年未四十，病酒一夕，卒。瀏覽遺集，不勝毀璧摧柯之痛。

雲屏

雲屏隔夢秋蟾冷，琉璃光瀉紅牆影。露濕瓊花渺渺香，銀蠶絲弱芬難整。雁柱匀排想翠絃，錦囊斜抱又經年。懷中碧玉暖生未，何人淚滴紅珠圓。舊時條脱殷勤護，芙蓉密字藏縑素。白玉花開絳節歸，彤雲遠挂相思樹。香入清簫頰暈融，低鬟欲咽含桃紅。仙夢分明記仙語，軟塵下視何朦朧。

巫山高

巫山高，陽臺曉，紅心小結相思草，暮暮復朝朝，數徧珍珠少。兩重簾，六扇窗，金蟲深護頗黎釭，乃開雲笈酌月漿。夢避紅塵同不睡，坐聽雙玉敲懸璫。不曳藕絲裙，欲試凌波步，消瘦合相憐，五銖衣怯芙蓉露。瓊葉分蛾，含意横波，丁香空結，隴禽奈何。香蘭解笑人，依約思靈語。飛瓊小字肯教呼，吟魂癡入江天雨。難得梔子花，纈將綬帶斜。願乘雙飛鸞，翩然拂青霞。珊瑚鞭響兩龍起，俗緣催上青油車。回頭淚拭春冰冷。可憐立盡湘雲影，留恨人天共渺茫，月華滿樹啼烏哽。

閒情

涼影落庭樹，飄然夜氣浮。露濃疑作雨，花嫩不禁秋。吹笛誰家月，懷人何處樓。閒情正無限，河漢已西流。

對菊

五柳先生去，黄花無故人。孤標甘冷落，佳色辱風塵。我亦未離俗，君當不厭貧。淡然相對處，慨想葛天民。

初春閒况

不問東風信，頽然一枕横。病多疏酒伴，閒極悟茶聲。芳草幾時緑，小樓連日晴。春愁預相避，低壓舊簾旌。

城南

城南門巷昔曾經，紅倚桃花竹更青。響屧廊開期月到，移春檻好悵雲停。銀瓶玉虎心同轉，石鼓桐魚氣不靈。慚愧瑶臺舊相識，尚招飛夢度仙扃。

夜雨書懷

雨雨風風夜寂寥，小樓冷坐可憐宵。難尋詩夢虚吟榻，不負鐙情仗酒瓢。幽怨何深移蟋蟀，芳心未展泣芭蕉。清寒已足供惆悵，又是誰家玉笛飄。

春陰

擬向花神奏緑章，莫教風雨殢春光。癡情空自吟芳草，酣夢憑誰喚海棠。半榻雲香禁酒病，一簾風影減詩狂。遥憐蝶會無消息，幾日紅閨倦曉妝。

七夕感懷

其一

蓮更若爲此宵長，天上人間思渺茫。月榭誰家低翠鈿，雲軒有路度紅牆。初飛烏鵲波應淺，欲采芙蓉露正涼。六扇書屏全不掩，曝衣樓上看銀潢。

其二

西南月畫一痕秋，冷接微雲片影浮。絳節未來知悵望，銖衣同曳願遲留。寄情錦字經時隔，貫聘金錢甚日酬。便是仙家猶惜别，塵寰争不使人愁。

其三

不向天孫乞鳳梭，盈盈方寸起星河。病中禁得秋如許，花外分來淚更多。綺户鉤簾懷月扇，玉璫緘札盼雲羅。滿庭風露饒清絶，涼透輕衫奈怨何。

其四

一片風懷轉自憐，橫塘望斷水如烟。玉笙譜恨天將曉，銀燭摇情客未眠。留枕奇緣疑郭翰，乘槎舊事記張騫。心期約略雙星解，碧落紅塵共悄然。

秋夜懷遠

別日飛花點緑苔，青鸞消息至今猜。獨開虚幌和愁倚，不下湘簾待夢來。慧性何當明似月，吟身偏是瘦於梅。可堪離恨隨時積，秋滿窗前落葉堆。

劍花龕感興

話到前游一惘然，夢回三十六重天。酒空吟盞惟存藥，詩滿羞囊不問錢。無可奈何翻得悟，未能免俗也隨緣。同龕剩有芙蓉劍，冷枕霜花且熟眠。

此人

九片茫茫著此人，隨緣悟却去來因。必求夢好應難睡，但得心閒亦任貧。死後定成羅漢果，生前或是女兒身。情場佛海都何處，廿六年華祇負春。

自題畫蘭

卸却銀泥裙，月墮秋烟冷。江皋不見人，立盡湘雲影。

納涼

其一

中宵何處發青芬，夢覺香凝帳底雲。花影横斜風露冷，一簾青靄碧氤氳。

其二

無言覓句倚黄昏，風透簾櫳落月痕。偶向芰荷池畔立，好收花氣入詩魂。

其三

碧空如洗夜將殘，斜月隨人共倚闌。還傍小樓擕玉笛，一聲吹破緑雲寒。

曉起

曉起秋光冷碧梧，夜來風雨記模糊。小庭一徑花攲倒，獨向蒼苔手自扶。

春日雜詩

其一

素琴懶向綺窗彈，同病文君亦可憐。漫倚春風看鬢影，藥烟愁溺緑雲邊。

其二

曉寒無力著衣裳，亂疊重衾壓象牀。借問誰家春正好，早開明鏡試晨妝。

其三

多情燕子若憐儂，舊夢依稀話晚風。惆悵雲軒悮消息，海棠開到十分紅。

其四

譜成金縷惜華年，回首流光去似烟。二十六回春過也，幾多愁寄有情天。

水仙花

其一

紛紛桃李凍難醒，獨抱春寒倚畫屏。江上峰青人未遠，一痕香裏夢湘靈。

其二

無言獨對小窗陰，隔水盈盈寄素心。便欲凌波載花去，移情一奏海天琴。

國朝畿輔詩傳卷五十九

李佛桐

佛桐，字北癡，號琴川，河間人，諸生。有《愈愚蓬舍詩稿》八卷。

邊久鏊《序》：琴川詩磊落嶔奇，愈和平，愈憤激，卓然有不可磨滅之氣。其餘味曲包又在甘苦酸鹹外，不在語言文字中也。

李燧《序》：樸茂處似杜陵，疏散處似放翁，冲夷高古則又得力於陶、韋，是宜藏之名山，爲泉石生色，不可令長安貴人見也。

《紅豆樹館詩話》：北癡束髮耽吟，性超曠嗜酒。中年破産，走京師，授徒自給。秋闈十餘上，終不第。復游津門，爲人司禺莢事。晚依李夢詔廉訪於洛中，病歸，卒。詩人遇蹇，視唐之貞曜元英爲尤甚，亦可慨已。詩陶冶性靈，質而不俚，蓋恥以餖飣摹擬見長者。

涿州道中

途衝門禁緩，沙抱一城牢。塔擁月光小，樹銜山影高。長橋迷廣袤，破寺敞周遭。卅載樓桑道，飄蓬剩布袍。

歲暮雜感

其一

滿目悲生事，何甘分外求。拚同牛馬走，幸遇鳳麟游。海闊量難盡，山高仰末由。平原曾握手，肝膽向誰酬？

其二

阿阮時相問，謂鏡涵姪。經年未報書。知予全賴汝，念汝轉愁予。舊業青箱在，名心白髮餘。行當賦歸去，偕訪子雲居。

夜泊任丘城外

扁舟如一葉，獨泊小橋邊。水闊疑無地，雲低不接天。魚龍驚爨火，村落冷人烟。遥憶高堂上，更深應未眠。

金盡

苦抱千秋志，空辜七尺身。曾爲懷刺客，愧作掃門人。裘敝春偏冷，心枯貌欲皴。長安名利藪，金盡尚誰親？

寓目

地僻容吾懶，心清喜物閒。豆棚斜蓋瓦，藤蔓細爬山。酒熟呼兒漉，詩成待友刪。南游鴻信杳，計日也應還。

出門

倀倀竟何適，路險走偏遲。貌類乞兒相，心惟古鬼知。故交嘲飯顆，新進笑書癡。何日歸鄉井，高堂捧玉卮。

寄陳松厓

别有相知處，神交不在疏。兩心千載印，一别十年餘。對月每思汝，吟詩當念余。回頭溯前事，花柳亦欷歔。

簡馬通江

金釭玉酒惹春温，一領青衫斗草痕。花柳不嫌名士老，乾坤誰識布衣尊。三生石上精魂在，萬劫灰餘慧業存。欲報瓊瑶轉惆悵，敢將才調比龍門。

懷周六泉

字不求工文不奇，寸心得失亦能知。著書此日敢云老，捧檄何年欲怨遲。破帽殘衫驢背客，斷橋秃柳畫中詩。高陽臺畔人如玉，應憶韓門李習之。

京邸題壁和友人韻

倦游蹤蹟苦吟身，兼作傭書餬口人。幸有親朋憐守拙，别無嗜好喜安貧。擬藏美酒三千斛，飽看名花四十春。李願難償成一笑，鬢絲吹老帝京塵。

送林少村之金陵

年來無日不同游，刻燭聯吟互唱酬。小别明知纔兩月，關心却似隔三秋。江山到處添鴻爪，花柳多情送馬頭。此去白門春正好，莫愁湖畔莫閒愁。

旅懷

囊琴匣劍客皇都，絶倒乾坤一腐儒。傳世文章驚俗眼，謀身鹽米困吾徒。貧兒骨相生來是，名士襟懷老漸無。速築糟丘澆壘塊，蘭陵春酒正堪沽。

送二妹于歸任丘

其一

陽春歸妹喜初占，惹得全家別恨添。共説德容無缺陷，何妨荆布即妝奩。俗傳後母賢明少，妹繼配任丘邊氏。我信慈親訓誡嚴。珍重臨歧無別語，可知婦道是柔謙。

其二

萱闈徒倚不勝情，面壁時時淚欲傾。未慣小時離膝下，要明大禮重人生。百年福澤從今卜，一配賢豪到老榮。佇看金閨調錦瑟，阿兄洗耳聽和聲。

丁巳初度

自看形影自驚猜，老字難辭漸送來。若論古稀剛得半，那知時去不重回。一生落魄總安命，五夜狂歌空費才。且酌金尊壽慈母，新醅今日爲兒開。

送青墅姪之官浙西

其一

落拓青衫廿幾春，一官聊慰讀書人。三生金榜名無分，此日黄粱夢始真。青墅《旅懷》詩有『黄粱入夢難』句。南國騷壇尋勝侣，西湖山色認前因。冰心早向貪泉照，『留得冰心見故人』竹溪兄官廣州句。定守家風繼後塵。

其二

勞勞亭畔柳初寒，别緒驚心感萬端。酒薄難澆新壘塊，官清不厭舊衣冠。數行雪爪愁中印，青墅著有《雪痕集》。一路梅花馬上看。計日春歸鴻有信，儘憑傳語説平安。

疊韻簡馬通江

其一

生涯如此那須籌，人自春衫我自裘。多病難蘇詞賦癖，長貧差免友朋羞。銀河水咽三生恨，玉鏡霜雕兩鬢秋。草草韶光留不住，落花飛絮惹閒愁。

其二

不啖侯鯖不借籌，清門即此是弓裘。眼前失意人争笑，身後無稱鬼亦羞。千里關河牽遠夢，一簾烟月似新秋。天涯老作張平子，憑徧雕闌詠四愁。

訪陳秋亭

三間草閣一簾遮，夾路桃開艷奪霞。中有高人閒課子，偶來狂客爲看花。湖山久助文瀾闊，笑語時因酒興加。我欲卜鄰愁不遂，妬君烟水自爲家。

六郎莊感懷邊明堂

銅丸走坂歎浮生，記與詩人載酒行。破榻寒氈孤月守，荒墳宿草暮雲平。招魂路遠情何限，入夢談深哭有聲。莫道竟成千古別，心交原不隔幽明。

喜晤青墅姪又言別

三千里外一歸人，道罷平安便起身。此別明知來有日，相看轉恐見無因。官聲到處傳清謹，王事關心忘苦辛。執手甚難分手易，幾回目斷北征塵。

名場

名場總要早馳驅，一過中年便寡娱。貴後多傷無父母，貧來不樂有妻孥。關心白髮情難遣，放眼青雲路更迂。欲問虛舟何處泊，滿天星月盡長吁。

自笑

愁來自笑轉蓬身，倏忽經過五十春。鐵買六州難鑄錯，粟無一斗不知貧。親朋未必皆憎我，肝膽何曾肯負人。獨抱冰心羞附熱，此生欣作太平民。

即事

藉草爲茵肱作枕，緑槐陰下麥風柔。非秋滿樹飛黄葉，何怪少年人白頭。

還家

半年爲客始還家，檢點琴書忘日斜。一架紫藤花落盡，石牀小坐數歸鴉。

出都口號

挽衣楊柳碧毿毿，落拓還鄉影亦慚。繞郭青山争笑我，不知此地有終南。

潘文木

文木，字石湖，遷安人。諸生。

陽山射虎行

孟氏家兒力如虎，鄉塾輒將塾師侮。盜父厩馬奔長安，貴戚小侯相爾汝。擊劍蹴鞠鳴雕弓，諸公碌碌何足數。歸來發篋讀陰符，間復射獵陽山嵎。霹靂弓鳴白額死，腥風殷血相模糊。笑向山靈仰天誓，封侯不博非丈夫。鼉鼓逢逢真龍起，杖策軍門謁天子。庚午謁太宗於軍門。朱明荆棘埋銅駝，留侯誓欲報韓死。逐寇褒斜，闖逆奔陝，公追擊之。盜賊如麻，梟鳥破獍，膏血軍牙。謂興安、河西、平陽諸寇。一十七萬收降虜，充國屯田議漢家。恩遇一旦通侯貴，帳下貔貅競趨侍。回憶城南射獵時，男兒不負平生志。公去經今百八年，北平猶是舊山川。嵩岳降神當聖世，自漸頭腦滯儒冠。

曉過黄台河

疏懶原成性，晨興走馬牛。笨車疲老僕，殘夢續春愁。古木下寒月，虚沙起宿鷗。一聲孤棹響，漁火點汀洲。

聞郁向離先生欲出關，慨而賦此

壯士愁聞出塞歌，况君才老尚蹉跎。賓延蓮幕懷王儉，玉抱荆山感卞和。大漠文章從古賤，中途豺虎至今多。不堪游子他鄉淚，日斷雙親鬢以皤。

胡鎮懷

鎮懷，字心山，號竹亭，高陽人，鵬雲子。候選布政司經歷。

焦山用曾都轉賓谷韻

層巒雙屐上，游賞趁芳辰。海外碧雲暮，江南芳草春。僧閒林鶴下，客静野鷗馴。寶鼎依然在，臨風憶古人。

太白樓

木葉晚蕭蕭，孤樓倚碧霄。鶴盤江口樹，豚拜海門潮。挂席浮千里，看山憶六朝。謫仙懷謝處，風雨望迢遥。

寄隨園先生

其一

六朝山色畫屏中，金粟如來老寓公。壇坫獨開尊海岱，水雲深占卧松風。琴軒舊績成蕉鹿，閬苑游蹤付雪鴻。解脱塵緣觀自在，恒河沙數壽應同。

其二

列宿羅胸笥不貧，峥嶸大筆挽麒麟。書城幻出三千界，墨海生成丈六身。白傅詩篇傳屬國，扶風絳帳拜佳人。名山盛業看長在，玉府瑶編歷劫新。

游白紵山

宣武當年跋扈人，金尊一曲委芳塵。雙橋暮景帆檣集，九井人烟橘柚新。釜下紅鐙兒照蟹，湖邊畫槳女牽蒓。登高指點南州勝，醉去何妨折角巾。

胡鎮英

鎮英，字再山，高陽人，鵬雲子。候選縣丞。

村居

緑楊村徑接前溪，野老歸來日未西。半畝陂塘時泛鴨，幾家籬落午鳴雞。新秧翠疊看將秀，遠岫螺分望欲齊。欲想武陵源尚在，樹陰深處有鶯啼。

鄭成基

成基，字静山，大興人。歷官四川建昌道。有《東園集》十二卷。

商嘉言《序》：静山，初宦楚，値楚氛惡，蔓延秦豫，蜀寇亦蜂起。隨大帥轉戰，旋入蜀，運籌帷幄，險阻備嘗。發而爲詩，凡荒山窮谷、可驚可愕之狀，以及士卒之甘苦，蒼赤之流離，罔弗形諸歌詠。如《守夔》《籌邊》諸集，尤見經濟，安得僅以詩人目之乎？

自林口過飛越嶺宿化林坪

山深境漸幽，谷響風撼樹。層巒高參天，對面疑無路。忽聞汩汩鳴，溪聲暗奔注。白雲飛絮團，茫茫不知住。既雨晴復佳，峰巒浄可數。彈指登絶頂，豁眼開妙悟。沿緣下石磴，松竹翠交拄。回頭何處來？蒼蒼但烟霧。投宿化林坪，斜陽索新句。

董市有懷

故人何處問？春夜泊孤舟。戎馬三年路，關河萬里愁。哀鴻驚客夢，緑草徧芳洲。明日揚帆去，相思滿花樓。

雨晴

旭日上窗遲，幽人夢覺時。野雲隨雨去，風柳帶蟬嘶。溪水喧吟榻，山嵐入墨池。不堪明鏡裏，白髮又添絲。

宿溪龍

兩度溪龍道，風光似去春。松陰芳草路，晴日馬蹄塵。野店村醪熟，官塘斥堠新。夕陽山漸瞑，陲館且停輪。

辰陽城北山麓有文昌閣，可眺江景，四圍山色，皆在坐中，雨後往游，新凉頗快人意，然登高望遠，未免思鄉，苗氛未靖，難卜歸期，詩以志感

四山朝爽静邊城，拂袖凉颸細葛輕。香散曉鐘深院寂，龕留佛火一鐙明。壯心蕭瑟憑詩遣，羽檄交馳入夢驚。獨立高亭觀鄂渚，薊門烟樹倍關情。

愚谷以詩索和，月餘未應，今復有西川之行，漫題志別，即步原韻

迢遞關河去住難，况逢澤國曉霜寒。浮生閲盡頻搔首，功業無成漫據鞍。境幻如雲偏出岫，心空止水不生瀾。故人珍重臨歧别，適意何妨擇所安。

蕉闌坐雨

卷舒分碧玉，仿佛緑天庵。向晚蕭蕭雨，鄉愁滿劍南。

夏日即事

竹筍穿林麥氣浮，雨晴四月似初秋。湘簾不卷疏窗静，開滿中庭紅石榴。

馬宗濂

宗濂，字通江，河間人。諸生。有《通江詩草》一卷。

秋雨

冷吹一簾白，枕邊秋雨聲。鐙殘人影瘦，夜悄夢魂清。懷抱有何事，關山無限情。休嫌袷衣薄，春向酒杯生。

雨中作

隨意栽花不借名，廉纖春雨到天明。典衣沽酒驅寒色，醉眼看山趁早晴。傲物豈容嵇叔夜，高風僅見蔣元卿。飄零難遂幽栖願，僕僕因人愧此生。

張招覲

招覲，字耔園，一字紫垣，景州人。諸生。有《雨香龕詩草掇餘》。

段塽《序》：耔園，才秉夙慧，今古墳籍，寓目殆徧，落筆萬言，不作窠臼語。

冬杪懷弼亭弟兼示仲亭弟

生計年來拙，冲霄仗羽毛。如何千里駿，不遇九方皋。殘臘添霜鬢，他鄉尚緼袍。點金行有術，風雪莫辭勞。

濟南和壁間韻

我從山水窟中來，好語紅塵莫浪猜。泰岱碑多難盡讀，靈巖松老是誰栽？劍能脱手休詩越，琴取移情不用雷。他日一編倘相寄，紅鐙緑酒爲君開。

閲《春柳倡和詩》，重讀次愚兄祝華姪十年前舊作，不勝今昔存歿之感

其一

惆悵吾家老令威，鷗波亭外思依依。一編春柳人何處？夢裏分明化鶴歸。次愚兄歿於杭州。

其二

新聲初按烏鹽角，何日聯吟紅豆村。别有酸鹹滋味好，空教癡叔老猶存。

劉鶴林

鶴林，字鳴皋，大名人。貢生。

河北道中

小憩白沙村，田家古意存。老槐攲屋角，疏雨溜山根。黄蝶隨人去，紅霞隔水翻。輕衫透風爽，此快與誰論？

自大名返臨漳

古鄴城東落照微，摩雲閣畔柳依依。黄花一夜開無數，緑草如烟白蝶飛。

王喬蔭

喬蔭，字梧岡，滄州人，延樞子。貢生，官廣東香山縣縣丞。

游龜山諸刹

攀蘿衣欲濕，一徑入雲斜。石破流泉咽，林深古寺遮。疏鐘傳薄午，小檻墜幽花。悟盡虚無理，何須誦法華。

峴山

山餘羊傳宅，谷隱習家池。野竹依寒水，春苔繡古碑。江流人共遠，日落鳥空悲。無復高人意，誰堪倒接䍦。

湘陰

嚴城十里楚江邊，五兩輕風送客船。行盡清溪三十曲，片帆又挂洞庭烟。

李濬通

濬通，字性軒，高陽人，殿圖子。監生。

夜坐大雨

殘夏深宵坐，紗窗半面開。行雲吞月去，急雨壓山來。凉意生高樹，繁聲滴暗苔。明朝池館坐，應泛碧筩杯。

秋日樓上

暮色淡如此，蒼茫人倚樓。長風數聲雁，落木萬山秋。誰送陶潛酒，空懷宋玉愁。傷心驚歲晚，撫景歎淹留。

晚步

蕭瑟意何極？林陂生晚凉。村烟起桑柘，山徑下牛羊。窮巷偏荒草，孤城惟夕陽。忘機有樵牧，風笛幾聲長。

粤中舟行

烟色蒼茫裏，徵帆指桂江。溪漚浮碧眼，山洞聳青腔。索句支詩枕，閒愁倚水窗。尊前鱸膾好，風味愛魚邦。

舟晚

黛壑濃如畫，江鄉望眼賒。烟波菱荇路，風雨鷺鷥家。别恨題楓葉，漁歌傍葦花。晚程閒極目，詩思悵天涯。

桂江偶步

客游來八桂，村路瘴花明。象鼻圍蠻海，雞峰壓郡城。嶺雲排午午，溪石峭庚庚。獨秀懷顔守，林巒望古情。

舟中

寄蹟南州地，浮家已半年。烟波龍户雨，雲水蛋人船。百粤殊風土，諸蠻暗海天。江城時一上，鄉國思茫然。

山行

獨游方過嶺，得得住籃輿。荒屋鳴松鼠，晴溪上竹魚。登山停不借，臨水種林於。村路人烟聚，斜陽正亥墟。

洞庭

羣蜃香蒼冥，風波下洞庭。潮吞全楚白，山接九疑青。猿鶴秋聲暝，魚龍水氣腥。碧峰歌一曲，何處憶湘靈。

武昌

晉賢空不見，勝蹟庾公留。風月南樓夜，江山北渚愁。星霜龍笛晚，河漢雁聲秋。懷古情何極？壺觴自唱酬。

石鼓書院

訪勝衡陽地，唐賢故蹟留。江山懷古客，風雨讀書樓。代謝人何在？林泉水自流。苔痕存石鼓，千載紀炎陬。

晚渡楚江

楚國催歸棹，迢迢計晚程。大江吞月色，斷岸走潮聲。天地驚秋恨，湖山動客情。故鄉歸夢遠，極目近湘衡。

舟中曉望

鴉軋初摇櫓，篷窗曉望時。紅泉吞磵眼，緑樹壓山眉。村岸應沽酒，江城且賦詩。迷濛千嶂外，溪雨細如絲。

舟行

羣壑蒼茫外，長波似箭流。瀟湘一夜雨，巴楚萬峰秋。山影尊前落，江聲枕上愁。子規啼不斷，瞬息下扁舟。

清明前數日作

榆火槐烟斷夜庖，鐙前棋子試頻敲。嫩寒料峭侵簾額，客淚闌干落枕凹。卯酒政應消旅恨，丁香猶未展春梢。愁圍者度渾難遣，七字詩成手自鈔。

城外閒步

竹籬茆舍枕江城，叱犢前溪看晚耕。村路夕陽蓑笠影，秋山過雨桔槔聲。郊原僻境心俱静，桑柘人家畫不成。有約重陽還賞菊，開軒命酌暢詩情。

螢火

其一

罘罳小倚動閒愁，一點寒螢閃閃流。高卷珠簾明月夜，西風人上曝衣樓。

其二

風露深宵點客衣，荒苔慘淡弄輝輝。建章宫殿無人到，蔓草寒烟獨自飛。

邵自祐

自祐，號葵露，大興人。布衣。有《蕙圃詩鈔》。

游武陵德山寺

南國招提境，巋然浩劫存。萬松攲夕照，雙桂倚雲根。曲折禪房寂，莊嚴古佛尊。真如心不住，幽絶與誰論？

金驤

驤，字野航，天津人。諸生。

《津門詩鈔》：野航真率不羈，以詩酒自娛，世其家風。

和王鹿野見贈韻

久别嗟猶健，相逢滿座春。青雲誰得路，白髮自相親。零落陶潛菊，凄凉張翰蒓。所欣惟舊雨，沽酒莫辭貧。

谷宗善

宗善，字可亭，蠡縣人。貢生。有《可亭詩鈔》。

吴嵩梁《序》：古詩才氣縱横，近體佳句層出，真儁才也。

訪達璽上人不遇

古刹烟霞外，紆回曲徑横。佛幢虛見影，石磬寂無聲。樹冷飛泉近，山空野鹿鳴。何當趺坐穩，渾麈話三生。

劉錫

錫，字夢齡，號韻湖，天津人。諸生。有《寫梅閣詩存》一卷。

《津門詩鈔》：韻湖天姿清粹，工行、草書，善畫梅。兼通音律，笛賦、琴歌，罔不絶妙。所著《寫梅閣集》，胸臆開拓，才思縱横，真足雄視一時。

訪費春樵不遇

白雲本無事，出岫是何心？自被風吹去，悠悠不可尋。青松寒日色，流水静琴音。竚立衡門外，野禽啼緑林。

秋望

清秋望不極，客思渺無涯。冷鷺一拳穩，滿塘紅蓼花。寒風下黄葉，斜日聚鳴鴉。孤抱逢揺落，悽然感歲華。

途中漫興

數角寒峰挂晚霞，蕭疏楊柳兩三家。樹衰每覺秋先至，人倦常疑路暗加。映日鴉翻千點墨，穿林牛負一身花。途中正欲傳鄉信，風送遥天雁陣斜。

寧化署中偶成

攜酒懷書上小亭，松窗霽色正新晴。一年牘尾多臨帖，四面山岡半當城。紅杏雨酣春弄笛，緑楊風細曉看耕。無端閒恨難消處，避暑宫前蔓草生。

寇萊公故里

争見臨河御蓋黄，驚人膽識寇平章。深謀不免讒孤注，大度何妨有餽羊。北鄙重名留鏁鑰，雷陽遺蹟茂篔簹。澶淵偉績今安在，慷慨臨風弔夕陽。

秋興

一夜霜風萬木摧，開門秋色正西來。樹枯人弔蘭成宅，月上烏啼宋玉臺。過眼烟雲驚入夢，到頭心血惜成灰。杜陵愁緒雙蓬鬢，搔首長天賦八哀。

七夕悼亡

癡情奉倩久神傷，碧落黄泉歎渺茫。今夕又逢穿綫節，六年空覓返魂香。織成雲錦難償債，修到神仙亦斷腸。懊惱銀河三萬里，一年一度兩鴛鴦。

塞上詞

塞草黄時雁正飛，一函鄉信達金微。妾酬夫婿夫酬國，不問歸期祇寄衣。

卜大醇

大醇，固安人。貢生。

秋意

山川生爽氣，秋意動遥空。雁宿臨池月，琴鳴隔牖風。十家試砧杵，一葉下梧桐。白露依稀墜，團團蘭桂叢。

秋興

老圃秋將晚，閒亭對夕陽。黄花一夜雨，紅葉半林霜。燕去風簾冷，鴻來夢澤長。沿溪數株柳，不耐舞腰凉。

陳靖

靖，字青立，號雨峰，天津人。有《讀石山芳小草》。

《津門詩鈔》：雨峰畫嘗受學於羅克昭，羅學於張宗蒼，張學於黄尊古，黄學於王麓臺，學有淵源，得太倉之遺派。所畫千巖萬壑，一樹一石，無不入妙。

題畫贈畢硯農

舊雨情深老硯農，官衙無事儘從容。寄將一幅離披畫，可似黄山第幾峰？

題畫

茅廬小築兩三間，瀟灑琴書伴客閒。一局棋殘人去後，推窗紅滿夕陽山。

趙之城

之城，字月川，號梅塢，安肅人。貢生。有《琴鶴堂詩稿》。

訪友人

不識清幽處，滿庭桃李芳。相逢真意氣，吾道共行藏。宿酒供春釀，新詩摘錦囊。殷勤有如此，何惜醉爲鄉。

王成烈

成烈，字訪舟，天津人。

《津門詩鈔》：訪舟學畫於陳青立，好用粗毫濃墨，肆横盡態，而不乖南宗正派。閒吟小詩，多風趣。性孤逸，雖家城市，恒闔户讀書，罕與人交。

題畫

秋水没石根，亂雲迷古路。常見此翁來，不知何處去。

陳華

華，號蕚林，獻縣人。官浙江秀水縣縣丞。

贈春暉道士

龍山宮殿矗崔嵬，岳帝宸居實壯哉。古塔雲光憑夕眺，長江帆影自東來。黃庭讀罷參同悟，丹篆鐫成宛委開。好向赤松求道妙，琪花瑶草滿仙臺。

邢元植

元植，字野航，天津人。有《緑柳山房詩草》。

《津門詩鈔》：野航工畫山水，築若野園顔所居曰『岸舟』，吟嘯其中，慕同邑金芥舟先生之爲人。晚避居於津南之邢家墊，力耕自食。

水村自興

清齋疑對大江頭，每到斜陽景漸幽。秋冷鷗波人曬網，帆迴鷺渚客停舟。荒蘆半没高堤屋，衰柳多圍古寺樓。漁父高歌入烟去，無邊沙雁落芳洲。

翟際華

際華，字少華，號梅野，寧河人。諸生。有《寒竽小草》。

讀李將軍傳感賦

不負憐才聖主知，如何牢落不逢時。並驅若共韓彭輩，未必將軍獨數奇。

王城

城，號金垣，寶坻人，永芳子。諸生。有《萬里行吟草》。

題方干故居

寂寞荒凉一畝宫，白雲原上釣臺東。先生自效嚴陵隱，非爲工詩遇合窮。

劉栻

栻，字柏鄰，寶坻人。布衣。有《一石山房詩》一卷。

自題回首萬峰圖

笠屐層嵐上，天風撲面來。日高塔影直，雲過寺門開。石壁挂澄練，松濤生怒雷。

不知有塵世，相望一徘徊。

蘆花

轉眼繁華又白頭，漫天飛絮逐雲浮。一篙淺水春如夢，萬里歸鴻氣欲秋。明月誰家吹玉笛，烟波何處繫漁舟，蕭條滿目愁無限，訴與寒汀狎浪鷗。

國朝畿輔詩傳卷六十

查林

林，字松生，號花農，宛平人，淳子。官雲南州判。有《花農詩鈔》六卷。

史昺《序》：花農足蹟徧天下，其詩不主一家。沉鬱頓挫，間以流麗。讀之令人神往。

黎訥《序》：花農天資高邁，所學甚深。自少即聞其祖若父儉堂、梅舫兩先生之教，於君家初白老人衣鉢，獨得其宗。

病馬

尚有驍騰志，天長塞草春。誰能收駿骨，我早倦風塵。忍説車帷敝，權因棧豆馴，臨歧嘶欲斷，撫劍一愴神。

北上應京兆試留别伯兄

頻年風雨夢聯牀，小聚依然在異鄉。尊酒娱親春正永，片帆送客路偏長。文章落拓誰知己，身世艱難各老蒼。草緑湖南仍録别，歸期愁説待重陽。

落第日題秋思圖，呈少司寇秦小峴師

未應容易話升沉，榮悴當前感不禁。一夕峭寒催落葉，幾株紅艷占霜林。芙蓉鷺浴澄波冷，薜荔蛩鳴别院深。莫漫春風招入座，惜花孤負美人心。

翁覃谿先生蘇米齋送朝鮮南槐隱進士、洪面嶽顆山兩秀才回國

其一

閶闔風吹奉使槎，浮蹤小集等摶沙。百年人物同中國，萬里車書本一家。可惜祖筵催折柳，相逢斑管兢生花。丸都到日應回首，聲價龍門幾倍加。

其二

簾櫳新燕影差池，料峭春寒送客時。竹葉酒濃留薄醉，楊花渡遠數歸期。自來吾道關胞與，從古人情重别離。擬把三山比三子，海雲遥望動遐思。

偕卞渠眉楊鶴樓飲盧春帆齋

拂袖烟雲萬里回，憐香冷眼到黄梅。新吟换讀紛開卷，勝侶相逢速舉杯。三月鶯花思過客，一天冰雪老詩才。素娥亦覺多情甚，不息纖眉入坐來。

懷筠娘戲柬程韻篁明府

多謝新詞唱竹枝，累人來賦九迷詩。天涯我敢傷淪落，客裏今知重別離。載取輕舟愁萬斛，滴殘寒雨淚千絲。護花誰把金鈴鑄，留待尋春不怨遲。

岔河次韻題珠江女史周佩蘭題壁詩後，同鄭夢白明府作

細寫新詩紀遠行，紗籠輕拂暗塵生。明珠舊日辭南海，采鳳何緣問北程。好事有誰懷逆旅，多才無計下愁城。潮平花地休回首，曾是途窮醉步兵。

上元邳州道上次夢白韻

重此宵徵圮上過，惟餘詩思倩驢馱。英雄幻蹟陳編在，佳節浮生客館多。霜重月明行不得，懷人憶事夜如何。江南路盡寒猶冽，緩緩春光懶渡河。

齊門小泊戲成

篠簜夾岸響蕭蕭，問訊鄰家第幾橋。江上芙蓉餘冷艷，風前楊柳惜長條。含情暫啓青綾障，有約遥聽碧玉簫。愁煞臨川湯老子，花魂零落夢中招。

杭州

兩山櫛此一江開，又撥輕橈載酒來。南渡衣冠多理障，西湖風月幾詩才。潮頭怒激浪空打，陌上歌殘人不回。局外何如林處士，至今餘韻釀寒梅。

題隱者壁

一枝扶醉倩吟筇，絶巘幽居宛轉通。野竹敲殘山脚雨，垂楊吹老渡頭風。亭剛貯月寬於笠，徑可留雲曲似弓。不有鐘聲來澗底，夕陽俯瞰失琳宫。

飛雲洞小憩題壁

萬古烟霞鬱不開，鍊將頑石换靈胎。神通佛果移山至，幽邃先宜拔宅來。即目會心留畫稿，驚人險語待詩才。陰崖風磴堪忘暑，細雨天花落酒杯。

九月偕内子游三台山

鹿門何日得優游，豪氣雄心逐漸收。入口饔飧慚拙宦，百年風雨逼深秋。看山有約留青眼，理髮多時感白頭。知否羽書西去急，籌邊人倚望京樓。

送陳茹香太守之任處州

絲絲青篦解錢塘，劍匣詩囊載小航。領郡何須愁跋涉，趨庭渾似在家鄉。洗裝缸面醪浮緑，税駕籬根鞠綻黄。預譜夏將臨一曲，近聞風露荔枝香。

由呈貢之晉寧

筍輿濱海十三村，回首青山繞縣門。風定晴空虛有籟，雨餘殘照澹無痕。業篁短岸呼鳩婦，秋水閒田長稻孫。多謝攀轅雞黍獻，殷勤農父勸傾尊。

江南雜詠

其一

夾岸垂楊烏夜啼，露筋祠下月痕低。榜人倚舵睡方覺，津鼓鄰舟報竹西。

其二

載得揚州月二分，匆匆夢醒渡江雲。停橈瓜步城邊宿，一枕潮聲徹夜聞。

送阮九明府克峻回湖北

泥爪光陰兩不停，滇池霜雪草青青。片帆他日懷人處，春雨春風隔洞庭。

長至前一日，石盆山寺見芙蓉花

萬松寒籟護僧寮，不分名花一見招。酒醒空山殘照裏，前生秋水夢迢迢。

清淇縣

荒蘆野竹女牆平，隔岸樓臺返照明。柔擄一枝催過客，樵歌雲外聽聲聲。

曉發昆明

弓矢旌旄夾道馳，笑余馬首苦低垂。鷓鴣塘外絲絲雨，正是秋篁解籜時。

回呈貢口占

石虎前岡有戍樓，去時楊柳緑蔭稠。多情冷艷還相待，寂寞芙蓉一樹秋。

寄李大耀瑚

奇絶洪都李伯珊，四年不見一書還。拓邊樓外西風起，誰共尋秋太華山。

王桐

桐，字航東，號怡園，滄州人。貢生。

擬子夜四時歌選二

春歌

階前桃李花，芳時成寂寞。親手下簾帷，不忍見零落。

夏歌

歡來到門前，自起促華饌。煩熱不復知，遺卻白團扇。

張廷選

廷選，字冶堂，天津人。官浙江鹽課大使。有《西湖雜詠》一卷，《冶堂草》一卷。

《津門詩鈔》：冶堂少負才名，疏宕不羈，與繆星池、李夢厓爲詩酒交。屈於下吏，未久，鬱鬱而死。

小齋

門掩潞河邊，蕭齋正午眠。漁歌來枕畔，帆影過窗前。地潤宜花竹，檐低受雨烟。何當開水閣，潮上看江船。

過張氏思源莊墓園

隔斷芳菲六尺垣，朅來空聽鳥聲喧。湖山春至無人管，楊柳一枝青到門。

西湖雜詠

其一

湖上輕舟蕩碧霞，小桃花外有人家。緣堤一帶垂垂柳，遮住雷峰夕照斜。

其二

十頃湖波一畫橈，清游況復近花朝。最憐人是江南柳，淡雨疏烟鎖六橋。

其三

南屏巀嶭最高峰，樹木陰森烟雨濃。知有山僧雲外立，半空飛下一聲鐘。

其四

樓臺全住水中央，湖上春風二月凉。遮莫游人歌采采，堤邊新種女兒桑。

盧廷棟

廷棟，字劬堂，任丘人。有《栖素山房詩稿》二卷。

程虞卿《序》：劬堂性蕭散，好讀書。登山臨水，弔古慷慨，有古名士風，詩氣格醇厚，可以傳世。

于桂森《序》：劬堂先生以詩名淮浦者，垂二十載。詩温温然，郁郁然，悉本性情，無所矯飾，清真之氣，流露楮墨。五律風格高超，綽有王孟遺意。

嚴保泰《序》：劬堂先生自少肆力於詩，遺稿氣息高古，知其沐浴於漢唐諸大家者深。

放歌

海日初出，蒼蒼凉凉。夜寐夙興，我何所營叶。雞則有口，蝸則有角。誰能抑鬱，底用馳逐。高才捷足，先據要津。銅陵金穴，睚眦睨人。西山之石，堙海何時。夸父逐日，庶幾見之。

春秋代謝，有如逝波。今我不樂，年命其跎。安得美酒，駕言遠游。酣歌自適，放乎滄州。

采石舟次

春江遥送目，沙樹碧依依。水驛徵帆杳，山城故侣稀。薄寒花小勒，近社燕斜飛。蕭瑟蘭成意，緘愁寄落暉。

早秋即事

小閣足秋意，枕衾生薄寒。高梧動窗影，疏月耿檐端。時序易爲逝，客懷難與安。故鄉千畝竹，遠夢憶檀欒。

聞雁

何處孤徵雁，嗷嗷入夜分。影寒關塞月，聲斷海天雲。爾定思求侣，予方感失羣。帛書來也未，落木正紛紛。

宣城途次

杉檜層層罥碧暉，午雞啼處静巖扉。荒蹊犖确行人少，時有水田白鷺飛。

偕心龕舟過篆香樓試茗，聽澹龕和尚彈琴

習静須尋選佛場，置身况在水雲鄉。與君煮茗聽琴語，不覺松窗下夕陽。

張瓛

瓛，字醉春，磁州人。官鹽知事。有《容膝軒詩草》。

送吴止庵之六安

送君之異地，曉出曲陽城。南國三秋别，西風一雁聲。丹林紫夕照，白髮且長征。人事嗟萍梗，飄蓬感不平。

王拱端

拱端，字翼亭，清苑人。諸生。有《芸窗詩》一卷。

游靈雨寺

散步城西去，禪林路不遥。清溪環曲水，細柳嫋長條。雨急喧菰葉，風和長藥苗。精廬堪小憩，閒話約漁樵。

題春風亭

緑楊溪接緑楊橋，橋畔青帘影動摇。好是梨花新釀熟，春風滿座酒盈瓢。

劉天義

天義，字戒庵，青縣人。諸生。

題同野堂

野堂真作野人居，長物惟餘兩簏書。窗草不除生意在，柴扉常掩舊交疏。長卿賣賦文難似，劉向傳經學弗如。詎爲名高甘隱逸，菲材本合處蓬廬。

張炳墀

炳墀，字子諒，南皮人。官永平府教諭。

董廣川故里

斷碣蟠烟卧里門，先賢曾此託音塵。大廷論治留三策，漢代傳經第一人。目不窺園真刻苦，書名《繁露》自翻新。霸才管晏休相擬，游夏高風邁等倫。

康鈞

鈞，字掌卿，天津人，堯衢子。諸生。有《石斧集》。

《津門詩鈔》：掌卿嗜吟詠，有父風。

蓼花

匀染燕支古岸頭，零星開到蓼花幽。疏籬月白誰家院，水國風凉幾處秋。簇簇冷紅低曉日，蕭蕭淺緑傍漁舟。江村小幅徐熙畫，瘦蟹鉗枝在遠洲。

孫超曾

超曾，字傑園，號石溪，玉田人。諸生。有《海岑詩集》一卷。

孫慰曾《序》：子弟石溪酷好詩，習篆隸章草，秀勁可觀。畫宗倪雲林。諸子百家皆博覽强記，爲文灑落無羈靮。丁亥，卒，年二十有二。

題畫

谷口行人少，披圖對夕曛。樹深微辨寺，山静自生雲。老鶴風前影，蒼苔雨後紋。林泉如有約，嘗共酒杯醺。

過居庸關

莽莽亂雲横，陰厓接杳冥。沙兼寒日白，山截塞門青。絶壑下飛瀑，風聲聞塔鈴。古來重險地，笳吹不堪聽。

李氏園

偶來池畔立，秋色落庭陰。幽意付流水，花間鳴玉琴。林泉供薄税，詩酒寂名心。坐久興能遣，清寒入我襟。

送友入都

餞酒虛堂上，明朝悵别離。馬嘶芳草外，人去落花時。風雨愁長路，關河問後期。不堪亭畔柳，攀折共凄其。

不寐

幽齋客岑寂，唧唧聽吟蛩。夢斷三更雨，秋生一笛風。蕭騷飛木葉，嘹唳去徵鴻。永夜愁偏攪，裁詩那易工。

出村

小步斜陽外，平原澹夕烟。東風吹短草，野水上春田。蒼翠遥林合，瀠洄别浦連。牧童清興好，弄笛柳橋邊。

獨坐

夜氣清如水，悠然動客情。柴門明月上。高樹晚凉生，酒醒坐無寐，愁多病易成。微風何料峭，處處侯蟲鳴。

題畫

萬山環四面，杳靄見孤村。松影碧連屋，泉聲清到門。短籬餘竹色，深徑護苔痕。誰解卧游樂，牀頭酒一尊。

病夜

夜雨何時歇，凉蛩更苦吟。窗虚聞木落，鐙暗覺秋侵。卧病中宵感，懷人萬里心。誰家高閣上，長笛發孤音。

酬廉步元

英姿颯爽最憐君，筆走春蠶更不羣。早歲論詩謝康樂，半生多病沈休文。即今離别愁潭水，此後心情總暮雲。不忍再賡腸斷句，河橋楊柳已紛紛。

泊柳沽

渺渺孤村月欲斜，荻蘆風起客愁加。船迴驚破野鷗夢，飛過一灘紅蓼花。

馬毓醇

毓醇，字汾亭，號希伯，獻縣人。貢生。

不寐

破曉荒雞唱，遥遥擊柝聲。月高花影瘦，風細葛衣輕。酒興隨年減，詩懷入夜清。低徊眠未得，起踏緑莎行。

楊繼曾

繼曾，字目軒，静海人。諸生。有《拂雲軒詩草》。

別陳漢老

舊友非萍水，新交祗泛常。官貧君自得，用拙我何傷。傲吏寧嫌老，詩人不礙狂。相逢愁話別，離緒苦難忘。

馮晉

晉，字西莊，天津人。監生。有《夢陶山人學吟稿》。

《津門詩鈔》：西莊修髯偉幹，善談論，能説前輩遺事，有晉人風。常詠《荷珠》，有『所遇皆能合，無行不是圓』句，寓言深婉。

春日送弟

離別真難料，馳驅累爾身。清門無事業，弱冠走風塵。征旆邯鄲道，陲亭渤海濱。臨歧共惆悵，楊柳路旁春。

鄭佐

佐，字伊圃，號湘芷，豐潤人，濟燾子。官布政司理問。有《紅蕉花館詩稿》。

孔憲彝《序》：伊圃性孤介，工文詞。少隨父官蘇松，與孫子瀟太史，王仲瞿、舒鐵雲兩孝廉唱和，選勝徵歌，極一時之盛。

答和孔繡山見贈之作

齷齪村居任性天，行沽費盡杖頭錢。清臞每羨松陰鶴，栖託憐同葉底蟬。錦句傳來芸閣字，繩牀唤起竹窗眠。遲君前路瀛洲近，應勝邯鄲一夢緣。

春日書懷和友人韻

立向空庭擁布袍，闌前春色繞周遭。詩聊舊雨多三益，鬢染輕霜歎二毛。愁裏倍憐花爛漫，閒中静聽竹蕭騷。封侯自問雄心老，長鋏青光任久韜。

題司馬夢素女史百蝶圖卷子

其一

羅浮仙影逗年光，畫向蘭閨晝正長。安得百花同日放，招來一一好分香。

其二

晶簾低押綺窗疏，傳粉塗金伴著書。怪底郎君文似錦，彩毫知借女相如。

題沈偉如采蓮圖小影

摩訶池上妙香凝，坐對蓮花悟上乘。料得四聲歌水調，腰圍瘦卻沈吴興。

繆共位

共位，字星池，天津人。諸生。有《青棠書屋詩稿》。

《津門詩鈔》：星池天資通敏，篤交游。嵚奇磊落之氣，往往發之於詩。

明史雜詠

其一

月暗滹沱戰力酣，肯教保保擅奇男。王封不分功成帝，北斗何妨夜向南。燕地經營新事業，孝陵淒慘舊雲嵐。三吾一語平生誤，回首金川永抱慚。

其二

清曉倉皇點禁兵，轟傳天子欲親征。星辰摇動臣無氣，土木淒涼血有聲。事異唐宗勘塞北，辱同漢祖困平城。邊營若夢徽欽鬼，應怨南朝誤此生。

其三

西内蠻烟入想頻，桃花結子詫爲神。重逢漢室傳鉤弋，竟遇楊家字太真。前鑒有車偏共乘，後宫無夢可徵麟。茂陵齎恨仍同穴，安樂堂空慘不春。

孫人傑

人傑，字我凡，號問梅，清苑人。候選州同。

芭蕉

風摇緑扇拂晴烟，展盡芳心白露天。最是今年秋雨密，爲愁不種在窗前。

王廷樾

廷樾，字藹人，天津人。諸生。

《津門詩鈔》：藹人性孤逸，刻苦自勵，一介不輕取。所歷坎坷，人不能堪，處之泊如也。詩頗具超逸之致。

夏日雨中

侵曉簾開乍倚樓，無端詩思最關愁。白楊樹外蕭蕭雨，未到西風已作秋。

王際清

際清，字曉川，天津人。有《味古齋吟稿》。

蘆花

秋風蘆荻影茫茫，野水飄殘夜有霜。一樣花飛同柳絮，恰無人道汝顛狂。

王廷椿

廷椿，號香雪，天津人。官山東縣丞。

送春

落花片片委蒼苔，幾度鶯聲喚不回。莫怪東君情太促，明年還送好春來。

張虎士

虎士，字環極，天津人。諸生，官奉天錦縣典史。

口占

半園竹樹擬山家，四月風光興更賒。微雨夜分晨已霽，起攜棕帚掃藤花。

鄭樸

樸，字笠艇，天津人。有《哀吟集》一卷。

《津門詩鈔》：笠艇貌清癯孤潔，有至性。喜爲小詩。老而鰥貧甚，嘗絕炊旬餘，閉門不屑乞請。

歸家

幾載江關作客身，歸來今日洗風塵。蓬居莫笑無三徑，亦有黄花作主人。

鄧興業

興業，字繩武，號蘅皋，欒城人。貢生。有《萬竹山莊詩鈔》。

元夜

爲愛團欒月，書齋擁鼻吟。夜添更漏永，春入酒杯深。幾處華鐙合，閒中蠟屐尋。繩牀清不寐，衙鼓正沉沉。

孫兆麟

兆麟，字瑞郊，天津人。諸生。

塞下曲

極目秋無際，邊陰入戍樓。草埋弓月道，河出木刀溝。幕遠烟逾直，旗翻雪未收。仍聞投筆者，已拜冠軍侯。

陳桂攀

桂攀，字一山，號秋林，宛平人。諸生。

散步

秋色空庭滿，槐陰緑幾層。波雲千疊縐，花露一痕凝。草補將頽壁，蛛纏誤落蠅。長吟發清興，涼意晚來增。

馮嘉蘭

嘉蘭，字耕竹，天津人。有《愛竹山房詩草》。

趙北口

趙北燕南地，秋風舊板橋。人家烟寂寂，村落水迢迢。估舶依荒岸，漁罾挂暮湖。長堤殘照冷，柳色正飄摇。

張百禄

百禄，字傳山，滄州人，賜寧子。官江蘇興化縣安豐巡檢。

題南徐山色圖

風軟殘紅逐絮飄，雨餘春水長魚苗。分明此景曾相見，記是西湖第六橋。

劉敦福

敦福，宣化人。貢生，官平谷縣教諭。

登雞鳴山

有山號雞鳴，嵯峨鎮古驛。陰陽昏曉間，下俯洋河碧。往者唐太宗，駐蹕留遺蹟。仿佛洞口仙，有聲出籬柵。因之遂得名，晴空倚峭石。元相伯顔時，山下曾行役。創寺復鐫碑，風雨自朝夕。振衣一覽餘，莫作磨笄惜。

邊芝雲

芝雲，字笠田，任丘人。諸生。

和冶村叔草堂即事韻

碌碌紅塵著意逃，略同燕子定新巢。門臨野水心俱遠，亭有幽花俗易抛。閒拭琴徽彈月地，醉聽鳥弄度林梢。案頭清課知多少，石譜茶經取次鈔。

趙璋

璋，字達亭，武邑人。諸生。有《所夢集》。

山村烟雨圖

疊疊青山漠漠烟，斜風吹雨到江邊。緑楊深處天如墨，有客披蓑正喚船。

邊壽封

壽封，號眉庵，任丘人。貢生。

《紅豆樹館詩話》：眉庵篤志，嗜學。嘗手録《明史》仝帙，復取經、史、子、集中雜事排纂成書，名《鞅軩盤》。唐宋以來名家詩集，俱録有定本，惜未及編次而卒。詩筆清峭，高者取法山谷，餘亦有南宋《江湖小集》風味。

題郭竹逸精舍

淡淡殘陽映郭門，歸樵導客入僊源。水縈曲徑纔通馬，雪點寒蘆不露村。陂上園林佳氣在，田家揖讓古風存。今朝訪戴真多興，夜月銜杯共討論。

溪邊

一曲清溪地十弓，垂楊葉薄晚烟空。魚游吹沫萍皴碧，鷺立翘凉距斂紅。沙岸遥分長短路，蒲帆老閲去來風。坐邀淺渚蘆花月，嘹嚦幾聲天際鴻。

近之自蜀中歸聽話游覽

其一

春風吹客蜀都回，舊雨新逢積抱開。别久交情增昔日，飽經世事識通才。巉巉瘦骨峨嵋現，汩汩清談灧澦來。知有繁華牽遠夢，海棠千樹草元臺。

其二

游到青天第幾層，崎嶇蜀道白雲横。槎枒怪樹峰腰出，磽确山田屋上耕。風俗獉狉供笑噱，烟巒奇崛助詩情。歸舟愁緒吾能識，三峡猿啼月五更。

過鄭如之小園賦贈

疏雨連村衆緑滋，紅丁紫甲列參差。三間茅屋蔭高樹，十畝木棉圍短籬。農丈人來時進酒，村夫子過偶談詩。羨君高隱無塵事，通塞升沉總不知。

原頭

原頭經雨净塵沙，麥浪粘天望裏賒。驅犢穩扶長柄耒，趁墟急碾獨輪車。牧童柳下緑蘆笛，饁婦鬢邊黄菜花。一幅村圖誰繪得，自拈斑管寫清華。

書懷

昔時結客少年行，無復尊前續舊盟。昏嫁漸添兒女累，性情直爲米鹽更。食單每到韭三品，花事惟餘豆一棚。壯志消磨豪興減，剩將豊歉問陰晴。

姚承謙

承謙，字季光，號岳峰，天津人。諸生。

《津門詩鈔》：季光幼讀書江南，詞華雅贍。三赴京兆，未售，卒。

留别鳩兹

梨花楊柳認前溪，盡日春風逐馬蹄。竹裏杜鵑啼不住，别離人在板橋西。

道中紀事

桑陰鳩語徧青疇，人爲桃花小逗留。山外畫樓溪外樹，春風二月到盧州。

步際梅

際梅，字馥堂，棗强人。諸生。有《馥堂詩草》。

偶成

崎嶇世路但囂塵，獨坐書帷學隱淪。面目藏來誰識我，心肝鏤盡不尤人。何堪舊蹟重回首，敢向前途一問津。昨夜梅花寒見骨，冰魂雪魄是前身。

王惟放

惟放，字同莊，鹽山人。諸生。

偶興

草堂偶適興，午睡夢初醒。時檢浣花紙，閒鈔貝葉經。池魚浮水小，茶竈泛烟青，恰喜緑窗竹，移陰上曲欞。

晚眺

初秋景物換清商，處處蛙聲沸滿塘。野老遥從林下過，一肩鋤背挂斜陽。

胡衡齡

衡齡，字仲宣，號蓮舟，高陽人，鵬雲曾孫。諸生。

秋夜感懷

霜鐙光不定，據案讀離騷。有月秋常慘，無風樹自號。浮漚隨處住，壘塊積胸高。何物澆愁最，孤尊倒濁醪。

許維一

維一，字純齋，號秋潭，肅寧人。貢生。

苦雨即事

風雨真如晦，空齋一繫匏。梁愁巢燕語，門少故人敲。思飲惟高枕，裁詩略解嘲。衣單寒澈骨，未敢憶同袍。

劉宏煦

宏煦，字復亭，棗强人。諸生。有《復亭詩稿》。

贈曹醒齋

蕭然三徑静無譁，不染纖塵處士家。心遠何妨門近市，身閒聊復甕澆花。夢中鳥語晨光曉，竹裏琴聲夕照斜。時與鄰翁相唱和，揮毫滿紙走龍蛇。

晚溪獨步

蒼蘆静鎖月痕幽，漠漠寒烟起暮愁。渾似少年羈旅夜，風燈凌亂楚江秋。

黄中觀

中觀，字艮山，肅水人。諸生。有《主我堂詩稿》。

避世

午日當空暑氣侵，危然静坐水邊林。千層細柳摇清影，一派鳴蟬送好音。最喜似水生如金，高歌無惹行人笑，幾度操持總莫禁。

夏應涵

應涵，字仲明，號小村，河間人。諸生。

晚晴

雨餘沙路總無泥，細麥村村緑滿畦。牆外千層萬層樹，晚雲歸去夕陽低。

程玉瑲

玉瑲，字蔥衡，號聰麓，永年人。貢生。有《味朠堂詩稿》。

臘日口占

獨坐小窗寒，驚心臘又殘。家貧催老易，歲晚乞人難。掃榻羅千卷，典衣謀一餐。幸無交謫累，終日此盤桓。